Nueva Zelanda

ISLA DEL SUR

WEST COAST

Glenorchy

CANTERBURY

SOUTHLAND

OTAGO

Paihia

Bahía de las Islas
Russell

NORTHLAND

AUCKLAND
Auckland

WAIKATO

BAY OF PLENTY

r de Tasmania

TARANAKI

GISBORNE

NELSON

MANAWATU -
WANGANUI

HAWKE'S BAY

MARLBOROUGH

Wellington

WELLINGTON

ISLA DEL NORTE

Kaikouta

Océano Pacífico

SARAH LARK

El año
de los delfines

Con ilustraciones de Tina Dreher
Traducción de Susana Andrés

El año de los delfines

Título original: *Das Jahr der Delfine*

Primera edición en España: febrero, 2019
Primera edición en México: junio, 2019

D. R. © 2016, Bastei Lübbe AG, Köln

Publicado por acuerdo con Ute Korner Literary Agent, S. L. U., Barcelona

D. R. © 2019, Penguin Random House Grupo Editorial, S. A. U.
Travessera de Gràcia, 47-49, 08021, Barcelona

D. R. © 2019 derechos de edición mundiales en lengua castellana:
Penguin Random House Grupo Editorial, S. A. de C. V.
Blvd. Miguel de Cervantes Saavedra núm. 301, 1er piso,
colonia Granada, delegación Miguel Hidalgo, C. P. 11520,
Ciudad de México

www.megustaleer.mx

Tina Dreher, por las ilustraciones y el mapa
D. R. © 2019, Susana Andrés, por la traducción

ISBN: 978-607-317-956-0

Impreso en México – *Printed in Mexico*

El papel utilizado para la impresión de este libro ha sido fabricado a partir de madera procedente
de bosques y plantaciones gestionadas con los más altos estándares ambientales, garantizando
una explotación de los recursos sostenible con el medio ambiente y beneficiosa para las personas.

Penguin
Random House
Grupo Editorial

EL TRABAJO SOÑADO

1

—¿Nueva Zelanda? —Tobias se quedó mirándola con aire de incredulidad—. ¡Para eso te vas a América!

—De hecho, hasta estaría más cerca... —musitó Laura, lo que de todos modos pasó inadvertido a su marido, pues al fin y al cabo la geografía no formaba parte de sus áreas de interés y el deseo de conocer países lejanos le era totalmente ajeno—. Pero es justo en Nueva Zelanda donde ha quedado libre ese puesto —prosiguió ella, al tiempo que se reprendía por no haberse preparado mejor esa conversación. No debería haber comunicado a Tobias sus planes de sopetón. Pero hacía tan solo un par de horas que había leído el anuncio y desde entonces no cabía en sí de alegría. ¡Parecía obra de un hada buena! Tenía que compartir su buena suerte con alguien y lo primero que hizo fue plantarse ante los niños para anunciarles la posibilidad de que ella pasara un año en el extranjero. Ahora, naturalmente, también iba a poner a su marido al corriente, ya que, sin duda, los niños querrían hablar de las novedades durante la cena—. Un empleo de guía en un barco donde se hacen excursiones con avistamientos de ballenas. Justo lo que siempre he soñado. Una oportunidad única. Y la base ideal para mi carrera...

—¡Pero Laura, tienes dos hijos! —le recordó Tobias con un deje de reproche, mientras sacaba una cerveza de la nevera como solía hacer por las tardes. También le ofreció una botella a Laura, pero ella estaba demasiado emocionada para sentir sed—. ¿Tienes idea de lo que es eso? —preguntó—. Uno no se va como si nada a la otra punta del mundo por tanto tiempo.

—¡A los niños les parece estupendo! —contestó Laura, entusiasmada—. Por supuesto, tendrán que quedarse contigo, cambiar de escuela sería demasiado complicado. Pero vendrán a verme por Navidad. —Sonrió—. Kathi está empeñada en ir a Nueva Zelanda; Jonas, en cambio, espera impaciente el año de papá. Se venga de mí ahora porque le has dejado quedarse levantado cada vez hasta más tarde mientras yo iba a las clases nocturnas.

—¿Así que ya lo habéis planeado todo? —Tobias se la quedó mirando ofendido—. ¿Sin mí?

Laura se mordió el labio.

—Solo... solo hemos estado reflexionando un poco acerca del tema —admitió—. Pero no era nuestra intención dejarte de lado. Es que los niños han llegado a casa antes que tú. —Ese martes Tobias tenía su tarde libre, como él la llamaba. Había estado haciendo deporte con sus amigos después del trabajo—. Y te lo estoy contando ahora. Puedes decir todo lo que quieras al respecto, a fin de cuentas todavía no está nada decidido. Tobias, ¡deseo con toda mi alma intentarlo! Un año pasa enseguida. Los niños también han prometido ayudarte con los trabajos domésticos... —Rio nerviosa—. Kathi está deseando jugar a ser ama de casa, hasta que se dé cuenta de lo estresante que puede llegar a ser esa tarea. Y a menudo simplemente aburrida.

Tobias contrajo los labios.

—¿Significa eso que durante todos estos años te has sentido como una esclava? —preguntó mordaz.

Laura negó con la cabeza con determinación y empezó a preparar la mesa para la cena. Kathi y Jonas no tardarían en llegar a casa, y más valía que cuando apareciesen no encontraran a sus padres en plena discusión.

—No —aseguró de inmediato—. En absoluto quería decir esto, ¡haz el favor de no manipular mis palabras! Me he ocupado de mi familia y lo he hecho de buen grado. Pero ahora los niños ya pueden valerse por sí mismos y creo que ha llegado el momento de pensar en mí... —Sacó platos y vasos del armario y los colocó con más determinación de lo que deseaba sobre la mesa.

—¿Realización personal? ¿Crisis de la mediana edad? —preguntó Tobias con una sonrisa irónica—. En realidad, aún eres demasiado joven para eso.

Laura suspiró.

—Precisamente —le contestó—. Tengo solo treinta y un años. Todavía puedo cambiar las cosas, experimentar algo nuevo... Hubo una época en que yo tenía un sueño, Tobias, y tú lo sabes...

Él puso los ojos en blanco. Cuando se conocieron ya se había reído de que las paredes de la habitación de su chica estuvieran cubiertas de carteles de ballenas y delfines saltando. Laura tenía diecisiete años y estaba terminando la enseñanza media. Había planeado cambiar de instituto para acabar el bachillerato y estudiar a continuación Biología Marina. Las ballenas y los delfines la habían cautivado desde niña. En cambio, no se había tomado demasiado en serio la relación con el pragmático Tobias, aprendiz de panadero. Ni se le había ocurrido casarse con él, hasta que, recién cumplidos los dieciocho, se quedó embarazada de Katharina. En un principio consideró la idea de abortar, pero Tobias había insistido en que se casaran. Acababa de concluir su aprendizaje y le habían ofrecido un puesto en la panadería industrial donde había realizado las prácticas. Se suponía que ganaría lo suficiente para mantener a una familia. Los padres de Laura se ofrecieron a ayudarlos, pues de todos modos desconfiaban de los grandes proyectos de su hija. Como miembros de una Iglesia cristiana libre, condenaban categóricamente la práctica del aborto. La determinación de Tobias y que estuviera dispuesto a asumir sus responsabilidades impactaron tanto a Laura que decidió no interrumpir el embarazo. Fue entonces cuando realmente se enamoró del joven de cabello castaño revuelto y de ojos azules que la había admirado desde el día en que se conocieron...

Fuera como fuese, acabó en el altar en lugar de en el grado superior de bachillerato. Tobias y ella se mudaron a casa de los suegros y en los años que siguieron todo giró en torno a la hija. Cuando Katharina asistió por fin al jardín de infancia y Laura empezó a pensar en su propio futuro, llegó Jonas. Ella volvió a posponer sus planes, se ocupó de sus hijos, de las tareas domésticas y de sus suegros, ya necesitados de atención, en cuya casa todavía vivía la joven familia. A veces, cuando la asaltaba la sensación de que iba a volverse loca con la vida que llevaba, se ponía a leer, sobre todo libros sobre mamíferos marinos. En el transcurso de todos esos años las estanterías se habían ido llenando de libros ilustrados y de volúmenes científicos.

Al final, la suegra había muerto y el suegro se había mudado a una vivienda más pequeña. Los niños iban a la escuela y cada vez eran más autónomos, y Laura había empezado a buscar trabajo. El resultado había sido decepcionante. Los empleos que se ofrecían a una madre de veintiocho años sin experiencia laboral no solo estaban mal pagados, sino que, además, carecían de cualquier interés. Podría estar trabajando en la cadena de una fábrica, ser cajera o andar llenando estanterías en un supermercado... durante los siguientes treinta años. Laura no quería eso, en absoluto. Y así fue como un día se puso delante del espejo, contempló su piel tersa, su brillante y rubio cabello y su estilizada silueta, y decidió que todavía era joven. Lo suficiente joven para empezar de nuevo y, aunque enseguida sintió remordimientos, ya entonces sospechó que podía tratarse de un nuevo comienzo sin Tobias.

—Venga, Tobias, ya tienes práctica —respondió, intentando de nuevo que él viera los aspectos más agradables de disfrutar de un año a solas con sus hijos—. Ya llevas dos años pasando casi todas las tardes solo con Kathi y Jonas. ¡Sabes hacerlo! ¡Y lo haces bien!

Desenvolvió el pan que Tobias había llevado de la panadería y puso en marcha la cortadora. Mientras, él sacó la mantequilla y unos embutidos de la nevera. Los dos formaban un buen equipo, él no era de esos hombres que evitan las tareas domésticas. Laura no tenía motivo de queja. Él había aceptado la decisión de su mujer de asistir a clases nocturnas en el instituto y se había ocupado de los niños de una forma modélica. Por fortuna, su horario de trabajo también le permitía dedicarse a la educación de los hijos. Tobias comenzaba su turno en la panadería, donde ya era maestro panadero, a las cuatro de la madrugada, y a las doce volvía a casa. Después de la siesta del mediodía disponía de mucho tiempo para sus hijos y para su hobby: junto con un entusiasta Jonas se dedicaba al modelismo ferroviario. Ahí había demostrado tener una paciencia infinita con el pequeño. Tampoco se quejaba jamás cuando tenía que acompañar en coche a Kathi al curso de teatro o a montar a caballo. Los fines de semana iba con los niños al zoo o a un parque de atracciones. Laura siempre había podido estudiar tranquilamente. Y había valorado lo que tenía, especialmente en la época de los exámenes finales de bachillerato.

Así pues, sus elogios eran sinceros. Tobias era un padre maravilloso, ella no tenía que preocuparse cuando lo dejaba solo con los niños, además, era una persona digna de todo el cariño. Laura experimentó de nuevo un sentimiento de culpabilidad. Que ella no fuera feliz en su matrimonio no se debía a su marido, sino a sí misma. Todavía tenía otras ilusiones, quería experimentar algo más. ¡Ese trabajo en Nueva Zelanda era su oportunidad! Eco-Adventures, una empresa activa en todo el país, conocida por el cambio modélico del concepto de avistamiento, respetuoso con la fauna, buscaba estudiantes o preuniversitarios que trabajaran de guías en las excursiones en barco para avistar ballenas y otros cetáceos.

Laura no había dudado ni un instante y se había puesto de inmediato en contacto con la compañía por correo electrónico.

Tobias se pasó la mano por el cabello.

—Pero... ¿volverás? —preguntó en voz baja.

Laura miró el rostro sincero y amable de su marido.

—¡Pues claro! —respondió—. Es un empleo temporal. Dentro de un año estoy otra vez en Alemania.

Tobias se mordisqueó el labio.

—¿Volverás... a mi lado? —puntualizó entonces.

Laura bajó la vista.

—Yo... todavía no sé siquiera si me van a aceptar... —susurró.

Naturalmente, Eco-Adventures no había respondido a su solicitud de empleo de inmediato, pero entretanto ella había decidido firmemente cambiar de vida. Si no le daban ese trabajo, encontraría otro. Y se temía que ninguno de los caminos que ella imaginaba la conducía de vuelta junto a Tobias. Pese a ello buscaba excusas. No se veía con fuerzas para destruir el mundo de su marido. Bastaba con que él se hiciese a la idea de pasar un año ocupándose en solitario de sus hijos.

Tobias asintió, manifiestamente aliviado.

—Entonces, habrá que esperar —señaló.

Él odiaba tomar decisiones, era un maestro del escaqueo. Desde que se conocían, siempre había sido Laura quien se había enfrentado a los conflictos y solucionado problemas. En el fondo no le gustaba, pero de ese modo siempre había conservado su autonomía. Tenía valor por los dos, ¡suficiente valor para marcharse a Nueva Zelanda!

2

En las jornadas siguientes, Laura comprobó sus mensajes de correo electrónico tres veces al día como mínimo. Para regocijo de Katharina y Jonas, ya se ponía a ello antes de desayunar.

—¿Quién va a escribirte a las seis y media? —preguntaba su hija de trece años mientras se untaba el panecillo con una gruesa capa de crema de chocolate.

Laura se preguntaba cómo conseguía mantenerse tan delgada comiendo eso.

—Los neozelandeses —contestó—. Para ellos son las seis y media de la tarde. Según la estación del año, hay doce horas de diferencia horaria. —Prefería no comentar que incluso a las tres y media de la mañana, cuando Tobias se marchaba a trabajar, echaba un vistazo a su buzón.

—¡Nueva Zelanda está justo en el otro extremo del mundo! —explicó Jonas—. Papá y yo lo hemos mirado en el globo terráqueo. ¡Si se hiciera un agujero a través de la Tierra se llegaría allí! ¿Por qué no lo hacen? A lo mejor se llegaba más deprisa tirándose por un tubo que en avión...

—Porque te calcinarías en el magma líquido —contestó Kathi—. ¿Nadie te ha contado todavía que en el interior de la Tierra hay una masa incandescente? Mira que llegas a ser tonto...

—¡Tengo nueve años y no soy tonto! ¡Habría que aislar el tubo!

—replicó Jonas, ofendido, y siguió desarrollando la idea de un sistema neumático resistente al calor para el transporte de mercancías y personas. Kathi lo provocó dándole una palmada en la frente.

Laura cerró el portátil con un suspiro y empezó a hacer de mediadora. Amaba a sus hijos, pero esas peleas matutinas la sacaban de sus casillas. A ese respecto, los dos niños habían salido a su padre: eran declaradamente madrugadores. Ella, por el contrario, habría necesitado dormir algo más. Aun así, cada mañana se levantaba con Tobias, se bebía el café con él y lo despedía cuando se iba a trabajar. Luego dormía un poco más antes de despertar a los niños a las seis. Ese ritmo ni siquiera variaba durante las vacaciones. Se levantaban temprano y querían desayunar. Laura bostezó. Nunca sería una persona madrugadora.

La respuesta llegó cuatro días después de que Laura hubiera solicitado el empleo y no la enviaron desde Nueva Zelanda, sino desde la agencia de viajes Möwe de Bonn. Una empleada llamada Marion Reisig se identificó afablemente como la representante en Alemania de Eco-Adventures e invitó a Laura a una entrevista. «En principio estamos interesados en su colaboración, pero desearíamos hablar con usted sobre sus deseos y expectativas, experiencias anteriores y conocimientos de idiomas —leyó—. Si le parece bien, podríamos reunirnos el próximo viernes a las 15.00 horas en nuestra agencia de viajes.»

Después de responder a la señora Reisig que por supuesto acudiría a la cita el día señalado, Laura se pasó el día saltando de alegría. ¡Menos mal que podía confiar en Tobias sin tener que ponerse de acuerdo con él! Por la tarde lo recibió contentísima con la buena noticia y se esforzó por obviar que la reacción de él no era nada entusiasta.

—¡Deséame suerte! —le pidió cuando al miércoles siguiente emprendió demasiado temprano el camino hacia Bonn.

En realidad, solo se tardaba algo más de media hora en ir desde las afueras de Colonia, donde vivía con su familia, hasta el centro de Bonn, pero, de hecho, había calculado hora y media. A saber si habría un atasco o cuánto tiempo le llevaría encontrar un aparcamiento...

Tobias, que estaba preparando espaguetis y calentando la salsa de tomate que había hecho Laura, no respondió. En los últimos días solo había hablado con ella lo imprescindible. La verdad era que no habían discutido, no la castigaba con su silencio, pero sí le daba a entender claramente su desaprobación.

Pues nada, pensó Laura con rebeldía, diciéndose que tampoco necesitaba que le desease ninguna suerte. A fin de cuentas, el empleo no le caería del cielo, sino que debía convencer a la señora Reisig de su valía. ¡Laura tenía que ser capaz de eso!

Decidida, tomó la autopista y tuvo suerte con el tráfico. No había embotellamientos y, por supuesto, encontró demasiado pronto un aparcamiento a dos manzanas de la agencia de viajes Möwe, a la que también llegó enseguida. Sin saber qué hacer, dio un paseo por las calles contiguas. En una librería encontró un librito sobre el avistamiento de ballenas que no contenía nada que ella no supiera, pero gracias al cual tomó nota de todas las posibilidades que se ofrecían en Nueva Zelanda para observar ballenas. Los lugares más importantes eran Kaikoura en la Isla Sur y Paihia en la Isla Norte; Eco-Adventures tenía oficina en ambas localidades. Le pasó por la cabeza comprar el libro, simplemente porque le pareció un buen presagio, pero renunció a ello. Tenía que ahorrar. El sueldo en Eco-Adventures no sería astronómico y no estaba nada segura de que la empresa fuera a hacerse cargo de los gastos del viaje y del alojamiento. Pero no cabía duda de que no se responsabilizaría de la visita que le hicieran Kathi y Jonas en Navidad, y Tobias le reprocharía con toda razón que ella cargara esos gastos en la caja de la familia.

Consultó intranquila el reloj. Hora de volver a la agencia de viajes. Esperaba poder aclarar las cuestiones acerca de la remuneración y de quién correría con los gastos para poder dar una información precisa a Tobias.

Echó un vistazo a su imagen reflejada en un escaparate. Había estado dándole muchas vueltas a qué ropa ponerse y al final había optado por una camiseta clara, un pantalón de lino deportivo y una chaqueta impermeable ligera. En Colonia y Bonn el tiempo volvía a ser variable ese verano. Llevaba suelta la media melena, el corte escalonado le quedaba bien y se había maquillado un poco. Acentuaba el castaño de sus ojos con delicados matices dorados y marrones y utilizaba un lápiz de labios claro que parecía muy natural. Pero ¿daba con ello la imagen de la bachiller o estudiante universitaria que Eco-Adventures deseaba contratar?

Apartó con resolución estos pensamientos de su mente, sonrió con optimismo y entró en el establecimiento. Como siempre le ocurría, se sintió bien al instante. Le encantaban las agencias de viajes, sentía de inmediato ganas de marcharse cuando veía todos esos folletos y carteles de colores en las paredes, las ofertas de último minuto que despertaban en ella la ilusión de poder subirse ese mismo día a un avión, las imágenes de sol y mar...

—¡Buenos días! ¿En qué puedo ayudarla?

Uno de los dos empleados de la agencia estaba atendiendo a unos clientes, pero el otro, una mujer menuda y morena, se volvió amablemente hacia Laura. Esta contestó a su saludo y ya iba a preguntar por la señora Reisig cuando vio el nombre en el distintivo que su interlocutora llevaba prendido en la blusa.

—Vengo por la... entrevista de trabajo —dijo, sintiéndose de repente insegura.

La señora Reisig sonrió.

—¡Ah, sí, señora Brandner! —contestó—. Qué bien que haya venido. La señora Walker, de Eco-Adventures, ya la está esperando. Si es tan amable de acompañarme... Podrán conversar detrás, en nuestra sala de reuniones.

Laura se mordisqueó el labio. Así que no tendría que convencer solo a la señora Reisig, sino también a una neozelandesa... Intimidada, salió del espacio de atención al público tras la propietaria de la agencia de viajes, cruzó una habitación interior llena hasta los topes de folletos y otro material publicitario, y llegó a una amplia estancia que servía tanto de sala de reuniones como de zona de comedor. En ella había una mesa y unas sillas, y delante de una taza de café estaba sentada una mujer delgada y pelirroja, con un elegante corte de pelo y unas gafas con montura de colores. Cuando la señora Reisig y Laura entraron, enseguida se puso en pie.

—Walker, Louise Walker. —La representante de Eco-Adventures en Nueva Zelanda tendió la mano a Laura—. Encantada de conocerla.

Por fortuna la mujer hablaba perfectamente el alemán. Laura había temido tener que hacer la entrevista en inglés.

Respondió al saludo. ¿Por qué se sentía tan cohibida de repente? La señora Walker era amable y debía de tener su misma edad. Sin embargo, ella notó que la evaluaba con la mirada. ¿Esperaba a alguien más joven? Laura se sobrepuso. Ella no había escondido su edad. Era imposible que no hubiesen informado al respecto a la señora Walker. La representante de la compañía no se anduvo con rodeos.

—Supongo que ya se habrá informado usted sobre los servicios que ofrece nuestra compañía —empezó con un tono impersonal, aunque introduciendo un par de aclaraciones—. Operamos en distintas poblaciones de las islas Norte y Sur de Nueva Zelanda. Además de las excursiones con avistamiento de ballenas y delfines en las ciudades de la costa, ofrecemos otras actividades deportivas como el *rafting*, salidas en *jet boat*, heliesquí o *puenting*, así como distintos *trekkings*, excursiones por la montaña y paseos a caballo. De ahí que valoremos que nuestros empleados dispongan de aptitudes diversas. Usted desea trabajar especialmente en el avistamiento de ballenas y delfines... —Hojeó la solicitud de empleo de Laura—. Además... permita que le haga una observación previa: ¿es usted consciente de que nuestra oferta de trabajo está especialmente orientada a personas más jóvenes? Vendría a ser como un *working holidays*. La mayoría de nuestros empleados se toman una pausa después de haber terminado el bachillerato o entre el primer y segundo ciclo de los estudios superiores... Usted, en cambio, ya tiene dos hijos...

Laura se mordió el labio.

—Terminé algo tarde el bachillerato —respondió—. Y no considero este año en Nueva Zelanda como un período de descanso, sino como una preparación para mi carrera. Me gustaría estudiar Biología Marina.

La señora Walker asintió.

—Lo deduje por su solicitud —dijo—. No obstante... ya que no considera usted este año como un período de descanso, ¿es consciente de que pagamos muy poco? ¿Y de que al menos en temporada alta tenemos unos horarios nada acordes con la conciliación familiar? Si hay mucho trabajo, nuestros empleados llegan a hacer hasta cuatro o cinco *tours* al día...

Laura sonrió aliviada.

—No es problema —se apresuró en contestar—. No tengo intención de instalarme allí con mi familia. Ya hace tiempo que mis hijos van a la escuela y mi marido se ocupará de ellos mientras yo esté fuera. Yo no necesito demasiado para mí sola. Menos, probablemente, que la gente joven. No suelo salir a divertirme. Aunque... si he de ser sincera, no quisiera participar en actividades como el *rafting* o el *puenting*. A mí lo único que me interesan son las ballenas. Y los delfines. Me encantan las ballenas desde que era niña. Y que conste que no estoy haciendo ningún sospechoso intento de realización personal, señora Walker. El esoterismo y esas cosas no son lo mío y, desde luego, no considero que las ballenas sean los mejores seres del universo... —La señora Walker sonrió y Laura se sintió animada a proseguir—. Lo que ocurre, simplemente, es que me parecen fascinantes y dignas de ser protegidas. ¡Son maravillosas!

—En efecto, lo son... —La señora Walker sonrió de nuevo.

Por una fracción de segundo, Laura se ensimismó en el que hasta el momento había sido su único encuentro con ballenas en plena naturaleza. Tres años atrás había conseguido que Tobias hiciera una excepción en sus vacaciones anuales en Mallorca. Ella deseaba hacer un viaje a la República Dominicana en el que se incluía una excursión para ver ballenas. El viaje había sido un fracaso: Tobias no había dejado de quejarse de la humedad del ambiente y de renegar de los chaparrones diarios; Katharina había desarrollado una alergia al sol y Jonas había contraído una infección. Lo único maravilloso de esas vacaciones habían sido las ballenas. Se habían acercado por propia iniciativa al barco desde donde las observaban y a veces incluso habían saltado por encima de él, como si encontraran emocionante el contacto con los seres humanos. Desde entonces, Laura soñaba con experimentar algo así otra vez o, mejor aún, muchas veces. Tal vez en Nueva Zelanda lo consiguiera.

—No me importa trabajar por un poco de dinero para gastos pequeños —se le escapó—. También me da igual adónde me envíen y cuáles sean los horarios de trabajo. ¡Por mí estaría trabajando doce horas diarias todo el año! Y me tomaré en serio el trabajo. Lo sé casi todo acerca de las ballenas y estoy deseando compartir mis conocimientos. Los grupos a los que acompañe no se aburrirán, incluso cuando no haya muchos animales que ver. Yo...

—¿Qué tal se desenvuelve usted con el inglés? —la interrumpió la señora Walker.

Laura asintió con vehemencia.

—¡Inglés de asignatura principal! —respondió con orgullo—. Biología e Inglés. Todo con vistas a mi idea de trabajo. Se ha de asumir que, como bióloga marina, habrá que trabajar en cualquier parte del mundo. Y en la mayoría de los observatorios de investigación se habla inglés. Me desenvuelvo bastante bien.

La señora Walker abrió de nuevo la carpeta con los documentos de Laura para solicitar el puesto y echó un vistazo a su título de bachillerato.

—Notable bajo —señaló escéptica.

Laura se encogió de hombros.

—El examen fue sobre Shakespeare y el teatro del absurdo —contestó—. No sobre ballenas. Aunque intenté vincular ambos temas. Cuando tuvimos que presentar un libro, yo elegí *Moby Dick* de Melville. Por desgracia encontré la novela bastante floja: un hombre que odia a una ballena porque le ha arrancado una pierna... ¿Y qué tipo de ballena debía de ser esa? Por las ilustraciones, una ballena azul o jorobada, como mínimo. Pero estas ni siquiera tienen dientes. El modelo real de *Moby* era un cachalote, aunque, de todos modos, debería haber sido gris. Por el color se trataría de una beluga, pero son mucho más pequeñas y, en realidad, tampoco son tan agresivas. En serio, ¿alguna vez ha oído usted hablar de una ballena que le haya arrancado la pierna a alguien? En cualquier caso, ningún representante de la familia de los cetáceos dentados conseguiría hacer zozobrar un barco... —Hizo una mueca—. De hecho, consideré que mis explicaciones al respecto eran correctas, pero mi profesor afirmó que carecía de sensibilidad para «el drama de una concepción simbólica del mundo». Ya me di por satisfecha con la nota que me pusieron.

La señora Walker rio.

—Entonces pasemos a un pequeño examen oral —propuso—. ¿Cachalote?

—*Sperm whale!*

—¿Ballena de aleta?

—*Razor-back!*

—*Grindwal?*

—¡Ballena piloto!

—*Humpback whale?*

—¡Ballena jorobada!

Laura disparaba las respuestas como balas.

—No está mal —dijo la señora Walker y se centró en la lectura de la documentación de Laura. Esta se frotó la frente cuando vio que la neozelandesa seguía observando su título de bachillerato. No era estupendo, solo había obtenido excelente de media en Biología. Aun así, había cursado sin tropiezos el bachillerato nocturno. No había tenido ningún interés en perder más tiempo. Desafortunadamente, su nota media era solo un notable. Y con ella, uno estaba bastante limitado.

—¿Cree que podrá llegar a estudiar Biología Marina con este título? —preguntó al final la señora Walker.

Laura inspiró una profunda bocanada de aire.

—Estoy firmemente decidida a obtener un día una plaza universitaria —respondió—. Y convencida de que pasar un año trabajando en un barco en el que se realizan avistamientos de cetáceos en Nueva Zelanda contribuirá a valorar positivamente mi solicitud.

La señora Walker sonrió.

—Desde luego, motivación no le falta —declaró—. Está bien... ¿alguna otra aptitud, aparte de su fascinación por las ballenas? Como le he comentado, valoramos la versatilidad de nuestros empleados, nos parece bueno que puedan desempeñar varias tareas...

Laura dudó. ¿Debía de mencionar la equitación? Siendo niña había practicado ese deporte durante varios años y después había tomado clases por un breve período de tiempo con Katharina. Pero luego empezó las clases nocturnas de bachillerato. No tenía tiempo suficiente y Tobias se había quejado del gasto. Así que volvió a dejar la equitación. Pese a ello, se veía capaz de ensillar un caballo, de iniciar a un grupo de personas en el manejo de una montura dócil para turistas y de acompañarlos a dar un paseo. Si con ello no corría el riesgo de pasar el año en Nueva Zelanda metida en un establo... Pero al final venció el deseo de complacer a la señora Walker.

—Sé montar un poco a caballo —admitió—. Pero... pero prefiero trabajar con ballenas, yo...

La señora Walker sonrió una vez más.

—No se preocupe —dijo amablemente—. Para los empleos en los establos tenemos toda una lista de espera. Las chicas jóvenes se mueren de ganas de trabajar en Nueva Zelanda con los caballos. Y en cuanto a realizar provisionalmente otras tareas, creo que no tenemos ningún establo cerca de Paihia o de Kaikoura, donde es probable que se la requiera para trabajar.

Laura miró incrédula a la representante de Eco-Adventures.

—¿Donde podría ser requerida? ¿Significa esto que me contrata?

La señora Walker asintió.

—Por mi parte no hay nada que lo impida —respondió—. En los próximos días le llegará por correo electrónico una respuesta más definitiva y la información detallada sobre los vuelos y el curso de iniciación en Auckland.

Se puso en pie y tendió la mano a Laura.

—Así pues, nos veremos en Auckland... —anunció afablemente.

Ya en la calle, se percató de que no había preguntado ni por su sueldo ni por quién corría con los gastos del viaje.

3

El contrato de trabajo con Eco-Adventures llegó tres días más tarde por correo electrónico y ella se puso tan contenta por haberlo conseguido que lo imprimió de inmediato, lo firmó y lo envió tanto por *e-mail* como por correo postal. Tobias montó una escena por esta causa y ella no se sintió del todo inocente. A fin de cuentas, después de la entrevista de trabajo no le había contado toda la verdad. Sabiendo que le preguntaría todos los detalles sobre cómo había negociado el salario y sobre las condiciones de trabajo, le había hecho creer que la conversación no se había alargado tanto. Él había deducido de ello que era más bien incierto, si no improbable, que Laura obtuviese el puesto. Que lo hubiera aceptado ahora tranquilamente y sin consultarlo antes con él lo indignó.

—Me dijiste que volveríamos a hablar del tema —afirmó—. Que por el momento no había nada seguro. Y en vez de tomar una decisión juntos, me enfrento ahora a los hechos consumados: «El 15 de agosto cojo el avión...»

—Es el 14 de agosto —puntualizó Laura—. ¿Y qué decisión querías que tomásemos juntos? Ya te había dicho que nunca había deseado nada con tanta intensidad, que esto es mi sueño, que...

—¿Y quién se ocupa de hablar de mis sueños? —la interrumpió Tobias sin acabar la frase.

Laura tuvo que morderse la lengua para no echarle en cara que precisamente ese era el problema. Tobias no tenía sueños. Estaba satisfecho del todo con la vida que llevaba. Para él cualquier cambio representaba más una amenaza que una oportunidad. Prefería pasar siempre las vacaciones en un mismo sitio. La visita anual a la feria de modelismo ferroviario le bastaba como aventura, y para ello no tenía ni que salir de Colonia. Si soñaba con algo, era tal vez con ampliar el sótano para poder acoger un par más de vías de tren.

—Tobias, es solo un año —trató de reconciliarse por las buenas—. Deja que lo intente... Déjame...

—¿De qué vas? —la interrumpió él—. ¿Me pides ahora que lo apruebe? ¿Después de haber firmado el contrato? Un contrato de pena, dicho sea de paso; trabajarás por una miseria...

No iba del todo equivocado. Sin embargo, apenas había gastos de mantenimiento. Eco-Adventures pagaba los vuelos de ida y vuelta y asumía los costes del hotel de Auckland durante el curso de iniciación. En los correspondientes lugares de trabajo, los empleados disponían de apartamentos con cocina. Así pues, no había gastos de alquiler, agua y calefacción, uno solo tenía que ocuparse de comprarse la comida.

—Seré austera —afirmó Laura.

Tobias replicó con sarcasmo diciendo que, probablemente, no tendría tiempo de gastar dinero.

—¡Trabajas prácticamente todo el día! Son contratos draconianos. Cualquier comité de empresa se echaría las manos a la cabeza al leer un contrato así...

—Pero las ballenas... —Laura se interrumpió. Tobias nunca la entendería.

—En cualquier caso, tengo mucha curiosidad por saber qué dirán tus padres de todo esto —observó él.

Laura suspiró. Ella no se esperaba ninguna sorpresa.

De hecho, su madre llamó al día siguiente. Tobias le había contado todas sus penas.

—¿Tú te das cuenta de lo que le estás pidiendo a tu marido? —preguntó implacable después de exponer a Laura lo que sabía—. Sabe Dios que Tobias ya ha transigido suficiente con esa historia del bachillerato nocturno... —Sonaba como si le hubiera estado subvencionando un curso de baile exótico.

—Pues precisamente, ahora que tengo el título de bachillerato quiero hacer algo con él —intentó explicar Laura—. Mamá, ya sabes que quiero estudiar en la universidad. Y este año en Nueva Zelanda es...

—¡Una solemne tontería! ¡Ni siquiera vas a ganar dinero! ¡Y para eso pones en peligro tu matrimonio! —Hilde Klusmann era experta en alterarse. Laura se separó un poco el auricular de la oreja para no correr el riesgo de quedarse sorda—. ¡Todo un año lejos de casa! ¿Qué va a ser de los niños? ¿Y de Tobias? Tanto tiempo sin su esposa... ¡Incluso a un hombre como él puede ocurrírsele cualquier bobada!

Laura hizo un gesto de impotencia. A ojos de su familia, sumamente conservadora, Tobias era un santo. Sus padres siempre lo habían tenido en muy alta estima, pero desde que Laura asistía al bachillerato nocturno, lo habían colocado en un pedestal, si bien en el caso de su padre se mezclaba una cierta desconfianza con la admiración. Consideraba poco viril que Tobias también cocinase.

—Mamá, a los niños, sin duda, les hará bien ganar autonomía. Y si es verdad que Tobias me añora tanto, puede ir a visitarme con ellos en Navidad —explicó Laura, consciente de que su marido no pasaría treinta horas en un avión por nada en el mundo.

—Pero aquí... tan solo... con las tareas domésticas, las lavadoras, la cocina... Además de su trabajo... —La madre de Laura siguió lamentándose—. Esto solo funcionará si yo le echo una mano. Con lo que saldrá tu padre mal parado si continuamente estoy fuera... No solo influyes en la vida de tu esposo, sino también en la nuestra. Laura, de verdad, ¡nunca hubiera pensado que te crie para ser así de egoísta!

Laura contuvo el impulso de morderse las uñas. Como siempre que su madre la criticaba, volvía a sentirse como una niña pequeña y a veces se sorprendía mordisqueándose la piel alrededor de las uñas hasta sangrar. Su madre estaba convencida de que Laura no se sacrificaba lo suficiente por su marido y sus hijos. Toda su vida le había reprochado su egoísmo, de hecho, siempre que Laura quería hacer algo que se desviaba del severo y conservador camino que sus padres habían planeado para ella. Pero no pensaba pasar toda su vida bajo la influencia materna. Las ballenas eran demasiado importantes para ella. ¡Quería ir a Nueva Zelanda!

—Hasta ahora he hecho todo eso además de ir al instituto —replicó Laura—. Y si ahora fuese a la universidad, tendría que hacerlo al mismo tiempo que estudiase la carrera y, luego, al mismo tiempo que fuese a trabajar. ¡Lo he hecho durante trece años, mamá! Además, tampoco es tan difícil poner la ropa en la lavadora y hacer un secado. Hasta Kathi y Jonas saben hacerlo. Como preparar un plato sencillo o recalentarlo. ¡Les dejaré unos platos cocinados para los primeros días, si eso te tranquiliza!

—¡Un año... Dios mío! Los niños estarán totalmente desamparados, y Tobias... —La madre de Laura expresó un par de temores más y después, inesperadamente, atestó el golpe de gracia—. ¡Tobias cree que no vas a volver! —confesó de repente.

Laura notó que se le aceleraba el corazón. Esa vez su madre se había pasado de la raya. Se sintió más herida que culpable. ¡Tobias no tendría que contarles esas cosas a sus padres!

Agarró enfadada el teléfono.

—¿Ah, sí? —preguntó—. Entonces tal vez debería volver a leerse el contrato que he firmado. Con todos los reproches que me ha lanzado, había pensado que ya lo había hecho, pero se ha saltado el tema del plazo. Me marcho a Nueva Zelanda por un año exactamente, mamá. Los vuelos se reservan por adelantado, así que Tobias ya puede comprobar ahora mismo qué día de agosto llegaré al aeropuerto. Y si todavía duda al respecto, no es problema mío. Hasta ahora nunca le he dado razones para que desconfíe de mí.

—Hija mía, ¡lo normal es que dude! —exclamó la madre, sulfurada—. Es natural que piense que te vas en busca de aventuras. No querrás que se crea que con las ballenas...

Laura inspiró profundamente y pulsó despacio la tecla roja del teléfono. Desde que era niña soñaba con ballenas y delfines, ya había planeado una vez su futuro y no había vacilado acerca de qué quería. Sus padres no lo habían aprobado, pero lo sabían. Tobias lo sabía. Él había visto todos los libros que ella había leído... Hacía poco, la madre de Laura había descubierto sobre su mesa una factura de un libro sobre delfines solitarios y la había criticado por gastarse tanto dinero en «tonterías que no sirven para nada». ¿Y ahora tenía que escuchar que no podían tomarse todo eso en serio?

Laura se sintió de pronto muy sola y, para su sorpresa, sacó fuerzas de ese sentimiento. Año tras año se había esforzado por satisfacer todas las exigencias. Siempre había relegado sus deseos a un segundo plano, por más que Tobias y sus propios padres fingieran ahora que sus esfuerzos por sacarse el bachillerato siendo adulta no habían sido más que pura diversión. ¿Acaso no veían lo que había sucedido antes? Cuidar a su suegra, los años en que apenas había salido de casa... Si era cierto que su marido la amaba, ¿de verdad debía temer ella que a él se le ocurriera «cualquier bobada» durante su ausencia?

Cuando Laura se levantó para poner orden en la sala de estar, volvió a sonar el teléfono. Tobias había dejado su revista de modelismo tirada por allí; la laca de uñas de Kathi estaba sobre la mesa y el frasco no estaba bien cerrado... Mejor no pensar qué habría pasado si el esmalte se hubiese derramado sobre el sofá nuevo. ¿No?

Se le escapó la risa. Para ser sincera, le daba bastante igual. En ese caso habría tenido que cubrir el sofá con una colcha para ocultar la mancha. Fuera como fuese, no habría sido motivo para montar un drama. Sintió de repente que todas las pequeñas catástrofes que su marido y sus padres constantemente le presentaban como trascendentales no eran más que triviales y domésticas. Iba a liberarse, iba a hacer por fin lo que realmente le importaba. No tenía que dar explicaciones a nadie, salvo a sus hijos. ¡Pero a ellos, estaba impaciente por enseñarles de primera mano lo que significaba ser libre!

Laura dejó el teléfono sonando y la sala de estar sin ordenar. En cambio, habló con Kathi por la tarde y su hija la abrazó.

—¡Venga, mami, todos sabemos que estás loca por las ballenas! —Fue la generosa respuesta de su hija mayor—. Tienes que hacerlo ahora, aunque papá y Jonas se enfurruñen un poco...

—¿Jonas está enfurruñado? —preguntó Laura.

No se había percatado de ello, pero estaba claro que el benjamín era influenciable. El malhumor de su padre y quizá también alguna conversación con sus abuelos le habían hecho cambiar de opinión.

—Jonas tiene miedo de que nos muramos de hambre —dijo riendo Kathi—. En cuanto a esto, la abuela ha dibujado un panorama horrible...

Laura suspiró.

—A partir de mañana me pongo a cocinar para cuando me haya ido —prometió—. El congelador estará repleto cuando coja el avión...

Kathi hizo un movimiento negativo con la cabeza.

—Eso es lo que quieren —señaló con perspicacia—. Todos quieren que tengas mala conciencia. Lo mejor es que no les hagas caso y vayas a lo tuyo. Y cuando hayas acabado el año, estudies

Biología Marina y ganes un buen sueldo, entonces me compras un caballo, ¿vale?

—¿Un caballo? —La asociación de ideas le había resultado un poco demasiado repentina, aunque, por supuesto, sabía que en la actualidad cualquier pensamiento de su hija giraba en torno a un caballo.

—¡O un delfín! —Kathi se echó a reír—. ¿No se puede galopar también sobre sus lomos? ¡Lo haremos en Navidad!

4

Kathi había prometido que no lloraría al despedirse en el aeropuerto de Fráncfort y de hecho estuvo muy animosa cuando Laura la estrechó entre sus brazos junto a las puertas de las salidas. Acababa de llegarle la noticia de que podía participar en un torneo montando su caballo favorito y, al lado de esto, la pena por la partida de su madre se desvanecía del todo. Tampoco Jonas perdió la calma, aunque en cierto modo Laura lo había sobornado. No solo había llenado el congelador de comidas precocinadas, sino también de distintos tipos de helados que a él le encantaban.

—¡Os los tomáis de postre, cuando papá cocine! —le había aclarado en ese momento.

—¡Pero solo cuando papá haya cocinado de verdad! —había puntualizado Kathi, guiñando un ojo a su madre—. No cuando se haya limitado a calentar un plato. —Adivinaba sus intenciones—. ¡Vigilaré que ninguno de los dos haga trampa!

Mencionar además las fiestas de Navidad, que los niños esperaban pasar en Nueva Zelanda, había contribuido a despistar a Jonas. Ya estaba pensando en los regalos.

—Si tenemos que celebrar las fiestas dos veces, una en Alemania y la otra en el otro extremo del mundo, también habrá que repartir regalos dos veces, ¿no es así? —había observado el pequeño.

—Como mínimo. —Laura sonrió.

No tenía la menor duda de que sus padres malcriarían a los pobres huérfanos de madre. Tobias era el único que parecía decidido a que su esposa sintiera su desaprobación hasta el último momento. Estaba inaccesible y no correspondió al abrazo de Laura cuando le dio un beso de despedida. Ella solo podía esperar que no armara además un escándalo.

—¡Ya hablaremos por Skype! —dijo a modo de despedida, fingiendo urgencia. No quería darle la oportunidad, bajo ningún concepto, de que volviera a plantear cuestiones de principios y tampoco quería ponerse a discutir a toda prisa—. Nos vemos. ¡Prometido!

Tobias esbozó sin gran entusiasmo una sonrisa y los niños agitaron las manos hasta que Laura hubo pasado los controles de seguridad. Volvía a luchar con su sentimiento de culpabilidad y se sintió verdaderamente aliviada cuando por fin hubo concluido la despedida. Sin tomarse ningún descanso, dio una vuelta por las tiendas del aeropuerto y fue de las primeras en llegar a la puerta de salida a Singapur. Suspiró aligerada cuando controlaron una última vez los pasaportes y las tarjetas de embarque, se precipitó al interior del aparato y estalló en lágrimas después de colocar el equipaje de mano según las instrucciones y ocupar el asiento junto a la ventanilla. Aunque no tenía ni idea de por qué estaba llorando. ¿Sería el agotamiento?

Las últimas semanas en Colonia habían sido duras. Exceptuando a Kathi, ninguno de sus conocidos había manifestado comprensión o entusiasmo por su viaje. Sufría ahora las consecuencias de no haber aprovechado la época en que asistía a los cursos nocturnos para hacer amistades nuevas y propias. Después de las clases nunca había salido con sus compañeros a tomar una copa ni tampoco se había reunido con ellos para estudiar en grupo; todo por no ser una carga excesiva para Tobias. Ahora era dolorosamente consciente de que, en realidad, todos sus amigos y conocidos tenían una relación más estrecha con Tobias. Que hiciera el bachillerato para adultos nunca había sido tema de conversación en ese grupo, pero que ahora tuviera la intención de abandonar a su familia durante todo un año para ir a observar mamíferos marinos en la otra punta del mundo había suscitado, en el mejor de los casos, una hipócrita admiración. Laura había escuchado al principio comentarios como «¡Qué atrevida!» y luego se había enterado de lo mucho que se compadecían de Tobias. Sonrientes, los amigos de este habían hablado de que sus propias esposas se autorrealizaban en cursos de pintura o de escritura, y no justamente marchándose a la otra punta del mundo. La frase «has conseguido que seamos el hazmerreír de la gente» se había convertido en la que más repetían tanto Tobias como sus padres. Sin embargo, Laura se había matado trabajando para llenar el congelador, como había prometido, con platos precocinados, y había organizado una gran fiesta en el jardín para celebrar el treinta y cinco cumpleaños de Tobias. Había invitado a sus padres a una barbacoa e intentado de algún modo que aceptaran su viaje. Ya hacía tiempo que Kathi había aprendido a poner la lavadora y la secadora y a preparar espaguetis a la boloñesa. Nadie podía decir que Laura desatendía sus obligaciones...

Y ahora estaba sentada en el avión, llorando... ¡Menudo comienzo!

«Siempre puedes dar marcha atrás... Di a Tobias que lo sientes y ¡no te subas a ese avión!» Le parecía estar escuchando la voz llena de reproche de su madre, había estado hablando con ella por teléfono el día anterior. Tampoco esta vez había encontrado ni una palabra conciliadora.

Laura bajó la vista hacia la pista mojada por la lluvia. En un par de semanas empezaría allí el otoño... y la primavera en Nueva Zelanda. Inspiró profundamente y de repente experimentó de nuevo esa alegría incontenible que la había embargado cuando leyó en internet el anuncio de Eco-Adventures.

No, ¡no lo lamentaba! No lamentaba nada y por nada del mundo iba a dejar ese avión. Cuando el piloto por fin despegó y el aparato se deslizó entre las nubes para emprender su largo vuelo, Laura se sentía ligera y feliz.

El viaje a Nueva Zelanda era tan horriblemente largo y agotador como Laura se lo había imaginado. Cuando al cabo de ocho horas por fin aterrizaron en Singapur, casi envidió a los turistas que se tomaban allí un descanso de dos o tres días. Decían que el zoo y el jardín botánico eran maravillosos. Pero en Singapur no había ballenas y Laura estaba deseando llegar de una vez al país de sus sueños, Nueva Zelanda. Pese al cansancio, apenas consiguió dormir un poco en el segundo vuelo, así que cuando por fin llegó a Auckland se sentía hecha polvo. Los trámites de llegada se llevaron a término enseguida. Mientras Laura aguardaba sus maletas, esperaba no tropezar tampoco con ningún contratiempo a la hora de desplazarse hasta el hotel. Pero sus temores carecían de fundamento: Eco-Adventures estaba estupendamente bien organizado. A la salida de la recogida de equipajes, un joven ya la esperaba sosteniendo en alto un cartel con su nombre.

—¿Laura? —la saludó alegremente por su nombre de pila cuando ella se acercó—. ¡Qué bien que hayas llegado! Eres la última, los demás ya están en el autobús. Espera, te llevo la maleta.

Camino del vehículo, Laura se enteró de que el joven se llamaba David, se hacía llamar Dave y trabajaba de profesor de surf en Eco-Adventures. En los meses de invierno, como era el caso en esos momentos, no había demasiado movimiento en las playas, así que colaboraba haciendo de conductor y de docente en la formación de los empleados de temporada. Explicó que en una ocasión había trabajado en Alemania y acto seguido probó a decir un par de frases. Laura asintió admirativa ante los *Guten Tag, Bitte ein Bier!* y *Auf Wiedersehen*.

Los demás recién llegados que esperaban en el microbús decorado con el colorido logotipo de Eco-Adventures no parecían tan comunicativos como Dave. O estaban todavía más baldados que Laura o no se esforzaban demasiado por disimular su agotamiento. Se sentó y saludó a una muchacha con el pelo de color zanahoria, algunos mechones cortos como cerillas y otros largos hasta los hombros, que se había puesto cómoda en dos asientos al otro lado del pasillo.

—Me llamo Kiki —dijo la joven bostezando, y se tomó la molestia de esbozar media sonrisa. Sus ojos, bajo las largas pestañas maquilladas de un negro intenso, eran de un azul celeste que desarmaba.

—Laura —se presentó, a lo que Kiki respondió con una inclinación de cabeza.

Justo después, la muchacha cerró los ojos y empezó a roncar suavemente. Tampoco se despertó cuando Dave se sentó al volante, se puso en marcha y trató de insuflar algo de vida en sus pasajeros.

—¿De dónde venís? —preguntó alegremente. Tres de los nueve pasajeros procedían de Australia. Además de Laura y Kiki había otros dos alemanes y dos chicas jóvenes que eran de Inglaterra—. ¡Un largo vuelo! —observó Dave con aire comprensivo, lo que de inmediato todos confirmaron con un bostezo. Al final, Laura fue la única a la que animó a entablar una conversación. Ella no hablaba mucho, pero lo escuchó complacida cuando explicó que Auckland era la ciudad más grande de Nueva Zelanda, un paraíso para la vela y sede comercial de Eco-Adventures—. En cualquier caso desde que la compañía ha crecido tanto —explicó Dave—. El viejo Kore, el fundador, reside en Paihia y no da crédito a lo deprisa que se desarrolla la empresa. Pero es que en Nueva Zelanda el turismo de aventura está en auge, la gente viene aquí para tener una experiencia especial. Y Eco-Adventures lo ofrece todo: desde paseos por famosos *trails* hasta los nuevos tipos de deportes extremos y no convencionales, pasando por el avistamiento de animales. Los *tours* se pueden reservar independientemente o en paquetes. A petición del cliente, la empresa incluso organiza también visitas guiadas a lo alto del Milford con gente poco deportista. —Le dirigió un guiño cómplice.

Laura le contó que, en realidad, su único interés residía en las ballenas y que esperaba que la destinaran a Kaikoura.

—Es ahí donde están los grandes cachalotes y las ballenas jorobadas... —dijo nostálgica—, para mí sería un sueño, así de simple.

También esperaba que ahí hiciera mejor tiempo... Debía admitir que Auckland la había decepcionado un poco. La acogedora Ciudad de las Velas de colores resplandecientes que su guía de viajes ponía por las nubes, parecía bajo la llovizna del anochecer más bien gris y aburrida, una gran ciudad sin alma, como hay por todas partes del mundo. La bella durmiente de cabello zanahoria que estaba a su lado no se perdió gran cosa hasta que Dave se detuvo delante del hotel, un edificio sobrio que en verdad solo llamaba la atención por la construcción que tenía enfrente. Con unos colores chillones, se veía allí un *sky screamer*, una especie de variante de *puenting*: quien así lo quería se ataba firmemente a los asientos de una cabina descubierta, sujeta a unas cintas de goma, que ascendía a sesenta metros de altura para caer después al vacío. Laura se mareó solo de verlo, pero una de las chicas alemanas, en cambio, se espabiló en el acto al descubrir la instalación.

—Guay... —murmuró la delicada rubia—. Pero cincuenta dólares por persona... —Era evidente que también se había percatado de inmediato del precio.

Laura se sintió vieja.

—Alucinante —opinó también Kiki cuando Dave informó a voz en grito «*Last Exit, Best Western Hotel!*», arrancando así también del sueño a los últimos de sus pasajeros.

Sin embargo, no tuvieron que cargar demasiado con sus maletas, pues el autobús se detuvo directamente delante del vestíbulo del hotel, donde los esperaba la señora Walker... Louise, como se presentó en ese momento, añadiendo al instante que en Nueva Zelanda en general la gente se dirigía a los demás por el nombre de pila.

—La única excepción es el señor Kore —desveló Dave enseguida—. Puede reaccionar de forma muy exagerada ante una falta de respeto. Así que si se dejara caer por aquí, mejor una reverencia de más que de menos.

Kiki soltó una risita.

Louise Walker saludó a los recién llegados amablemente y de forma impersonal. En la mano sostenía una lista que usó para distribuirlos a todos en sus habitaciones.

—Salvo por esto, no les retendré mucho más tiempo —dijo—. Hoy el programa termina aquí. Todos están cansados del viaje, por lo que tampoco se enterarían de nada. Retírense, simplemente, y duerman, mañana a las diez nos veremos en la sala de congresos cuatro.

¡A las diez! Laura no podía creerse que tuviera tanta suerte. ¡Podría dormir ocho horas al menos! Si se lo permitía el *jet lag*. En ese momento tenía la sensación de ser capaz de dormir una eternidad, pero había oído decir que en cuanto uno se acostaba, esa sensación desaparecía de golpe.

—¡Vaya, aquí tenemos a nuestra amante de las ballenas! —La sonrisa de Louise Walker confirmaba que se acordaba bien de Laura—. Laura Brandner... y Kristin Waltari...

—¡Kiki, por favor! —la interrumpió la muchacha, sonriendo complacida—. Es mucho más fácil de pronunciar.

—Kiki —se corrigió Louise—. En cualquier caso, comparten habitación. Puesto que ambas han solicitado puestos en excursiones con avistamiento de ballenas, se entenderán estupendamente.

Kiki sonrió a Laura.

—No soy nada complicada —anunció, retirándose la rebelde cortina de pelo que le caía sobre la cara por la izquierda escondiendo casi la nariz respingona y la boquita pintada de granate—. Pues pongámonos en marcha. ¿Cuál era el número?

La habitación se encontraba en el octavo piso y era bastante grande. Incluso tenía una pequeña cocina.

—¿Tendremos que cocinar nosotras mismas? —preguntó Laura.

Kiki negó con la cabeza.

—Aquí no, aquí estamos a pensión completa a partir de mañana —explicó a su nueva compañera. Por lo visto se había informado al respecto—. Después sí; en Kaikoura, Paihia o donde nos envíen, sí tendremos que hacerlo. Y esta noche tampoco hay nada. Mierda, tengo la sensación de que necesito comer algo ahora. Creo que he visto una pizzería al lado.

A Laura también le había llamado la atención el pequeño local y accedió a ir a tomar algo rápido antes de acostarse. Todavía era relativamente pronto, apenas las siete, pero era evidente que en Nueva Zelanda era la hora habitual de la cena. Consiguieron la última mesa que quedaba libre en el local y, además de la pizza, pidieron un vino para celebrar el día. Laura tuvo que invitar a la bebida, porque Kiki iba muy corta de dinero.

—¡Este trabajo es una bendición! —explicó con los dos carrillos llenos—. Yo soñaba con venir a Nueva Zelanda, pero decir que mis padres son tacaños es quedarse corto... Decían que era mejor que siguiera estudiando la carrera... Pero eso puedo hacerlo en cualquier momento, ahora quiero ver mundo. Yo...

—¿Te faltaba poco para acabar una carrera? —preguntó asombrada Laura. En realidad, Kiki parecía muy joven, calculaba que como mucho tendría veintipocos.

La joven se encogió de hombros.

—Quiero ser terapeuta de animales —explicó—. Especializada en comunicación. Pero cuando ya había estudiado los dos primeros semestres, la escuela hizo la tontería de cerrar y los otros centros de formación eran demasiado caros para mis padres. Tenía que matricularme en veterinaria. ¡Pero son seis años! Y hasta que uno consigue ver un animal... Bueno, me refiero a uno vivo, porque a los muertos se los disecciona bastante pronto. —Se estremeció. Por lo visto, como terapeuta no había tenido que trabajar con cadáveres de animales.

—Bien, así que este es tu primer trabajo —dijo Laura, animosa—. A lo mejor puedes ahorrar algo. ¿Y te interesas especialmente por los mamíferos marinos?

—Sí, por las ballenas y los delfines. ¡Son alucinantes! Asistí a un seminario en Pico, Portugal, y nadé con delfines. Y hablan...

—¿Hablan? —preguntó Laura, al tiempo que recordaba que Kiki había mencionado algo sobre la comunicación con animales. Por lo visto esa disciplina ofrecía técnicas para establecer contacto telepático con ellos. Kathi también lo había intentado con su caballo favorito, pero no parecían estar en la misma onda. Naturalmente, su hija no se lo había tomado demasiado en serio, pero en apariencia la muchacha alemana creía firmemente en los fenómenos parapsicológicos—. ¿Qué... qué es lo que dicen? —inquirió.

—¡Mucho! —respondió Kiki entusiasmada, metiéndose otro pedazo de pizza en la boca—. Los delfines son muy comunicativos, con ellos se puede hablar de todo. Un tema muy importante... en fin, un tema central para ellos es, por supuesto, la paz mundial.

—¿La... qué? —Laura se sentía algo mareada. No debería de haber bebido vino tras un vuelo tan largo, pensó. Tal vez así hubiese entendido mejor el chiste—. Porque... ¿es porque el sonar de los barcos de guerra confunden su capacidad de orientación? —Intentó sonreír.

Kiki hizo un gesto negativo.

—No... sí... Bueno, por descontado, la radiación supone un problema, pero los humanos ya los han acostumbrado a tomar caminos equivocados... No, las ballenas cuidan de todos nosotros, de todo el mundo animal y de la humanidad... Les encantaría ser mediadoras...

Laura optó por no seguir preguntando. Decididamente, estaba demasiado cansada para explicar a Kiki que los sonares no tenían nada que ver con la radiación, sino que más bien utilizaban el principio de la ecolocalización, y sobre todo no le apetecía lo más mínimo iniciar una discusión sobre si los mamíferos marinos realmente opinaban sobre las cuestiones políticas mundiales o no. Y si lo hacían, si había distintos puntos de vista o si todos eran del mismo parecer. En la mente de Laura, una ballena jorobada de tendencia conservadora se puso a debatir acaloradamente con un delfín pacifista. Pese a lo agotada que estaba, no pudo evitar reírse.

—Mañana seguimos hablando del tema —contestó a Kiki, que casi parecía un poco ofendida. Era obvio que no sentía que la estuviera tomando en serio.

Laura se preguntó qué cantidad de esas extrañas ideas y experiencias habría desvelado Kiki a Louise Walker durante la entrevista de trabajo. Pero no era el momento de pensar en todo eso. Tendió la tarjeta de crédito al empleado de la pizzería mientras Kiki se sacaba un par de dólares neozelandeses para pagar su pizza vegetariana, y luego simplemente se alegró de haberse decidido por ese local contiguo.

En el *sky screamer* de enfrente, los últimos clientes se lanzaban al vacío. El turismo de aventura, pensó Laura. Su propia aventura empezaría a la mañana siguiente.

5

No se despertó hasta poco antes de las ocho de la mañana siguiente, cuando Kiki abrió el grifo de la ducha. Pese a ello, todavía tuvo tiempo suficiente para arreglarse y disfrutar del variado bufé del desayuno en el sótano del hotel.

—Espero que no nos pasemos todo el día en habitaciones climatizadas —dijo Kiki, colocando setas y tomates asados sobre la tostada—. Es muy poco saludable para el aura...

Laura se lo tomó con más calma. La vista matinal desde la ventana de la habitación le había bastado para comprobar que ese día, igual que el anterior, el cielo sobre Auckland estaría cubierto de nubes grises. Tal vez no lloviera, pero con ese tiempo ya podía renunciar a salir a tomar el aire. Antes de desayunar, ya había pedido los códigos de acceso a internet, por lo que consiguió enviar un mensaje de correo electrónico a su casa antes de entrar a las diez en punto, provista de bolígrafo y cuaderno de notas, en la sala de conferencias.

Allí ya reinaba una animada actividad. Al parecer, Eco-Adventures empleaba por un año a más trabajadores de temporada y estudiantes en prácticas de lo que ella había imaginado. En total, en la sala habría unos cincuenta chicos y chicas, todos entre los veinte y los treinta años, deportistas a juzgar por su atuendo. Solo un par de hombres jóvenes llevaban vaqueros holgados demasiado grandes, camisas de leñador y gafas de sol, ya fuera para parecer modernos o porque creían que con ese aspecto encajaban mejor en el país. Nadie parecía somnoliento; más bien al contrario, todos se veían motivados y recibieron a Louise Walker con un aplauso cuando subió a la tarima.

Louise repitió las cordiales palabras de bienvenida de la víspera y dio una breve visión general de cómo transcurrirían las siguientes horas. Un escueto resumen de la historia de la empresa Eco-Adventures constituyó el comienzo de la sesión.

—En la década de los ochenta creció el interés del turismo internacional hacia Nueva Zelanda en general y la bahía de las Islas en especial —explicó Louise—. Balthasar Kore, el fundador de Eco-Adventures, tenía por aquel entonces una barca en la que llevaba a pescar a algunos clientes. De ahí surgieron las excursiones a las islas, visitas guiadas y las ofertas para practicar y aprender distintos deportes acuáticos en la bahía. El señor Kore adquirió varias barcas más y, con el tiempo, también autobuses. Organizó salidas de un día al cabo Reinga y al bosque de kauris. En este sentido, ya contaba con todo lo necesario cuando en los años noventa se despertó el interés por el avistamiento de las ballenas. Enseguida estuvo preparado para organizar diversas excursiones tanto en la Isla Norte como en la Isla Sur. Eco-Adventures no tardó en convertirse en el operador turístico con mayor éxito de Nueva Zelanda. En los últimos años, se incorporaron también los llamados deportes extremos y no convencionales: salidas en *jetboat*, *rafting*, *puenting*. Quisiera destacar que apoyamos firmemente la protección del medioambiente. El señor Kore, como quizá ya hayan deducido de su apellido, es maorí, y al igual que todo su pueblo se siente obligado a proteger el ecosistema de nuestras islas. Nos cuidamos también de mantener los más elevados niveles de seguridad. Para nuestro director es motivo de orgullo poder afirmar que, en treinta años de existencia, en Eco-Adventures nunca se ha producido ni un solo accidente grave o mortal, algo que atribuimos a la estupenda formación de nuestros empleados. Y, dicho esto, les dejo con nuestro primer bloque de estudio: las políticas de seguridad...

A Laura la cabeza enseguida le empezó a zumbar con tantas normas legales e internas de la empresa relacionadas con la seguridad de los clientes de Eco-Adventures. No resultaba sencillo seguir todas esas explicaciones en inglés, pero comprobó orgullosa que muchos de sus compañeros de armas tenían dificultades mucho mayores que ella. Las chicas francesas en especial parecían totalmente indefensas. Kiki, por el contrario, no tenía el menor problema. Estuvo charlando animadamente con dos estudiantes australianas durante la pausa del mediodía. Para ella no parecían existir las barreras lingüísticas.

—Ya he asistido dos veces a cursos de comunicación con animales en Estados Unidos —confesó cuando Laura le preguntó—. Antes del examen final de bachillerato, en las vacaciones...

Laura dedujo de ello que hacía poco que los padres de Kiki habían cerrado el grifo del dinero.

Kiki conversaba animadamente con sus nuevas amigas, mientras Laura se preguntaba qué dirían las australianas sobre los delfines parlanchines. Pero tal vez las ballenas, los delfines y la paz mundial no fueran un tema sobre el que tres chicas jóvenes hablasen a la hora de la comida.

Por la tarde empezaron las prácticas. Hubo un curso de primeros auxilios y los nuevos empleados aprendieron a colocar chalecos salvavidas y a realizar ejercicios de salvamento en el mar. Se practicaron cuestionarios sobre el estado inicial de salud del aventurero en potencia y se discutió acerca de la evaluación de los mismos.

—La gente tiende a exagerar —explicó Louise—. Muchos suelen presentarse como excelentes nadadores, caminantes con experiencia y seguros esquiadores. Por favor, ténganlo en cuenta y nunca exijan demasiado. Partan de la base de que todos los componentes del grupo tienen que poder seguir el ritmo. Por razones técnicas de seguridad, también es sumamente importante en muchas de nuestras actividades estar al corriente de las enfermedades de los participantes. Por favor, aclaren de forma amable pero inequívoca a los clientes que si ocultan alguna dolencia carecerán de cualquier cobertura de seguro.

Este parecía ser un tema importante. Laura, que durante la comida se propuso establecer contacto con dos miembros del grupo algo mayores, escuchó fascinada lo que contaba una dietista que dirigía curas de ayuno.

—Justo la primera vez había una mujer diabética en uno de los paseos en ayunas por la montaña. No lo confesó hasta que todo empezó a darle vueltas... Prefiero no pensar qué habría sucedido si hubiera sufrido un colapso en plena naturaleza. A partir de entonces, pregunto muy en serio e insisto, e incluso infundo un poco de miedo en la gente. ¡Nunca se es demasiado prudente!

El curso de instrucción terminó a las cinco de la tarde y, si bien Laura volvía a estar cansada, se dejó convencer por su nueva conocida para ir a dar una vuelta por la ciudad. Karen, que era más o menos de su edad y se había inscrito para acompañar paseos por la montaña, demostró ser mucho más interesante que la todavía algo ingenua Kiki. Había viajado mucho y hacía años que se ganaba la vida con trabajos temporales.

A Laura le pareció muy interesante.

—¿Y no te preocupa el futuro? —preguntó.

—Bueno, es probable que cuando llegue el momento no me corresponda una pensión especialmente elevada —respondió Karen tranquila—. Mis padres continuamente me dan sermones sobre la pobreza en la vejez; sobre todo porque no puedo ahorrar. Ya sabes lo que se paga aquí... ¡Pero a cambio ya he visto medio mundo y conseguiré ver la otra mitad antes de los cuarenta! Después ya pensaré en un empleo fijo, tal vez en una agencia de viajes. Para entonces tendré un montón de experiencia...

Laura escuchaba lo que Karen contaba y por fin se sentía comprendida. Al final las dos fueron a la Sky Tower, la torre de telecomunicaciones más alta de todo el hemisferio sur, que estaba justo al lado del hotel. Se sentaron en el restaurante, bebieron una copa de vino al tiempo que contemplaban el tráfico de la capital y los veleros del puerto, y disfrutaron de su libertad.

Por la noche, Laura recibió los primeros correos de su familia: al parecer en casa todo transcurría sin contratiempos.

«... Solo la abuela da un poco la lata —escribía Kathi—. Viene a vernos cada dos horas y se comporta como si fuésemos unos pobres y desgraciados huerfanitos. Jonas ya se ha dado cuenta de cómo sacar provecho de la situación. En cuanto se pone un poco raro, la abuela le da chocolate. Un par de días y ya habrá aprendido a llorar a demanda. Y cuando vuelvas estará demasiado gordo para pasar por la puerta...»

Laura se preguntó si las constantes visitas pondrían también nervioso a Tobias o si le gustaría que la suegra lo compadeciera y le cocinara. Si su madre asumía el cuidado de la casa, no cabía duda de que él ya no tendría que mover ni un solo dedo, pero seguro que en algún momento esa intromisión le resultaría excesiva. Se anunciaba tormenta, pero Laura comprobó sorprendida que eso no la afectaba tanto como pocos días antes. Alemania estaba muy lejos, su familia tendría que resolver sola sus problemas.

Echó un vistazo a un par de párrafos del derecho sobre seguros de Nueva Zelanda y luego se preparó para acostarse. Una vez más durmió profundamente y sin sueños, y se alegró cuando, a la mañana siguiente, por fin vio brillar el sol. Con ese cielo azul, Auckland le pareció al instante más acogedora.

—¡Hoy iremos a la playa! —anunció Dave, quien se encargaba de dar la clase ese día—. ¿Tenéis todos traje de baño?

Laura consideraba que hacía demasiado frío para nadar, pero la mayoría de los neozelandeses parecían ser menos sensibles que ella. La mera visión de los rayos de sol desde la ventana del hotel había impulsado a las estudiantes nativas a elegir un atuendo veraniego. Casi todas llevaban tops, pantalones cortos y chanclas. También Kiki se había puesto una falda cruzada larga, un top de colores y unas gafas de sol redondas y enormes, y enseguida se unió a sus amigas australianas cuando Dave les indicó el camino para llegar al gran autocar que los esperaba delante del hotel. Laura se sentó al lado de Karen, quien, tan prudente como ella, había optado por unos tejanos, una camiseta y un anorak.

Laura se percató de que Dave llevaba esa mañana una especie de uniforme: pantalones azules anchos y una chaqueta azul con el rótulo en rojo de Eco-Adventures.

—Claro —explicó Karen cuando se lo comentó—. En cuanto entremos en acción llevaremos la indumentaria de trabajo. Sucede en todos los operadores más grandes. La mayoría de las veces, permiten que cada uno combine las prendas del uniforme a su manera, pero hay que poner atención a un par de cosas. Por ejemplo, no se puede prescindir de la chaqueta con el rótulo, sobre todo en misiones con distintos clientes. Entre los guías de caminatas da igual, nosotros solemos estar varios días de excursión con los mismos turistas. Tampoco se nos ocurriría ir con chanclas a la montaña, por nuestro propio interés nos vestimos de una forma adecuada y funcional. Esos ilusos, por el contrario... —señaló a Kiki—. ¿Te la imaginas con esos trapos en un barco? ¿En una maniobra de atraque o en un ejercicio de salvamento marítimo?

Poco a poco, Laura fue dándose cuenta de por qué Louise Walker no había hecho hasta el momento ningún comentario sobre la indumentaria. La cuestión del uniforme seguramente no se explicaría hasta el último día del período de formación.

El autobús condujo a los futuros empleados de Eco-Adventures a Tawharanui, una península a una hora de camino de Auckland. La playa era muy bonita, se hallaba en una bahía rodeada de colinas cubiertas de verdor. Las aguas eran cristalinas y unos veleros, algunos con el logo de Eco-Adventures, se encontraban allí anclados. La empresa disponía de una escuela de surf en ese lugar, Laura supuso que en verano debía de haber mucho movimiento. Sin embargo, ese día de invierno, soleado aunque frío, el grupo tenía toda la playa solo para ellos.

Dave los condujo primero a las instalaciones de la escuela y les explicó el procedimiento al repartir los trajes de neopreno, las aletas y las gafas.

—Esto es de suma importancia para todo aquel que vaya a trabajar en deportes acuáticos, en especial en los baños con delfines o con focas —aclaró—. En Kaikoura y en la bahía de las Islas el agua está fría. Incluso en pleno verano la mayoría de los nadadores necesitará trajes de neopreno. Así que poneos vosotros mismos los trajes y yo os iré explicando qué debéis tener en cuenta al ajustároslos.

Karen eligió su traje con toda soltura; Laura, que nunca había llevado uno, tuvo que aprender al principio cómo debía ser de ceñido, que normalmente se escogían unas aletas un número inferior al del calzado normal y cómo había de colocarse la máscara de buceo. Tropezó con sus propios pies cuando intentó caminar con las aletas y se echó a reír cuando Karen le aconsejó que primero las llevase en la mano. Al final todos corrieron al agua y se arrojaron a las gélidas olas. Pese a lo que se temía, Laura encontró que nadar con el traje de buzo era muy llevadero.

Dave indicó brevemente a todos cómo manejar las máscaras y dejó que practicaran. De todos modos, en la bahía no había mucho que ver bajo el agua. Cuando el oleaje era fuerte, a Laura siempre se le llenaba la máscara de agua y soplar para vaciar el tubo era una pesadez. ¡Se imaginaba cómo sería estar en el agua rodeada de delfines! Hacer realidad su sueño, nadar con mamíferos marinos, cada día estaba más cerca.

Entretanto, Dave y los empleados de la escuela de surf habían sacado planchas y velas, y quien tuviera ganas podía intentar practicar en ese momento deportes como el *windsurf*, *kitesurfing* o *parasailing* detrás de una lancha de motor. Una amable invitación para gente como Laura y Karen, pero un examen para muchos miembros del grupo. A fin de cuentas, algunos habían solicitado puestos de profesor de surf o de buceo, y Dave iba a evaluar si realmente podían trabajar de forma autónoma o únicamente como asistentes. Los distintos niveles de capacidad eran chocantes: algunos parecían volar con sus velas o cometas sobre el agua, se dejaban llevar en el aire por el viento y realizaban atrevidos saltos, mientras que otros apenas se sostenían sobre las planchas, como si fueran principiantes. Tal era el caso de Kiki.

Dave tomaba apuntes, conservando siempre su amabilidad.

—¿Qué hará ahora con ellos? —quiso saber Laura—. ¿No habrían tenido que pasar una prueba antes de traerlos a Nueva Zelanda?

Entretanto, ya se había desprendido del traje de neopreno y estaba tendida con Karen en la playa. No tenían ningún deseo especial de comprobar sus habilidades como surfistas o buceadoras, preferían entrar un poco en calor tomando el sol, todavía algo débil, de invierno. Pese a los trajes de neopreno habían acabado congeladas.

—Creo que en Eco-Adventures hay suficientes trabajos para los que no es necesario saber algo especial —observó Karen, al tiempo que miraba a un chico que se caía al agua por tercera vez—. En la oficina de reservas, por ejemplo, tiene que haber alguien junto a la caja. Y habrá que abrochar el cinturón a todos los que se hayan decidido por el *puenting*. Eso cualquiera lo aprende en un día. No creo que la empresa corra riesgos.

—¿Te refieres a que quien ha mentido al solicitar un puesto

será degradado sin contemplaciones? —preguntó Laura, pensando en ese mismo momento en Kiki.

Karen asintió.

—Puede que eso no sea del agrado de todos los listillos, pero nuestra querida Louise no está para bromas. Tú espera. Ya tendrás tiempo de conocerla. Hasta ahora Eco-Adventures se presenta como una empresa de trato amable con sus empleados, pero esto no quedará así. Aquí el negocio está rigurosamente planificado, lo que se espera de los trabajadores de temporada es precisamente dedicación. Ya se encargarán de dejárselo claro lo suficientemente rápido a esos niños de ahí.

Al decirlo, señaló a Kiki, quien se divertía haciendo tonterías en el agua con sus amigas australianas. Por lo menos las estudiantes de Sídney ya se habían sometido al examen de sus conocimientos: dirigían estupendamente las planchas a través de las olas y demostraron también ser muy diestras a la hora de instruir a los principiantes. No cabía duda de que serían admitidas para trabajar en una escuela de surf.

LA BAHÍA DE LAS CIEN ISLAS

1

Al acabar la semana de aprendizaje, los participantes tuvieron que someterse a un pequeño examen a fin de evaluar los conocimientos adquiridos. Por la tarde, Louise Walker llamó a cada uno de ellos para hablar sobre sus destinos de trabajo. Laura estaba bastante nerviosa, y también contenta de que la representante de la compañía procediera por orden alfabético. Con el apellido Brandner no tendría que esperar mucho. Louise Walker le sonrió y la invitó amablemente a tomar asiento. Por primera vez en esa semana habló con ella en alemán. A esas alturas, Laura ya sabía que era originaria de Hamburgo y se había casado con un neozelandés.

Louise cogió un expediente y lo hojeó fugazmente. Laura recordó la entrevista de trabajo en la que había comprobado su título de bachillerato. Pero lo que en ese momento estaba en el expediente parecía convencerla más que el título entonces. La representante de la empresa esbozó una sonrisa de reconocimiento.

—¡Ha obtenido un buen resultado, Laura! —exclamó afablemente—. Estamos muy satisfechos de usted. No hay ningún obstáculo para que ocupe un puesto, como usted deseaba, en las excursiones para avistar ballenas. Me habría gustado también poder enviarla a Kaikoura, el lugar al que usted deseaba ir. Sin embargo, una de las personas que trabajan allí acaba de prolongar su estancia, quiere quedarse un año más y, al parecer, la razón reside en otro miembro de la tripulación... —Sonrió comprensiva—. Así que me es totalmente imposible trasladar a la joven. La destino a usted a Paihia, en la bahía de las Islas. ¡No es motivo de decepción, la mayoría de la gente se alegraría de ello! Esa localidad, al norte de la Isla Norte, es más grande y bulliciosa, suele hacer mejor tiempo y el entorno es indescriptiblemente hermoso. Estoy segura de que le gustará.

Laura asintió. Otras personas que conocían Nueva Zelanda ya le habían contado esto último y, teniendo en cuenta el tiempo que hacía últimamente, todo hablaba a favor de seguir viajando hacia el más cálido norte.

—*Bottlenose dolphins*, delfines de nariz botella o mulares —dijo—. El avistamiento de delfines es el punto fuerte, ¿verdad?

Louise le dio la razón.

—Sí, tenemos un gran catamarán en el que efectuamos las excursiones y dos zódiacs. No se ven ballenas tan a menudo como en Kaikoura, pero tal vez por eso sea más emocionante la experiencia. Así pues, ¿puedo inscribirla en Paihia?

—Sí, por supuesto.

Le entregaron un uniforme, un chaleco, una chaqueta y unos pantalones largos azul oscuro, con el rótulo rojo y muy bien confeccionados. Claro, por eso había tenido que dar su talla.

—No tiene que llevarlo siempre todo; en verano, por ejemplo, preferirá los pantalones cortos. ¡Pero si trabaja de guía, esperamos que se la reconozca como tal! Por otra parte, puede usted quedarse con esta ropa cuando se retire al cabo de un año —explicó Louise—. Como recuerdo. Le deseo que disfrute mucho en Paihia y ¡estoy convencida de que no nos decepcionará!

Laura salió de la sala de juntas bastante contenta, pero fuera no tardó en comprobar que no todos los trabajadores, ni mucho menos, estaban satisfechos con los trabajos que les habían adjudicado. Una de las dos francesas incluso estaba llorando cuando salió de la sala. Louise le había señalado expresamente que sus escasos conocimientos del inglés hacían imposible proponerle algo más que los trabajos auxiliares más sencillos.

Kiki también estaba decepcionada, pero por otra razón.

—Louise me ha hablado de la *corporate identity* ¡y sostiene que la ropa de trabajo de Eco-Adventures sienta mucho mejor cuando se lleva el pelo igual de largo por los dos lados de la cabeza! —se lamentaba—. Y ha dicho que así también podría ver mejor... —Karen sonrió irónica—. ¡Como si de eso dependiera! —refunfuñó Kiki—. ¿Es que nunca ha oído decir que hay que ver con el corazón? Me habría gustado contarle algo sobre el tercer ojo, pero le falta madurez espiritual.

Karen reprimió una carcajada, pero Laura vio confirmadas sus sospechas de que Kiki sabía diferenciar muy bien con quién compartir sus ideas esotéricas y con quién era mejor mantenerse realista. Seguro que solo le había contado a Louise Walker sus experiencias nadando con delfines y nada sobre las conversaciones que había mantenido con los mamíferos marinos.

—Entonces ¿adónde te envían? —preguntó Laura a su joven compañera de habitación—. Yo voy a Paihia.

Kiki volvió a sonreír.

—¡Yo también! —respondió complacida—. Ey, parece que este año no te vas a librar de mí. ¿Te molesta? —Su mirada traviesa asomaba bajo la cortina de pelo.

Laura negó con la cabeza.

—No, ¿por qué iba a hacerlo? —contestó, y era sincera al decirlo. Kiki se comportaba a veces como una adolescente, pero a cambio casi siempre estaba de buen humor.

—Si tengo a Kiki cerca, al menos no perderé la práctica —le comunicó Laura a Karen cuando por la tarde las dos volvieron otra vez al centro—. A fin de cuentas, tengo una hija adolescente.

—En fin, ¡esperemos que esta al menos siga evolucionando! —Karen se echó a reír—. Pero ahora, cada día durante un año, Kiki participará de la sabiduría universal de los mamíferos marinos. No cabe duda de que los delfines la iniciarán en todos los misterios que guardan desde el origen de los tiempos... Al final habrá reunido tanta sabiduría que el pelo se le volverá blanco.

—Podría ser. —Laura también se echó a reír—. Qué te parece, ¿vamos mañana a ese famoso acuario? Dicen que hay pingüinos. Todavía no he hablado nunca con ellos.

Los asistentes al curso podían disponer libremente del último día, un sábado. Ya hacía tiempo que Karen y Laura habían decidido pasarlo juntas. Lamentaban tener que separarse. El primer destino de Karen era Milford Sound, al sur de la Isla Sur. Allí se encargaría de acompañar a grupos en los paseos por el parque nacional de Fiordland.

—¿Y en serio que te apetece eso? —Laura no se lo podía creer. Karen asintió.

—¡Claro, si no, no lo haría! —exclamó—. Le cogí gusto a través de los paseos en ayunas. En un principio estudié dietética. ¡Luego me volví adicta a la naturaleza! Y Nueva Zelanda es El Dorado de un excursionista. ¡Cruza los dedos para que no llueva todo el tiempo! —Karen se instalaría en Queenstown, por lo que las posibilidades de visitarse de vez en cuando eran escasas. Más de dos mil kilómetros separaban sus respectivos lugares de trabajo—. A lo sumo puede que me envíen algún día a la Isla Norte —añadió—. Me encantaría hacer el Tongariro Northern Circuit, incluyendo la subida a la montaña. ¡Hay allí un auténtico volcán en actividad! Pero es probable que escojan a gente que ya se encuentra instalada en la Isla Norte... Da igual, ¡ya veremos cómo van las cosas!

Laura intentó pensar exactamente igual que Karen cuando por la noche escribió un correo electrónico a Tobias y a sus hijos refiriéndose a Paihia. Tobias reaccionó enseguida tal como esperaba: «¿Lo estoy entendiendo bien? ¿Ni siquiera te envían al sitio a donde de verdad querías ir? El Paihia ese era una segunda opción, ¿no? ¡Lo mismo ni siquiera ves ahora una ballena! Estás como una cabra, Laura. ¡Ahora mismo tendrías que mandar al cuerno a toda esa gente!»

Laura se preguntaba entristecida cómo había podido interpretarla tan mal. A fin de cuentas, su mensaje no tenía un tono triste o frustrado, solo había informado objetivamente de que daría prioridad a la observación de delfines en lugar de a la de las ballenas. ¿Percibiría Tobias lo unidas que estaban ambas actividades? ¿Podía ser que no supiese que todos los mamíferos marinos pertenecían a la misma familia, que los delfines eran del mismo grupo que las ballenas dentadas?

Kathi, por supuesto, lo sabía y reaccionó entusiasmada. Acababa de buscar en Google la bahía de las Islas y había descubierto todos los posibles lugares a los que ir de excursión y todas las oportunidades de practicar deportes de aventura en ese entorno. «¡Quiero ir en kayak y hacer *windsurf*! —escribía—. Y volar en parapente sería ideal.» Había enseñado a Jonas fotos de *sandboarding* y el niño estaba deseando deslizarse en una tabla por las dunas de Ninety Mile Beach.

Laura no sabía exactamente cómo explicarle que entre el objeto de sus sueños y Paihia había casi doscientos kilómetros. Pero Karen le había contado que Eco-Adventures enviaba casi a diario un autobús que viajaba al cabo Reinga, en el extremo más septentrional de la Isla Norte, y que era factible que llevara gratis hasta allí a sus hijos. Simplemente, tenía que esperar a ver cómo iban evolucionando las cosas.

El domingo por la mañana, un autobús turístico de Eco-Adventures transportaba desde el aeropuerto hasta la bahía de las Islas a un grupo de un viaje organizado, y Laura y Kiki podían sumarse a él. Se sentían unas privilegiadas porque no tenían que pagar el trayecto ni tampoco iban a dar un paseo de solo dos o tres semanas por Nueva Zelanda, sino a vivir y trabajar en Paihia. No obstante, miraban el paisaje por las ventanas panorámicas del moderno autobús tan emocionadas como los turistas. La Highway I discurría a través de terrenos destinados a la explotación agraria, de modo que se veía un gran número de ovejas y vacas, además de unos bosques que producían una extraña impresión.

—En cierto modo, las palmeras no parecen ser de aquí —observó Kiki.

—Y los helechos también son peculiares —añadió Laura—. Aunque en la Isla Sur todavía debe de haber más. En Nueva Zelanda hay auténticos bosques lluviosos. Lástima que vayamos a tener tan pocas oportunidades de conocer el país.

Kiki se encogió de hombros.

—A lo mejor nosotros también tendremos vacaciones —apuntó, optimista—. No podemos estar trabajando las veinticuatro horas del día. Y Eco-Adventures organiza un montón de excursiones. Seguro que podremos participar en alguna que otra.

Laura no estaba tan segura de eso. Kiki parecía partir de la idea de que se encontraba en una especie de vacaciones pagadas. Así y todo, esa mañana la joven había sorprendido a Laura con un nuevo peinado. Una de sus amigas australianas le había cortado el pelo al uno.

Después de tres largas horas llegaron por fin a Paihia. De un humor excelente, pues media hora antes las nubes se habían disipado y la bahía de las Islas se exhibía ante sus visitantes bajo un sol resplandeciente.

—¡Como en el folleto de viajes! —exclamó alegremente una de las turistas.

Laura y Kiki no pudieron por menos que darle la razón. El mar estaba de un azul radiante; la arena, blanca; y la infinidad de islotes, de un verde intenso. Veían veleros blancos y kayaks de colores. Cada hora los transbordadores salían de Paihia rumbo a Russell, al otro lado de la bahía. La primera localidad se extendía uno o dos kilómetros a lo largo de la carretera costanera, una parte de la cual estaba dedicada a tiendas y a restaurantes. Ahora el autobús se iba deteniendo en los hoteles y en casas de vacaciones que estaban en la playa para dejar allí a los clientes.

—¡Qué bonito, con vistas al mar! —exclamó Kiki.

Esperaban que también a ellas las hicieran bajar, pero una vez que el último cliente descendió delante de su hotel, el autobús se dirigió directamente al despacho de Eco-Adventures. La sede de la empresa se hallaba en un moderno complejo portuario construido hacía pocos años y que disponía de muy bonitos parques infantiles, bancos, restaurantes y tiendas de recuerdos. Los árboles rata y las palmeras de nikau le daban una atmósfera especial. Laura enseguida se sintió a gusto.

—Traigo a las nuevas. ¿El señor Kore quiere conocerlas enseguida? —preguntó el conductor cuando un joven rubio salió del edificio y echó un vistazo al autobús.

Este hizo un gesto negativo.

—No, el señor Kore ya se ha ido a casa... Creo que vuelve a tener problemas con su hijo... En cualquier caso, prefiere saludarlas a las dos mañana, y yo también creo que es mejor. ¡Mañana a las nueve, chicas! ¡Sed puntuales! —gritó sonriente, asomando la cabeza en el autobús para saludar a Laura y Kiki—. Por cierto, me llamo Roger y dirijo la oficina de reservas siempre que el señor Kore me lo permite. En general tendremos poca relación. Vosotras solo tendréis que recibir a la gente que yo os envíe y, sobre todo, enseñarles los delfines. ¡De lo contrario se quejarán! —Rio—. Bueno, también vendréis a pasar algún que otro rato con nosotros. Al señor Kore le gusta que sus empleados sean polivalentes y que puedan trabajar en distintas tareas si es necesario. Bien, lo mejor es que mañana, después de que él se haya reunido con vosotras, os explique lo que podría tocaros en suerte. Supongo que ya habréis visto alguna vez un ordenador...

Dicho esto se despidió alegremente, mientras el conductor del autobús volvía a poner en marcha el vehículo. Se alejó entonces de la carretera de la costa. En segunda línea se hallaban dispuestos distintos moteles en los cuales se hospedaban sobre todo turistas que viajaban por su cuenta en coches de alquiler. El alojamiento de Laura y Kiki se encontraba en la tercera o cuarta fila, bastante apartado de la hilera de tiendas. Eco-Adventures había alquilado para sus empleados uno de los edificios de un albergue de mochileros. Sobre la entrada de la casa principal colgaba un cartel ladeado que daba la bienvenida a los huéspedes al hostal Bottlenose. El conductor se detuvo al lado. Los edificios eran prácticamente idénticos: de planta baja con cubierta plana, construidos con sencillas tablas de madera y pintados de blanco. Laura, como buena alemana con vivienda de propiedad, se preguntó enseguida qué tipo de calefacción habría y esperó que el invierno fuera suave ahí en el norte.

—¿Sois las nuevas empleadas de Eco-Adventures? —Mientras Laura y Kiki sacaban sus maletas del autobús, una mujer se acercó a ellas—. A ver: ¿Kristin Waltari y Laura Brandner? Estupendo, ¡sed bienvenidas! Soy Jessica, mi marido Paul y yo administramos el hostal. Podéis acudir a nosotros si algo se rompe o si surge cualquier problema. La empresa nos ha alquilado esta casa. Esperad, ahora mismo os la enseño... —Jessica era una mujer dinámica, de cabello oscuro, en el que ya asomaban algunas hebras blancas, recogido en lo alto. A Laura se le pasó por la cabeza que se parecía a Olivia, de la vieja serie de televisión *Los Walton*. En cualquier caso llevaba un anticuado vestido azul y encima un delantal. Solo las chanclas que se había calzado desentonaban en su aspecto. Pero en Nueva Zelanda casi todo el mundo las llevaba—.

En el edificio hay dos apartamentos —les explicaba Jessica en ese momento—, uno para mujeres y otro para hombres. Por lo tanto, tenéis que compartir uno. Pero hay dos dormitorios, así que no estaréis demasiado apretujadas... —Abrió y condujo a Laura y Kiki por un pasillo al que daban tres puertas—. Esta conduce en realidad a la sala común —siguió diciendo su anfitriona mientras señalaba la puerta correspondiente—. De todos modos los empleados de Eco-Adventures no son de compartir demasiado, es decir, ver todos juntos la televisión y los juegos de sociedad no son lo suyo. La han convertido en una especie de despacho. El australiano, Ben, siempre está ahí trabajando... La empresa le ha instalado un ordenador...

Y como para reafirmar sus palabras, abrió la puerta y dejó a la vista una habitación medianamente grande amueblada con una mesa tambaleante y un par de sofás desgastados. En un rincón se había montado un escritorio con ordenador. En la pared colgaban gráficas, programas de trabajo y carteles de ballenas y delfines. A Laura enseguida le dio un salto el corazón. Le habría encantado averiguar qué significaba todo eso, pero el joven que estaba sentado frente al ordenador no parecía muy entusiasmado.

—¿Qué ocurre, Jessica? —preguntó—. Sería muy amable por tu parte que no te presentaras de sopetón. Cada vez que lo haces me das un susto de muerte. Podrías, por ejemplo, dar unos golpecitos a la puerta...

Jessica rio.

—¡Bah, Ben, no tienes que asustarte! A fin de cuentas, no estás haciendo nada prohibido aquí, ¿o sí?

Lo amenazó sonriente con el dedo índice levantado. El joven puso los ojos en blanco. Laura distinguió una cara tostada bajo un oscuro mechón de cabellos. Ben tenía los ojos castaños, despiertos, y los labios finos, pero tal vez eso se debiera, naturalmente, a que en ese momento contraía la boca en un gesto de enojo. La marcada arruga entre sus dos cejas le decía que era un hombre serio, que pocas veces reía. A Laura también le llamó la atención que no fuera tan joven como la mayoría de los empleados de Eco-Adventures. Calculó que debía de andar por la treintena.

—Pues claro que no estoy haciendo nada prohibido, solo escribo programas de trabajo —dijo irritado—. Y también estoy intentando identificar a uno de los delfines que hemos fotografiado hoy. Está...

—¿Distinguís a cada uno de los delfines? —preguntó Laura. En ese momento ya no pudo controlarse y se acercó a la pantalla, que exhibía diversas fotos de aletas dorsales—. Sé que suele hacerse con las ballenas, pero...

—Al menos hemos empezado con ello —explicó Ben—. Con la técnica de la fotoidentificación. Los animales residen en esta zona, últimamente siempre se ve a los mismos. Cuando se los conoce, se pueden realizar observaciones más específicas sobre la dinámica poblacional, el hábitat y demás que cuando simplemente se los ve nadar...

—¡Entonces deduzco que también los conoceremos como individuos! —observó Kiki.

Laura la habría matado. Si empezaba a hablar de sus conversaciones con animales, Ben posiblemente tampoco la tomaría a ella en serio desde un principio. Se acercó decidida a él y le tendió la mano.

—¡Estoy deseando saber más al respecto! —anunció—. Me llamo Laura y ella es Kiki. Somos las nuevas guías. Supongo... supongo que... ¿serás tú quien nos introduzca mañana en nuestras tareas?

Si bien Ben le estrechó la mano, su expresión fue arisca.

—Esperaba que Ralph se encargara de eso... —Dio un fuerte y claro suspiro—. ¿Y no deberíais ir primero al centro, de todos modos? El señor Kore celebra un *powhiri*...

—¿Un qué? —preguntó Kiki.

—Es como llaman a la ceremonia de bienvenida en maorí

—explicó Laura. Lo había leído en la guía de viajes. Ben asintió con una sonrisa torcida.

—Y, además, tenéis que aprender a introducir en el ordenador la reserva de una excursión —prosiguió—. Lo que, dicho sea de paso, es totalmente intrascendente. Tienen a diez personas en las centrales, pero solo han colocado a bordo a tres para acompañar las salidas. Siempre estamos a tope. Que yo recuerde, ninguno de nosotros ha tenido que ir a reemplazar a nadie en otro puesto...

—He oído decir que éramos cuatro los que guiábamos las salidas —intervino Laura, indecisa.

Ben se alzó de hombros.

—Si Ralph nos honra con su presencia... —observó—. Él acompaña las travesías con avistamiento de mamíferos marinos solo de vez en cuando. Es sobre todo guía particular, o sea, intenta evitar que la gente se mate en plena naturaleza. Eso cubre una gama sorprendente de tareas: montañismo, *rafting*, espeleología... A la gente le gusta combinar deportes. Si no se caen por un acantilado, se ahogan...

Por un momento Laura se sintió desconcertada, pero luego comprendió. Era evidente que Ralph debía de realizar un trabajo parecido al de Karen, solo que él también realizaba actividades que Ben consideraba absolutamente superfluas.

—Yo solo entiendo de delfines y ballenas —advirtió con la esperanza de granjearse más la simpatía de su interlocutor. A fin de cuentas, Ben parecía compartir sus intereses. Pero su intento no dio frutos.

—Ya es algo —señaló Ben sarcástico, tras lo cual se volvió hacia la pantalla del ordenador—. Si eres capaz de distinguir tres tipos de ballena y, además, no te mareas en el mar, es que nos ha tocado el gordo...

2

Desanimada, Laura se volvió de nuevo a Jessica, que estaba a la espera de enseñar a las recién llegadas su apartamento. Después de abrir la puerta le tendió una llave a cada una de las dos.

—Aquí tenéis, ¡espero que os sintáis a gusto! —dijo afablemente, y les indicó el camino a un estrecho vestíbulo por el que se accedía a la salita de estar, que a su vez conducía a una cocina. Laura controló de un vistazo que había microondas, cocina y nevera, incluso tostadora. Kiki abrió curiosa uno de los armarios y encontró un juego de platos para dos, así como más vasos, platos y tazas que sus predecesoras habían adquirido para las visitas—. Si se os rompe algo, por favor, reponedlo —les pidió tranquilamente Jessica—. Y aquí están los dormitorios...

Las dos habitaciones daban a la sala de estar, también el cuarto de baño con la ducha. El apartamento era sencillo y funcional en su concepción.

—¡Escoge la que quieras! —dijo Laura generosamente a Kiki, señalando las habitaciones. Por desgracia no sabía lo que desencadenaba con ello. La joven enseguida empezó a analizar las habitaciones según las directrices del *feng shui* y a discutir con todo detalle qué era peor, que la cama de la primera habitación estuviera entre la puerta y la ventana o que los pies de la cama de la segunda habitación señalaran hacia una puerta.

—En el hotel te daba igual —intervino Laura—. Incluso duermes la mar de a gusto en el autobús. —Kiki había estado dormitando la mitad del trayecto a Paihia.

Pero en ese momento la joven se encogió de hombros.

—Por un par de días da lo mismo. Pero todo un año... ¿Puedo cambiar de sitio la cama, Jessica? Entonces cojo esta...

«Esta» era el dormitorio más grande. A Jessica le daba igual que moviera los muebles y a Laura todo le iba bien. Las dos habitaciones eran luminosas, acogedoras y daban al patio. A la hora de vestirse y desvestirse había que cerrar las persianas si se quería evitar mirones. Pero los mochileros del hostal Bottlenose seguramente tendrían otras cosas que hacer que andar espiando a sus vecinas. Tampoco Ben tenía aspecto de ser un *voyeur*.

Laura fue a instalarse en su habitación y Kiki se marchó en busca de ayuda para cambiar los muebles de sitio. Al cabo de poco rato, apareció con un joven rubio.

—Este es Ralph. Viene a echarme una mano —dijo, presentándoselo de paso a Laura, que saludó al cuarto miembro de su grupo.

—¿Tú eres el guía particular? —confirmó, lo que pareció halagar a Ralph.

—¡Pues sí! ¡A su servicio, *milady*! ¿Qué salida desea que planifique para usted? ¿Un descenso en rápel por las cuevas de luciérnagas? ¿O practicar *puenting* en plena naturaleza? ¿Y qué tal un baño con tiburones?

Ralph sonrió de oreja a oreja. Era sumamente atractivo, muy delgado y con un cuerpo bien trabajado. Tenía los ojos grandes, de un azul que desarmaba y que empezaban a mostrar en las comisuras las primeras arruguitas de expresión. Por debajo de la camiseta sin mangas de Ralph se dibujaba una musculatura que sugería tener muy buen aspecto. Laura calculó que debía de andar por los veintitantos.

—¿Hay aquí algún sitio donde se nade con tiburones? —preguntó Kiki fascinada.

Laura se llevó las manos a la cabeza.

—Como mucho en el acuario —informó a su compañera de piso—. ¿Dónde quieres poner la cama? Espera, os ayudo. No vaya a ser que se raye el suelo al arrastrar los muebles de un sitio a otro.

Los tres juntos no tardaron en desplazar el mobiliario y Kiki renunció a guardar sus cosas cuando Ralph las invitó a ella y Laura a una cerveza para celebrar su llegada. Gracias a él recogieron más información sobre su trabajo. Ralph llevaba un año en Paihia, Ben incluso más.

—A mí con el tiempo me resultaría demasiado aburrido, pero a él le encantan los delfines —dijo Ralph encogiéndose de hombros—. Ahora también los fotografía... Bueno, mientras no haya demasiado que hacer... —Laura y Kiki se enteraron de que la temporada para avistar ballenas y delfines estaba a punto de empezar. La temporada alta en Nueva Zelanda se situaba entre diciembre y marzo, en noviembre empezaba a despegar lentamente. En ese momento, en invierno, había poco que hacer, y también en septiembre y octubre solo los turistas más temerarios se atrevían a bañarse—. Aun así, salimos cuando alguien lo solicita —contó Ralph—. A menudo la gente está de gira y aunque el tiempo no acompañe, no puede prolongar su estancia uno o dos días. Y en eso el viejo Kore no transige: el cliente es el rey. Así que ya os podéis preparar para que vuestros clientes se metan en el agua a ver a los delfines mulares incluso con fuerte marejada. Después, cuando regresan al barco, la mitad echa hasta la bilis. Tenéis que daros cuenta a tiempo y pasarles un cubo, de lo contrario os tocará fregar... En fin, ya os lo enseñaré todo los próximos días. Fundamentalmente, hay tres actividades de las que tenemos que ocuparnos. Avistar ballenas en el catamarán, es decir, grandes grupos de turistas ante los cuales siempre tenemos que pronunciar más o menos la misma explicación. Luego las excursiones para avistar delfines en la zódiac con grupos reducidos, en esta actividad podéis informar según el caso, dependiendo de qué animales estéis viendo, por ejemplo, o qué sea lo que a los turistas les interese. El medioambiente, por ejemplo, es un gran tema, así que lo mejor es que os preparéis un par de historias que les llamen la atención. Y para acabar, el baño con los delfines, donde uno debe concentrarse sobre todo en la gente en sí: desde comprobar que se hayan ajustado bien los trajes de neopreno hasta repartir los cubos cuando se mareen. Actualmente, tenemos una salida al día como máximo. En verano serán muchas más. En las horas punta salimos en el catamarán hasta cinco veces, con las zódiacs aproximadamente tres y ofrecemos la oportunidad de nadar con los delfines al menos dos veces. Ya os podréis imaginar que estamos todos bien ocupados...

—Pero los barcos tienen, además, una tripulación, ¿no? —preguntó Laura, inquieta.

Ralph asintió.

—Claro. En el catamarán está el patrón y tres ayudantes; en las zódiacs, habrá una o dos personas además de vosotras a bordo. En todo caso, vosotras tenéis que controlar los billetes y ayudar al atracar. Por lo demás, lo principal es que busquéis mamíferos marinos y que entretengáis a la gente cuando no se pueda ver ningún animal. Os podéis ahorrar las explicaciones cuando salgan a la superficie, entonces todo el mundo deja de prestar atención. Lo dicho, en los próximos días ya iréis viendo. ¿Y qué vais a hacer ahora? ¿Habéis planeado algo? Si no, a lo mejor podríamos ir a cenar al puerto. Para celebrar un poco vuestra primera noche en Paihia.

Dirigió a Laura una mirada resplandeciente. Era evidente que le caía bien. Ella se alegró de que no pareciera tan reservado como Ben.

—No sé, primero tendríamos que ir a comprar —respondió aun así dubitativa—. No tenemos nada para desayunar mañana...

En el caso de Kiki el problema era también el dinero, los dólares que había llevado no alcanzaban. Pero por otra parte tenía ganas de salir a cenar.

—¿Podrías prestarme algo hasta el mes que viene? —preguntó al final a Laura—. Te lo devolveré, seguro... —Se echó a reír—. Tampoco puedo escaparme de ti... —Laura arrugó el ceño con aire indulgente y prestó a su compañera de piso cincuenta dólares. Acto seguido, Kiki anunció que estaba a favor de salir a cenar—. ¡Aunque soy vegetariana! —advirtió, lo que dificultaba la elección del restaurante. En Paihia no había restaurantes especiales, la mayoría ofrecía platos de pescado y carne. Un par de locales junto al muelle formaban parte del recientemente construido recinto portuario. A Laura le daba igual lo que sirvieran. Para ella lo principal era sentarse junto al mar y tener una vista diáfana de la bahía de las Islas.

—¿No deberíamos preguntar a Ben si quiere venir con nosotros? —inquirió Kiki cuando una hora más tarde las dos se arreglaban para salir. Antes habían hecho una visita rápida a un supermercado cercano y comprado tostadas, fruta, mermelada y queso para desayunar. Laura confirmó preocupada que en Nueva Zelanda los comestibles eran bastante caros. Seguro que con el sueldo de Eco-Adventures no podría ahorrar mucho... no podría salir a cenar con demasiada frecuencia. Pero esa noche quería disfrutar de Paihia.

—No da la impresión de apreciar mucho nuestra compañía —observó—. Pero por supuesto tienes razón. Sería lo educado...

Además, resultaría interesante que Ben se mostrara dispuesto a hablar de su trabajo. Aunque ella lo dudaba. También Ralph rechazó la idea cuando Kiki propuso invitar a su compañero de piso.

—Ben no sale nunca —les explicó—. Es un ermitaño. Creo que ya le pone nervioso tener que compartir el apartamento conmigo y avistar ballenas con todos los turistas. Me pregunto por qué no ha solicitado empleo en una estación meteorológica en el Ártico. Le iría que ni pintado... solo nieve y osos polares...

—Debe de preferir las ballenas —observó Laura, que casi sentía pena por Ben.

Tenía sentimientos encontrados acerca del cuarto miembro del grupo. Por una parte, la conducta poco afable de Ben la había desconcertado, pero por otra tenía la sensación de que por el tipo de intereses estaba más cercana a él que a todas las demás personas que había conocido hasta el momento en Nueva Zelanda.

Al final, los tres bajaron paseando al puerto. Laura estaba fascinada por el mar a esa hora crepuscular. Las instalaciones portuarias, los bancos y los árboles estaban iluminados por luces intermitentes, y aunque tenía la sensación de que debería encontrarlo *kitsch*, simplemente, le pareció bonito y acogedor. Le daba al lugar un aire algo encantado, irreal y mágico, y eso era precisamente lo que sentía Laura. Su sueño se había hecho realidad. Apenas si podía creer que realmente estaba allí, de pie al borde del océano Pacífico, en el otro extremo del mundo, y que a partir de la mañana siguiente las ballenas ya no serían animales cuyas fotos ella contemplaba y con quienes soñaba, sino seres vivos de cuya presencia gozaría cada día y que quizá llegaría a conocer como individuos... Echó la cabeza hacia atrás, inspiró profundamente e intentó capturar el momento. No quería olvidar nunca jamás esa sensación. Luego corrió a la playa y metió las manos en el agua para dar realmente crédito a lo que estaba viviendo.

—¡Un penique por saber qué estás pensando! —Ralph, que al parecer la había estado observando, rio—. Pareces desvergonzadamente feliz. ¿Es posible que tenga algo que ver conmigo?

En un principio, Laura no supo qué contestar. Ya no estaba acostumbrada a flirtear. De hecho, nunca había coqueteado con alguien tan desenvuelto con Ralph. Pero de momento no tenía la intención. Estaba demasiado embriagada por la naturaleza que la rodeaba y por la alegría anticipada de los próximos meses.

—¿Lo intentamos allí? —preguntó cambiando de tema y señalando un restaurante precioso, situado en el mismo muelle y que en verano seguramente siempre estaba hasta los topes.

Ralph y Kiki se mostraron de acuerdo y se sentaron a una mesa en el exterior, con algo de frío pese a la estufa y con vistas a la ciudad y a la bahía. Ralph y Laura comieron *fish and chips*, y Kiki probó una especialidad neozelandesa: boniatos fritos.

—No es que sean malos, solo hay que acostumbrarse —sentenció.

Ralph asintió. Explicó que Nueva Zelanda no era precisamente la meca de los vegetarianos.

—En cambio, aquí no hay nada que tenga desperdicio —dijo, y les habló del Hikitika Wildfoods Festival, donde todos los años los neozelandeses competían por engullir larvas y gusanos, saltamontes y otros animales, a ser posible crudos y algunos incluso todavía vivos. Laura lo encontró asqueroso. Kiki sonrió, pero afortunadamente contuvo cualquier comentario desde el punto de vista de alguien que se comunicaba con animales.

Ralph había nacido en Nueva Zelanda y procedía de los alrededores de Queenstown. Contó que siempre había sido muy deportista y que había estudiado Ciencias del Deporte en la universidad. El rugby era su favorito.

—¿Cómo llegaste a Eco-Adventures? —preguntó Laura.

—Trabajaba aquí durante las vacaciones y decidí quedarme cuando me ofrecieron el puesto de guía particular —explicó—. Tal vez tendría que haber prolongado un poco más los estudios —añadió como autocrítica—, al menos esto es lo que piensan mis padres. Tal vez, haber estudiado Deporte y Turismo, así habría podido conseguir un empleo mejor pagado en Eco-Adventures. ¡Pero no, entonces tendría que estar sentado en un despacho todo el día! Así, en cambio, viajo, me divierto y conozco a mujeres estupendas como vosotras... —Sonrió a las dos—. ¿A quién le importa lo que pasará mañana?

Algo achispada después de haber bebido dos cervezas, Kiki le dio la razón sonriente. Por norma general, Laura habría sido de otra opinión, pero esa maravillosa noche no tenía ningunas ganas de iniciar una discusión de principios. Se sentía liviana y alegre cuando volvieron al albergue y no se quejó cuando Ralph les pasó tanto a ella como a Kiki un brazo por encima del hombro. Dos personas que se cruzaron con ellos bromearon con el joven, que explicó que eran unos conocidos y les presentó a las chicas. Jim trabajaba en Discover the Bay y Sally en Sailing and Dolphins. A Laura se le aceleró el corazón de tan emocionada como estaba. ¡A partir de ahora era una de ellos! En adelante podía presentarse como «Laura, de Eco-Adventures».

La casa en la que estaban alojadas se hallaba en penumbra bajo el cielo estrellado de Paihia. Cuando todos estaban buscando la llave para ser los primeros en abrir el portal, se levantó la persiana de una habitación en el apartamento de los chicos.

—Ben todavía está despierto —señaló Laura—. A lo mejor le habría gustado venir con nosotros.

No se quitaba esa idea de la cabeza, aunque Ralph le hizo un gesto de negación. Tal vez Ben fuera un tipo raro e insensible, pero a nadie le gustaba estar siempre solo.

3

A la mañana siguiente, Laura se puso por vez primera el uniforme de Eco-Adventures. El día invitaba a elegir pantalones largos y anorak. Había cambiado el tiempo y lloviznaba.

—Qué bien que hoy solo tengamos que trabajar en la oficina —opinó Kiki, combinando la chaqueta de Eco-Adventures con una camiseta de colores chillones que mostraba unos animales africanos. Laura llevaba una sudadera más discreta de color azul claro—. Y antes conoceremos a ese tal señor Kore, ¿verdad? ¿Cuál es su nombre?

—Me parece que no tiene —le respondió Laura en broma—. En cualquier caso, no podemos dirigirnos a él por el nombre de pila. ¡No te pases de campechana, Kiki, sé amable y punto!

Ella estaba igual de inquieta ante la perspectiva de reunirse con el fundador de la empresa, esa sería la primera vez que conocería a un maorí. En Auckland había visitado con Karen el War Memorial Museum y habían visto un espectáculo sobre la cultura local. Seguro que los maoríes no andaban agitando lanzas en la vida cotidiana, pero Laura había oído decir que eran muy conscientes de sus derechos y que luchaban por la conservación de su lengua y su cultura.

Una de las muchachas que trabajaban en la oficina —al parecer el señor Kore no tenía secretaria particular— abrió la puerta del despacho de Balthasar Kore y presentó a Laura y Kiki. Ya al entrar, Laura tuvo la sensación de que la habitación estaba dominada por una fuerte personalidad. No cabía la menor duda de que el fundador de la empresa era un individuo seguro de sí mismo, eso lo reconoció solo con verlo. Y, sin embargo, renunciaba a cualquier tipo de ostentación. Su estudio estaba espartanamente amueblado con un archivador, un gran escritorio y dos sillas para las visitas. Salvo por dos imágenes de delfines y ballenas, en las paredes no había nada colgado. Lo que sí era fascinante era la ventana panorámica con vistas al puerto. Desde el despacho, el señor Kore tenía ante sus ojos los embarcaderos de sus naves.

El hombre, alto y esbelto, sonrió a las nuevas empleadas, pero no pudo evitar un gesto algo autoritario. Era apuesto, con un aire exótico. Tenía la tez oscura, la nariz potente y ya asomaban canas entre sus cabellos. Laura observó sus ojos oscuros, hundidos en las cuencas. Se esforzó por sostener la mirada evaluadora del empresario. Teniendo presente la advertencia que les había hecho Dave, había estado reflexionando largo tiempo sobre cómo saludarlo, pero en ese momento le pareció lo más natural tratar al señor Kore con todo el respeto. Emanaba tal dignidad que no se podía actuar de otro modo.

—¡Es para mí un honor conocerlo! —dijo Laura.

El fundador de la compañía le tendió la mano.

—También para mí, señorita Brandner, es un placer —respondió él formalmente.

Laura pensó en si debía mencionar su estado civil, pero decidió no hacerlo. El señor Kore siempre podía consultar su documentación y ver que estaba casada. El empresario saludaba en ese momento a Kiki, cuyo corte de pelo miró evidentemente desconcertado. Luego tomó asiento detrás de su escritorio, indicó a las dos con un gesto que se sentaran también y echó un vistazo al expediente de Kiki. Lo que allí vio pareció satisfacerlo. Sonrió.

—Señorita Waltari, me alegro de que su llamativo peinado no se deba a una enfermedad recientemente superada o a otra razón de similar gravedad —observó. Kiki ya iba a replicar indignada, pero él no le dio tiempo—. Para cuando recibamos el grueso de los clientes, su cabello ya habrá vuelto a crecer, de eso estoy seguro. Y ahora hablemos de lo que las ha traído aquí. ¿Muestran ambas especial interés por delfines y ballenas?

Laura se preguntó si eso se salía de la normalidad en Eco-Adventures. Louise Walker también lo había mencionado especialmente. De hecho, la mayoría de la gente solicitaba ocuparse de actividades deportivas. La idea hizo que se sintiera más segura y no tan fácilmente sustituible. Laura decidió que el señor Kore le caía bien y le habló con toda franqueza de su debilidad por los mamíferos marinos y de su proyecto de estudiar en la universidad. Sin embargo, no recibió el reconocimiento que se esperaba.

—Debe de ser algo muy intenso para dejar a su familia en Alemania —señaló el señor Kore.

Laura lo miró entornando los ojos.

—Mi familia se desenvuelve bien —respondió con frialdad.

—Desde luego, eso lo sabe usted mejor que nadie —contestó él—. En lo que a mí respecta, sé por experiencia que los hijos... necesitan cuidados. Pero me estoy apartando del tema. Nos alegramos de tenerla aquí, señorita Brandner, y aquí va a ver ballenas y delfines en abundancia. ¿Y qué nos cuenta usted, señorita Waltari? ¿Tiene también usted la intención de estudiar alguna carrera? ¿No mencionó que ya tenía experiencia en el avistamiento de delfines?

Para sorpresa de Laura, Kiki habló sin obviar el tema de la comunicación con animales. Se preguntó si sería por la mirada punzante del señor Kore que a uno le resultaba difícil ocultarle algo o si Kiki confería a los maoríes en general una mayor espiritualidad y disposición de creer en fenómenos paranormales. Al menos algo así había expresado en Auckland. No obstante, no aludió a la paz mundial y tampoco se pronunció sobre las supuestas conversaciones que había sostenido con los mamíferos marinos. Laura consideró la posibilidad de que el señor Kore no hubiese oído hablar todavía de la comunicación con animales o que al menos no relacionase ninguna experiencia sobrenatural con ello; en cualquier caso, no planteó ninguna pregunta al respecto. Al final dio a Kiki la bienvenida al equipo de Eco-Adventures con la misma afabilidad y anunció a las dos que pronto iría a visitarlas en su puesto de trabajo.

—Si dispongo de tiempo, siempre disfruto haciendo una excursión para ver a los delfines. Son una continua fuente de inspiración. Mi pueblo siempre ha tenido una relación especial con ellos... ¿Saben que comparan la Isla Norte con una ballena que el semidiós Maui sacó del mar?

Laura más bien había oído hablar de un pez, pero no iba a contradecirle. Kiki explicó que pocas veces había visto una película tan bonita como *Whale Rider*, «jinete de ballenas», y Laura tampoco protestó en esta ocasión, aunque al menos el libro le había parecido muy poco realista. Todavía no había visto el filme.

Tras la conversación con el señor Kore, las dos se encontraron de nuevo en la sala de atención al público de la oficina central.

—¡Qué tío más tonto! —exclamó Kiki resumiendo sus impresiones—. A mí me ve y piensa en la quimioterapia y tú resulta que desatiendes a tus hijos. Estupendo. Pero todo eso no parece preocuparle especialmente siempre que saque rendimiento de nosotras. ¡Una visita! ¡Qué sarcástico! ¡En realidad, solo quiere controlar cómo trabajamos!

—Nosotras, el patrón, el personal de servicio y todos los que estén a bordo —convino Laura—. Y dado que es él quien nos contrata, está en su derecho. Yo considero honesto que nos lo advierta. También podría subir a bordo sin haber informado previamente. Y si no apareciera nunca, la gente posiblemente lo encontraría desatento.

—En realidad, se presenta por sorpresa —la interrumpió Roger, el neozelandés jefe de la oficina de reservas que habían conocido el día antes—. En cualquier caso no avisa un día antes. La mayoría de las veces, la tripulación del catamarán se entera cuando lo ven de repente en el reparto de la comida o cuando reclama que la máquina de café no está llena. Entonces, por supuesto, avisan al guía. Pero él ya ha escuchado como mínimo las palabras de bienvenida a los turistas.

—¿Se puede cometer alguna equivocación en eso? —preguntó Laura. Más bien temía poder fallar en las explicaciones sobre las ballenas.

Roger se encogió de hombros.

—Cuando realizas un *tour* de este tipo cinco veces al día, siete veces a la semana, a veces no muestras tanto entusiasmo por tener turistas a bordo como el señor Kore espera de ti. Llega un momento en que uno se pone a recitar mecánicamente el saludo y luego hay bronca. Por supuesto, no puede despedir a nadie en plena temporada. No es que os vayan a echar en el acto. Pero a pesar de todo...

—Entiendo.

Laura asintió. Ignorar a alguien como el señor Kore exigía una seguridad en sí mismo por encima de la media, o un desinterés total. Y ni ella ni Kiki iban a adquirirlos antes de que llegara la temporada alta.

En las dos horas que siguieron, Roger las introdujo rápida y eficazmente en el programa de reservas de Eco-Adventures.

—En general, registramos aquí las inscripciones para viajes de un día o para las excursiones —explicó—. Enseñáis a los clientes los folletos, ellos eligen lo que sea y vosotras intentáis responder de la forma más precisa y fiel posible, sin asustarlos. La mayoría de ellos se preocupa por si se mareará en el barco y la respuesta es: no se puede excluir que alguien se maree. Lo mejor es enviarlos a la farmacia, donde con toda seguridad les facilitarán una pastilla contra el mareo. Aconsejadles que se la tomen antes de la travesía, porque la mayor parte se conforma con guardársela en el bolsillo. Y si ya están a punto de vomitar, no surte efecto. Aun así, es inevitable que algunos se queden agarrados a la barandilla. Ahí ya no se puede hacer nada. Así que no os pongáis de mal humor si tenéis que fregar otra vez el barco.

—¿Y qué sucede con los que pidan algo especial? —preguntó Laura, pensando en Ralph—. Un guía particular, por ejemplo.

Roger respondió que en tales casos debían dirigirse a él o a otro empleado fijo de la central.

—En general, los interesados en servicios personalizados fijan una cita por teléfono —dijo—. Y todavía es más frecuente que se contacte por correo electrónico con antelación. Comprobarás que, a grandes rasgos, hay dos tipos de turistas en Nueva Zelanda: unos tienen poco dinero pero mucho tiempo. A los mochileros que están meses viajando les da igual salir a ver delfines hoy o mañana, lo importante es comprar la excursión más barata. Y luego están los que pueden permitirse un viaje de ensueño por todo lo alto, pero que no cuentan con más de tres semanas de tiempo. Estos contratan un guía particular y se dejan llevar de una atracción a otra. Aquí la ambición también juega un papel importante. Se desea por encima de todo añadir a la lista de las grandes experiencias personales alguno de los Grandes Senderos de Nueva Zelanda...

—¿Te refieres a individuos como los turistas del Himalaya? —preguntó Laura. Había oído decir que también se hacían allí viajes organizados.

—Aquí no es tan difícil, pero has entendido el principio. —Roger rio—. ¿Quién de vosotras quiere vender a esa joven y encantadora parejita un pasaje en barco?

Laura se dirigió hacia los clientes, les informó brevemente sobre el mareo durante la travesía y les vendió dos billetes para hacer una excursión a Hole in the Rock y ver, además, a los delfines.

—Después podéis hacer la excursión con ellos —indicó Roger—. Hoy seguro que no hay mucho trabajo, tendréis la oportunidad de ver el barco tranquilamente.

La excursión empezaba por la tarde. El barco se llamaba *Kaikanikani* («bailarina»). Era un gran catamarán pintado con los colores de Eco-Adventures, azul oscuro y rojo. Los asientos de cubierta eran de un azul claro. Lamentablemente, el cielo solo mostraba un tono gris mortecino. Laura se alegró de que al menos hubiese dejado de llover. Pese a la sudadera que llevaba debajo del anorak tenía frío y se sintió aliviada al ver que podía quedarse bajo cubierta y que no se la necesitaba para desatracar. Las dos jóvenes que ese día eran responsables de velar por los clientes a bordo terminaron fácilmente con el control de los billetes sin necesidad de ayuda. El guía del viaje era Ben. Llevaba un grueso forro polar debajo de la chaqueta y pantalones térmicos, y antes de que llegara el momento de dar la bienvenida a los pasajeros estuvo ayudando en cubierta y en la sala de máquinas del barco.

—Sustituye a Joe, que tenía que ir al dentista —le desveló una de las empleadas cuando Laura le preguntó inquieta si también se esperaba de ella que colaborase de una forma tan competente—. Hoy no hay mucho que hacer, apenas tenemos treinta pasajeros, no hemos pedido refuerzos. No es preciso que lo sepas todo, solo cómo funcionan las máquinas de té y de café. Así que ven, te lo enseño ahora. Estos aparatos se vacían antes de lo que uno cree y cuando viene alguien a avisarnos ya tenemos otras cosas que hacer...

Durante la travesía, los pasajeros disponían de té y café gratis, y hacían buen uso de esta oportunidad. También Kiki se sirvió enseguida un té para calentarse las manos con el vaso. Laura se reunió con Ben cuando este entró y se colocó junto al micrófono. Lo saludó algo intimidada.

—Me gustaría saber si... si hoy puedo hacer algo... ayudar de algún modo o algo así... —añadió.

Ben la miró escéptico.

—En fin, no vas bastante abrigada para ir dando vueltas a la intemperie. Pero puedes ocupar el puesto de observación junto al capitán. Hoy no hay nadie allí y tenemos un miembro menos de la tripulación.

—¿Y qué he de hacer? —preguntó Laura.

—Pues avistar. Como el nombre indica, observas el mar y cuando ves un delfín o una ballena das la alerta. No has de soplar un cuerno, el patrón está en la misma sala que tú y él lo comunica al público. Y tómatelo con calma. Tan cerca de la costa todavía no suelen encontrarse delfines. Se desplazan más bien en dirección a Hole in the Rock o The Sisters. Entre Paihia y Russell hay demasiado tráfico para ellos...

Entre Paihia y Russell circulaban transbordadores. Además, la cala era un hervidero de lanchas a motor, parapentes, piraguas y tablas a vela.

—¿Les molesta entonces que haya demasiado movimiento? —preguntó Laura—. He oído decir que... bueno el avistamiento no influye en las ballenas.

Ben se encogió de hombros.

—Depende de la cantidad —contestó sin sarcasmo, para sorpresa de Laura—. En un lugar se contaron una vez cien barcos de observación que iban tras diez ballenas. Creo que hasta para el mamífero más exhibicionista es demasiado.

Laura rio.

—Como los *paparazzi* con los personajes públicos —observó ella—. En un momento dado es suficiente.

Ben asintió.

—Esto también se puede medir —explicó—. Se ha observado que los delfines abandonan su espacio vital de origen cuando hay demasiado movimiento. Lo que por supuesto lleva el agua al molino de las asociaciones de protección de animales que, si por ellas fueran, lo prohibirían todo... Ahora tengo que cumplir con mis obligaciones. Si me disculpas...

Laura todavía le habría hecho algunas preguntas más, pero comprendió que Ben tenía que coger el micrófono para saludar a los participantes del crucero. Él lo hizo de forma amable y profesional, dio una visión general de la ruta planificada y afirmó que estaba seguro de que durante la travesía encontrarían delfines nariz de botella y que de vez en cuando incluso las orcas y las ballenas o rorcuales de Bryde se dejaban ver. Por lo demás, señaló como era costumbre que había bocadillos y una sopa del día, bebidas calientes y frías, y té y café gratis.

A continuación, salió al exterior y Laura ocupó el puesto de oteadora en el puente de mando. Roger le había presentado al patrón, un fornido maorí llamado Jack, que en ese momento la saludó afablemente.

—Qué bien que colabores tan pronto. Tú limítate a mirar afuera y gritar cuando veas un tiburón.

Le guiñó el ojo. Laura pasó la media hora siguiente mirando con tanta intensidad el agua que casi le dolía la cabeza. Pese a ello, fue Ben quien realizó el primer avistamiento.

—Señores y señoras —anunció por el intercomunicador—, tengo el placer de presentarles a *Campanilla*. A estribor, hacia la mitad del barco...

El patrón enseguida redujo máquinas cuando Ben dio la alerta y Laura ya no pudo aguantar más en su sitio. Corrió hacia fuera y casi no podía dar crédito al ver el cuerpo de la ballena, largo y gris, meciéndose relajadamente junto al barco. Naturalmente, todos los turistas se precipitaron hacia el exterior con sus cámaras.

—¡Un rorcual de Bryde! —exclamó Laura sin aliento antes incluso de que Ben prosiguiera con su presentación—. Pero ¿tú cómo sabes...?

—*Campanilla* es un rorcual de Bryde adulto que vive aquí todo el año. Lo vemos a menudo con su compañero *Peter Pan*. A diferencia de otros muchos cetáceos, son bastante sedentarios. En realidad, solo migran cuando no hay comida...

—¿Qué es lo que comen?

—¿Cómo sabe usted que es una hembra?

—¿Por qué se llaman de Bryde?

De repente, Ben se vio rodeado de turistas que lo acosaban con preguntas y Laura empezó a responderlas con toda naturalidad.

—Los rorcuales de Bryde se alimentan sobre todo de plancton —explicó—. Un profesional reconoce de qué sexo son por la forma de la aleta dorsal. Reciben su nombre de un navegante noruego.

Entretanto captó una mirada de reconocimiento de Ben, aunque ella no se cansaba de mirar al majestuoso animal que inspiraba aire en ese momento a la vista de todos.

Mientras, Ben explicaba cómo reconocer un rorcual de Bryde e informaba acerca del programa de identificación de los animales.

—¿Y entonces es cuando les pone nombre? —preguntó extasiada una joven.

Ben asintió.

—Oficialmente, tienen números —admitió—. O, mejor dicho, códigos compuestos por cifras y letras. Pero cuando uno se encuentra regularmente con ellos resulta más agradable llamarlos por su nombre. Al menos eso creen nuestras compañeras de trabajo. Y los últimos estudiantes en prácticas vieron coincidencias entre esta ballena hembra y un hada.

—¡Atención, ahora va a sumergirse! —gritó Laura, mirando

fascinada cómo el potente animal se deslizaba con un movimiento fluido, levantaba la aleta caudal al cielo y desaparecía en el mar—. Ha sido... ha sido increíble... El primer día... y ya una ballena...

Ben hizo una mueca como si fuera a echarse a reír, pero se reprimió.

—La suerte del principiante —advirtió—. Y ahora volvemos a depender de tu avistamiento, necesitamos todavía delfines...

Mientras, había empezado a llover otra vez y los pasajeros se apretujaban en el interior del barco, aunque de buen humor tras el encuentro con *Campanilla*. Kiki parecía enfrascada en la conversación con algunos de ellos y Laura se alegró de que también ella se ocupara de los pasajeros. Regresó al puente y entonces avistó, en efecto, a los primeros delfines.

—Ahí, a la izquierda... allí... allí...

—Se llama babor —la corrigió amablemente el patrón y dijo por el micrófono—: *Ladies and gentlemen: New Zealand's bottlenose dolphins!!* —Apagó otra vez las máquinas.

Laura corrió hacia fuera y durante una fascinante media hora no supo hacia dónde mirar primero. Todo el barco estaba rodeado de delfines, grandes delfines mulares o de nariz de botella, de entre dos y cuatro metros de largo. Los animales parecían francamente interesados por el *Kaikanikani* y sus pasajeros. Laura contemplaba encantada cómo se volvían para nadar sobre el lomo y así no perder de vista la embarcación. Otros pasaban de un lado a otro por debajo del barco, daban saltos en el aire junto a él y parecían divertirse enormemente.

—¿Cuántos hay? —preguntó a Ben, que había renunciado a dar más explicaciones. Los turistas estaban demasiado embelesados y ocupados mirando y haciendo fotografías para prestarle atención.

También Ben había sacado una cámara, pero apenas se servía de ella.

—Hace demasiado mal tiempo —murmuró—. Ahí detrás está otra vez aquel que no pude identificar ayer... Creo que todavía no está ni registrado.

—¿Y aún no tiene nombre? —bromeó Laura—. ¿Puedo llamarlo *Capitán Ahab*?

Ben resopló.

—Siempre estos nombres tan complicados... —refunfuñó—. ¿Y cuántos son...? Yo calculo que unos quince. Una gran manada para ser mulares. También puede que se trate de dos grupos... Estamos bastante al principio de la clasificación... Si no tienes nada más entre manos, haz un par de fotos desde babor...

Tendió su cámara a Laura, quien se puso inmediatamente a la labor con verdadero fervor. Ardía en deseos de conseguir unas fotografías en las que se distinguieran bien las aletas dorsales y caudales de los animales, pues gracias a ellas se les podía identificar. Cuando el patrón volvió a poner en marcha los motores y Ben se disculpó ante los turistas diciendo que hasta el viaje más hermoso terminaba y tenían que regresar, Laura se había quedado totalmente congelada. Con dedos temblorosos y castañeándole los dientes, devolvió la cámara a su propietario.

—Creo que hay un par de imágenes buenas —le comunicó—. Ha sido fantástico, de verdad. ¡Los delfines son increíbles! Sé que me moriré de frío, pero tengo que nadar con ellos. Tengo que hacerlo y ya está.

Ben, en cuyo rostro Laura había creído ver su propio arrobamiento, la miró enojado.

—Para eso tendrás que dirigirte a Ralph —dijo fríamente—. Por lo que yo sé, mañana sale con un grupo.

4

Ralph se llevó de buen grado a Laura y Kiki a nadar con los delfines y aprovechó para mostrarles dónde se recogían los trajes de neopreno y cómo dar las instrucciones a los bañistas. Se cambiaron de ropa junto con cinco intrépidos turistas de invierno y vieron a continuación una película informativa sobre las pautas de seguridad más importantes.

—Sería bueno decirle a la gente directamente que no debe intentar tocar a los animales. Y que no hay que provocarlos ya se entiende, ¿no? —observó Laura.

Ralph se rio.

—Cuando los grupos crezcan y hagas esto dos veces al día, darás las gracias a la película —dijo—. Y por otro lado... Ni te imaginas la de cosas que los turistas intentan hacer. La mitad tiene en la cabeza imágenes de *Flipper* o del último espectáculo de delfines que ha visto y se imagina que los mulares los arrastrarán alegremente por el agua. Tampoco te olvides de que no saben nada sobre el comportamiento animal. El mayor peligro reside en la aproximación sexual de delfines machos muy jóvenes. Si uno de ellos empieza a juguetear con la gente mordisqueándola o dándole empujoncitos, sácala inmediatamente del agua, antes de que alguien «participe en el juego» y se vea arrastrado hacia el fondo o atacado por un pequeño camorrista. Los delfines son capaces de fracturar las costillas de un ser humano sin el menor esfuerzo.

Laura levantó la vista bastante acobardada, pero Ralph se rio de nuevo y le lanzó animoso una máscara de buzo.

—Avisas a los bañistas para que salgan del agua con un bocinazo —añadió—. Esto lo explicaré con más detalle enseguida. Hacen caso. Y sucede muy raras veces que un delfín se comporte mal. En general, son más inteligentes que los nadadores. En fin, no vas a tardar en comprobarlo...

Cuando al cabo de una hora larga Laura regresó nadando al barco, no habría podido decir cuál era su sensación dominante: si la de felicidad o la de frío. Había sido fabuloso ver nadar a su lado y por debajo de ella a los delfines mulares, que la acompañasen, que la observasen con simpatía y que la rodeasen preocupados cuando le entró agua en el tubo y tuvo que detenerse moviendo los pies para mantenerse a flote mientras lo vaciaba. Todavía no había descubierto cuál era la forma más hábil de hacerlo. La cuestión es que, pese al traje de neopreno, se había quedado congelada por haber estado demasiado rato en el agua. En cierto modo se había quedado con la idea de que tenía que volver a bordo cuando sonara la bocina.

Al final comprobó que, salvo ella, solo quedaban dos jóvenes audaces en el agua. Subió rápidamente a la embarcación. Kiki y los otros nadadores ya hacía tiempo que estaban allí, entrando en calor con té o chocolate si no se habían mareado. Había dos mujeres que no dejaban de vomitar. A Laura le habría gustado ayudar a Ralph a ocuparse de ellas, pero le temblaba todo el cuerpo y era incapaz de hacer nada.

—Ahora ya sabes por qué no nos metemos en el agua salvo en casos de emergencia —dijo tranquilamente Ralph cuando ella se disculpó—. Incluso en pleno verano, nos limitamos a observar lo que ocurre desde el barco. Desde luego, estaré encantado de que mañana sujetes el cubo para que vomiten, pero ahora recupérate de este frío.

Laura necesitó horas para entrar en calor y llegó a la conclusión de que, en realidad, disfrutaría más observando a los delfines desde el barco. Era evidente que los animales no se cansaban de relacionarse con las personas. Seguían nadando y saltando junto a la zódiac, incluso después de que todos los bañistas hubiesen subido de nuevo a bordo. Pese al frío, Laura hizo unas cuantas fotos para Ben, aunque mucho se temía que la mitad saldría movida: con las manos tan rígidas y temblorosas no conseguía sujetar la cámara con firmeza.

Pese a ello, la calidad de algunas imágenes era lo bastante buena como para enviarlas por WhatsApp a Tobias, Kathi y Jonas cuando, a eso del mediodía, regresó al apartamento. Ralph también había hecho una foto de Laura en el agua.

«Me alegro de que te lo pases tan bien», le contestó al instante Tobias con un SMS (en Alemania debía de ser medianoche y Laura se asombró de que no estuviera durmiendo) y a continuación le soltó una retahíla de las últimas catástrofes domésticas. Empezaba con un pago adicional de impuestos y terminaba con un cero en matemáticas de Kathi. Tobias estaba totalmente seguro de que Laura era responsable de esto último. Ella, no obstante, solo se asombró de lo poco que le preocupaba ese asunto y, al final, ni siquiera se esforzó por dar una contestación. De todos modos, no podía cambiar nada desde donde estaba y en rigor tampoco habría conseguido hacerlo en Alemania. Por supuesto, habría podido ayudar más a Kathi en el estudio, pero si no le pedían ayuda, ella dejaba que sus hijos resolvieran por sí mismos sus temas escolares.

Laura reflexionó en si debía darle un toque de atención por correo electrónico. Mientras todavía estaba meditando sobre si valía la pena hacer el esfuerzo, Roger la llamó por teléfono.

—Esta tarde tenemos un paseo en zódiac y una salida en catamarán a Hole in the Rock —le contó—. Ralph tiene *tours* particulares, y me gustaría asignar a Ben el paseo con el bote neumático. Si os envío a ti y a Kiki juntas, ¿crees que podréis hacer el circuito en el catamarán? —preguntó. Laura se quedó como electrizada. Se olvidó en el acto del frío que todavía sentía y de los deberes de matemáticas de su hija. Naturalmente, se comprometió a hacerlo, y lo mismo Kiki, a quien Roger no había podido localizar. Esto último no parecía haberlo entusiasmado mucho—. Por favor, dile que en el futuro no se separe del móvil. Se producen cambios constantes en el programa y ¡he de poder contactar con vosotras!

Laura se disculpó por su compañera de piso, apagó el hornillo eléctrico en el que acababa de calentar una lata de sopa y salió a buscar a Kiki. La encontró en el despacho de Ben, donde la vio apoyada en la pared con una sonrisa feliz explicándole lo intensa que había sido su experiencia con los delfines. Por lo visto se había presentado a los animales y los había saludado de parte de sus congéneres españoles en el otro extremo del mundo.

—¡Enseguida me han hecho partícipe de su canción! —contaba entusiasmada—. Hemos nadado juntos, hemos cantado juntos, hemos sido uno con el océano...

—¿Has cantado mientras buceabas con la máscara? —preguntó Ben. Al principio no había prestado mucha atención—. ¿Con el oleaje de hoy? Podrías haberte ahogado...

—¡Nuestros corazones han cantado! —matizó Kiki.

Ben la miraba como si la joven no estuviera en sus cabales.

Laura intervino enseñándole las mejores fotos que había obtenido por la mañana.

—Mira, ¿no es este el delfín que todavía no has identificado? Me ha parecido recordar esa mella en la aleta... Debe de ser por alguna herida antigua.

Ben echó un vistazo.

—Vete a saber —contestó sin interés—. Tal vez me expliques dónde se hizo la cicatriz y que también ha cantado. Y ahora hacedme un favor y dejadme tranquilo. He de estudiar las fotos de esta mañana y luego tengo una excursión...

La mención de esto último levantó los ánimos a Laura, que acababa de volver a enfadarse tanto con Kiki como con Ben.

—¡Nosotras también! —exclamó orgullosa—. ¡Vamos a dar las explicaciones en una travesía en catamarán, Kiki! Así que vente ahora, ¡tenemos que aprendernos de memoria los nombres de todas las islas! ¡A no ser que confíes en que te los diga una ballena! ¿Te envío por correo la foto del delfín o no?

Ben puso una expresión compungida.

—Sí, de acuerdo —contestó, a todas vistas algo arrepentido—. Y... no te preocupes por la excursión. Lo harás bien. Ya lo hiciste bien ayer.

Laura se pasó todo el mediodía aprendiéndose de memoria el mapa de la bahía de las Islas, mientras que Kiki alegó que de todos modos los turistas se olvidarían al instante de los nombres de los islotes. Algo en lo que no andaba del todo equivocada. Tampoco se mostró muy ansiosa por dar las explicaciones pertinentes al grupo excursionista, sino que prefería encargarse de la restauración, ya que el día anterior se había entendido bien con las chicas del equipo de servicio. Así que Laura dio la bienvenida a los pasajeros mientras Kiki llenaba las máquinas de café y vendía bocadillos. La primera volvió a ocupar el puesto de oteadora junto al patrón. Ese día no avistaron ballenas, pero los delfines no permitieron que nada impidiera su exhibición. Además, cuando el sol asomó por detrás de las nubes de lluvia, regalaron a los turistas unos maravillosos motivos fotográficos. Puesto que el oleaje no era demasiado fuerte, el patrón condujo el barco a través del famoso Agujero en la Piedra al que solía llevar tradicionalmente esa excursión y Laura aseguró a los oyentes que eso daba suerte.

A ella misma sí le deparó, inesperadamente, un golpe de suerte: algunos, sobre todo los pasajeros extranjeros, insistieron en darle una propina antes de desembarcar. Al final había ganado cuarenta dólares que repartió como es debido con una encantada Kiki.

Más tarde vio que Ben echaba el dinero de la propina en un tarro de mermelada de la oficina en el que había pegado un rótulo con la leyenda DONATIVOS PARA EL ESTUDIO DE LOS DELFINES.

—¡No pongas esa cara! Yo me las apaño muy bien con lo que gano —observó—, pero vosotras tenéis que guardaros el dinero. Lo que os paga Kore no alcanza para vivir. —Sonrió irónico—. A no ser que los delfines os pidan personalmente un donativo...

Laura hizo una mueca.

—Deja ya de decir tonterías —le pidió—. Yo... yo no soy como Kiki.

Ben la miró un momento y volvió a dirigir la vista al ordenador, que se iniciaba en ese momento.

—Eso espero —dijo.

En los días siguientes, Laura y Kiki continuaron compartiendo las tareas de guías de ruta en el catamarán, y Laura tuvo que encargarse también de una salida en la zódiac. Enseguida comprobó que esa era la tarea que más le gustaba. Se atendía como máximo a veinte pasajeros, planificaba la ruta con el patrón de la lancha de forma individual y de esta manera podía concentrarse mejor en la búsqueda de grandes ballenas. El patrón le comunicó dónde encontrar cuanto antes a *Peter Pan* y *Campanilla* y, en efecto, el macho apareció durante la travesía con los clientes. En la zódiac, mucho más pequeña, por supuesto uno estaba más cerca de los delfines y Laura hizo un par de fotos espectaculares que añadió orgullosa a la colección de Ben. Eso le facilitaba identificar cada vez a más ejemplares y ella intentaba aprenderse las particularidades de cada uno de ellos para poder compartir sus conocimientos con los turistas durante las excursiones.

Donde menos disfrutaba era en los baños con los delfines, a los que había asistido la primera vez acompañando a Ralph y luego sola con Kiki. Si era viable, la empresa destinaba a dos guías, que ya tenían mucho trabajo que hacer. Por fortuna nunca se producían incidentes con los delfines. Era más frecuente que estuvieran en apuros aquellos pasajeros que habían sobrevalorado sus capacidades para nadar en mar abierto. Los guías siempre tenían a mano un salvavidas y Ralph contó que una o dos veces al año había que arrojarse al agua y demostrar que uno se había ganado el título de socorrista. Laura esperaba con toda su alma que eso no sucediera cuando ella estaba de servicio, sobre todo mientras durara el invierno.

Tras los primeros y emocionantes días, la euforia inicial dio paso a la rutina. Laura dominaba con soltura la explicación que daba durante la salida a Hole in the Rock y en ocasiones la cambiaba cuando había rorcuales de Bryde u orcas a la vista.

Kiki también acompañaba excursiones por su cuenta y contaba que había establecido contacto telepático con *Campanilla*.

—La ballena hembra considera que el nombre que le habéis puesto los humanos es discriminatorio —afirmaba—. Ella responde a un nombre que suena parecido a *Abblaaya*.

Kiki solía cantarlo. Por lo visto, la ballena le había comunicado que el nuevo color del *Kaikanikani* (habían vuelto a pintar el catamarán antes de la temporada) no le gustaba. Además, compartía con la joven su desasosiego por la extracción de petróleo en el mar del Norte, lo que dañaba gravemente el hábitat de sus hermanos y hermanas.

—¿Cómo se le ocurren estas cosas? —preguntó Ralph divertido.

Laura ya estaba a punto de perder la paciencia.

—Supongo que lo deduce del nombre de las ballenas —contestó—. Se llaman así por un cazador de ballenas noruego, Johan Bryde. Basándose en eso, Kiki cree que aparecen principalmente en Noruega. Pero de hecho los rorcuales de Bryde prefieren aguas tropicales y no hay ninguno en el mar del Norte. Todavía no ha llegado a este punto con la lectura del libro de referencia *Vida animal*, de Brehm...

Ya hacía tiempo que Laura se había dado cuenta de que los conocimientos de Kiki sobre las especies y la conducta de los mamíferos marinos no eran muy extensos. Los datos que aportaba como guía a sus clientes no superaban lo que ya incluían los folletos informativos de Eco-Adventures.

Mientras que Ralph lo llevaba bien (él también opinaba que los turistas apenas retenían lo que se les explicaba, así que daba igual que la información fuera auténtica o inventada) y Laura se indignaba, Ben casi era alérgico a la falta de profesionalidad de Kiki. Explotó un día en que la joven se había ocupado sola de una excursión con avistamiento en la zódiac y el patrón le había contado después, divertido, que Kiki se había ofrecido a traducir a los pasajeros lo que *Campanilla* contaba. Hecho un basilisco, Ben golpeó la puerta del apartamento de Laura y Kiki.

—Me da igual si la gente ya se ha interesado antes por la comunicación de animales o no —gritó a Kiki en cuanto la encontró—. Pero aquí vienen a informarse seriamente sobre ballenas y delfines y tú debes facilitarles datos, por favor, ¡y no barbaridades!

Laura, quien veía por primera vez a Ben, por lo general tranquilo, fuera de sí, se habría puesto a salvo, pero Kiki defendió su posición.

—Tú no eres quién para darme órdenes, Ben —replicó—. Según tengo entendido, no eres mi superior. Soy una mediadora entre el mundo de los seres humanos y el de las ballenas. Si alguien muestra interés en un intercambio, no se lo voy a impedir. —Tras esa impresionante parrafada, Kiki se retiró teatralmente mientras Ben amenazaba con informar al señor Kore sobre el caso. Aunque después no lo hizo.

Las semanas que siguieron pasaron volando. Un mediodía que Laura estaba sentada al sol con Ben, Kiki y Ralph en el centro de reservas, conversaron sobre el rorcual de Bryde hembra que Ben había descubierto y que acompañaba a *Peter Pan* y *Campanilla*. Ben la había bautizado con el nombre de *Wendy*. Contó que *Peter Pan* le hacía serias insinuaciones a *Wendy* y que tal vez pronto se aparearían.

Laura estaba fascinada.

—¿Tú también te has dado cuenta de que desde hace un par de días se ven más orcas? —preguntó—. En las últimas semanas he visto algunas dos veces —dijo—. Aunque, en realidad, prefieren el mar abierto a la bahía... —Esperaba una explicación de Ben, pero de hecho fue Kiki quien intervino.

—Oh, los surfistas de vela las agobian —afirmó con una expresión tan soñadora en su rostro que parecía flotar en esferas más elevadas—. Y también quienes practican el *kitesurf*. Por eso suelen evitar la bahía...

—¿Y eso? —preguntó Ralph con una sonrisa disimulada antes de que Laura pudiera hacer algo para contener a Kiki—. Bueno, de hecho, los surfistas no provocan ondas sonoras ni nada similar que pueda desorientar a las ballenas.

Kiki negó con la cabeza.

—Pero carecen de seriedad —afirmó con ínfulas—. No conversan realmente con el elemento agua...

—¡Es cierto, lo hacen más con el elemento viento! —observó Ben, que se levantó y salió huyendo.

Laura, a quien no le apetecía volver a discutir con Kiki, pensó en si debía seguir los pasos de su compañero.

—Tengo que preguntarle a Ben por el reparto de tareas de mañana... —se disculpó—. ¡Y estaría bien que no le provocaras tanto, Kiki! Limítate a guardarte para ti esas manifestaciones parapsicológicas...

Kiki la fulminó con la mirada.

—¡Y un cuerno! —dijo irritada—. ¡A ver si te callas! Ben no es mi jefe y tú no eres mi madre. ¡Entérate de una vez!

Laura se frotó la frente mientras se disponía a ir tras Ben. ¿Tendría razón Kiki? ¿Estaba intentando tutelar a su compañera de piso? De hecho, a veces tenía la sensación de que, de los cuatro, ella era la única adulta entre adolescentes. Kiki era infantil, Ben hipersensible y Ralph un eterno príncipe encantador. Laura no sabía qué pensar exactamente de sus insinuaciones. Por una parte, se sentía halagada porque él no dejaba de flirtear con ella, pero por otra, creía que lo hacía con la mayoría de las mujeres con quienes se relacionaba.

Finalmente, encontró a Ben en el atracadero, sentado sobre un noray mirando los islotes desperdigados en el mar. Parecía como si ansiara partir hacia allí y, al mismo tiempo, se diría que estaba perdido. Laura se acercó a él.

—No tienes que tomarte a Kiki en serio, eso es todo —intentó apaciguarlo—. Está un poco chiflada, pero no hace daño a nadie...

Ben movió la cabeza.

—Su conducta muestra falta de respeto hacia la naturaleza —respondió enfadado—, y lo siento, pero eso me enfurece.

Laura frunció el ceño.

—¿Falta de respeto? Habla continuamente de que hay que tener en consideración a los animales. Se supone que hay miles de principios éticos entre quienes se comunican con ellos...

Ben resopló.

—¡Solo de boquilla! Como si se realizara una suerte de intercambio. ¡No, Laura, eso no es nada más que antropomorfismo! Se supone que los animales sienten, piensan y se comportan como seres humanos. Y, sin embargo, cada especie percibe el mundo de otra forma, siente de otro modo. A veces ven u oyen mejor o peor que nosotros, sus sensaciones llegan en parte mucho más lejos que las nuestras. Por otro lado, su visión del mundo es más limitada... Aceptarlo e investigar, ¡en eso reside el encanto! ¿Comprendes?, yo no tengo ningunas ganas de discutir con una ballena sobre si le gusta o no el nuevo color con que han pintado el *Kaikanikani*. Kiki ni siquiera se pregunta si una ballena realmente distingue los colores. Lo supone porque parte de la idea de que una ballena no es más que una reproducción de un ser humano, y que piensa y siente como él. Ni más ni menos. Y, lo siento, ¡pero eso me saca de quicio!

Laura lo entendía. Ben había resumido en palabras la desagradable sensación que experimentaba siempre que Kiki hablaba de sus «conversaciones» con mamíferos marinos. Le habría gustado decírselo, pero temía que él lo interpretara como una insinuación. Mejor cambiaba de tema mientras Ben todavía se mostraba dispuesto a hablar. Apenas si podía dar crédito a que acabase de compartir con ella pensamientos y sentimientos serios.

—Tenemos... tenemos que hablar todavía del reparto de mañana —dijo—. Ralph saldrá por su cuenta y yo estaré, sola con Kiki, a cargo de la excursión para el baño con delfines. Un grupo grande para la temporada en que estamos, y han anunciado bastante marejada. Me da miedo que nos veamos superadas. Sinceramente, sé nadar bien y tengo el título de socorrista, pero, con este frío y un fuerte oleaje, zambullirme en el agua y sacar a alguien... no me veo capaz. Kiki seguro que no puede. Por eso quería preguntarte si no podrías sustituirnos a una de nosotras... En la lista vas en el catamarán. —En realidad, había querido preguntarle si no quería sustituirla a ella, pero se le ocurrió que a lo mejor prefería no trabajar con Kiki.

Ben negó con la cabeza.

—No —dijo, dirigiéndose con determinación hacia la zódiac. Al parecer había descubierto a sus primeros clientes y aprovechaba la oportunidad para marcharse—. Lo siento, te has equivocado de persona. Yo no me ocupo de las salidas con el baño con delfines.

Laura corrió tras él.

—¡Pensaba que todos hacíamos de todo! —indicó perpleja—. Por supuesto, a nadie le gusta asistir al baño con los delfines, pero...

Ben se volvió hacia ella.

—¿Es que no me has oído? —preguntó bruscamente—. No se trata de que me guste o no me guste, yo no me ocupo de eso y punto. ¿De acuerdo?

—Pero ¿por qué? —inquirió Laura—. Qué... qué hay de malo en eso, me refiero a...

Ben la fulminó con la mirada.

—No sé nadar —dijo—. Ahora ya estás al corriente. ¡Así que déjame tranquilo!

Ben dejó a una estupefacta Laura plantada en el atracadero y se reunió con los turistas que en esos momentos inspeccionaban la zódiac. A continuación los acompañaría a cambiarse de ropa, pues los pasajeros del bote neumático llevaban traje de neopreno. Y chalecos salvavidas. Pero tener el título de socorrista era condición previa para presentarse en ese trabajo... ¡El señor Kore había hecho una excepción con Ben!

Laura se marchó moviendo la cabeza. Siempre detectaba una sombra turbia en Ben, casi parecía como si estuviera escondiendo algo.

5

Al día siguiente, un fuerte muchacho que, normalmente, realizaba trabajos auxiliares en el *Kaikanikani* se presentó para ayudar a Laura y Kiki en la travesía con el baño con delfines.

—Me llamo Robbie —se presentó—. No tengo ni idea sobre esos bichos —les advirtió con toda franqueza—, pero durante tres veranos he hecho de socorrista en Sídney. Mientras tenga que sacar a gente del agua y no a delfines...

Sonrió burlón y enseguida empezó a colaborar informando a los clientes sobre cómo ajustarse los trajes de neopreno. Laura se preguntó si Ben lo sustituía en el *Kaikanikani* o si había pedido a Roger que enviara a un tercer ayudante en la actividad del baño con delfines. Probablemente, se trataba del primer caso.

Por la tarde, Kiki se ocupaba de una excursión en el catamarán. Cuando iba a cambiarse para salir con sus clientes en la zódiac, Laura vio por casualidad que el señor Kore subía a bordo de la embarcación donde estaba su compañera de piso. Luchó consigo misma, pero la solidaridad venció al enfado y llamó a Kiki para advertírselo. La travesía transcurrió sin incidentes, pero aun así dos días más tarde llamaron a la joven al despacho del presidente de la empresa.

Cuando regresó estaba hecha una furia.

—Con su particular frialdad me ha aclarado que, por supuesto, acepta mis ideas filosóficas y religiosas (no creo que las religiosas), que en su pueblo también existe la tradición de hablar con animales y plantas, pero que en lo que respecta a mi trabajo debo limitarme a transmitir hechos científicamente probados. ¿Sabías que las ballenas no perciben los colores? Seguro que ha sido Ben quien me ha jugado esta mala pasada, ¡qué cabrón!

Laura lo consideraba posible, pero no creía que fuera cierto. Al señor Kore le habría llegado la noticia de otro modo. O examinaba a sus nuevos empleados de forma rutinaria. Quizás enviaba a la zódiac a un entendido en mamíferos marinos...

A mediados de octubre el tiempo mejoró de forma notable. Brillaba el sol, los días se alargaban y muchos neozelandeses aprovechaban esa bella primavera para hacer una excursión a Paihia, así que el equipo de avistamiento de cetáceos tenía mucho que hacer. Además, Ralph se encontraba en una escapada de varios días con viajeros por cuenta propia.

A esas alturas, también Laura había recibido la «visita» del señor Kore. De hecho, no lo había visto subir a bordo, sino que se había dado cuenta de su presencia cuando la excursión estaba finalizando y él la había saludado, dándole las gracias por su agradable e informativa compañía durante el viaje.

Así pues, Laura no tenía problemas en la empresa, solo en Alemania se acumulaban de nuevo las malas noticias.

Su marido se había torcido el pie haciendo deporte y no podía ir a trabajar en un par de días, circunstancia que la madre de Laura había aprovechado para ocuparse de él y de los niños las veinticuatro horas del día. A esas alturas, Tobias lo consideraba un fastidio, aunque al principio bien que había alimentado la preocupación de su suegra por la familia abandonada. En cualquier caso, en los mensajes de él y los de los niños cada vez se hablaba más de conflictos.

Para colmo de males, Laura también recibió una carta de su madre, quien prefería el envío por correo postal a la posibilidad de comunicarse electrónicamente. «Estoy muy preocupada por Kathi —leyó Laura—. Hace poco la niña tiene un novio y, peor aún, se llama Yannis. Supongo que es turco o de algún otro país extranjero. Estoy segura de que está ejerciendo alguna influencia islamista sobre Kathi. Imagínate, últimamente lleva un pañuelo en la cabeza para salir... Pero, claro, a quién le sorprende eso. A la niña le falta la madre.»

Laura no sabía si echarse a reír o a llorar, pero enseguida recordó al hijo de una pareja de profesores de origen claramente alemán que iba a clase con su hija desde primaria. Aun así, Kathi no lo había mencionado en las últimas semanas. ¿De verdad se habrían desarrollado entre ellos unos vínculos más amorosos?

Con esa carta, su madre conseguía que al final sintiera remordimientos, no porque temiese que Kathi se hubiera radicalizado, sino porque tenía la sensación de no estar presente durante una importante fase de la vida de su hija.

A continuación, le mandó un correo en el que tanteaba con cautela el tema y fue informada de que Yannis la estaba ayudando con las matemáticas. No pudo sonsacarle nada más. Laura se sentía muy sola e infeliz cuando a las ocho de la noche estaba con su móvil en la otra punta del mundo después de que Kathi se hubiera marchado de la escuela y tal vez esperase con impaciencia nuevas y trascendentales experiencias, como su primer beso.

—¡No te pongas triste! —la aconsejó poco después Ralph, que acababa de regresar de su excursión—. Mira, me ducho enseguida y luego nos vamos al pueblo a beber una cerveza. ¡Hasta podríamos ir al indio!

El restaurante indio se contaba entre los mejores de Paihia, Laura solo había estado una vez en todo ese tiempo. Pero significaba un cambio y la perspectiva de cenar con Ralph tampoco la desagradaba. Al menos la velada se desarrollaría de forma relajada y la descansaría de la agotadora Kiki. A Ben no se le podía sacar de su reserva ni siquiera con fotos interesantes. Si había salido por la tarde, por la noche se enclaustraba en su habitación.

A esas alturas, las fotos de Laura habían alcanzado una calidad excelente. Un día se le había ocurrido la idea de hacer partícipes también a los pasajeros de sus observaciones científicas. Les habló del proyecto, les mostró diapositivas en el catamarán y les enseñó en la zódiac las fotos que guardaba en el móvil de los delfines que ya estaban identificados y que les presentaba individualmente cuando los reconocía. A cambio, los turistas le enviaban sus fotos. A veces eran fotógrafos aficionados con un equipo profesional y un conocimiento a la altura del mismo. Laura mandaba las fotos a Ben, pero todo lo que podía arrancarle era un «vale, gracias».

Pero Ralph era totalmente distinto y Laura disfrutó compartiendo con él la cena. El joven contó divertido una excursión a unas cuevas y cómo uno de sus clientes se había visto invadido por el pánico.

—Ese tipo no hacía más que pavonearse de todo lo que había hecho y experimentado. Y de repente desapareció. Tardamos un buen rato en encontrarlo. Resultó que se había ido por su cuenta. Poco después se le cayó la lámpara de seguridad... Estaba hecho un manojo de nervios...

—¿A veces perdéis de vista a la gente? —preguntó Laura, preocupada—. ¿Puede pasar algo entonces?

Ralph asintió.

—Claro, pero también ellos deben cuidar de sí mismos. Yo soy guía de ruta, no una niñera. Y si digo a la gente que tiene que sujetarse fuerte a la cuerda y no separarse del grupo, y alguien no obedece, yo no puedo hacer nada. No me mires tan seria, no ha pasado nada.

Laura mencionó el problema entre Kiki y el señor Kore. Ralph también opinaba que Ben no había hablado mal de ella.

—Ben no es así —observó, al tiempo que pedía una segunda copa de vino para Laura—. Es un poco arisco, pero en el fondo, buena persona. En cualquier caso, jamás le he oído hablar mal de nadie... ¡Y hemos tenido aquí a cada uno que ni te imaginas! A la mayoría de los guías les han dado el trabajo por su interés por los delfines, como a Kiki. Hay que pincharlos un poco para que aprendan lo que es un rorcual. Esto también funcionará con ella. Pero basta de hablar de sus desvaríos. Mejor me cuentas cómo te va. ¿Todo bien?

En realidad, Laura no había querido hablar de sus problemas, pero después de la segunda copa de vino se sorprendió al notar que sentía la necesidad de abrir su corazón a Ralph. Durante un paseo por la zona portuaria, tan agradablemente iluminada y que nunca se cansaba de ver, le habló de Kathi y Jonas, de Kathi y Yannis, y al final incluso le habló un poco de Tobias.

—No te preocupes por la pequeña Kathi —le aconsejó sosegadamente Ralph—. Por ahora solo necesita a su Yannis. ¿O acaso necesitaste tú a tu madre la primera vez que te enamoraste?

—Era diferente —respondió Laura.

Casi se habría echado a reír al pensar lo que habría ocurrido si en su juventud le hubiera confiado a su madre cualquier problema sentimental.

—¿Fue Tobias tu primer amor? —preguntó Ralph, echándole el brazo alrededor de los hombros como si tal cosa.

Laura se desprendió de él.

—Me parece que eres demasiado curioso —le contestó, haciéndole reír.

—¡Vaya, lo sabía! —Sonrió irónico—. Se enamora una vez y acto seguido se casa. ¡Pobre Laura, no tienes mucha más experiencia que tu virginal hija!

—¿Cómo? —Laura frunció el ceño—. Eh, ya basta. Yo...

Ralph sonrió con superioridad.

—¿Con cuántos hombres te has acostado, Laura? ¡Sé sincera! ¿Solo con Tobias? ¿O lo probaste al menos con uno o dos antes de casarte con él?

Laura se sonrojó. De hecho, ya se le había ocurrido esta misma idea después de que Tobias le hubiese pedido que se casara con él. Le habría gustado «curiosear» un poco antes de tomar una decisión definitiva. Pero, claro, se había quedado embarazada... habría sido demasiado arriesgado intentar conocer a otros chicos. A lo mejor habría funcionado estando de vacaciones en algún sitio o en un viaje con la clase. Pero, para ser sincera, nunca se habría atrevido a poner en peligro su relación con Tobias.

—Qué tema tan estúpido, Ralph... —murmuró—. Hablemos de otra cosa.

Ralph se detuvo y se volvió hacia ella.

—¿Qué tal si hablamos sobre besos? —dijo—. Sobre a cuántos has besado. ¿Solo a uno, Laura? ¿También en eso te has limitado a tu Tobias?

—Claro que besé a otros antes de estar con mi marido —contestó—. Pero nunca tan... intensamente.

—Eso es fácil de cambiar, Laura... —dijo Ralph con dulzura.

Y entonces lo hizo, sin más. Y la arrastró en un frenético viaje por regiones de la excitación en las que ella nunca antes se había aventurado. Nunca habría pensado que un simple beso bastara para que ascendieran oleadas de deseo en su interior. Se quedó sin aliento y su corazón se aceleró cuando Ralph por fin dejó libres sus labios. Pese a todo se deshizo de inmediato del abrazo del joven.

—Yo... yo no quería esto en realidad... —jadeó.

Ralph sonrió. Y luego se limitó a besarla de nuevo.

EL GUERRERO

1

Si bien no había bebido demasiado, Laura se despertó a la mañana siguiente con una especie de resaca. Además, los besos le pesaban en la conciencia y no tenía ni idea de si eso iba a cambiar su relación con Ralph. No tenía la menor intención de establecer con él un vínculo sentimental, pero, por otra parte, tampoco quería provocar malestar entre ellos. Lo último que necesitaba en esos momentos era pasar nervios con Ralph.

Pero a ese respecto no debería haberse preocupado en lo más mínimo. Ralph la saludó al día siguiente tan tranquila y afablemente como siempre y no mencionó siquiera la noche anterior. Era evidente que se había tomado los besos como Laura quería verlos: un desliz causado por el exceso de vino y un poco de melancolía. Aun así, en el transcurso del día volvió a flirtear con ella, pero sin pasar a las intimidades. Suspiró aliviada. Seguro que se habría vuelto a relajar totalmente durante el día, si no hubiera ocurrido un acontecimiento que relegó a un segundo plano su aventura con Ralph.

Esa tarde, Laura acompañaba una excursión en el catamarán e iba cumpliendo el programa de la forma habitual. Se lo pasaba bien, el tiempo acompañaba, el mar estaba de un azul intenso y la luz del sol se refractaba sobre las olas encrespadas, generando millones de reflejos dorados brillantes. El viento había atraído a más veleros que de costumbre a la bahía. Laura disfrutaba viéndolos navegar entre los islotes. Pero de repente, cuando estaba mostrando las islas Motukiekie y Waewaetorea a los turistas, los motores del *Kaikanikani* se apagaron de golpe. Abandonó asombrada el lugar que ocupaba al micrófono, en el área de los pasajeros. Por regla general el patrón solo se detenía al avistar ballenas, pero en tales casos antes tocaba la bocina.

—Por favor, Laura, ¿puedes venir a la parte delantera de estribor? Tenemos una avería... —oyó por los altavoces.

Cuando llegó a cubierta enseguida vio el imponente velero. Era evidente que el *Watching Warrior*, un elegante buque de tres palos, estaba impidiendo el paso entre los dos islotes. Si el patrón no hubiese apagado los motores, se habría arriesgado a colisionar con él.

—¿Qué ocurre? —preguntó Laura perpleja cuando llegó al puente de mando.

Jack hizo una mueca.

—Una acción de protesta —respondió—. Parece que tienen algo en contra del avistamiento de ballenas...

—Pero...

Laura iba a objetar algo, pero desde el puente vio que las personas que estaban a bordo del magnífico velero desenrollaban unas pancartas: ¡NO MÁS AVISTAMIENTOS DE BALLENAS!, se leía en una, y la siguiente rezaba: ¡ECOTURISMO = ECOTERRORISMO! ¡BASTA DE EXPLOTACIÓN, AHORA!

En el *Kaikanikani*, algunos pasajeros se habían agrupado en la zona delantera y miraban con curiosidad el velero donde, entretanto, un joven había cogido un megáfono. El patrón indicó a Laura que también se hiciera con uno. Estaba preparado en el puente.

—Por si acaso quieres hablar con ellos... —señaló—. A lo mejor consigues convencerlos de que se aparten.

Se le notaba que no se lo creía, pero Laura agarró el megáfono con decisión y se colocó con él en primera línea. El hombre del velero saludó mientras tanto a su público.

—Dejen que adivine —declaró burlón—, hoy no habían contado con ninguna iniciativa a favor de la protección del medioambiente, sino más bien con dedicarse a lo que se denomina con el eufemismo de «avistamiento de delfines». O tal vez «avistamiento de ballenas». Cuanto más grandes son los animales que se ahuyentan, más se puede pavonear uno después. ¡Pero no se engañen! ¡No están aquí en una inofensiva aventura de vacaciones, sino que están participando en un acto terrorista! ¡Una agresión contra la naturaleza, un ataque al entorno vital de las ballenas y los delfines!

—¡Esto es absurdo! —contraatacó Laura, indignada—. Eco-Adventures respeta las normas más estrictas en cuanto a la protección del medioambiente. ¡El turismo de avistamiento de ballenas es lo mejor que les ha pasado a los mamíferos marinos! Desde su aparición, cada vez son más los países que prohíben la caza de ballenas...

—¿Lo mejor que les ha podido ocurrir a las ballenas? —El hombre se echó a reír. Laura tenía ahora la oportunidad de observarlo un poco más de cerca. Tenía el rostro anguloso, con unos ojos oscuros que brillaban furiosos y un rebelde cabello negro; era alto y fuerte, un maorí, sin duda alguna. Todos sus gestos revelaban seguridad en sí mismo e indignación—. ¡Tal vez sea lo mejor que les ha pasado a las ballenas desde que el ser humano se cruzó en su camino! Aunque hasta eso es cuestionable. Por supuesto, siempre es preferible que te persigan los llamados «protectores de animales» para mirarte a que te claven un arpón y te destripen vivo... Pero ninguna de las dos actividades es correcta o ecológica. ¡Al contrario! El turismo, tal como se concibe hoy en día, es una de las actividades humanas más destructivas. ¡Y eso que se llama ecoturismo no es más que violación en masa de la naturaleza bajo el manto protector de la bandera verde!

—¡Qué tontería! —replicó Laura—. No ahuyentamos a los animales. Al contrario, los delfines siguen nuestras embarcaciones. Les divierte...

—¡Explotación de la curiosidad y del espíritu lúdico de algunas especies por voyerismo barato! —contraatacó el hombre del velero.

—¿Y qué es lo que destruye eso? —preguntó Laura.

—¡Todo turismo implica una irrupción en el frágil ecosistema! —proclamó el hombre—. ¡Y nosotros exigimos que Nueva Zelanda prohíba que se abuse de su naturaleza! ¡Les exigimos a todos ustedes que no sigan colaborando con esto! ¡Exigimos a Eco-Adventures que suspenda el servicio de sus embarcaciones! ¡Exigimos...

—¡Ya basta, Steve! —se inmiscuyó de pronto Jack por el altavoz del barco—. Ya has dejado claro tu punto de vista. Nos habéis hecho reflexionar un poco a todos y es probable que hayáis ahuyentado a las ballenas, así que ahora déjanos pasar para que podamos llegar a casa antes de que anochezca. Seguro que voy a tener jaleo con tu padre si choco contra esta bonita embarcación...

Mientras Jack todavía estaba hablando, las máquinas del *Kaikanikani* se pusieron en marcha de nuevo y el barco empezó a avanzar lentamente hacia el velero. El hombre llamado Steve iba a protestar, pero se vio forzado a apartar su nave. Para alivio de Laura, efectivamente dejó pasar al *Kaikanikani*. Durante la maniobra, Laura tuvo oportunidad de echar un vistazo a los compañeros de armas de Steve. Se trataba en su mayoría de gente joven, algunos de ellos maoríes, pero también blancos. Se sentía perpleja; hasta ese momento no había sido consciente de que en Nueva Zelanda había personas contrarias al turismo con avistamiento de cetáceos. Los argumentos del proteccionista de animales tampoco le resultaban claros. No tenía en absoluto la sensación de que las travesías del *Kaikanikani* y los barcos de avistamiento menoscabaran de algún modo el bienestar de delfines y ballenas.

Sin pensárselo dos veces, pronunció un ardiente discurso improvisado a sus clientes reivindicando el turismo internacional, y el neozelandés en particular, de avistamiento de ballenas.

—Para nosotros es extraordinariamente importante observar a los animales en libertad, darles la elección de aceptar o rechazar nuestra cercanía. Espero de corazón que no tardemos en encontrarnos a los delfines, señoras y señores, para enseñarles lo veloces que son. Y no tardan en percibir que el barco se acerca. Si no desean que los veamos, tienen tiempo suficiente para marcharse...

—Pero si viven aquí... —intervino una mujer.

Laura sonrió paciente.

—Los delfines no tienen madrigueras o lugares parecidos en los que refugiarse —explicó amablemente—. Siempre están en movimiento. Cuando buscan alimento son capaces de recorrer doscientos kilómetros al día, es asombroso lo mucho que les gusta moverse. Por eso no habría que tenerlos ni en zoológicos ni en delfinarios. Las piscinas siempre son demasiado pequeñas y no pueden nadar como es debido. Y esta idea ha calado fondo. Todos ustedes lo entenderán la primera vez que los vean en libertad. La gente ya no va al zoo a ver delfines. El número de delfines y orcas en cautiverio va descendiendo cada vez más por esa causa. ¡A favor de su observación en plena naturaleza!

—Entonces ¿qué quiere la gente esa del velero? —preguntó uno de los pasajeros, haciendo así la misma pregunta que Laura se planteaba.

Para su fortuna, el aviso del patrón le ahorró tener que dar una explicación. Jack informaba de que en ese momento aparecía a la vista Hole in the Rock y que el mar estaba tan calmado que era posible pasar a través de él. Como era de esperar, esto distrajo la atención de los viajeros, sobre todo porque sobre las rocas podían contemplarse dos focas. Y de regreso, la suerte volvió a llamar a la puerta de la guía. Jack dio un pequeño rodeo y encontraron delfines.

—No ha sido suerte, me ha llamado el capitán del *Seagull* —dijo el patrón riendo cuando Laura apareció en el puente, después de que los pasajeros disfrutaran enormemente de los juegos de los animales y los fotografiaran. El *Seagull* pertenecía a una empresa de la competencia de Eco-Adventures—. Nos llamamos unos a otros cuando hay algo a la vista. Eso nos ha salvado a todos de algún que otro mal día. Y hoy... El capitán del *Seagull* ha visto zarpar al *Watching Warrior*. Sabía lo que nos pasaría...

Laura frunció el ceño.

—¿Eso significa que... los proteccionistas iban tras nosotros? ¿Que no han detenido al *Seagull*? ¿Por qué? ¿Porque es un velero?

El propietario del *Seagull* era el único que ofrecía paseos para ver delfines en un barco no motorizado.

Jack movió la cabeza.

—No. Claro que esa gente de Watch Eco Terrorism o Watch Whale Watching detiene alguna vez al *Seagull* o a uno de los barcos de Eco Discoveries, pero solo para que Steve pueda salvar la cara. Sobre todo han puesto su mira sobre Eco-Adventures.

—¿Por qué? —preguntó Laura—. ¿Estamos haciendo algo mal? ¿Hacemos algo distinto a Eco Discoveries?

En el fondo, el programa de las dos empresas era intercambiable. Eco Discoveries solo era más pequeña y operaba desde Russel en lugar de desde Paihia.

El maorí rio, pero no era una risa alegre.

—No. Nada de eso. El problema no es el programa, sino el propietario. Steve está a matar con el señor Kore...

Laura frunció el ceño.

—¿Qué le has dicho antes sobre su padre? —preguntó.

Jack sonrió.

—Eres una chica lista —le dijo con admiración—. Estamos

hablando de Stephen Kore, el hijo de Balthasar Kore y una espina que su padre lleva clavada en la piel...

Kiki estaba en plena agitación cuando Laura regresó de la salida en barco. Estaba describiendo a Ben y Ralph su encuentro con Steve Kore y su gente y estaba tan furiosa que incluso se había olvidado de su enfado con Ben. Esa tarde Kiki se había encargado de dos paseos en la zódiac y en el segundo se había topado con Steve y sus compañeros. Para detener el bote neumático, más pequeño y manejable, los activistas habían utilizado piraguas, cuyos remeros se habían dirigido a ella y sus clientes. El *Watching Warrior* había permanecido al lado con las pancartas de protesta desplegadas.

—Pero ¿después has podido ver delfines, a pesar de todo? —preguntó Laura con simpatía. Era mucho más difícil explicar un percance a grupos turísticos más reducidos.

Kiki asintió.

—Sí, por suerte. Pero hemos tenido que salir bastante lejos. Y claro, yo esperaba poder ver también a *Abblaaya* y... Bueno, quiero decir a los rorcuales de Bryde. —Desde que había conversado con el señor Kore, Kiki se esforzaba por expresarse de forma más científica, al menos cuando Ben y Laura estaban presentes.

Ralph hizo una mueca.

—Pero, por supuesto, para entonces ya se habían ido... —intervino. A diferencia de los delfines, que parecían encontrar interesante todo lo que escapara de la rutina, *Campanilla* y las otras ballenas solían sumergirse cuando pasaba algo raro—. Lo siento, Ben y yo tal vez deberíamos habéroslo advertido —se disculpó Ralph—. Aunque de poco hubiera servido. Hasta ahora, Steve siempre nos ha pillado por sorpresa. Lo bueno es que solo convoca a sus partidarios para hacer una acción tan grande cada dos meses. Durante un par de días se ponen pesados, pero luego se les pasan otra vez las ganas y nos dejan en paz. A veces el viejo les deja el barco fuera de servicio. Porque lo más gracioso es que Eco-Adventures se hace cargo del barco, aunque en su día fue un regalo para Steve. Cuando averigüe desde dónde opera el chico, enviará a la policía...

—¿Significa eso que los dos están librando una especie de batalla particular a lomos de los delfines? —preguntó Kiki.

Ralph se rio.

—Más bien a lomos de la empresa. Eso a los delfines poco les afectará. Pero resulta perjudicial para el negocio del viejo. La gente empieza a reflexionar, los periódicos escriben sobre el tema...

—Aunque en principio no está mal que alguien nos recuerde lo que en realidad nos llevamos aquí entre manos —terció Ben.

Laura lo fulminó con la mirada.

—¿Quieres decir que comprendes lo que hacen? —interrogó Laura.

Ben se encogió de hombros.

—Pues sí, chicos, quizá no deberíamos olvidar que el avistamiento de ballenas es una de las ramas más lucrativas de la industria turística mundial, con unas tasas de crecimiento de hasta el doscientos cincuenta por ciento en determinados países. ¿Es esto siempre justo para los animales? Por ejemplo, delante de Tenerife ya hay signos claros de que la población de ballenas está reduciéndose porque los barcos literalmente las acosan...

—¡Pero nosotros no hacemos eso! —se defendió Kiki.

Ben dibujó una mueca.

—Pero tal vez sea porque hay organizaciones como Watch Whale Watching.

—¿Así que vas a defender a ese Steve Kore? —preguntó Laura, perpleja.

Ben arqueó las cejas.

—No a él personalmente, solo sus peticiones —precisó—. Hay que reglamentar el avistamiento de los cetáceos. No se debe dejar en manos de los operadores el control de si se ciñen a las normas o no. La guerra privada de Steve Kore es harina de otro costal. Es tan absurda como todas las guerras familiares.

Ben se puso en pie; ya había expresado su parecer y con ello daba por zanjada la discusión. Al principio Laura estuvo a punto de enfadarse, pero luego llegó a la conclusión de que, efectivamente, con lo que Ben había declarado, ya estaba todo dicho. También a ella le importaba que se protegiera a las ballenas, y ella misma había librado sus propias batallas familiares para poder trabajar con animales en Nueva Zelanda en condiciones óptimas. Steve cometía una injusticia dirigiendo sus críticas precisamente hacia una firma que realizaba las excursiones con avistamiento respetando a los animales, pero en esencia sus demandas eran correctas.

—¿Y qué hacemos si la cosa se repite? —preguntó Kiki intranquila después de que Laura propusiera que cocinaran juntos—. ¿Se lo contamos al señor Kore?

Ralph rio.

—Él ya hace mucho que lo sabe —respondió—. Es probable que mañana nos convoque a una reunión urgente. Si es que no consigue sacar de otro modo a Steve de la circulación. Primero lo intenta siempre recurriendo a la justicia. Por ejemplo, presentando denuncias porque los barcos han sido detenidos haciendo uso de la violencia. En ocasiones tiene suerte y obtiene una orden provisional; pero la mayoría de las veces todo queda en amenazas de guerra. ¿Y qué hay para mañana por la mañana, chicas?

Kiki echó un vistazo al programa.

—Ralph y yo tenemos baño con delfines, Laura zódiac y Ben catamarán —enumeró—. Y bastante separados unos de otros. Si ese Steve quiere dar la lata, tendrá que decidirse por uno de nosotros...

2

Steve Kore y sus compañeros de armas habían planificado también para el día siguiente otras acciones, que afectaron de nuevo a Laura. En esta ocasión había salido con doce pasajeros e indicado al patrón que los llevara primero a los lugares preferidos de las ballenas de Bryde. Allí les habló a los pasajeros de *Campanilla*, *Peter Pan* y *Wendi*. Los rorcuales acostumbraban ir allí cada mañana en busca de alimento y ocurría con relativa frecuencia que alguno de ellos aparecía mientras Laura daba su explicación. El comportamiento de los animales siempre era totalmente relajado, ni siquiera parecían percatarse del barco que se mecía en el agua, de modo que los turistas tenían tiempo para admirarlos y fotografiarlos.

Esa mañana, sin embargo, no apareció ninguna ballena, pero en cambio Laura, los pasajeros y la tripulación se vieron rodeados por más de veinte kayaks cuyos remeros agitaban pancartas con los lemas de los proteccionistas de animales.

—¡Acabemos con el ecoterrorismo! —proclamaba también Steve Kore a bordo del *Watching Warrior*, que apareció de repente detrás de una de las islas más pequeñas como si tuviera la intención de abordar el bote neumático.

Pero Laura estaba preparada. Carecía de un megáfono para poder enfrentarse con Steve, pero dirigió la palabra directamente a los piragüistas.

—En nombre del señor Balthasar Kore puedo aseguraros que comprende y defiende vuestras demandas. También nosotros estamos a favor de que se observen las normas de protección internacional concernientes al avistamiento de ballenas. Lo que no entendemos es por qué os manifestáis aquí en lugar de hacerlo en los países en los que realmente se violan tales normas. ¿Por qué no detenéis ninguna embarcación delante de Tenerife? ¿Por qué no impedís la caza de la ballena en Japón? ¿Por qué no confrontáis a los turistas que visitan Islandia con el hecho de que el país que los acoge sigue matando ballenas?

—¡Es que nosotros no estamos en Islandia! —respondió una de las muchachas de las piraguas—. Solo podemos conseguir algo aquí, nosotros...

—Aquí no podéis conseguir nada porque aquí no hay nada que esté mal —le contestó Laura—. Lo único que hacéis por el momento es sembrar inquietud y molestar a mis ballenas. En circunstancias normales en estos momentos ya habrían salido a la superficie.

—¿Tus ballenas? —inquirió la chica en tono burlón.

Laura se mordió el labio. Había cometido un error.

—¿Ya las habéis comprado, el señor Kore y tú? —preguntó otro activista—. ¿Ya les dais de comer para poder enseñarlas a vuestros turistas como si fueran perros falderos adiestrados?

—¡Una ballena solo se pertenece a sí misma! —gritó la muchacha, y a continuación se extasió con este lema y empezó a recitar—: ¡Las ballenas solo se pertenecen a sí mismas! ¡Acabemos con el ecoterrorismo!

Laura suspiró.

—Sigamos —dijo al patrón de la lancha—. Hoy las ballenas ya no se asomarán.

—Claro, vámonos ahora mismo. Rumbo a Moturoa. Ralph y Kiki han visto allí delfines. Hoy nos los tendremos que repartir...

En general, los trabajadores de Eco-Adventures evitaban observar una manada de delfines con más de una embarcación al mismo tiempo, al igual que preferían realizar por separado el avistamiento de ballenas y el baño con delfines. A fin de cuentas, durante el avistamiento lo emocionante era que los animales solían acercarse mucho a la embarcación y miraban interesados a los pasajeros desde el agua. Pero, para los mulares, que alguien saliera a nadar con ellos era la máxima atracción. En fin, en ese momento no podían hacer otra cosa.

Durante la travesía, Laura entretuvo a sus clientes con otra brillante exposición sobre el turismo y el avistamiento de ballenas como una oportunidad para proteger a los mamíferos marinos e hizo hincapié en que Eco-Adventures se atenía a todas las normas. Para su regocijo, los delfines mulares aparecieron delante de Moturoa. Formaban un gran grupo y eran extraordinariamente comunicativos. Después del baño con los clientes de Ralph y Kiki, todavía tenían ganas de relacionarse con seres humanos y no dejaban marchar a Laura y su grupo. A una velocidad vertiginosa y dando unos alegres saltos, los animales siguieron la embarcación a lo largo de varios kilómetros. Los turistas estaban satisfechos y le dieron una propina más alta que de costumbre. Una indemnización, pensó Laura, y se dispuso a encaminarse rápidamente al apartamento para comer algo, pues por la tarde tenía una salida en el catamarán. Pero Roger la llamó con un gesto para que acudiera a la oficina de reservas.

—¿Puedes entrar un momento, Laura? El señor Kore quiere hablar contigo.

El corazón de Laura inmediatamente empezó a palpitar con fuerza, pese a que estaba segura de no haber cometido ninguna falta. Era imposible que el empresario fuera a llamarla al orden. De hecho, no la recibió en su despacho, sino en la sala de juntas, algo más grande. También Kiki y Ralph estaban allí sentados. Faltaba Ben, el *Kaikanikani* todavía no había regresado de la salida matinal.

—Ah, señorita Brandner... Me alegro de verla —la saludó amablemente el señor Kore. Ese día el maorí daba la impresión de estar algo más resentido que de costumbre, pero se mantenía erguido como siempre. No cabía duda de que tenía sus emociones bajo control—. Ya me han comentado que... hoy se ha visto de nuevo importunada por el grupo de activistas de mi hijo. Según me han dicho, una vez más ha reaccionado usted de forma excelente. Muchas gracias. —Hizo una mueca que nada tenía que ver con una sonrisa.

—La cuestión es solo qué hacemos de ahora en adelante —señaló Ralph—. Lo de las piraguas me preocupa, es nuevo. Si han montado en algún lugar un campamento de piragüistas, me temo que con algo de mala suerte sus acciones se repetirán a lo largo del verano, al menos durante las vacaciones estudiantiles...

—¿Estudia Steve... esto... su hijo? —preguntó Laura con cautela.

El señor Kore asintió.

—No me pregunte el qué —dijo con una vehemencia inhabitual en él—. Biología, ecología... Su madre me informa cada vez que vuelve a cambiar de especialidad, pero eso sucede con tanta frecuencia que ya ni me fijo. Pero bueno, al menos este año parece que ha hecho un par de exámenes... En cualquier caso, empieza tarde con sus acciones perturbadoras. Yo ya tenía la esperanza de que hubiera sentado la cabeza...

—¿Me permite que le recuerde la acción del fin de semana este invierno? —intervino Roger—. Vosotras, Laura y Kiki, no la presenciasteis, llegasteis después. En cualquier caso, no parecía que Steve tuviera la intención de poner término a su trabajo...

—Señor Sheffer, mejor no lo llamemos trabajo —señaló el señor Kore en tono despectivo—. Ese término lo reservo para actividades productivas...

—En fin... —susurró Roger. Tuvo que reunir valor para contradecir a su jefe—. Está desarrollando algo. Por otra parte, no sé si enfrentarse a él es la mejor estrategia. ¿Por qué no opta por solidarizarse con su causa, señor Kore? Tal como Laura ha hecho hoy por la mañana. Yo también he hablado de esto con Ben algunas veces. Permítame que imprima un par de folletos: ECO-ADVENTURES SE SOLIDARIZA CON LAS REIVINDICACIONES DE WATCH WHALE WATCHING: ¡MÁS PROTECCIÓN PARA LOS MAMÍFEROS MARINOS! Hacemos luego una lista con las normas de protección exigidas y cualquiera de nuestros clientes podrá confirmar por sí mismo que nuestra organización las cumple todas.

—¡Buena idea! —exclamó Kiki, complacida—. Necesitaríamos también pancartas para el *Kaikanikani*. Cuando su hijo desenrolle los carteles con las demandas en su velero, nosotros desplegamos también las nuestras...

El señor Kore le lanzó una mirada gélida.

—¿Y qué pretende escribir usted en ellas, señorita Waltari? «¿NO MÁS ECOTERRORISMO?» ¡No, mientras la organización de mi hijo siga con esas salidas de tono, no pienso solidarizarme con él, ni mucho menos! Aquí no se trata de proteger ballenas. Se trata sola y únicamente de menoscabar la reputación de mi negocio. Mi hijo, que como es obvio todavía no ha salido de la adolescencia, me ataca a mí y a la obra de mi vida en lugar de aceptar la invitación a formar parte de la empresa. Soy un hombre que acepta toda crítica constructiva...

Laura se percató de que tanto en los ojos de Roger como en los de Ralph aparecía un brillo delator cuando el señor Kore declaró estar abierto a aceptar cambios. Tampoco ella tenía precisamente la impresión de que fuera fácil resistir al lado del patriarca. Steve seguramente tenía razones para rebelarse. Por otra parte, ya andaba alrededor de la treintena. Un poco demasiado mayor para comportarse como un adolescente.

—¿Y cómo debemos reaccionar entonces ante los piragüistas? —preguntó Ralph—. Me refiero a que hasta ahora todo ha sido inofensivo, pero si tratan de cerrar un círculo alrededor de la zódiac, corremos el peligro de herir a alguien al esquivarlo.

El señor Kore hizo un gesto de rechazo.

—Basta con tener previsión —aconsejó—. Con las zódiacs tienen más capacidad de maniobra que esos soñadores de Steve con sus piraguas. Que el patrón cambie de rumbo en cuanto aparezcan esos extremistas.

—Pero entonces es posible que no veamos ballenas... —terció Laura.

El señor Kore apretó los labios.

—¡Qué va! —le contestó—. Aquí hay ballenas por todas partes. En caso de duda, ampliaremos un poco nuestro campo de acción. Usted misma puede encargarse de eso, señorita Brandner. Si mal no recuerdo, siente un vivo interés por la biología marina. Coja a uno de los chicos y una zódiac y explore un poco el entorno...

Laura lo miró atónita.

—¿Yo? —preguntó.

Kore asintió.

—Sí, usted. ¿Por qué no? Les daremos el esquinazo a esos cambiando nuestras rutas. Y usted, señor Sheffer, averigüe dónde están estacionados los piragüistas. Deben de haber acampado en alguna de las islas... Basta con que vayamos un paso por delante de ellos, ¡tenemos que saber dónde están Steve y sus partidarios y trazar entonces otra ruta!

—Pero no puede cambiar de sitio Hole in the Rock —observó Kiki cuando los tres dejaron el despacho—. Es a donde debe ir cada día el *Kaikanikani*.

—Hay un montón de rutas distintas —afirmó Ralph—. En conjunto la idea no es tan mala. Jugar a policías y ladrones en la bahía de las Islas... ¡ya me gustaría! Y además, para nosotros se abre la oportunidad de un romántico paseo en la zódiac. ¡Será estupendo, Laura! Solo tú, yo y miles de islas...

Laura se mordisqueó el labio.

—En realidad, quería hablarlo con Ben —admitió—. Él es el que sabe mejor que nadie dónde podría haber todavía ballenas o delfines por aquí.

Ralph puso mala cara, pero no parecía realmente ofendido.

—¡Bien, pues háblalo con él! —respondió tan contento—. Y luego me vienes a pedir sopitas. No tengo nada en contra de ser la segunda opción...

Laura había esperado que Ben se alegrase de ser la primera opción, pero en eso se equivocaba.

—¿El viejo quiere ampliar el área de avistamiento? ¿Y quieres colaborar en esto? ¡Pero, a ver, Laura, los animales necesitan espacios donde retirarse! Tiene que haber zonas en las que puedan estar sin que nadie los moleste, en las que puedan comer, descansar, aparearse y criar a sus pequeños sin que nosotros estemos todo el rato persiguiéndolos. Así era hasta ahora... —Laura vio confirmadas sus sospechas de que Ben ya conocía con precisión esas áreas de retiro—. Pero si ahora ponéis rumbo en la zódiac hacia las islas...

—Si no lo hacemos nosotros, el señor Kore enviará a algún otro —advirtió Laura.

Ben resopló.

—¡Pues haz lo que quieras! —exclamó—. Pero no cuentes conmigo. Yo me quedo al margen. Kiki tiene razón: esta condenada guerra familiar se librará sobre los lomos de las ballenas. ¡Y ellas, desde luego, no se lo merecen!

3

Dos días después, Laura y Ralph emprendieron su salida de reconocimiento en la zódiac. Por orden del jefe, se concedió a los dos guías un día libre para cumplir su misión. Después de todo, el señor Kore realizaba una ofensiva que causaba buena impresión. Eco-Adventures descubrió el campamento de los ambientalistas en la bahía de Otehei y comprobó primero si no contravenían las leyes relativas a acampar en plena naturaleza. Para su disgusto, todo estaba en orden: Steve no cometía errores de principiante. También las piraguas se habían alquilado debidamente, había guías de ruta que enseñaban a utilizarlas y acompañaban las salidas de los piragüistas. El promotor resultó ser una conocida organización para la protección del medioambiente.

—Pero no pueden llegar mucho más lejos de Waewaetorea con sus remos —apuntó contento Jack, cuando Roger informó al respecto tanto a él como a los guías—. Si rodeo las islas haciendo un gran arco, nadie nos molestará.

—Solo que en los próximos días no veremos a *Peter Pan* y sus chicas —objetó Laura con tristeza. El lugar en que solían encontrar a los rorcuales de Bryde se encontraba en el área de acción de los piragüistas—. ¡Qué pena, y yo que pensaba que iba a ver cómo se apareaban...!

—¡No seas tan indiscreta! —Ralph sonrió irónico, y simuló tocar la corneta para anunciar su partida—. Ya oíste lo que dijo Ben: no quieren que las molesten. Ahora ponemos rumbo a Moturoa y las islas Te Pahi. A lo mejor descubrimos otras familias de ballenas.

Laura no lo creía así. Si Ben hubiera sabido de la presencia de otras ballenas de Bryde en el entorno, no se habría guardado el secreto. A pesar de todo, disfrutó del paseo. El mismo Ralph conducía la zódiac y ella iba sentada a su lado en el asiento elevado del patrón. Brillaba el sol, el mar estaba excepcionalmente calmado y la embarcación volaba sobre la superficie del agua bajo el control de Ralph. Delante de Moturoa se encontraron con unos delfines y los estuvieron contemplando durante un rato, dieron la vuelta a las Black Rocks y estuvieron mirando una colonia de pájaros sobre la lava petrificada. Finalmente, arribaron a la bahía de Rangihoua, ataron fuertemente la lancha a un embarcadero y comieron sobre la arena blanca de una playa. Ralph abrió una botella de cerveza para Laura.

—¿Está permitido? —preguntó ella vacilante—. ¿Se puede beber alcohol estando de servicio?

Ralph hizo un gesto de ignorancia.

—Aquí no veo turistas ni cámaras de vigilancia —bromeó—. No seas siempre tan requetecorrecta, Laura, es enervante. Esto no es Alemania. Estás en Nueva Zelanda. Aquí la vida es mucho más relajada y no está prohibido divertirse de vez en cuando.

Y al decir esto puso la mano sobre el muslo de Laura con determinación. Ella la apartó.

—Yo... no puedo hacerlo... —susurró.

Ralph arqueó las cejas.

—¿Qué es lo que no puedes hacer? ¿Dejar que te toquen? ¿O se trata de besar? ¡Pues la última vez bien que te gustó!

Laura se mordió el labio.

—No se trata de si me gustó o no —afirmó—. Claro... claro que me gustó, tú... tú besas muy... muy bien. Pero yo... yo tengo dos hijos, Ralph... Soy... soy mucho mayor que tú...

Ralph se echó a reír.

—¡No tanto como para que pudiera ser hijo tuyo! —replicó—. Venga, Laura, tengo veinticuatro años. ¿Y tú? A lo mejor un par de años más. ¿Y? A mí no me molesta que tengas hijos. Tan poco como les molestaría a los niños que esté yo...

—Si... si te beso... —empezó a decir Laura.

Ralph suspiró.

—No tienes que hacerte ningún *selfie* y colgarlo en Facebook —respondió—. Laura, no quiero casarme contigo ni sustituir al padre de tus hijos. Solo quiero divertirme un poco contigo. ¡Y quiero que tú te diviertas conmigo! —Su mano volvía a desplazarse por la pierna—. ¿Cuándo te lo has pasado realmente bien con tu marido? —preguntó—. ¿Lo has hecho alguna vez en la playa? ¿Al sol? Con el grito de las gaviotas, el sonido de las olas y el susurro del viento y...

—Te falta la canción de las ballenas... —se burló Laura.

Ralph sonrió irónico y sacó el móvil. Poco después se oyeron los sonidos característicos de una ballena macho en celo.

—Que por eso no quede —apuntó—. ¡Ven, Laura, relájate! Aquí solo estamos tú, yo y las gaviotas..., ¡ni siquiera hay ballenas!

Laura se sintió perversa como la novia de un pirata cuando permitió de nuevo que la besara. Pero esta vez él no tuvo suficiente. Volvió a excitarla, le acarició suavemente el rostro, fue abriéndose camino por el cuello hacia abajo y le abrió velozmente la blusa antes de que ella atinara a evitarlo. Laura se estremecía bajo sus movimientos. Ralph jugó suavemente con sus pezones, los tocó, los besó hasta que se enderezaron en busca del sol, le hizo cosquillas en el ombligo, lo exploró con la lengua y la hizo reír cuando abrió el cierre de sus vaqueros con los dientes. Como de paso, se sacó del bolsillo un condón y ella le ayudó a ponérselo. Una novedad para Laura (desde que se había casado se protegía con un DIU y nunca había tenido amantes), que, mientras manipulaba el preservativo, pensó en la clase explicativa de Kathi. Los niños habían estado practicando con un plátano...

Ralph rio cuando se lo contó y emitió unos sonidos como el rey Louis de *El libro de la selva*. ¿Alguna vez había sido ella tan desenvuelta, tan joven? Laura no lo recordaba. De todos modos, la intimidad con Tobias nunca había sido así. Nunca se habían mostrado tan juguetones el uno con el otro, nunca había sido tan fácil llegar al clímax con él. Con Ralph se sentía desbordar de deseo incluso antes de que la penetrara y cuando al final alcanzó el orgasmo, la excitación la abandonó en largas oleadas que la dejaron feliz, relajada y totalmente satisfecha. Ralph le abrió una segunda botella de cerveza.

—Y... ¿has estado con muchas mujeres? —preguntó con cautela mientras estaban tendidos el uno al lado del otro.

Ralph sonrió.

—Eso no se pregunta y un caballero no habla sobre este tema —respondió—. En este momento tú eres mi mujer ideal, mi belleza de la isla... Ha sido estupendo.

—Pero yo... no he hecho nada en absoluto —murmuró Laura. ¿Debería haber hecho algo? Pues claro. Había sido demasiado pasiva. Una buena amante...

Ralph se enderezó y la besó de nuevo.

—Entonces volvamos a hacerlo, ahora mismo —decidió—. Y esta vez tú decidirás cómo...

Y entonces, por primera vez en su vida, Laura exploró el cuerpo de un hombre a la luz de sol. Ralph tenía un cuerpo francamente bello, cultivado. Le encantó que él reaccionara a sus prudentes caricias, luego se animó y al final se sentó sobre él y experimentó el orgasmo más intenso de su vida.

—Todo esto es... es increíble —susurró cuando más tarde se acurrucó entre sus brazos—. Nunca hubiera pensado que... que... que existiera algo así...

Ralph volvió a besarla.

—¿Qué? ¿Vamos a nadar? —preguntó—. Bueno, tengo que quitarme la arena...

En realidad, el agua todavía estaba muy fría, pero a pesar de eso Ralph corrió hacia el mar y Laura lo siguió. Al principio el frío le cortó la respiración, pero su compañero la cogió en brazos, la llevó al agua, la lavó y la meció en las olas. A continuación nadaron un poco uno al lado del otro antes de volver, recogieron la ropa y se dedicaron de nuevo a cumplir su misión.

—¿Encontraremos ahora un par de delfines? —inquirió Laura con pereza cuando volvieron a la lancha.

—¡Ellos nos encontrarán a nosotros! —afirmó Ralph—. ¿O acaso no escuchas lo que dice Kiki? Los delfines y las ballenas nos dan su bendición cuando nos encuentran y nos hacen partícipes de su sabiduría... Y con lo felices que somos hoy, deben de andar locos por contactar mentalmente con nosotros.

Los delfines no parecían opinar lo mismo, porque esa tarde no volvieron a dejarse ver. Pese a ello, en su informe para el señor Kore, Laura escribió que seguramente había mulares alrededor de las islas Te Pahi y que en los alrededores de la bahía de Rangihoua, debido a su cercanía con el mar abierto, también había potencial para el avistamiento de orcas y ballenas más grandes. Ben pareció satisfecho de que Ralph y Laura no hubiesen descubierto ningún refugio secreto de sus queridos delfines, pero les lanzó una elocuente mirada cuando los vio llegar risueños y cogidos de la mano. Ralph le dedicó una sonrisa irónica a su colega, pero a Laura la situación le resultó penosa. Sospechaba que ella no era la primera con que Ben sorprendía a su compañero. Y, seguramente, tampoco sería la última.

De todos modos, Ralph tampoco parecía interesado en hacer pública su relación enseguida. Se lo tomaron con calma y renunciaron a hacerse visitas nocturnas en sus respectivos apartamentos. Pero cuando se encontraban a solas en casa o veían la posibilidad de pillar una zódiac en la pausa del mediodía y marcharse a las islas, la excitación de Laura todavía era mayor. Estallaba, sin más, entre las diestras manos de Ralph, se estrechaba contra él y mostraba su avidez por vivir nuevas experiencias. Para su propia sorpresa, se sentía menos culpable cuando ella misma tomaba la iniciativa en el juego del amor. Tal vez porque así no tenía la sensación de que Ralph le quitaba algo a su marido.

Tampoco le resultó difícil esconder a Tobias y sus hijos su relación con Ralph, pues esta apenas afectaba a su día a día. Cuando coincidían era por un breve tiempo. Por lo demás, vivían amistosamente el uno al lado del otro. Claro que Ralph no podía evitar jugar con fuego de vez en cuando y dejaba la mano demasiado tiempo apoyada en el brazo de ella o frotaba con ostentación su pierna contra la de ella. Pero salvo Ben, nadie parecía darse cuenta y este respondía con una mirada aburrida como mucho.

Laura estaba sorprendida de lo fácil que era su relación sentimental y de lo mucho que enriquecía su vida. Además, en los días que siguieron, la convivencia con Kiki y Ben se volvió más armoniosa. Las acciones de protesta promovidas por Steve Kore sirvieron para unir más estrechamente al equipo de avistamiento de ballenas, ya que los cuatro intercambiaban sin falta cualquier averiguación sobre dónde buscar mamíferos marinos y sobre qué podrían estar planeando los ambientalistas.

Por supuesto, Steve y sus partidarios no se quedaron con los brazos cruzados. Abrieron un puesto de información en el pequeño mercado de arte y artesanía de Paihia, donde despotricaban del ecoterrorismo. Cuando el señor Kore tomó cartas en el asunto para prohibírselo, ellos modelaron figurillas de arcilla de ballenas y delfines y las vendían con la leyenda: «¡Solo me pertenezco a mí mismo!» o «¡No soy un objeto de exposición!»

Ben bromeaba diciendo que los posibles compradores siempre podían remodelar los animales dándoles la forma que les apeteciera.

—Y, de ese modo, Steve Kore va más allá que Kiki —masculló—. Ella los considera almas gemelas, pero al menos no los deforma.

Un día en que Kiki navegaba en el *Kaikanikani* y volvió a toparse con Steve y su *Watching Warrior* se le ocurrió una gran idea para dejarlo sin argumentos. Cogió sin reflexionar el megáfono y, a voz en grito, se declaró solidaria con las demandas de los activistas.

—Naturalmente, no equiparamos turismo con terrorismo —declaró dulce como la miel—. Pese a ello, ¡no cabe duda de que Steve Kore y su equipo se han ganado un aplauso por su altruista misión!

Y dicho esto, empezó a aplaudir y los turistas la imitaron. Sus aplausos ahogaron el grito de protesta de Steve. A Jack la estrategia, que Laura y Ralph adoptaron de inmediato, le resultó sumamente graciosa. No sabían cómo reaccionó Ben, pues pocas veces hablaba de sus encuentros con el *Watching Warrior*. Si bien tenía a sus compañeros al corriente, no les contaba los detalles.

4

—Esos piragüistas cada día me ponen más nerviosa —confesó Laura a Kiki mientras comían, tres semanas después del primer encuentro con Steve y sus activistas. Habían participado en una salida para nadar con delfines y habían tenido que llegar bastante lejos para que los pasajeros pudieran echarse al agua. Eso se debía, entre otras cosas, a que los partidarios de Steve habían alcanzado la zódiac delante de Tapeka Point y habían impedido con sus piraguas que los nadadores se bañaran allí con los delfines. A Laura la enfurecía que durante sus acciones de protesta los piragüistas desconcertaran a los mulares hasta el punto de que a veces se volvían agresivos debido al constante movimiento de los remos. Al final, Laura había pedido al patrón que cambiara de rumbo y dejara donde estaban a delfines y remeros. Eso había restablecido la paz, pero no habían encontrado la siguiente manada hasta llegar a Moturoa y para entonces se había hecho demasiado tarde para ir al apartamento antes de los *tours* de la tarde. Así que las dos disfrutaban del plato del día en uno de los restaurantes—. ¡Ojalá se cansaran y se marcharan a casa!

El señor Kore les había dicho que prácticamente nadie de Paihia y Russell protegía a los activistas por la defensa del medioambiente. La gente de allí vivía del turismo y habría que darle razones de mucho peso para que protestara contra esta actividad.

—Siempre tienen nuevos reclutas —comentó Kiki—. Hay como una especie de campamento de vacaciones en esa isla de la bahía de Otehei. Vienen una o dos semanas a remar y protestar y por la noche ¡fiesta! En realidad, una idea genial de ese Steve...

Y, en efecto, fiestas sí se celebraban. Los jóvenes del campamento de piragüistas bebían, cantaban y bailaban por las noches junto a la hoguera. Pese a ello, su desenfreno no alcanzaba el punto de que se les pudiera denunciar por alborotar, como por descontado había intentado de inmediato el señor Kore.

—¿Genial? —Laura ya iba a explayarse acerca de lo que pensaba ella de la actitud de Steve Kore, cuando la puerta del restaurante se abrió y entró un joven alto y con el cabello negro y largo.

Laura bajó la cuchara.

—¿No es ese...?

—Hablando del rey de Roma... —observó Kiki.

No tuvieron la menor duda de que se trataba de Steve Kore, aunque era la primera vez que las dos lo veían de cerca. La tez oscura, los rasgos angulosos, con una nariz potente y los labios carnosos que con tanta frecuencia dibujaban una sonrisa desvergonzada, cuando en su *Watching Warrior* se cruzaba por delante del menos manejable *Kaikanikani*. Un personaje imponente de verdad. Como de costumbre, llevaba unos vaqueros, zapatillas deportivas de lino, camisa de franela y anorak. El cabello le caía suelto por la espalda, cuando navegaba lo solía llevar recogido.

Steve deslizó la mirada por el no demasiado concurrido restaurante y también él pareció reconocer enseguida a sus adversarias de Eco-Adventures. Seguro de sí mismo, se acercó a ellas.

—¡Aquí están! Las dos señoritas firmemente convencidas de estar trabajando en la empresa más protectora del medioambiente del mundo —advirtió.

Laura dejó en la mesa la cuchara. Si aquel hombre buscaba guerra, la encontraría.

—En lo que respecta a la manera de proceder en el avistamiento de ballenas, eso es cierto —respondió manteniendo la calma—. A escala mundial, Nueva Zelanda va por delante en cuanto a mantener una actitud respetuosa para con las ballenas, y Eco-Adventures es el mejor ejemplo de ello. De lo contrario yo no trabajaría para la empresa. Yo... yo amo las ballenas.

La última frase se le había escapado antes de que pudiera evitarlo. Steve Kore contestó enseguida con una sonrisa torcida.

—«Y todos matan lo que aman...» —citó—. Oscar Wilde, ¿no es cierto?

—¡Nosotros no matamos ballenas! —intervino Kiki, indignada.

Kore la miró visiblemente irritado.

—Puede que no con vuestras propias manos —admitió—. Pero considerando vuestra huella de carbono... ¿De dónde habéis venido para mirar boquiabiertas ballenas en Nueva Zelanda? ¿De Holanda, de Suecia?

—De Alemania —respondió Laura—. Y trabajamos aquí, no estamos de vacaciones. Y sí, hoy hemos malgastado un poco más de carbono que de costumbre, pero el responsable de ello eres tú. Por culpa de tus compañeros, que nos han impedido hacer nuestro trabajo, hemos tenido que gastar mucha más gasolina, nos hemos quedado heladas y ahora necesitamos calefacción para entrar en calor. Y además, tenemos que comer en un restaurante porque no nos queda tiempo para ir a nuestro apartamento y prepararnos algo. Así que, ¡muchas felicidades! ¡Lo habéis hecho estupendamente!

Los ojos de Steve Kore centelleaban. Era evidente que le gustaba que Laura contraatacara.

—Hay que tener una visión general —afirmó—. A nosotros nos interesa que pongáis fin a estas prácticas, y con ello la huella de carbono se vería compensada. Incluso si la empresa os pagara el vuelo de regreso a vuestra casa...

—¿Y de dónde sacaría la empresa el dinero para pagarnos el billete de avión? —preguntó Laura—. Porque lo más probable es que también quieras que se suspendan las excursiones en autobús y todas las demás actividades. Todo, exceptuando, quizá, los paseos...

Steve resopló.

—¡Estos antes que nada! La gente va pisoteando un ecosistema frágil, introducen semillas que destruyen nuestros bosques de kauri, asustan a los últimos animales salvajes...

—¡A ver, no hace falta que sigas! —Laura movió la cabeza. Pensaba en Karen, que con tanto respeto hacia la naturaleza guiaba a sus clientes por el bosque—. Escucha, Steve... ¿O prefieres que te llamen señor Kore, como a tu padre?

Steve rio.

—No, podéis llamarme Steve. Si me decís también vuestros nombres. ¿O significaría eso una alianza con el enemigo?

—Laura y Kiki —fue la lacónica presentación de Laura, que prosiguió de inmediato—. Vuestra iniciativa... lo que estáis propagando... lo suscribiríamos nosotras en su totalidad de inmediato... incluso la idea de que es terrorismo...

—¡El turismo es una de las actividades más destructivas de la humanidad! —afirmó Steve.

Laura se frotó la frente.

—Sin embargo, creo que estáis protestando en el país equivocado —continuó—. Steve, esto es Nueva Zelanda. Tu país se ha fijado como objetivo el turismo verde y limpio, y es líder internacional del ecoturismo. A causa de los vuelos de larga distancia y de la huella de carbono que producen, cualquiera que viene aquí tiene remordimientos de conciencia, imagínate si son sensibles los visitantes a tus reivindicaciones. La industria turística extrae conclusiones de ello. Los ofertantes más activos, incluido Eco-Adventures, son socios de Green Globe. Prácticamente, casi todos los que ofrecen avistamientos de animales lo combinan con la investigación y la protección de las especies. ¿Qué más quieres, Steve? Aparte de enfurecer a tu padre.

Steve sonrió irónico.

—¡Nueva Zelanda, el maravilloso país verde! —se burló—. Chicas, no tenéis ni la más remota idea de lo que realmente se cuece aquí... Veréis, voy a proponeros una cosa. Laura y Kiki: ¿os atrevéis a salir de excursión con el enemigo? ¿Queréis ver la otra cara de este país ideal? ¿Más allá de los folletos de vacaciones? ¿Enfrentaros a la realidad? —Laura iba a decir algo, pero él enseguida le quitó la palabra—. No es necesario que os decidáis ahora mismo. No, vamos a darle un toque de emoción... Las mañanas de los lunes es cuando hay menos trabajo en la compañía, ¿no es cierto? Intentad estar libres para entonces. Sería mejor tener todo el día libre, pero si mi padre no puede renunciar a vosotras, os traigo de vuelta al mediodía. Deberíamos marcharnos temprano. Os espero a las siete de la mañana... en el bosquecillo que hay detrás del puesto de alquiler de kayaks. Si a las siete y media no habéis llegado, podéis seguir soñando... —Steve se levantó—. Nos vemos. ¡Espero! —Y dicho esto se dio media vuelta para marcharse, como si hubiese olvidado para qué había entrado en el restaurante.

—Pues, tal vez... —observó Laura.

—¿Cómo? ¿Te has vuelto loca? ¿Y qué ocurre si el viejo te descubre?

Laura removió la sopa, ya fría desde hacía un rato.

—Este es un país libre —respondió concisa—. Y tengo muchas ganas de saber qué tiene que decir ese tipo. ¿Tú no?

Kiki la miró un tanto desconcertada.

—Sí y no —contestó—. Quiero decir... ese tipo tiene algo... —comentó. Laura no había considerado a Steve Kore desde ese punto de vista, pero evidentemente su compañera de piso tenía razón. Sin duda alguna, era atractivo—. Es posible que incluso haya destapado cuestiones importantes. Pero el viejo ya me tiene fichada... —Se pasó la mano por el pelo, que ya llevaba más largo. Tenía la intención de cortárselo a lo paje. Con lo único que no hacía concesiones era con el color. Cada tres semanas se lo teñía de su habitual tono zanahoria—. Tendría que estar loca para dejarme ver vete a saber dónde con su hijo. Pero si tú te atreves... El lunes por la mañana tenemos baño con delfines, ahí no creo que pase gran cosa. Le preguntaré a Robbie si quiere sustituirte. —Kiki salía a veces por las noches con el joven que Ben les había enviado como socorrista auxiliar y no solía aparecer hasta la mañana siguiente.

—Me lo pensaré —dijo Laura.

Acabó de tomar la decisión cuando por la tarde Ralph les hizo saber que la semana siguiente volvía a estar ocupado en una aventura espeleológica.

—Un grupo de Sídney, se supone que todos son expertos montañeros —dijo—. Así que con un poco de suerte todo irá bien. O puede que sea un infierno, si es que estos también han exagerado. En fin, el primer día veremos qué tal se portan y luego diseñaremos el trayecto.

Laura esperaba que no se le presentaran problemas. Subir montañas parecía dársele mejor que conocer a los seres humanos. Siempre surgían situaciones críticas. Pero a lo mejor Ralph maquillaba sus historias para hacerlas más emocionantes.

—O sea que podré ausentarme hasta mediodía, claro —se lamentó Laura al hablar con Kiki, después de comunicarle que iba a aceptar la invitación de Steve—. Pero para entonces seguro que ya estaré harta de él...

5

Laura casi se sentía como una adolescente rebelde cuando el lunes por la mañana, muy temprano, salió a hurtadillas del apartamento para no despertar a Ben. Sin embargo, él seguramente habría mostrado auténtica comprensión por el hecho de que ella quisiera ver las dos caras de la moneda. A fin de cuentas, simpatizaba con el *Watching Warrior*. En la calle estaba paranoica del todo. Se cubrió el cabello con la capucha de la sudadera, casi como si quisiera esconderse para que nadie la reconociera. Algo por otra parte absurdo, pues incluso los autobuses más madrugadores salían a las siete, y a esa hora ella ya llevaba tiempo en la playa camino del puesto de alquiler de piraguas.

Si el corazón no le hubiese latido tan fuerte pese a su determinación, habría disfrutado de la temprana excursión. Prometía hacer un bonito día, el sol ascendía en ese momento sobre la bahía y el viento parecía estar aún durmiendo. Todavía no se movían ni veleros ni lanchas motoras. Laura alcanzaba a oír el chapoteo de las olas rompiendo en la playa y el crujido de la arena bajo sus pies. Inspiró profundamente y se alegró una vez más de estar en Nueva Zelanda.

Steve ya la esperaba en el bosquecillo. Estaba sentado al volante de un decrépito Ford Fiesta cuyo asiento trasero iba lleno de octavillas y folletos que aludían a todos los problemas medioambientales posibles. Laura leyó NO MÁS AVISTAMIENTOS DE BALLENAS y ¡NO MÁS 1080! Esto último no sabía a qué se refería, pero al principio no preguntó nada, sino que se deslizó rápidamente al asiento del acompañante, junto a Steve.

—¿Y tu amiga? —preguntó.

Esa mañana llevaba una camiseta con la leyenda ANIMAL RIGHTS - NOW! y se había recogido el pelo en la nuca con un pasador. Laura se percató de que era muy espeso y ligeramente ondulado. Muchas mujeres lo habrían envidiado por esa magnífica melena.

—No podía marcharse —respondió Laura—. Nos falta un trabajador, Ralph ha salido con montañistas...

Steve puso los ojos en blanco.

—A cazar luciérnagas, ¿no? Y a espantar al mismo tiempo a los últimos murciélagos que quedan. ¿Sois conscientes de que son los únicos mamíferos que había en Nueva Zelanda antes de que llegaran los seres humanos? Entretanto la población se ha ido reduciendo... Pero a lo mejor tu compañera explica a sus clientes que a los murciélagos les gusta que los vayan a visitar a sus cuevas. En fin, ¿cuánto rato puedes estar fuera? Es probable que solo hasta mediodía, ¿verdad? El viejo os tiene bien controladas...

Laura no se lo podía negar. Los horarios laborales en Eco-Adventures no eran precisamente benévolos con sus empleados. Con frecuencia empezaban a trabajar a las nueve de la mañana y no paraban hasta las seis de la tarde. Y el día libre que les habían prometido a menudo se dividía en una mañana y una tarde, pero en días distintos. Por suerte, eso a ella no le importaba demasiado: disfrutaba de las excursiones para ver ballenas y, cuando disponía de tiempo, solía apuntarse a alguno de los *tours* que ofrecía Eco-Adventures. Ya había visitado un bosque de kauris, participado en un paseo para observar aves y emprendido una excursión por las cuevas. Roger le había asegurado que cuando sus hijos la visitaran en Navidad, tampoco ellos tendrían que pagar nada.

—Se lleva bien —aseguró ella.

—Por cierto, no estás nada mal. —Steve lanzó el piropo con despreocupación, como había dado su parecer sobre los horarios de trabajo de Eco-Adventures—. El azul te queda bien.

Laura llevaba un forro polar azul marino, una camiseta azul claro con unos delfines saltando y unos vaqueros ceñidos. Había adelgazado un par de kilos desde que trabajaba en la compañía: las consecuencias de no tener que cocinar cada día para la familia y no tener siempre pasteles en casa. Ralph soltaba un silbido de admiración cuando la veía con tejanos pitillo. Pero el elogio de Steve tenía algo de complicidad con el «enemigo».

—¿Piensas hacerme la pelota? —preguntó.

Steve rio.

—No, solo soy sincero. Ya me di cuenta en el barco de que eres guapa. Bien para mi padre, mal para nosotros... La gente prefiere mirarte a ti que a mí.

Laura contrajo la boca.

—No creo que tu padre elija a sus empleadas por su atractivo —dijo—. Por lo demás, tú también tienes capacidad para cautivar a tus oyentes.

—Mejor dejemos el tema, acabaríamos peleándonos. Quedémonos con que eres una mujer atractiva que no tiene ni idea de lo que está haciendo aquí.

Laura estaba manipulando el cinturón de seguridad, que no se ataba correctamente.

—Hoy me lo explicarás —observó cuando el cinturón por fin encajó—. Ya estoy impaciente. ¿Adónde vamos?

Steve condujo el coche fuera de Paihia en dirección a Auckland.

—Fuera del paraíso —respondió—. Nos adentraremos en la cruda realidad. O no, quedémonos todavía un poco más en el bosque con nuestras aves autóctonas...

Laura sonrió.

—Se dice que todavía quedan kiwis por aquí, ¿es cierto? Pero son aves nocturnas, no creo que...

—Laura, no estamos haciendo una excursión naturalista. ¿Ves eso?

Se detuvo brevemente en un aparcamiento del que partían varios senderos y señaló el rótulo.

Laura asintió.

—No hay que beber aguas naturales —dijo—. Eso también lo leí en mi guía de viaje. Pero no se explicaba por qué. Para ser sincera, me extrañó un poco, porque...

—«¡Nueva Zelanda: cien por cien pura!» —exclamó Steve, citando una frase publicitaria que se encontraba en todos los carteles de las agencias de viaje y las tiendas de recuerdos—. En realidad, aquí se podría hasta comer en el suelo. Si esa fuera la verdad. Sin embargo, aquí la naturaleza está lejos de ser «pura». El motivo de estas advertencias se llama 1080, un eficaz pesticida contra mamíferos. Nueva Zelanda lo utiliza ampliamente contra zarigüeyas, ratas y armiños. El ochenta por ciento de la producción mundial del compuesto 1080 acaba en Nueva Zelanda.

—Pero... —Laura se lo quedó mirando con los ojos abiertos como platos.

—No hay peros que valgan. Desde aviones se lanzan unos cebos preparados con este producto y quienes están a su favor se alegran de que una carga mate el noventa y ocho por ciento de las zarigüeyas y el noventa por ciento de las ratas en los terrenos tratados. Naturalmente, también a todos los gatos y perros que a lo mejor se encontraban allí; y puede que algún que otro kiwi. ¿Quién lo puede saber con exactitud? Por supuesto, es verdad que las zarigüeyas, las ratas y los armiños son especies introducidas, no tienen enemigos naturales y amenazan a las aves y reptiles autóctonos. Pero aun así, ¿es esa razón suficiente para contaminar nuestras aguas? ¿Y tienen la culpa las zarigüeyas de que las trajeran a Nueva Zelanda?

—No se puede envenenar a los responsables de ello —observó Laura.

Steve se echó a reír.

—No, esos ya debe de hacer tiempo que están muertos. Pero ¿puedes imaginarte que en el país de donde vienes... se contaminen totalmente bosques sin que nadie proteste seriamente en contra?

—¿Nadie protesta? —preguntó Laura. Le costaba creerlo.

—Se discute pacífica y muy civilizadamente —prosiguió Steve—. Hay un par de partidos a favor y un par de partidos en contra; los demás pasan. Nuestro grupo SAFE, que trabaja en defensa de los derechos de los animales, es el único que señala con acciones concretas cuántos millones de animales se matan de una forma bestial y qué riesgos, también para los seres humanos, corre el gobierno de ese modo. En los terrenos regados hay carteles que advierten: ¡MANTENER A LOS NIÑOS BAJO VIGILANCIA! ¡No ahorramos en gastos para proteger a nuestros kiwis...!

—¡Es horroroso! —dijo Laura, desencantada—. Pero ¿qué tiene que ver con el turismo? Bueno, si esto se supiera, espantaría a los turistas...

—No se guarda en secreto —respondió Steve, no sin cierto sarcasmo—. Cualquiera puede verlo, cualquiera puede saberlo, pero nadie se fija. ¡Por eso son necesarias acciones como las nuestras! ¿Comprendes? La gente tiene que aprender a observar...

Cogió uno de los folletos sobre el compuesto 1080 que estaban en el asiento trasero. Laura se estremeció al ver las imágenes de los animales muertos, así como las señales de aviso que supuestamente estaban colocadas por toda la costa occidental: NO TOCAR LOS CEBOS, MANTENER A LOS NIÑOS BAJO VIGILANCIA, NO COMER PLANTAS SILVESTRES, ¡MORTALES PARA PERROS! Se le revolvió el estómago.

—¿Qué es lo que estás estudiando en realidad? —preguntó para pensar en otra cosa, mientras recorrían carreteras llenas de curvas en cuyos bordes yacían zarigüeyas atropelladas.

—Un poco de esto y un poco de aquello —respondió Steve desabrido—. O al menos así lo ve mi padre. Y no anda equivocado. Este último semestre me he asomado a la biología, la química y los estudios maoríes. Es muy interesante, por decirlo de algún modo te da la superestructura filosófico-espiritual, en especial la concerniente a Nueva Zelanda.

—Y... ¿en qué querrás licenciarte? —preguntó Laura con cautela. Steve no parecía tomarse muy en serio sus estudios.

El joven suspiró.

—Lo que se dice licenciarme, y por cierto, esto se lo podrías contar a mi padre, ya lo he hecho. En Ecología, soy ingeniero medioambiental. En la actualidad, estoy escribiendo la tesis. Sobre las consecuencias que de la industria lechera neozelandesa sobre todo el ecosistema en un futuro próximo. En ese ámbito, la peor catástrofe imaginable consiste en una simple cuestión de tiempo. ¿Sabes cuántas vacas lecheras hay en Nueva Zelanda?

—Muchas —contestó Laura, preparándose para más malas noticias.

Steve soltó una risa cargada de cinismo.

—Demasiadas —corrigió—. Tenemos granjas con hasta diez mil vacas. ¿Te lo imaginas? En total más de cinco millones de vacas y el mismo número de terneros y bueyes de engorde sobre una superficie de dos millones de hectáreas. No es suficiente extensión. La tierra está sobreapacentada. ¿Te interesa también algo sobre explotación forestal?

—Como quieras...

Habría preferido ir a tomar un café, pero escuchó pacientemente otro discurso sobre la destrucción de la flora autóctona en favor de la economía forestal industrial.

—¿Y todavía sigues convencida de estar en el paraíso? —preguntó al final, cuando camino de vuelta buscaron, por fin, un café. Hecha polvo, Laura bebía un sorbo de café con leche—. ¿De verdad crees que no somos necesarios? ¿Que actuamos en el país equivocado? ¿Que Eco-Adventures no tiene nada que ver con todo eso?

Laura se encogió de hombros.

—Lo que no entiendo es qué relación se supone que tiene todo esto con las ballenas. Si mañana organizáis una manifestación contra el compuesto 1080, avísame, ¡yo me apunto! Pero Eco-Adventures no se dedica ni a las granjas lecheras ni a la explotación forestal. El avistamiento de ballenas y otros cetáceos no contamina las aguas ni el suelo. La compañía es miembro de Green Globe, es decir, consta que hace todo lo necesario para reducir sus residuos de dióxido de carbono. ¿Dónde está el problema?

Steve se la quedó mirando disgustado.

—La compañía es parte del sistema —respondió—. ¡Mi padre es parte del sistema!

6

—Pues claro que todo eso es cierto —dijo Ben. Laura se encontraba tan abatida tras la excursión con Steve que no había podido guardarse para sí sola las historias que había escuchado sobre todas las violaciones de las leyes medioambientales. Le había confesado a Ben dónde había estado—. Últimamente, cada vez se realizan más acciones de protesta. Pero para Steve no cuentan, porque proceden de la industria turística. En la costa occidental de la Isla Sur los hoteles y pensiones solicitan, por ejemplo, operadores turísticos como Eco-Adventures, indemnizaciones por pérdidas de ganancias porque durante las acciones de protesta contra el pesticida no pueden organizar excursiones por el bosque con sus clientes. Entretanto se ha comprobado que el compuesto 1080 también mata keas. Ya sabéis, esos loros impertinentes que se lo comen todo. Según las encuestas más recientes, el noventa por ciento de los neozelandeses está contra el empleo de esta toxina. Solo los granjeros se resisten, porque son los que más sufren las plagas de zarigüeyas.

—¿Y eso no perjudica realmente al turismo? —preguntó incrédula Laura—. Se diría que...

—¡Sí! —Ben accedió a datos con la catalogación de delfines de su ordenador—. ¡Claro que perjudica al turismo! O lo perjudicaría si se difundiera un poco más la información. No oirás hablar a ningún guía de Eco-Adventures del compuesto 1080 o de todo lo que es mejorable en el ámbito de la explotación agrícola y forestal. Y eso que los guías en ruta han viajado de un lado a otro, y no menos las empresas. Por una parte les gustaría hacer algo para mejorar la situación, pero por otra no quieren espantar a los clientes.

—¡Pero a la larga correrá la voz! —objetó Laura.

Ben asintió.

—Sí, a la larga algo cambiará. Pero no sin la intervención de gente como Steve, por mucho que de vez en cuando se exceda y por mucho que nos enerve su fanatismo.

—Es cierto. ¡En el fondo lo que hace está bien! —señaló Kiki—. ¡En cuanto surja la oportunidad se lo diré!

Kiki aprovechó la ocasión en el siguiente mercado de artesanía, cuando vio a Steve en el estand de su iniciativa. Laura se reunió enseguida con ellos en el puesto de café, donde comieron unos *muffins*.

—¡Steve también es vegetariano! —explicó Kiki entusiasmada cuando Laura se unió a ellos tras echar un vistazo y comprobar que en el mercado no había otros empleados de Eco-Adventures. Aun así fue lo bastante reservada para mantener la distancia con Steve, por si acaso.

El joven sonrió irónico.

—Cuando uno sabe un poco de agricultura y pesca no le queda más remedio —dijo—. Y también simpatizo con los activistas por los derechos de los animales. Los animales deberían vivir dignamente y con cierta capacidad de autodeterminación. Por supuesto, esto es especialmente válido cuando se trata de seres vivos inteligentes como los homínidos o las ballenas...

Kiki lo escuchaba fascinada.

—¿Es cierto que, en general, los maoríes lo ven así? También... también hablan con los animales, ¿no?

Laura suspiró.

—¡Kiki, los maoríes eran cazadores! Lo primero que hicieron fue exterminar un par de animales como el moa, esa ave enorme. Además, introdujeron las ratas marsupiales y el perro, es decir, animales de rapiña como los armiños y las zarigüeyas. ¡Así que no vengas con que eran las mejores personas del mundo!

Steve sonrió.

—¡No seas tan severa con mis antepasados! —la reprendió, echándose hacia atrás el cabello, que ese día volvía a llevar suelto—. Al menos han aprendido de sus errores. Mi pueblo está muy comprometido con la protección de la fauna. Y tampoco se puede comparar el comportamiento de los cazadores primitivos frente a sus presas con el de los tiradores modernos. De acuerdo, había que matar animales para vivir, pero se les pedía perdón y con mucha frecuencia también se veía en ellos seres fabulosos, los *taniwha*. Se consideraba que esos espíritus protectores se encarnaban en delfines y ballenas, que acompañaban a mi pueblo en sus travesías marítimas. Los grandes jefes tribales a menudo tenían animales de poder. Se supone que el antepasado de los ngai tahu llegó a lomos de una ballena a Nueva Zelanda, o Aotearoa, como la llaman los maoríes.

Laura asintió.

—Pero ahora tenemos que ir a bañarnos con delfines o sí o sí, Kiki, ¿te has olvidado? La gente ya debe de estar esperando. Y, sin duda también las piraguas de Steve... Por suerte, hoy no hace tanto frío...

Cuando por fin encontraron un grupo de delfines con el que poder bañarse sin que los activistas los molestaran, los pasajeros ya estaban muertos de frío y muchos de ellos mareados. Laura lo lamentaba y, además, consideraba que era algo innecesario. Por fortuna, pronto llegaría de una vez el verano a Nueva Zelanda. Los días cálidos eran cada vez más frecuentes y el mar también se iba templando poco a poco.

—¡Nos vemos! —Steve sonrió cuando Kiki, evidentemente de mala gana, se separó de él—. A lo mejor queréis conocer el país lejos de las rutas turísticas... —Se lo decía a las dos, pero solo miraba a Laura.

—¿Te suena el nombre de John Lilly? —preguntó Kiki emocionada cuando se dirigía al muelle con Laura—. Steve me ha hablado de él. Es un neurofisiólogo que ha realizado investigaciones sobre los seres humanos y los delfines. Sobre el lenguaje de los delfines... fascinante. ¿Sabías que a través del contacto cercano con delfines pueden aparecer estados de conciencia modificados? Se puede medir que...

Laura se echó a reír.

—Kiki, todos sabemos que las personas se quedan embelesadas cuando ven delfines. Aunque no creo que se deba a ondas beta o lo que sea, sino al simple hecho de que son seres preciosos y afables. Mi hija se queda igual de cautivada cuando ve un caballo... Así que tampoco es algo tan inusual.

Por la noche, Kiki preguntó a Ben acerca de su nuevo ídolo. Y, para sorpresa de Laura, él le brindó solícitamente información.

—John Lilly fue una de las figuras más polémicas en el campo de la investigación sobre delfines —explicó—. Su intervención fue decisiva para que se ordenara una ley de protección de los mamíferos marinos en Estados Unidos. Pero en el transcurso de su vida fue derivando paulatinamente hacia el terreno de... humm... las ciencias marginales. Se dedicó a la investigación de la conciencia y creyó oportuno experimentar con LSD y otras drogas. Más tarde también estuvo buscando inteligencia extraterrestre, lo que de nuevo lo remitió a los delfines... En cualquier caso, era un personaje dudoso. Algunos lo consideraban un mesías y otros la peste.

—¿Era? —preguntó Laura.

—Murió hace unos veinte años —respondió Ben—. A una edad muy avanzada, así que, al menos físicamente, el LSD le sentó bien. No sé si en Hawái, donde vivió los últimos años de su vida, siguió ocupándose de los delfines. Pero sí sé que la lengua artificial que introdujo y mediante la cual esperaba que delfines y seres humanos pudieran discutir sobre problemas cósmicos... —Los ojos de Kiki centellearon—. No se impuso. Es cierto que los delfines aprendieron un par de palabras, también en los delfinarios asimilan un montón de órdenes, pero aun así no tienen ni idea sobre la paz mundial ni sobre la existencia de extraterrestres. Lo siento, Kiki. Y ahora tengo cosas que hacer. —Ben se volvió hacia el ordenador y Laura tiró suavemente de su compañera para irse a su apartamento.

—Creo que Steve Kore también está a veces un poco en las nubes —la consoló—. No hay que tomarse en serio todo lo que dice.

De hecho, Laura se había propuesto mantener las distancias con Steve. La influencia que ejercía sobre Kiki seguro que no era buena, precisamente ahora que esta había aprendido algo sobre ballenas y delfines y que lo compartía de forma profesional con los clientes. Pero Steve era de otra opinión. Al día siguiente por la tarde estaba esperando a Laura, a dos travesías de su apartamento, cuando esta regresó de una excursión a Hole in the Rock.

—¿Todavía te apetece un poco más de cultura maorí? —preguntó—. Unos amigos míos, los Aronga, han invitado a un cuentacuentos, un *tohunga*, como los llaman los maoríes, que domina el arte del *whaikorero*. Le podría pedir que contara algo sobre las ballenas...

—¿Habla inglés? —preguntó Laura, vacilante. Por una parte sentía curiosidad, pero por otra se preguntaba qué intenciones tendría Steve.

Él esbozó una sonrisa triste que le dio un aire más juvenil.

—No le queda más remedio —respondió—. De lo contrario los más jóvenes de nuestro pueblo no lo entenderían. No me refiero a que nuestra lengua se esté extinguiendo, se emprenden muchas iniciativas para evitarlo, pero solo la mantienen realmente viva unos pocos. Entre otros, Paraone Te Ngaropo. Hoy en día, en la Universidad de Auckland, se está llevando a término un proyecto. Se registran sus relatos para que la lengua antigua no se pierda. Pero cuando Paraone interviene en museos o en fiestas culturales, habla en la lengua de los *pakeha*, los blancos. Ven, te gustará.

Laura no se lo tuvo que pensar mucho. Para ser sincera, también pesaba el hecho de que Ralph siguiera de viaje. Se sentía sola y se aburría.

Camino de la casa de sus conocidos, Steve le contó que, en los siguientes días, Paraone Te Ngaropo efectuaría distintas actuaciones en la cercana Treaty House, en Waitangi, donde en 1835 se firmó la declaración de independencia de Nueva Zelanda.

Los amigos de Steve tenían una casa en una población entre Paihia y el lugar conmemorativo del tratado de Waitangi, la mayoría de cuyos habitantes era maorí. Era sencilla y construida en madera. Porter Aronga, que recibió a Steve y Laura en la entrada, los condujo directamente al jardín.

—¡Hemos encendido una hoguera y estamos asando carne! —anunció.

Era evidente que los Aronga no tenían nada de vegetarianos. Todavía no había oscurecido del todo y varios de los presentes formaron un círculo alrededor de la hoguera. Varios adolescentes atizaban la lumbre intentando avivar el fuego, las mujeres sacaban ensaladas y cortaban pan, dos hombres eran los encargados de la parrilla. Sentado sobre una piedra, no muy lejos del fuego, se hallaba un hombre robusto de tez oscura, vestido con el tradicional traje maorí. Llevaba una especie de faldellín de lino endurecido y se protegía el torso desnudo del frío nocturno con una magnífica capa. En la tela había plumas de ave entretejidas.

Steve Kore se acercó respetuosamente al hombre.

—Paraone Te Ngaropo —indicó.

El hombre sonrió. Laura observó su rostro tatuado. Era evidente que él no se había pintado los tatuajes como los bailarines de los espectáculos culturales maoríes, sino que los llevaba grabados en la piel.

—¡Steve! —El hombre se levantó e intercambió con el joven el *hongi*, el saludo tradicional. Para ello se ponían en contacto las frentes y las narices. Laura se preguntó qué sensación produciría el roce con los tatuajes del anciano—. ¿Y esta es tu novia? —El *tohunga* se volvió hacia ella.

—Más bien su enemiga preferida —lo corrigió Laura—. Trabajo para Eco-Adventures.

—Está ansiando montar en la ballena —dijo Steve—. Y sentir la *taniwha* en los delfines. Le gustaría oír la llamada de los animales, pero no comprende su lengua...

Laura frunció el ceño. Podría haber hecho alguna observación al respecto, pero el anciano sonrió tan bondadosamente que reprimió una réplica afilada.

—Pero ¿quién entiende el lenguaje de las ballenas? —observó Paraone Te Ngaropo con voz cálida—. En tiempos antiguos, cuando todavía surcábamos los mares en piragua, había *tohunga* que lo dominaban y que entendían también la magia de las ballenas. Se beneficiaban de la fuerza vital de los animales y podían pedirles ayuda, por ejemplo, cuando estallaba una tormenta. Larry, ¿quieres tocar la canción? —Algo apartados, un par de maoríes rasgaron sus guitarras—. Se llama *He priori mo Tuteremoana*, y trata de una piragua que es conducida a través de una tempestad por ballenas. —El anciano sonrió satisfecho cuando una chica joven se acercó complaciente a él, y empezó con voz melodiosa a entonar la canción en la lengua de los maoríes—. Y el sacerdote que estaba a bordo, Ruawharo, condujo entonces las ballenas a la península de Mahia y ancló su espíritu para que nunca faltaran allí donde su tribu se asentaba. Ven, mujer *pakeha*, ¿no quieres sentarte a mi lado? Todavía puedo contarte muchas más cosas sobre las ballenas, con las que nuestro pueblo compartía esta isla. ¿Sabes que los sacerdotes se ganaban su afecto regalándoles pelos de su cabeza?

Laura sonrió.

—¿Igual que las ballenas dentadas intercambian a veces algas marinas?

El *tohunga* hizo un gesto afirmativo.

—Sí, igual que ellas se agasajan. Por lo que veo, sabes mucho sobre las hijas de Tangaroa. Así es como llamo a las ballenas y los delfines, pues su ancestro es el dios del mar...

El fuego se avivaba y Steve llevó junto a la hoguera una botella de cerveza para sí y un vaso de vino para Laura. Se sentó al lado de ella y escuchó con atención los relatos del anciano. El narrador sabía cómo cautivarlos con su voz oscura, y cuanto mayor era la avidez con que lo escuchaba el oyente, más vivos eran sus relatos sobre la época en que los hombres todavía hablaban con las ballenas y los sacerdotes cabalgaban sobre sus lomos como si fueran caballos. Había salchichas asadas y Steve cogió ensalada para ellos. Laura bebió otro vaso de vino y de repente se sintió como en un sueño. ¿Era realmente ella la que estaba ahí sentada con un grupo de maoríes junto al fuego, escuchando canciones y relatos de otros tiempos?

Cuando Paraone concluyó, Laura apenas podía moverse, pero aceptó de buen grado la cálida mano que Steve le tendía para ayudarla a levantarse. Le gustó el modo en que los largos dedos del joven envolvían su mano. Incluso le pareció que la retenía un segundo más de lo necesario.

—¡Qué bonito ha sido! —exclamó ella después de haber dado las gracias a sus anfitriones y de seguir a Steve al coche—. Y qué amables tus amigos. —En efecto, enseguida se había entendido muy bien con Porter y Jane Aronga. Las mujeres confirmaron que ambas tenían hijas de la misma edad, la de Jane incluso tenía un caballo. Kathi seguramente estaría deseosa de conocerlo.

—Me alegro de que te haya gustado —dijo Steve—. Al final, algo tendrá que gustarte de mí... ¡Ah, sí! Si mañana no tienes nada planificado..., en el cine de Russell proyectan *Whale Rider*.

—¿En Russell? Podría ir hasta allí después de la última travesía en el *Kaikanikani*. Pero ¿cómo regreso? —preguntó Laura. Seguro que los transbordadores no funcionaban de noche.

—Yo te llevo a casa —prometió Steve—. No te preocupes. Por mí también puedes traerte a la pequeña...

Laura se preguntó si lo decía para que no se pareciera demasiado a una cita para dos...

Kiki enseguida aceptó.

—Si somos dos tampoco será tan grave que nos vean con Steve —declaró—. ¿Dónde te metiste ayer por la noche? Ralph llamó y preguntó por ti.

Laura no le había contado nada sobre su salida con Steve, solo que se lo había encontrado en la ciudad.

—En Treaty House había un contador de historias maorí —explicó, para apartarse lo menos posible de la verdad—. Lo estuve escuchando. ¿Qué quería Ralph?

Kiki se encogió de hombros.

—Ni idea —respondió—. Vuelve pasado mañana.

La película *Whale Rider* sumergía al espectador en un mundo de imágenes extraordinarias. Laura encontró las vistas de las bellezas naturales de Nueva Zelanda más arrebatadoras que la trama en sí. Le había parecido mucho más interesante escuchar los antiguos mitos de Paraone Te Ngaropo que verse trasladada a los tiempos modernos.

—Esto solo es alimento para esotéricos —le señaló a Steve, mientras Kiki todavía miraba extasiada la pantalla que se oscurecía—. Otra película en la que los animales se humanizan y las mujeres necesitan de la magia para emanciparse. Lo siento, pero prefiero *Quiero ser como Beckham*.

—Es obvio que todavía no estás preparada para las verdades superiores —contestó Steve. Laura no logró deducir por la expresión de su rostro si lo decía de broma o medio en serio como mínimo—. Y eso que quería presentarte a alguien... En fin, ya habrá tiempo... Ven, el barco está en el puerto.

En efecto, Steve quería llevarla a casa. Laura se alegraba de que el joven no albergara intenciones románticas, pues no solo había invitado a Kiki además de a ella, sino que había aparecido con un grupo de siete u ocho jóvenes que estaban instalados en el campamento de piragüistas. En un primer momento se había sorprendido. ¿Pretendía que dos bandos a los que durante el día azuzaba el uno contra el otro se reconciliasen por la noche comiendo juntos palomitas? Kiki y los contestatarios parecían poder convivir muy bien con ello. Enseguida empezaron a bromear y encontraron la película maravillosa en igual medida. El medio de transporte para todos era una vieja lancha neumática que Steve había pedido prestada al dueño del puesto de alquiler de piraguas. Iba llena hasta los topes y no era rápida.

—¡Nos vemos! —se despidió Steve cuando dejó a las dos chicas en el muelle.

7

Al día siguiente, Ralph ya estaba de vuelta e invitó a Laura a celebrar el reencuentro en el restaurante indio. Había disfrutado de la excursión por la montaña y elogiaba la belleza de los Grandes Senderos de Nueva Zelanda. Con respecto a la política medioambiental, disipó las dudas de Laura.

—Ellos sabrán lo que hacen, Laura. Y en lo referente a la agricultura... Todavía hay aquí mucha tierra sin explorar. Estoy seguro de que la gente como Steve Kore exagera...

—Ben comparte su opinión —señaló Laura.

Ralph se echó a reír.

—¡Es un viejo alarmista! Pero deberías venir conmigo a las montañas algún día. El monte Taranaki... el bosque lluvioso... Es algo que hay que vivir. Por cierto, allí los armiños caen en trampas en lugar de morir con cebos envenenados... Intentaré montar algo la próxima vez que me envíen fuera...

Laura asintió, aunque no se hacía ilusiones. Ya casi estaban en temporada alta y, aunque ella desempeñaba muy bien su trabajo en el avistamiento de ballenas, no tenía aptitudes para trabajar de guía de montaña. Así que era bastante improbable que Ralph lograra conseguirle unas vacaciones pagadas en ese sector. En último extremo, podía intentar pedir un par de días libres, pero prefería guardárselos para Navidad y hacer algo con sus hijos.

Pese a ello, dejó que Ralph soñara un poco y esa noche lo llevó por primera vez a su apartamento. Trataría de que por la mañana saliera sin que su compañera de piso se diera cuenta. Pero si esta se enteraba, tampoco podía hacer nada. Laura había dejado de sentirse culpable por Ralph. En realidad, había dejado de sentirse continuamente culpable por todo y por todos. Cada día gozaba más de su libertad. Disfrutaba de cada minuto que pasaba en Nueva Zelanda. Se había atado demasiado pronto, sencillamente, había tenido que asumir responsabilidades demasiado temprano, y sus propias necesidades se habían quedado en el camino. La relación con Ralph no era nada serio. Laura se alegraba de que hubiera regresado, pero no estaba realmente enamorada de él. Que ambos se divirtieran un poco juntos seguro que no contaba como infidelidad.

En cualquier caso, no era comparable con lo que Kathi estaba experimentando por vez primera en esos momentos. El nombre de Yannis aparecía en sus últimos mensajes con más frecuencia que el de su caballo favorito y, aunque la niña parecía mencionarlo de paso, Laura leía entre líneas lo importante que era para ella. Se extendía hablando de su amiga Lisa, a quien por lo visto habían besado por primera vez. «¿Tú qué crees, mami? —escribía—. ¿Es demasiado pronto con casi catorce años? La abuela dice que es prontísimo, que una niña todavía no puede saber lo que quiere. Pero, en realidad, yo sí sé muy bien lo que quiero...»

Comprensiva, Laura le contestó que para los primeros besos no había normas de edad obligatorias. Lo único importante era que la chica y el chico quisieran lo mismo en igual medida. «¡Ninguno debería sentirse culpable! —explicó en su correo de respuesta—. Un par de besos no son razón para tener mala conciencia.»

Esperaba que Kathi no leyera también entre líneas.

A esas alturas, Kiki sabía con toda certeza que Ralph y Laura se acostaban juntos, pero se comportaba con total discreción. También ella tenía relaciones con distintos chicos y suspiraba constantemente por Steve Kore. Un par de días después de ir al cine, Laura la vio con un libro de John Lilly y, algo más tarde, Kiki ya incluía las ciencias esotéricas en su narración explicativa previa al baño con los delfines.

—¡No os olvidéis de que los delfines también pueden conduciros a vosotros mismos! —explicaba—. Solo quien está en armonía consigo mismo podrá llegar a ser uno con ellos...

—¿Debo impedirlo? —preguntó Laura a Ralph, quien hizo un gesto de negación.

—La gente ni se entera. Además, la mitad piensa lo mismo que Kiki, así que si esperan una experiencia espiritual, allá ellos. Yo lo único que desearía es que no vomitasen tanto después...

Laura intentaba tomarse con calma los recientes descubrimientos de Kiki. Incluso llegaba a reírse de ellos con Ralph, pues cuando estaban juntos él conseguía que ella se sintiera libre de preocupaciones. El comienzo del verano también contribuyó a esa atmósfera relajada y feliz. En esa estación, la naturaleza de Nueva Zelanda mostraba sus mejores galas. Abundaban por doquier los árboles rata en plena floración y su rojo resplandeciente competía en brillo con el sol. Los árboles col florecían generosamente y otro árbol autóctono, cuyo nombre Laura no conocía, se adornaba con un mar de flores violetas entre las cuales colgaban raíces aéreas. Todo ello invitaba a internarse en la naturaleza, pero a Ralph no le apetecía salir a pasear.

—Bastante paseo ya con los clientes —contestó perezoso cuando Laura le pidió que la acompañara—. Y me refiero específicamente a pasear. Si salgo será para practicar deporte. Ve tu sola, aquí los senderos no son peligrosos...

Laura contuvo la réplica de que ella no le había pedido protección, sino compañía. Desde que se veían más a menudo, él ya no se cuidaba tanto del aspecto romántico.

Pero entonces Laura recibió una llamada de Jane Aronga. Había estado hablando con ella de Kathi y de su fascinación por los caballos, y en ese momento la sorprendió y alegró a un mismo tiempo que la invitara a dar un paseo a caballo.

—Steve cree que apenas has visto los alrededores —dijo Jane—. Y ahora que están los árboles floridos y que hace tan buen tiempo...

Por supuesto, Laura aceptó y no se sorprendió de que fuera Steve quien la recogiera para hacer la excursión.

—No sabía si habrías aceptado si yo te lo hubiera propuesto —indicó casi un poco avergonzado—. Por eso le he pedido a Jane que lo hiciera por mí; pero si te apetece montar, aunque no conmigo, Jane te acompañará.

Laura estaba indecisa.

—¿Sabes montar a caballo? —preguntó para ganar tiempo. Al menos en Alemania eran pocos los hombres que cabalgaban.

Steve asintió.

—Claro. Nosotros, los maoríes, lo llevamos en la sangre; aunque en un principio no había caballos en Aotearoa. Cuando los ingleses los trajeron a nuestro país nos resultó fácil relacionarnos con ellos... Por supuesto, siempre hemos preferido dejarlos en libertad, como los caballos salvajes kaimanawa, en el centro de la Isla Norte. Nosotros no vemos en ellos criados o animales útiles, sino guías espirituales...

Laura sonrió.

—Bueno, ¡en mi caso prefiero ser yo quien lleve las riendas! —advirtió—. En serio, Steve, no querrás sentarme en la grupa de un caballo medio salvaje, ¿verdad?

Él hizo un gesto de negación.

—Los caballos de Jane son inofensivos, además, se supone que sabes montar. ¿O no es eso lo que anotaste como aptitud suplementaria?

Laura no recordaba haberlo mencionado en Paihia, pero seguro que había hablado con Jane de que también ella había asistido a clases de equitación. Aun así, Steve había conseguido inquietarla un poco. Hacía tiempo que no montaba y no tenía intención de probarlo ahora en un caballo poco seguro.

Pero de hecho sus temores eran infundados. Jane Aronga ya tenía dos caballos relativamente pequeños ensillados, uno alazán y el otro bayo. Ella no llevaba traje de montar, por lo visto daba por supuesto que Laura saldría con Steve.

—¡Disculpa por el truquito! —le susurró cuando la ayudó a graduar el estribo—. Pero Steve no quería acosarte con preguntas. Cree que en Paihia hasta los rótulos de las calles tienen oídos y no quiere causarte problemas...

Laura se alzó de hombros.

—Ya soy adulta —objetó de modo que Steve también pudiera oírla—. El señor Kore no puede decidir con quién paso mi tiempo libre.

—No estaba seguro de si querías pasarlo conmigo —señaló Steve cuando salieron del patio—. En cualquier caso, era más sencillo que te llamara Jane. ¿Y qué? ¿Estás bien? ¿Te sientes cómoda sobre el caballo?

Laura asintió. *Buster*, el pequeño alazán, era dócil y parecía tener un paso seguro. El paseo prometía. Ya era entrada la tarde, pero todavía quedaban un par de horas de luz. El establo de los Aronga se hallaba en las afueras de la población maorí y había senderos que llevaban al bosque de Waitangi, que no era un bosque lluvioso, pero sí lo suficiente exótico como para cautivar a Laura con su verdor desbordante, sus helechos y líquenes. Los caballos vadeaban arroyos con paso seguro y pasaban por encima de raíces cubiertas de musgo. Laura descubrió una cascada y al final cabalgaron por la orilla de un lago de un azul resplandeciente.

Steve propuso galopar un rato. Se lo veía muy seguro en la silla, tal vez montaba de un modo poco convencional desde el punto de vista de una alumna de equitación alemana, pero no cabía duda de que controlaba su montura. La mayoría de las veces llevaba las riendas flojas. En cualquier caso, Laura tuvo la sensación de que en esa excursión humanos y animales estaban satisfechos, y cuando regresaron se sentía feliz y relajada.

—¡La próxima vez me llamas directamente! —le advirtió a Steve, quien reaccionó como si le hubiera dado un regalo.

A continuación ayudaron a Jane a recoger a los animales. La joven le confirmó de nuevo que sería bien recibida el día que acudiese con Kathi a dar un paseo a caballo.

—¿Cuándo vienen tus hijos? —preguntó—. ¿Ya han reservado? ¿Cogerán solos el avión? Es un trayecto bastante largo, ¿verdad?

Laura se mordió el labio. De hecho, el asunto del viaje de Kathi y Jonas no estaba ni mucho menos solucionado. Laura había saqueado su cuenta en Alemania para comprar el vuelo a sus hijos, o al menos casi comprarlo, pues Tobias tendría que añadir algo. Hacía unos años ella había heredado algo de dinero del que hasta ahora no había tocado ni un solo céntimo. Aun así no tenía suficiente para pagar el billete de un acompañante, y Tobias no tenía las más mínimas ganas de pasarse treinta horas en un avión. «Tres horas para llegar a Mallorca todavía las aguanto —le había escrito en un mensaje hacía poco—, pero ¿dos días para llegar a un país donde es posible que llueva tanto como aquí?»

«¡Es verano y yo estoy aquí!», iba a replicarle Laura, pero borró las palabras antes de enviar el correo. A ella ya le parecía bien que Tobias se quedara en casa. Aunque tampoco se imaginaba a los niños viajando solos, y menos aún si tenían que hacer un trasbordo en Hong Kong, Singapur o Dubái. Sin embargo, hacía poco había entrado en consideración otra posibilidad: su madre quería hacerse de rogar un poco, pero en principio estaba dispuesta a acompañar a sus nietos.

—Es… Bueno, mi hija probablemente la llamaría una aguafiestas —comentó Laura contestando a la pregunta de Jane—. Mi madre es de trato difícil, todo lo ve tan negativo… ¡No veo el momento de reunirme con mis hijos, pero van a ser dos semanas difíciles si ella los acompaña!

Jane le sonrió.

—Haznos saber si quieres que te ayudemos en algo —se ofreció amablemente—. Podemos invitarla a un asado, tocar un poco de música maorí… Le gustará. ¿A quién no le gustaría eso?

—Yo podría mencionar algunas cosas que no me gustan de aquí —intervino Steve—, pero si necesitas apoyo, también estoy a tu disposición. Y puedo ser muy encantador.

Laura estaba conmovida. Con la ayuda de sus nuevos amigos se sintió mucho más segura, tanto que esa misma noche escribió a su madre. Sería un placer darle la bienvenida en Paihia, formuló formalmente, pero luego volvió a pensárselo. A continuación intentó ser más sincera. «Mis nuevos amigos y yo estaremos encantados de poder daros la bienvenida a ti y a los niños en Paihia.»

Concluyó decidida la carta y la envió por correo electrónico a Kathi. Que la imprimiera y se la diera a su abuela. Probablemente, esta última lo encontraría impersonal, pero Laura no podía hacer otra cosa. El correo postal era demasiado lento.

8

En los días siguientes, Steve la llamó varias veces. En una ocasión invitó a Laura a un concierto; en otra, a un paseo nocturno siguiendo las huellas de los kiwis, el animal nacional de Nueva Zelanda. Laura evitó comentar que, en realidad, él desdeñaba tales actividades, pero, sin duda, un paseo organizado por Eco-Adventures era diferente al de un guía maorí. Ahora en verano había las propuestas más diversas. También se ofrecían incursiones en la cultura y en la espiritualidad maoríes. Kiki aumentó su conciencia abrazando árboles mientras cantaba bajo la dirección de una anciana maorí. Ralph observó al respecto que ahora ya sabía cómo a Tolkien se le había ocurrido la idea de los árboles que caminaban. Sin duda, había contemplado kauris huyendo de los *tohunga* y de sus aplicados alumnos.

Laura reprimió una risa. Cada vez quedaba con Steve con mayor frecuencia, pero eso no parecía molestar a Ralph. No daba muestras de estar celoso. A lo mejor hasta estaba contento de que ella saliera por su cuenta, pues no proponía hacer nada juntos. Por lo visto, no le interesaban la música, el teatro ni el cine. Cuando invitaba a Laura, iban a beber algo, charlaban un rato y se acostaban juntos. Ella era consciente de que a la larga esto no sería suficiente, pero por el momento disfrutaba de la despreocupada relación con Ralph, al igual que de los encuentros sin compromiso con Steve. No se sentía presionada por ninguno de los dos.

Si a pesar de todo alguna vez sentía remordimientos, era solo porque no encontraba justo disfrutar de la vida con tanta desfachatez como lo estaba haciendo esos días. Le encantaba su trabajo, se alegraba de que sus hijos la fueran a ver, estaba satisfecha sexualmente y, además, la relación con un hombre tan contradictorio e interesante como Steve la desafiaba. Ni siquiera los sombríos mensajes de Tobias conseguían hundirla, y menos los de ese último período, que ya no parecían tan hostiles como siempre. Cuando los niños y la abuela se marchasen a Nueva Zelanda, le comunicó, él también se tomaría un descanso: una semana de vacaciones en Mallorca. Laura se preguntaba si con ello pretendía provocarla. Había formulado la noticia como el «¡tómate esta!» de un niño rebelde. Laura, a su vez, le envió una cariñosa respuesta felicitándole por haber tomado esa decisión. «Me sentía fatal ante la idea de que estuvieras solo junto al árbol de Navidad —escribió—. La iniciativa de ir a buscar un poco de sol en lugar de quedarte es estupenda. Además, en Mallorca uno siempre encuentra agradable compañía.» A ella, personalmente, la gente de El Arenal le había parecido bastante enervante la mayoría de las veces, pero sabía que Tobias siempre se lo pasaba en grande allí.

Su madre, cuya llegada ya estaba confirmada, aprovechó el anuncio de su yerno para hacer un agrio comentario que le envió, de hecho, por correo electrónico. «Con tu aprobación —la reprendió— le das vía libre para la infidelidad. Un hombre tan amable y tan guapo solo en un hotel de vacaciones... ¡No se podrá defender del acoso de las mujeres solas!»

Laura leyó el mensaje a mediodía, mientras holgazaneaba con Ralph en una playa, y se preguntó si en Navidad Mallorca realmente estaría llena de mujeres alemanas sin compañía. Al mismo tiempo, deslizó la mirada por el perfecto cuerpo de Ralph. En eso

Tobias no podía competir con él, pero ella celebraría de todo corazón que su marido echara una cana al aire. Se preguntó de nuevo qué sucedería cuando terminase su año en Nueva Zelanda, porque una cosa tenía clara: ella no volvería con Tobias.

Laura no se sorprendió del todo, pero sí se inquietó bastante cuando, dos días después de asistir a un concierto con Steve, la llamaron para que acudiera al despacho del señor Kore.

—¿Has mantenido alguna conversación improcedente con ballenas? —preguntó Roger cuando ella apareció puntualmente para que dieran aviso de que había llegado.

Laura hizo una mueca.

—Más bien con otra persona —murmuró, intentando estar más enfadada que asustada.

No era asunto de su jefe con quién pasaba ella las noches, y su relación con Steve era estrictamente privada. Eso tenía que dejárselo bien claro al señor Kore. No había desvelado ningún secreto de la empresa ni tampoco tramado ninguna conspiración, no había razones para sentirse como una traidora a quien hubieran pillado por sorpresa.

El señor Kore la esperaba parapetado tras su escritorio, frío y cortés como siempre. Y como siempre, enseguida fue al grano.

—Señorita Brandner, ha llegado a mis oídos la noticia de que últimamente sale usted con mi hijo Steve.

Laura se mordisqueó el labio.

—Esto no tiene nada que...

Balthasar Kore la interrumpió antes de que pudiera acabar la frase.

—Señorita Brandner, no debe justificarse por ello —dijo—. Con quién pasa usted su tiempo libre pertenece a su esfera particular, y... sinceramente, prefiero con mucho que Steve siga las huellas de... bueno... la cultura maorí con usted a que esté en una playa con un grupo de estudiantes que todavía no han alcanzado la mayoría de edad, bebiendo cerveza y charlando de tonterías. En ese campamento de piragüistas él es el amo del cotarro... Pero dejemos este asunto. Lo que me interesa es: ¿está informado mi hijo de su estado civil?

Laura frunció el ceño.

—Como mínimo sabe que tengo dos hijos —respondió tras pensárselo unos minutos—. Si sabe que estoy casada... Creo que se lo he contado, pero no estoy segura. Yo... en su lugar comprobaría si Steve no tiene acceso de algún modo al ordenador de su empresa. —Acababa de ocurrírsele la idea, eso explicaría alguna que otra cosa. A veces Steve parecía estar demasiado bien informado sobre los empleados y los planes de Eco-Adventures. Le daba la impresión de que había ido directo a Kiki para hablarle de su comunicación con las ballenas. Además, le había recomendado las obras de Lilly. También sabía que Laura había presentado la equitación como aptitud suplementaria—. Es posible que haya leído mi expediente. —El señor Kore contrajo los labios y tomó nota mientras Laura volvía a sentirse como una traidora, aunque esta vez del otro lado. Por otra parte, Roger ya tenía que haber llegado a esa suposición—. ¿Por qué? —preguntó para cambiar de tema—. ¿Por qué habría de interesarle a Steve si estoy o no casada? No... no tenemos ninguna... —se interrumpió. No era asunto del señor Kore si su relación con Steve era meramente amistosa o no.

Balthasar Kore se la quedó mirando implacable.

—Tiene usted razón, no hay nada. —Pero luego añadió—: Me... me pregunto tan solo si no está empezando a medir con dos tipos de unidades... A lo mejor... empieza a entender... —Apartó su mirada y la dirigió al mar. Su expresión casi se volvió melancólica. Entonces se recobró—. Puede retirarse, señorita Brandner. Muchas gracias por esta conversación. Y... no, no voy a darle ningún consejo. Espero que mi hijo no le haga daño...

Laura balbuceó un saludo e intentó conservar la dignidad saliendo lentamente del despacho. ¡No solo Steve, también el señor Kore era rarísimo! Se alegró de que Ralph estuviese esperándola en el exterior. Tenían pendiente el baño de la tarde con los delfines.

—¡Al buen tiempo, mar serena! —exclamó alegre Ralph—. Lo mismo hoy también me doy un chapuzón y hablo un poco de hombre a hombre con *Flipper* y *J. L.* —Para hacer enfadar a Kiki, Ralph había bautizado al último delfín macho que habían identificado con el nombre de John Lilly.

—¡Déjalo estar! —le advirtió Laura—. Si no, luego te quedarás dormido cuando hagamos el amor...

Sonriente, él le cogió la mano mientras paseaban hacia el muelle. Le daba totalmente igual si Balthasar Kore, quien, sin duda, podía verla desde su despacho, tal vez la seguía con la mirada.

EL PARAÍSO

1

Laura se preguntaba si Steve se habría enterado de la conversación que había mantenido con su padre. Lo indicaba el hecho de que los encuentros que el joven le había propuesto a partir de ese día eran menos conspirativos y se celebraban más en Paihia que en Russell. Ya no tenía que tratarse de ningún concierto ni paseo naturalista, Steve llamaba cuando un grupo tocaba en Paihia y tenía ganas de ir a tomar una cerveza. Además, el joven maorí parecía conocer la relación de Laura con Ralph. ¿O era simple casualidad que la invitara a una excursión de medio día precisamente el fin de semana que Ralph estaba trabajando en otro sitio?

Por un momento pensó en sacar el tema, pero luego cambió de opinión. Lo cierto era que le daba igual cómo funcionaba el espionaje en la guerra que se libraba dentro del círculo familiar de los Kore. Lo único que deseaba era no estar en medio de los dos frentes. Y también era agradable no tener que contarle nada a Ralph, sino aceptar sin más la propuesta de Steve de salir a navegar.

Solo sentía ciertas reservas con respecto a la embarcación.

—¿Zarpamos con el *Watching Warrior*? —preguntó con desconfianza—. Sinceramente, Steve, no quiero tener nada que ver con tus acciones de protesta. Si tienes la intención de utilizarme en tu propio interés...

Steve sonrió al tiempo que hacía un gesto de negación con la mano.

—Laura, ¡yo sería incapaz de navegar solo en el *Watching Warrior*! —dijo—. Se necesita una tripulación de tres o cuatro personas. Había pensado pedirle prestado el barco a Porter Aronga para el sábado. Siempre que el viento nos sea favorable. Si no hace un día para navegar a vela, cogeremos una zódiac.

Laura frunció el ceño.

—¿Si no sopla el viento? Pensaba que se trataba de una salida sin motor.

Steve se encogió de hombros.

—También yo prefiero navegar sin motor —respondió—. Es más silencioso, más tranquilo... uno está más en armonía con el mar y todo lo que vive en él. Pero lo que me interesa es enseñarte algo en concreto y, puesto que no siempre tienes tiempo para hacer una escapada, precisamos de un plan B.

—Entonces ¿no vamos simplemente a navegar entre las islas, sino que vamos a un sitio concreto? —preguntó Laura, interesada—. ¿Tiene algo que ver con ballenas y delfines? ¿Has descubierto nuevos grupos?

Steve sonrió, satisfecho a todas vistas de la avidez de ella.

—Verás lo que nunca has visto —le prometió—. Tu percepción de las cosas cambiará. No creo que después puedas seguir hablando de «tus» ballenas...

Laura no sabía si debía enfadarse por esa indirecta, pero, en cualquier caso, esas grandes expectativas le creaban inseguridad. Se preguntaba cuáles podían ser las intenciones de Steve y si no sería prudente confiarse a alguien.

Puesto que desconfiaba de Kiki en relación a Steve, acabó hablando con Ben.

Este sonrió irónico.

—Y el viejo ha dado su bendición —observó—. Roger estaba entusiasmado, en realidad, había pensado que el señor Kore te decapitaría. Pero por lo visto opina que ejerces una buena influencia sobre su hijo...

—Pensaba que no te interesaban los chismorreos —observó Laura disgustada.

Ben alzó teatralmente las manos.

—Soy humano —respondió—. Y como Kiki con tanto acierto lo expresó en su día, la guerra entre ambos Kore se libra a lomos de nuestras ballenas. ¿Cómo no iba a interesarme?

—¡Tú también lo dices! —señaló Laura—. ¡Nuestras ballenas! Steve opina que después de esta excursión pondré más distancia.

—Esto no es lo que ha dicho —objetó Ben, ya que antes Laura le había citado literalmente las palabras de Steve—. Solo ha dicho que no volverías a referirte a «tus» ballenas. Quién sabe: lo mismo mañana te presenta un grupo de delfines que te advierten a través de la voz computarizada que quieren ser considerados como sujetos de la comunicación y que entienden como una ofensa a su dignidad que con el pronombre posesivo te consideres su propietaria.

—¿Qué? —preguntó Laura.

Ben rio.

—Déjate sorprender. No me extrañaría que detrás de todo esto se escondiera alguna chorrada esotérica. En cualquier caso, suena a eso. Y en lo que respecta a tu percepción de las cosas, no creo que vaya a cambiar tan fácilmente. Eres demasiado sensata para eso. Así que no le des más vueltas —dijo, zanjando el tema. Laura casi se quedó boquiabierta por el halago. Que Ben la considerara «sensata» era como ser armado caballero. Aunque en ese momento él pareció darse cuenta de lo que había dicho—. Por supuesto, me refería a tu percepción de las cosas en relación a ballenas y delfines —precisó—. No en relación a Steve o Ralph...

—Dicho lo cual, se volvió de nuevo hacia la pantalla de su ordenador.

Laura suspiró para sus adentros. ¿Es que Ben no podía decir nada amable sin volver a relativizarlo inmediatamente después?

El sábado por la mañana hacía un buen día para navegar sin motor, incluso prometía ser lo suficiente cálido para nadar. Así que, antes de encaminarse hacia el puerto, Laura guardó una toalla en el bolso y se puso el bikini debajo de la camiseta y el tejano para ir equipada si surgía cualquier imprevisto. Steve ya la esperaba en el muelle y la ayudó a subir a una pequeña yola, una barquita de un solo palo que no parecía digna de demasiada confianza.

—¿No puede volcar? —preguntó inquieta.

Steve rio.

—No es lo más apropiado para cruzar el océano con un mar tempestuoso —admitió—. A cambio, es fácil de manejar. Es divertido, ya verás. No saldremos de la bahía.

Al menos ya era un punto de referencia. Laura decidió lanzarse a la aventura toda vez que Steve le tendió un chaleco salvavidas por si acaso. Con ayuda del pequeño motor, sacó con destreza la barca fuera del puerto. En el peor de los casos, también podrían regresar del mismo modo a casa. Pero eso fue innecesario, la yola adquirió velocidad con el empuje del viento. Steve explicó cómo aprovechaba el ángulo del viento para guiar el barco. Al final, Laura incluso pudo ayudarlo. Totalmente fascinada, vio que el barquito volaba sobre el agua sin necesidad de nada más.

—¡Es mucho mejor que navegar en una lancha de motor! —exclamó entusiasmada cuando pasaron algo más despacio entre dos pequeñas islas—. ¡Creo que me gustaría mucho aprender a navegar a vela!

Steve hizo una mueca con la boca.

—Eco-Adventures tiene una escuela náutica en Russell —señaló—. Si quieres ir a aprender a navegar a vela, papá ya está allí...

—¿Y qué hay de malo en ello? —preguntó Laura.

—La gente quiere saberlo todo sin aprender nada —replicó Steve—. De los veinte que asisten al curso no hay ni uno que se saque el título. Encima, van dando vueltas todos a la vez por la bahía y asustan a las ballenas... Cuando hace bueno, salen cientos de barcos... y surfistas a vela... y con cometa. ¡Las peores son las motos acuáticas!

Estas últimas tampoco eran del agrado de Laura ni de los otros avistadores de ballenas. Esos vehículos motorizados, que se manejaban como las motos terrestres, se cruzaban a menudo en el camino de las embarcaciones y casi todos sus conductores eran muy indisciplinados. Pese a ello... Steve volvía a medirlo todo con el mismo rasero. Claro que era un fastidio que un motorista se metiera en medio de una manada de delfines o que se divirtiera persiguiéndolos. Pero por el contrario a los delfines los tenía sin cuidado un par de alumnos de navegación que no se alejaban de la costa. De todos modos, no valía la pena pelearse por eso con Steve.

—Pues enséñame tú —dijo, y por lo visto acertó con el tono adecuado.

Steve enseguida empezó a explicarle las reglas básicas de la navegación a vela. Parecía buen profesor. Laura se preguntó si no habría trabajado incluso en Eco-Adventures antes de que surgieran desavenencias entre él y su padre.

Después de una travesía de una hora, llegaron a la periferia de la bahía de las Islas. Había docenas de calas más o menos escondidas y Steve puso rumbo a una de ellas. Era bastante grande, pero parecía dividida en dos partes iguales por una gran roca. El acceso era complicado. El barco tenía que bordear escollos y, como indicó Steve, había zonas de poca profundidad. Una embarcación con más calado lo tendría difícil. Pero valía la pena el esfuerzo, porque la cala era preciosa. El agua, de un azul intenso, estaba en calma, y tras la playa de arena se alzaban unas colinas cubiertas de vegetación.

—¿Descansamos aquí? —preguntó Laura, esperanzada. Seguro que con Ralph habría pasado el día en la arena; pero Steve parecía tener otra cosa en mente.

—¡No, ahora voy a presentarte a alguien! —Cogió una pequeña bocina que estaba en la parte delantera del barco y la metió en el agua—. No tardará —explicó, mientras Laura observaba asombrada lo que hacía. Entonces también ella vio la aleta dorsal. Un delfín se acercaba a toda velocidad y no se limitaba a comportarse como era habitual entre los mulares. El animal no se contentaba con pasar debajo del barquito y, como mucho, echar un vistazo curioso hacia arriba. Salió del agua y se «puso en pie» sobre la aleta caudal como un delfín entrenado en un delfinario. Mientras tanto, emitió sonidos de excitación, antes de volver a zambullirse. Rodeó la barca dando saltos y al final se quedó flotando al lado—. *Maui*, ¡qué contento estoy de verte!

Laura contemplaba embelesada a Steve mientras este saludaba al delfín, que se dejaba tocar y acariciar. El animal se alejó gimoteando del barco y, cuando volvió, parecía impaciente por tener compañía.

—Quiere que te metas con él en el agua —dijo Laura interpretando sus movimientos.

Steve asintió.

—Enseguida estoy contigo —anunció al delfín. Se desprendió de los vaqueros y la camiseta y se deslizó en el agua—. ¡Ven, *Maui*! —El delfín parecía reconocer su nombre. Nadó debajo y al lado de Steve, le dio unos amistosos empujoncitos y era obvio que no le molestaba que lo agarrase por la aleta dorsal y se dejara arrastrar. *Maui* dio un par de vueltas con él alrededor del barco. Luego Steve se soltó y el animal empezó a saltar de nuevo alegremente—. ¿Lo ves? —preguntó Steve resplandeciente—. ¿Qué te parece? Es algo diferente a vuestro extraño baño con delfines, ¿verdad? Yo cabalgo en mi «ballena».

Maui volvió a aparecer a su lado y los dos empezaron un plácido juego a cuyo encanto Laura no pudo sustraerse. Steve era un nadador magnífico que atravesaba las olas casi tan elegantemente como el delfín. No necesitaba máscara ni traje de neopreno, se movía en el agua como si para él fuese un elemento tan natural como para el animal. Y *Maui* parecía disfrutar de esa danza que ejecutaba con él. En su intento por acercarse, en sus amistosos empujoncitos y en sus vivarachos saltos, hasta un lego veía la expresión de amistad, cuando no de amor, entre hombre y delfín. Laura se sorprendió pensando que Kiki estaría fascinada, pero también le vino a la mente otro pensamiento totalmente distinto.

—Steve, ¿qué hace aquí este animal? —preguntó—. ¿Dónde están los otros delfines? No me digas que tu *Maui* vive aquí solo.

Steve asintió y subió a pulso en el barco. *Maui* flotó a tras él.

—Lo descubrí hace un par de meses —respondió—. No sé por qué vive tan apartado, pero Paraone Te Ngaropo opina que siempre se han dado casos así. Ballenas o delfines que se sienten más atraídos por los seres humanos que por sus congéneres. Espíritus del agua, nacidos como delfines, unidos a personas especiales. En cualquier caso, *Maui* parece haber estado esperándome a mí. Enseguida me ha aceptado, enseguida nos hemos convertido en uno, él y yo...

Laura se llevó las manos a la cabeza.

—Steve, ¿todavía no has oído hablar nunca del concepto de «delfín solitario»?

—¿Solitario como la piedra preciosa?

Steve resplandecía y colocó la mano en un gesto posesivo sobre la frente del delfín. *Maui* se frotó contra ella.

—No, ¡solitario de «que vive solo»! —dijo Laura—. Los delfines, Steve, son en general animales sumamente sociables, viven en grupos, en manadas. Con la expresión «delfín solitario», los estudiosos de las ballenas se refieren a animales que viven aislados, por regla general como consecuencia de algún trastorno psíquico. O bien en la socialización de estos delfines algo ha salido mal o bien han desarrollado un problema de conducta, no se sabe con exactitud. De todos modos, el comportamiento del delfín solitario en el trato con las personas está bien estudiado: los animales buscan la compañía humana...

—¡Es lo que yo digo! —la interrumpió Steve—. *Maui* quiere estar conmigo, busca intercambio, tiene algo que compartir...

—Los delfines solitarios buscan contacto social —explicó Laura, imperturbable—. Porque pese a aislarse de sus congéneres siguen siendo seres sociales. Buscan contacto, y cuando un ser humano lo comprende, se desarrolla una relación como la que hay entre tú y *Maui*. Pero no es algo sano. Llega un momento en que los animales ya no aceptan o no reconocen más los límites y entonces la situación puede volverse peligrosa. Este gracioso juego de pillarse y empujarse de *Maui* puede volverse muy serio si emplea la misma fuerza que con sus congéneres...

Steve negó con la cabeza.

—Laura —dijo—, ¡mira! ¡*Maui* me quiere! Juega, bromea conmigo, es tan peligroso como un perrito faldero.

—Un perrito faldero con doscientos cincuenta dientes y quinientos kilogramos de peso —replicó Laura.

Maui se acostó sobre el lomo y agitó ocioso la aleta caudal.

—Es capaz de calibrar muy bien su fuerza —aseguró Steve—. De forma intuitiva. Sabe lo que siento y pienso, en eso Lilly tiene razón. Los delfines perciben nuestro estado anímico, sienten la inseguridad y el miedo, pero también la aceptación y el amor...

Laura no lo consideraba imposible, aunque sí improbable en animales que vivían en estado salvaje y que no tenían demasiada relación con los seres humanos. En los baños con delfines, en cualquier caso, no había observado nada como lo que describía Steve. Cuando los animales reaccionaban de forma distinta frente a nadadores particulares era, como mucho, porque la forma de actuar de estos en el agua les llamaba la atención. Ralph solía decir a los nadadores que los delfines los consideraban prácticamente sus animadores. Cuando un par de jóvenes atrevidos buceaban, daban volteretas en el agua o jugueteaban con ellos, los animales, en efecto, participaban; pero también un nadador inseguro que había salido con su tabla atraía más compañía, e incluso Laura se veía rodeada de varios delfines cuando tenía que vaciar el tubo de bucear porque le había entrado agua.

—Steve, ¡mezclas sueños con hechos reales! —insistió, en un intento de hacerse comprender con argumentos racionales—. No cabe duda de que tu pueblo siempre se ha sentido especialmente vinculado al mar y a los seres vivos que lo habitan, pero no hay espíritus que se manifiesten encarnados en delfines. El delfín no es un perrito faldero, sino un depredador muy grande y muy rápido. No tiene acceso a un saber universal o lo que sea que os imaginéis. No hago más que oír a Kiki hablar constantemente de estas tonterías y ahora tú también empiezas con lo mismo. Este ejemplar no quiere comunicarte nada, Steve, no es un mediador con tus ancestros ni tampoco está unido a unos espíritus. Únicamente, se siente solo y busca contacto social, llevado por la necesidad, con representantes de especies distintas. Steve, si ni siquiera has sabido distinguir su sexo. *Maui* es nombre de varón, ¿verdad? ¡Pero es muy probable que tu álter ego sea una hembra! Se distingue por la aleta dorsal o... En fin, ¡ya deberías saber por dónde si juegas tanto con el animal como haces aquí!

Steve la miró con aire perplejo.

—¿En serio? ¿Una mujercita? Pues no lo hubiera dicho... Claro, eso explica tantas cosas... La soledad... la cercanía que él... ella está buscando. Pero ahora deja de reprocharme todo lo que se supone que hago mal. ¡Vente al agua! ¡Nada con *Maui*! ¡Intenta conocerlo..., conocerla! Entonces comprenderás...

Laura tenía sentimientos contradictorios. Por una parte, todos los estudios sobre delfines solitarios aconsejaban no acercarse demasiado a ellos. Cuanto más se vinculaban a los seres humanos y a su mundo, instalándose, por ejemplo, en dársenas o en calas, más se reducían sus posibilidades de volver a integrarse con sus congéneres. Por otra parte, la atraía jugar con el delfín. Si *Maui* le permitiera tocarla, acariciarla...

El delfín abrió la boca con aire perezoso y Steve le rascó las encías. Lo cierto era que no parecía muy peligrosa.

—¿Conoce a otros humanos además de a ti? —preguntó Laura pese a todo.

Steve negó con la cabeza.

—¡No! —confirmó—. Eres la primera persona a quien traigo aquí. *Maui* es ahora nuestro secreto. Si te presento, te dará la bienvenida. Basta con que te metas en el agua.

Laura apartó todos sus recelos a un lado. Se quitó rápidamente la camiseta y los pantalones y primero se sentó en el borde del barco. *Maui* estudió interesada sus piernas, que se balanceaban en el agua. Laura sintió algo entre el miedo y un estremecimiento de placer cuando le tocó los dedos de los pies con el morro. Este, como era de esperar, era frío y duro... Metió las manos en el agua.

—¡Un besamanos, *Maui*! —ordenó Steve riéndose, a lo que la delfín respondió, efectivamente, dando un golpecito en la mano de la joven.

Laura se deslizó en el agua y acto seguido *Maui* se puso a nadar y bucear con ella, tal como hacían los otros delfines con los turistas. En un momento dado se acercó más, buscó contacto. Laura la tocó con cautela, sintió su piel lisa y como de goma, fría pero vibrante de vida. Se colocó tan cerca de *Maui* que podía palparle las aletas, observar con detenimiento los orificios nasales, pero al parecer el delfín se hartó de que lo mirasen con asombro y se alejó, nadó alrededor del barco, saltó y dio vueltas en el aire. De nuevo se irguió sobre la aleta caudal y acto seguido se dejó caer pesadamente en el agua entre los dos como si le divirtiera salpicarlos. *Maui* emitió complacida unos chasquidos.

—Qué, ¿te parece ahora que es feliz? —preguntó Steve después de haber ayudado a Laura a subir al barco.

Después del largo baño tenía bastante frío, pero estaba como en trance. Aun así, no podía aprobar incondicionalmente el encuentro con el animal.

—Claro que es feliz mientras juegas con ella —respondió Laura—. Pero no lo haces todo el día. Ni tampoco cada día, supongo. Con sus congéneres siempre estaría acompañada. Veinticuatro horas, día y noche. Es algo totalmente distinto...

—¿Y si no quiere? —replicó Steve.

Laura suspiró.

—No puedes presuponer que sepa lo que quiere —objetó con toda la cautela que pudo—. ¿Por qué está en esta cala? ¿Lo está de forma voluntaria? ¿Seguro que sabe cómo salir de aquí?

Steve esbozó una media sonrisa e izó la vela de la pequeña embarcación.

—¡Ven, *Maui*, ven! —llamó al delfín—. Vamos a dar un paseíto.

De hecho, *Maui* los siguió. Laura tuvo que aceptar a regañadientes que el delfín sabía cómo salir de la bahía. Al llegar al banco de arena, desapareció y poco después emergió al lado del velero. Feliz, emitió unos chasquidos junto al pequeño barco y luego volvió a la cala.

—Nada un rato con nosotros cuando zarpamos —indicó Steve—. Pero llega un momento en que se da media vuelta. Reconócelo, Laura, nadie la retiene, nadie la fuerza a nada. Es simplemente mi animal de poder, me pertenece, y cuando necesito valor, cuando me entran las dudas sobre si vuestra manera de avistar ballenas es correcta, sobre si es correcto perseguirlas, buscarlas, estudiarlas sin establecer realmente contacto con ellas, entonces vengo aquí y soy uno con *Maui*.

Laura no sabía exactamente qué decir. ¿De verdad creía Steve que uno podía dedicarse al estudio de las ballenas basándose en un delfín solitario? Se preguntó si debería contar a Ben la experiencia de ese día.

—No se lo contarás a nadie, ¿verdad? —preguntó de repente Steve, como si le hubiera leído el pensamiento—. Hasta hoy *Maui* era mi secreto. Ahora...

—¿Por qué yo? —inquirió Laura a su vez—. ¿Por qué me lo has contado a mí y no a otra persona? Me refiero a que...

—Porque creo que tienes la actitud correcta —respondió con gravedad Steve—. No quieres aceptarlo, pero el modo en que tratas a *Maui*... el modo en que *Maui* se ha relacionado contigo... Un día lo entenderás y entonces te pondrás de nuestro lado. ¡Me gustaría que te pusieras de mi lado, Laura! —La observó, buscando el contacto con los ojos, y la encadenó con su penetrante mirada—. Y ahora ¡prométeme que no le hablarás a nadie de *Maui*! Mi padre no debe enterarse en ningún caso... No quiero que venda a *Maui* como si fuera una atracción turística.

Laura hizo un gesto afirmativo. A ese respecto, estaba completamente de acuerdo con él. Un delfín solitario siempre corría el peligro de convertirse a través de los medios de información en la atracción favorita del público. En cuanto se sabía que un animal de este tipo vivía en un puerto o en una cala, el lugar se convertía en un imán para los turistas. Las consecuencias para el delfín eran nefastas. Sus posibilidades de establecer contacto con sus congéneres un día se reducían a cero. Pero, por supuesto, Ben lo vería igual que ella y, sin duda, guardaría el secreto. A pesar de ello, dio su promesa a Steve.

—No se lo contaré a nadie. Pero a cambio has de prometerme que volverás a traerme aquí si surge la ocasión, ¿vale? A lo mejor... a lo mejor podemos echar un vistazo a este entorno para ver si circulan grupos de delfines... A lo mejor averiguamos de dónde ha salido.

Se propuso estudiar a fondo el fenómeno de los delfines solitarios en los próximos días. A lo mejor había alguna posibilidad de ayudar a *Maui*.

—Todavía estás pensando en reincorporarla a un grupo, ¿no?

—preguntó Steve en tono triste—. Qué pena... Pero soy optimista. Acabarás entendiéndolo. Eres una amazona de ballenas, Laura, aunque no quieras admitirlo. —Amarró su barquita algo apartada de la zona central del puerto, donde el *Kaikanikani* ya estaba acogiendo a sus clientes, y ella bajó—. Nos vemos. Y ahora vuelve con los tuyos y enséñales tu espectáculo sin alma...

Laura se despidió y se dirigió corriendo al catamarán, sin prestar atención a las últimas palabras de Steve. Se alegraba de hacer la excursión y de volver a ver a *Suzie, Nemo, Ahab, J. L.* y a los demás delfines que podía reconocer gracias a la aleta dorsal. Los animales se tenían los unos a los otros, aparecían siempre en los mismos grupos. Laura lo encontraba reconfortante. La existencia solitaria de *Maui*, por el contrario, no se le iba de la cabeza.

2

—¿Qué tal? —preguntó Ben cuando Laura llegó por la noche a casa y le dio el material gráfico. Ese día los delfines habían dado unos saltos especialmente espectaculares y había a bordo una fotógrafa fabulosa—. ¿Ha conseguido Steve Kore cambiar tu vida?

Laura hizo una mueca.

—Como ya suponíamos, solo me ha soltado un montón de chorradas esotéricas —respondió—. Por si aún no te habías dado cuenta, soy una amazona de ballenas, no una avistadora. Yo, personalmente, todavía no me he percatado, pero él lo tiene más claro que el agua. Con nuestras ballenas falta el contacto personal, según él. Además, tiene un animal de poder o lo que sea que es eso...

—Es un concepto del chamanismo —aclaró Ben—. Es el animal protector del hechicero. Algo así entre un osito de peluche y un guía espiritual... y de nuevo, en última instancia, un animal que baila al compás que marca el hombre, da igual cómo lo cuenten. Por cierto, tienes que llamar a Louise Walker. Antes ha intentado dar contigo a través del teléfono fijo. Ha dicho que era importante. ¿La has pifiado en algo?

Laura frunció el ceño.

—No que yo recuerde. El señor Kore suele reunirnos a todos en persona cuando pasa algo. —Nerviosa, fue al teléfono—. ¿Tendrá algo que ver con Ralph? —preguntó preocupada—. ¿Sabes algo de él?

Ben la miró inquieto.

—No me digas que Walker sabe lo que hay entre vosotros —dijo—. ¿Y de verdad piensas que te telefonearía a ti si a Ralph le pasara algo? ¡No te obsesiones! Ese chico sabe cuidar muy bien de sí mismo. Venga, llámala y así saldrás de dudas.

Cuando contactó con ella, Louise Walker fue muy amable y no parecía tener intención de reprenderla ni tampoco de estar preocupada. Le dio las gracias por devolverle la llamada y enseguida fue al grano.

—Lamentablemente, tengo que destinarla a otro lugar por un par de días, Laura —explicó—. Lo siento mucho, sobre todo porque le había asegurado que solo se ocuparía del avistamiento de cetáceos. Estamos muy satisfechos con su trabajo, pero tenemos una auténtica urgencia en uno de los establos de la Isla Sur. Lo dirigen tres mujeres jóvenes y una de ellas tuvo que marcharse a Sídney hace una semana por problemas familiares. Me temo que no se reincorporará a su puesto y ya estoy buscando sustituta. En fin, y ayer, en los alrededores de Haast, se cayó un avión. Una tragedia, cinco personas perdieron la vida, entre ellas el novio de una de las dos cuidadoras de los caballos que quedaban. Vio el accidente y sufrió un colapso nervioso. Está ingresada en la clínica. Los médicos calculan que estará de baja una semana. Es decir, solo tenemos una especialista en Glenorchy; además de un chico que ella se ha buscado como ayudante. Por desgracia, este no tiene la menor idea de caballos. Se las apaña para darles de comer y limpiar el establo, pero Tina tiene que ensillarlos sola y acompañar todos los paseos. Para colmo, la semana que viene está planeada esa excursión de todo un día con los clientes de Ralph... Un matrimonio australiano que adquiere todas las actividades que se le ofrecen en los alrededores de Queenstown: *rafting* por el río, paracaidismo, barranquismo y, por lo visto, también paseos a caballo. Al parecer saben hacerlo todo. Según ellos, son expertos escaladores, piragüistas y jinetes, pero no sabemos hasta qué punto son ciertas tales afirmaciones.

—¿Acompaña Ralph paseos a caballo? —preguntó Laura, sorprendida.

Louise emitió una especie de gemido.

—Ralph es uno de nuestros guías más polifacéticos —observó—. Y, sin duda, sabe mantenerse sobre una montura. Por lo que dice, a ese respecto no hay el menor problema. Naturalmente, no necesita a nadie para acompañar a los clientes a dar un paseo. Pero a mí eso me provoca bastante inquietud, al igual que la idea de dejar solos toda una semana en el establo a Tina y Bobby. Por eso he pensado en usted, Laura. ¿Accedería a cambiar de puesto de forma provisional? Mañana puede coger el avión con Ralph y sus clientes, por el momento todavía están en Waitomo, explorando las cuevas. Tendrá de lunes a miércoles para ponerse al corriente. El paseo de un día está planeado para el jueves. Entonces cabalgará usted con ellos o se ocupará del establo de Glenorchy y será Tina quien los acompañe.

Laura se mordisqueó el labio.

—No sé si seré capaz —confesó, preocupada—. Claro que sé ensillar un caballo y cabalgar un poco, pero...

—Ya el hecho de que dude de sí misma me anima —afirmó Louise—. Será previsora y prudente, y si se da un paseo menos, no pasa nada. Mejor eso que sufrir un accidente porque todos se creen mejores de lo que son en realidad. ¡Se lo ruego, hágame ese favor! Si la joven que ha perdido a su novio se ha repuesto, podrá volver el viernes con Ralph en avión; de lo contrario, el próximo domingo a más tardar. Se lo prometo. Ese día llega el sustituto de la australiana. Le agradecería mucho que me sacara de este apuro, Laura.

Louise Walker hablaba con suma cortesía, pero Laura tenía claro que no podía negarse. Por otra parte, Louise le prometió una bonificación que le iría muy bien. Ya era diciembre y un día antes de Nochebuena llegarían su madre y los niños. Otra razón para ganarse las simpatías de la dirección de la empresa. Si ahora se mostraba flexible, tal vez pudiera tomarse libre el día de fin de año.

Laura anunció su partida a Ben, quien torció el gesto.

—¿Es un apaño de Ralph? —preguntó—. Genial. Tres o cuatro días de luna de miel en la Isla Sur. Solo puedo desearos que os haga buen tiempo.

—Y una clientela que no dé problemas —dijo Laura.

Llamó por teléfono a Ralph, quien no parecía demasiado optimista. Por supuesto, se alegraba de que Laura fuera a reunirse con ellos, pero dijo que, de hecho, esa gente era problemática de verdad.

—Los Spencer se pasan el día discutiendo —señaló—. Y además, parece que todo lo saben mejor que nadie. Es como si estuvieran compitiendo a ver quién es más valiente. Continuamente, tengo que estar frenándolos. El hombre me ha explicado que no quieren pasear por caminos trillados. Estuvo a punto de caerse cuando quiso bajar sin seguridad por la chimenea de una gruta. Hay que vigilarlos a los dos. Me pongo a temblar solo de pensar que pasado mañana los tendré sentados en un *quad*.

Laura, por el contrario, se alegraba de cambiar de aires. Tras consultar su guía, había confirmado que el traslado la llevaría a una de las áreas más bonitas de la Isla Sur; de hecho, algunas secuencias de la trilogía de *El Señor de los Anillos* se habían rodado en Glenorchy. En el río Dart se practicaban deportes de aventura, pero recorrer a caballo los mágicos bosques de la región seguro que también sería algo increíble. En días claros, el telón de fondo de las montañas era tan impresionante que cortaba el aliento, y las cumbres nevadas se reflejaban en lagos transparentes como el cristal. En semejante entorno, se veía capaz de soportar una semana con gente complicada.

—No los veré salvo el día del paseo a caballo —contestó Laura—. Duermo en la hípica, ¿no?

Oyó que Ralph se reía al otro lado del aparato.

—Qué va, yo tengo otra idea —respondió haciéndose el importante—. Eco-Adventures ha alquilado dos cabañas en el camping de Glenorchy, una para los Spencer y otra para mí. O, mejor dicho, para nosotros. ¡Será muy relajado, Laura! ¡Podemos jugar un poco a ser una familia!

En el fondo, Laura pensaba que ya había disfrutado de suficiente vida familiar a lo largo de esos últimos catorce años, y que, en realidad, nunca lo había experimentado como si fuera un juego, ya que también en la casa de veraneo solía ser ella quien preparaba las comidas y ponía orden.

Pero Ralph parecía tan entusiasmado que prefirió no decir nada. Y a lo mejor le descubría al amo de casa que llevaba dentro, o al menos sabría de barbacoas.

Al día siguiente, un autobús de la empresa la llevó a Auckland. En la terminal de vuelos internos se reunió con Ralph y los Spencer.

—Wilma y Pete —los presentó Ralph—. Y esta es Laura, mi novia y compañera de trabajo... —El matrimonio no prestó especial atención a la recién llegada. Los dos estaban demasiado ocupados discutiendo sobre si la terminal nacional era realmente la terminal nacional y si era cierto que se volaba directamente a Queenstown—. Se lo he dicho tres veces y, por supuesto, también tienen un programa del viaje de la organización —le susurró a Laura—. Pero ellos han de discutirlo todo continuamente. Ni te imaginas la de cosas sobre las que puede haber disparidad de ideas.

En cualquier caso, me da la impresión de que esos dos no necesitan unas vacaciones de aventura, ¡sino una terapia de pareja!

—A lo mejor cada uno espera que el otro no sobreviva a las aventuras —bromeó Laura, observando con más atención a los clientes.

Ya por su aspecto parecían bastante opuestos. Wilma era una mujer menuda y delicada, aunque se intuía en ella a la deportista tenaz. Llevaba el cabello moreno corto y escalado, y sus vivos ojos verdes brillaban detrás de unas gafas con cristales muy gruesos. Pete, por el contrario, era alto y rubio, con una barba de tres días que él consideraba muy *cool*, y hasta en el aeropuerto llevaba unas gafas de sol de un marrón rojizo. Los dos llevaban ropa deportiva de primera calidad y como equipaje de mano cargaban con unas mochilas de marca. A Laura no la sorprendió. Tenían que estar bien situados, el viaje con guía particular costaba una pequeña fortuna.

—¿Y Glenorchy pertenece a Queenstown? —se cercioró Wilma después de que se anunciara el vuelo y eso pusiera punto final a la discusión—. Porque... Queenstown se considera la capital mundial de la aventura...

—Glenorchy se encuentra a apenas una hora de Queenstown —la informó Laura—. Junto al río Dart. Ofrece preciosas oportunidades de ir en kayak, practicar *rafting*, pasear...

—Barranquismo, viajar en *quad*... y cabalgar, claro —añadió Ralph—. Os hemos seleccionado unas salidas fantásticas, las mejores en los alrededores de Queenstown. Como en la Isla Norte. Os lo pasasteis bien, ¿no?

Wilma y Pete enseguida empezaron a discutir sobre si el descenso a las grutas había sido demasiado largo, demasiado corto, demasiado peligroso, más bien para principiantes y sobre si realmente se podían apreciar las distintas zonas climáticas durante el paseo por el monte Taranaki.

—Lo mejor es no interrumpirlos —musitó Ralph. El avión ya estaba preparado para el embarque y buscó asiento con Laura detrás de la pareja en discordia—. Solo están contentos atacándose. En su país dirigen juntos una constructora. Sería interesante saber cuántos de sus edificios se derrumban...

—¿A causa de las «malas vibraciones»? —Laura soltó una risita. Se sentía un poco como de vacaciones y dispuesta a tomarse a los Spencer por su lado cómico—. ¿Sales mañana con ellos en *quad*?

—No, mañana tenemos una combinación de kayak, *rafting* en el río y al final escalada. Será en una cascada, pero aún tengo que echar un vistazo al lugar exacto. La empresa envía a un hombre que conoce el lugar. En cualquier caso, nos mojaremos. Ojalá no haga frío. No se espera que vayamos a tener unos días estupendos.

Cierto, el cielo sobre Auckland estaba cubierto y el piloto tampoco predijo que fuera a mejorar en Queenstown: «Nublado, parcialmente despejado, aunque es posible que se produzcan algunas precipitaciones.»

—Eso no calmará los ánimos —vaticinó Ralph, y así fue, pues los Spencer volvieron a pelearse cuando el avión los dejó en el pequeño aeropuerto de Queenstown. Esta vez la cuestión era si valía la pena dar un paseo por la ciudad o si era mejor marcharse directamente a Glenorchy. Ralph mantuvo la calma y se ocupó primero del coche que la empresa había alquilado. A continuación se dirigió a Queenstown.

—Sé que te gustaría ir hoy mismo a la hípica, pero con este tiempo es probable que no tengan clientes —le dijo a Laura, que tenía intención de dirigirse enseguida a su destino—. Y yo tengo que darles a estos dos gallos de pelea algo con que entretenerse toda la tarde de hoy. Eso es imposible en Glenorchy; el entorno es precioso pero, salvo eso, no hay nada más. Si hiciera buen tiempo podría organizar en un momento una caminata o un paseo en bicicleta. Pero estando tan nublado...

Así era, la niebla flotaba en el aeropuerto y lloviznaba, pero por fortuna clareó un poco cuando Ralph llegó al centro de Queenstown. Con ayuda de la oficina de reservas local de Eco-Adventures, en poco tiempo se planeó una excursión por el lago Wakatipu en un vapor de ruedas histórico, lo que les dejaría tiempo para dar una vuelta por la bulliciosa ciudad antes de la actividad. Los primeros rayos de sol sacaron a la calle a unos músicos, a quienes Laura y Ralph estuvieron escuchando mientras los Spencer discutían sobre si sería mejor comprar ahí los recuerdos típicos del país, los colgantes de jade punamu, o si habría sido más sensato hacerlo en la Isla Norte. Al final, Laura aconsejó a los dos sobre la elección y Ralph les aseguró que habían hecho una buena compra. A continuación, comieron pescado en el puerto, aunque cometieron la imprudencia de sentarse en la terraza del restaurante. No tardaron en verse obligados a escapar del siguiente chaparrón, y se fotografiaron mutuamente y a los Spencer delante del *TSS Earnslaw*. Laura encontró muy relajante el apacible paseo por el lago; Wilma, romántico; y para Pete solo fue monótono. Y eso que Ralph había organizado para él una visita a la sala de máquinas, donde podía ver a los fogoneros en acción.

—Por lo visto no le interesan este tipo de cosas —observó después Ralph—. Es un yonqui de la adrenalina. Más nos valdría haber ido a practicar *puenting*... —A este respecto, Eco-Adventures gestionaba diversos establecimientos en Queenstown que permitían a los turistas lanzarse desde puentes o rocas, o que los arrojasen sobre cañones para disfrutar de sesenta metros y más de caída libre. A Laura le dolía la cabeza solo de oír las descripciones; Ralph, por el contrario, decía que él ya lo había probado todo.

—Me parece mucho más excitante la escalada libre o el barranquismo —indicó—. Y también más exigente. Para saltar de un puente no se necesita nada más que valor. En rigor, ni siquiera eso, porque no es verdaderamente peligroso. Yo al menos no veo ningún desafío deportivo.

Pete Spencer estaba totalmente de acuerdo con él.

—¡El aliciente consiste en vencer la naturaleza! —afirmó.

Laura pensó en Steve. ¿De verdad había que proteger la naturaleza de personas como Pete? ¿O sabía defenderse ella misma?

Se pusieron en camino hacia Glenorchy. Como ya había dicho Ralph, el paisaje era arrebatador, a pesar de estar velado por una cortina de lluvia. Por otra parte, el pueblo en sí no ofrecía ningún atractivo. Como se habían rodado diferentes películas en él, había alcanzado cierto renombre, pero solo entre iniciados. La mayoría de los turistas que aterrizaban allí para pernoctar eran mochileros, gente joven que quería gastar poco y vivir modestamente. Por supuesto, Eco-Adventures se había esmerado en reservar un alojamiento lo más bonito posible para sus adinerados clientes. Sin embargo, cuando las cabañas resultaron ser tiendas, se produjeron algunos rifirrafes. Eran unas tiendas muy cuidadas y confortables, con calefacción y todo, pero tiendas al fin y al cabo. Wilma consideró que el alojamiento era inaceptable; a Pete, por el contrario, le recordaba un safari en Kenia al que unía sus mejores recuerdos.

Laura decidió dejar a Ralph solo con el dilema. Tenía que presentarse sin falta en la hípica y para ello necesitaba el coche de alquiler.

—Si al final la señora decide cambiar el alojamiento, tendréis que encontrar algo por los alrededores —explicó—. Pero estoy segura de que sabrás apaciguarla. Inténtalo con el emplazamiento. ¡Es un auténtico lujo!

Eso era innegable. Las tiendas se hallaban justo al lado del lago Wakatipu y, cuando despejase, la vista de los Alpes sería maravillosa. Además, por las mañanas se servía un bufé muy bien surtido para desayunar, y a no excesiva distancia había un restaurante exquisito.

Tras un recorrido de unos diez minutos, Laura llegó a los establos. Como prácticamente en toda Nueva Zelanda, la mayor parte de los caballos estaban en el exterior, en un pastizal donde ya no quedaba hierba que comer, junto a una especie de pajar en el que se almacenaba el heno y se ensillaba a los animales.

«Sobreapacentado», pensó Laura. También allí había un exceso de animales en un terreno demasiado reducido. Por eso había que darles un complemento alimenticio, que era precisamente lo que estaban haciendo una joven rubia y un joven moreno, quienes llenaban de forraje concentrado unos cubos que llevaban escritos los nombres de los caballos y cargaban balas de heno en una carretilla. Ambos se volvieron hacia Laura cuando aparcó el coche. La muchacha se forzó a sonreír cordialmente.

—¿Desea reservar un paseo? Ofrecemos salidas de una hora y dos horas, así como paseos de un día, pero esto último solo para jinetes expertos. A un principiante no le resulta tan agradable pasar seis horas sobre una silla de montar. Mañana...

Laura la interrumpió antes de que le recitara todo el programa del día.

—Soy Laura, la auxiliar de Eco-Adventures...

El rostro de la joven expresó su alivio.

—¡Oh, estupendo! Soy Tina. ¡No te imaginas el peso que me quitas de encima! Sobre todo porque pensaba que hoy ya no ibas a llegar. Estabas en Queenstown, ¿verdad?

Laura se sintió culpable en el acto. Tina debía de haber telefoneado para saber dónde estaba, pero por lo visto Ralph ya la había disculpado ante la dirección de la empresa.

—¿Puedo ayudar todavía en algo? —preguntó, a lo que Tina respondió con un vehemente gesto afirmativo.

—Claro, puedes ayudar a distribuir la comida. Coge una carretilla y lleva paja a los corrales. ¡Luego ya me apaño yo sola con el forraje concentrado y en un abrir y cerrar de ojos habremos acabado!

Las cantidades de forraje concentrado variaban según el caballo y, sin duda, era complicado explicárselo a un novato. Laura imitó al muchacho al que le presentaron con el nombre de Bobby y, después de haber repartido tres carros de paja por los establos, empezó a sentir calor pese a lo desapacible del día.

—¿Cuántos caballos tenéis? —preguntó a Bobby.

—Todavía no los he contado —admitió—, pero calculo que entre veinte y treinta. Normalmente no trabajo aquí, hago barranquismo y en invierno heliesquí... —Para practicar ese deporte, un helicóptero llevaba a los esquiadores a regiones montañosas vírgenes para que descendieran al margen de las pistas habituales. Si Bobby hacía de guía en tales excursiones debía de ser un esquiador excelente—. No entiendo nada de caballos, pero resulta que justo estaba libre. Hasta mañana por la tarde no vuelvo a tener clientes y alguien había de echarle una mano a Tina. Es horrible lo que le ha ocurrido a Shirley...

—¿Es la chica que ha perdido a su novio? —preguntó Laura. Bobby asintió.

—Una terrible desgracia —dijo—. Se supone que vendrá la semana que viene. Yo todavía no me lo puedo imaginar, pero es probable que esa sea la única manera para no estar pensando siempre en lo ocurrido. Aquí el trabajo no te deja tiempo para darle demasiadas vueltas a la cabeza. Hasta entonces, alguien tiene que ayudar. Tina, ¿cuántos caballos tenéis aquí?

Bobby se volvió hacia la joven que acababa de aparecer en el corral con una carretilla de cubos. De forma rutinaria agarró los cubos, provistos todos con una especie de cabestro, y se los fue colgando a los caballos. Así cada uno podía comer su ración tranquilamente sin temer que otros envidiosos se la quitasen y sin que ella tuviera que estar vigilándolos.

—¡Veintisiete! —respondió Tina al instante—. Entre ellos tres ponis, para que los monten los niños, y seis potros. Los estamos adiestrando para que formen la nueva generación. Solo acompañan los paseos... Puedes elegir dos ahora mismo, el blanco y el negro son míos, los otros... —Señaló el corral vecino, donde seis caballos mordisqueaban el heno.

—Yo no sé domar caballos —aclaró enseguida Laura—. Si tengo que acompañar algún paseo, solo puede ser con un caballo dócil y ya adiestrado. Si no, paso. Soy auxiliar temporal, como ya he dicho.

Tina sonrió.

—¡Está claro! —asintió—. Solo lo decía para que no te aburrieses, pero como tú quieras. Mañana puedes coger a *Arcadia*, es muy tranquila. —Señaló mientras hablaba una yegua baya que en ese momento llevaba un cubo colgando. Lo cierto es que daba la impresión de ser muy apacible.

—¿Tenemos clientes mañana? —preguntó Laura.

Tina se encogió de hombros.

—Se han apuntado tres para un paseo de una hora a las diez —respondió—. Pero, si sigue lloviendo así, vete a saber si acabarán viniendo o no.

—¿Y qué dice el informe meteorológico? —quiso saber Laura.

—Se supone que el tiempo mejorará —contestó Bobby—. Pero es lo que llevan diciendo desde hace una semana.

Tina, Laura y Bobby necesitaron una hora aproximadamente para que todos los caballos tuviesen su heno y hubiesen comido su forraje concentrado. Tina aún llenó unos pesebres en el pajar.

—Así pueden comer mañana cuando los ensillemos —indicó—. La gente suele montar en el pajar mismo. Hay personas que necesitan su tiempo, y luego hay que regular los estribos. Es más agradable si los caballos tienen mientras tanto algo que hacer.

Le mostró a Laura el ordenado cuarto donde colgaban las sillas de montar y esta comprobó satisfecha que casi todas respondían al modelo que había en la mayoría de los establos alemanes. Con las western o las australianas habría tenido dificultades a la hora de ensillar a los animales, pero de este modo se veía capaz de prepararlos para la excursión. Junto con las guarniciones, Eco-Adventures tenía preparados abrigos impermeables, así como botas de goma para los jinetes.

—Si quieren abrigo, que escojan uno; las botas de agua se las han de poner todos, porque cruzaremos un río —explicó Tina—. Y sí, no son auténticas botas de montar, sino unos zapatones tremendamente incómodos, pero al menos van bien a todo el mundo, ya se tenga la pantorrilla delgada o gruesa. Se secan enseguida cuando se llenan hasta arriba, y, además, son baratas. Uno se acostumbra a montar con ellas.

—¿No se corre el peligro de quedarse colgado del estribo si uno se cae? —preguntó Laura preocupada. En las cuadras alemanas se solía desaconsejar ese tipo de calzado.

Tina se encogió de hombros.

—Creo que en ese caso se te saldría la bota —respondió—. De todos modos, siempre les digo que es preferible que las escojan algo más grandes que demasiado pequeñas...

—¿Es frecuente que la gente se caiga del caballo? —planteó Laura, un tanto intranquila.

Tina rio.

—¡Casi nunca se caen! —dijo—. Los caballos son obedientes y cabalgamos despacio. Lo único delicado es atravesar los ríos. El Dart puede bajar bastante crecido. Si tienes la impresión de que los jinetes no van seguros, no cruces el río. Se perderán una experiencia espectacular, pero al menos no correremos el riesgo de que alguien se maree...

—¿Que se maree? —preguntó Laura—. ¿Por qué iba alguien a marearse por cruzar un río?

Tina sonrió.

—Ya lo verás mañana —auguró—. ¿No te alojas con nosotros?

Laura negó con la cabeza.

—No. El guía particular con quien estoy aquí es... es mi novio. —Sintió que se ruborizaba—. Y nosotros...

—Claro —respondió Tina, relajada—. Basta con que mañana estés aquí a las ocho. Bobby puede ir a buscarte en caso de que tu novio necesite el coche...

—No lo necesita —les informó Bobby—. Tengo el programa de los Spencer. River-Adventures los recoge a las nueve, por la tarde los recojo yo y descendemos por el cañón. Es muy espectacular, una cascada, algo de escalada libre... Esperemos que realmente tengan experiencia, de lo contrario será una situación peliaguda.

Así que Bobby era el hombre de Eco-Adventures que Ralph había mencionado. Laura le comentó que en la Isla Norte los Spencer habían demostrado cierta imprudencia y falta de espíritu de equipo, pero que no estaban en mala forma. Luego se despidió hasta la mañana siguiente.

—¡Que te diviertas! —le deseó Tina, guiñándole el ojo.

Laura volvió a sentirse culpable por no haber mencionado a Kathi y a Jonas. Pero esos pocos días en la Isla Sur significaban para ella un cambio de aires, y ese sentimiento se incrementó cuando más tarde se dispuso a contactar con su familia, aunque fuera brevemente, por internet.

—Imposible —sentenció Ralph—. Antes he intentado mandar un par de correos, y nada. Como mucho puedes enviar un breve wasap. Estamos en el fin del mundo, hazte a la idea.

3

—Estamos en el paraíso —declaró Tina al día siguiente cuando Laura se quejó de la mala conexión—. Y en el paraíso tampoco había conexión a internet. Al menos eso es lo que dice Louise Walker cuando nosotras nos quejamos. Se supone que aquí estamos en el lugar de trabajo más hermoso del mundo y que no tenemos que preocuparnos por esas menudencias...

En el lugar de trabajo más hermoso del mundo, esa mañana al menos no llovía, aunque el cielo seguía cubierto. Aun así, Laura estaba de excelente humor.

Por la noche había ido a cenar con Ralph y los Spencer en un pequeño y acogedor restaurante y luego se había sentido totalmente exhausta. Pero la noche con Ralph en la tienda la había compensado de ese día agotador. Pete Spencer se había pasado la mitad de la velada hablando de sus experiencias en el safari y Ralph había bromeado representando la aventura en la cama. Había imitado los sonidos de animales, se había frotado como un gato contra ella y jugueteado con sus dedos sobre el cuerpo de Laura al ritmo de una manada de cebras al galope. Ella se había tronchado de risa cuando él había intentado evitar el ataque de un león utilizando la linterna del móvil, al igual que Pete había hecho uso de una antorcha en Kenia, para espantar a la fiera.

—Y luego he amado a la princesa de la selva en la tienda del chamán mientras la fiera encadenada nos contemplaba con sus ojos dorados... —había afirmado Ralph, estrechándose risueño contra ella. Aunque por la mañana no estaba precisamente descansada, sí se sentía relajada y satisfecha, y lista para ponerse manos a la obra en el establo.

Ralph la había invitado a que por la tarde fuera con Bobby a verlo en acción practicando el barranquismo, pero ella calculaba que no dispondría de tiempo libre.

En la hípica era imposible tomarse un respiro. Tina eligió tres caballos para los clientes que habían reservado un paseo de una hora. Bobby estaba ocupado limpiando el estiércol de los corrales. Laura y Tina lo ayudaron mientras los animales comían, luego se pusieron a cepillarlos y ensillarlos.

—¿A la gente no le gusta colaborar? —preguntó Laura, al recordar que Kathi y sus amigas se desvivían por realizar estas tareas.

Tina negó con la cabeza.

—La mayoría no tiene ni idea y únicamente nos demorarían, entonces tendríamos que empezar mucho antes. Y tampoco quieren, para ellos los caballos son como kayaks o *quads*: montar a caballo en Glenorchy no es más que una de las actividades que hay que haber hecho. Aquí se rodó *El Señor de los Anillos* y es sabido que en la película también se cabalgaba. Muchos sueñan con Gandalf y *Sombragrís*, y de hecho se asombran de que nuestros caballos lleven silla y cabestro. En cualquier caso, esos confían plenamente en los animales, ni siquiera se les ocurre que puedan desbocarse o tropezar. Otros, por el contrario, siempre se temen lo peor y consideran una excursión a caballo como una prueba de valor. A esos me gustaría enviarlos a hacer *puenting*. —Rio y revolvió las crines del castrado negro *Glamour*, al que había elegido entre el grupo de potros para salir a pasear. Laura intentó trabar amistad con la tranquila *Arcadia*, pero esta masticaba el heno más bien indiferente. Era un caballo bastante grande. Los ejemplares que Tina había elegido para los turistas eran considerablemente más pequeños—. Ya aprenderás a valorar la altura —le advirtió Tina cuando Laura se lo comentó—. Después de la lluvia de ayer, los ríos habrán crecido.

Poco antes de las diez, Bobby se marchó para recoger a los clientes en su alojamiento y los dejó a la hora señalada en la hípica. Había escampado y no había razón para no salir de paseo. No necesitaban los impermeables, pero Tina escogió con los visitantes unas botas de goma antes de ayudarlos a montar. Eran dos chicas y un chico sin experiencia. Se resbalaban de la silla, no sabían cómo coger las riendas y se agarraron conteniendo la respiración a las largas crines del caballo cuando Tina se lo pidió. Les dio unas breves indicaciones sobre cómo guiar al animal hacia la derecha o la izquierda y, sobre todo, cómo detenerlo. Laura se atrevió a dudar de que, si los animales se asustaban o decidían ir a su aire, obedecieran las órdenes de los jinetes.

Tina también le dio a ella unas indicaciones detalladas.

—Yo iré delante, porque todavía no conoces los caminos. Tú irás detrás, así los tendrás a los tres a la vista. Intenta darles un poco de brío para que los caballos no se amodorren o se queden parados comiendo. Y cuando pasemos por el río, mejor te pones delante: *Arcadia* seguro que tira de los demás caballos. Vadear el río no es peligroso, al menos aquí no, no te preocupes.

Al principio recorrieron tierras de cultivo y Tina habló de la cría de ovejas en Nueva Zelanda. Pasaron junto a campos de altramuces en el valle, mientras en el horizonte se perfilaban montañas cubiertas de nieve y colinas cubiertas de vegetación. El río Dart, caudaloso en otros lugres y apropiado para practicar *rafting*, se podía cruzar fácilmente en ese punto. Era una extraña sensación, estar tranquilamente a lomos del caballo y ver fluir con viveza las aguas del río mientras el animal luchaba contra la corriente. Laura miró el agua fascinada y, en efecto, sintió un ligero mareo. Pero todos consiguieron pasar el río sin problemas y la siguiente travesía todavía fue más fácil, pues esta vez era en dirección al establo. Al final, los principiantes estaban algo entumecidos, pero encantados con el paisaje y el paseo.

A Tina y Laura las esperaba una agradable sorpresa en la siguiente excursión de dos horas. Las clientas, dos inglesas que se habían presentado como versadas amazonas, realmente contaban con años de experiencia. Anna y Carol regularon ellas mismas los estribos y no necesitaron que nadie les dijera cómo sostener las riendas, de modo que también Tina y Laura pudieron disfrutar del paseo. Estas clientes acabaron, asimismo, encantadas.

Por la tarde no había mucho que hacer en las cuadras. Tina y Laura acompañaron a otros turistas en una salida de una hora y luego llegó una pareja con dos niños para pasear con los ponis. Tina colocó unas pequeñas sillas western en los pequeños Shetland, y Laura y ella estuvieron media hora dando vueltas con los niños. Después llegó el momento de que Bobby se reuniera con Ralph y los Spencer.

El joven volvió a invitar a Laura a que lo acompañase.

—Si te apetece, ve con ellos, y no te preocupes —la animó inesperadamente también Tina—. Bobby ya ha adelantado el trabajo, el resto puedo hacerlo yo sola. Ya no vendrán más clientes y, si vienen, les diré que vuelvan mañana.

Laura no se lo hizo repetir dos veces, por supuesto. Bobby incluso la llevó rápidamente al camping para que cambiase las prendas sucias de montar por unos vaqueros limpios, un jersey y una chaqueta que no oliesen a caballo.

—¿Voy bien con zapatillas de deporte? —preguntó ella, inquieta. No llevaba zapatos especiales para caminar, no tenía.

Bobby asintió.

—No vas a escalar —señaló.

Laura rio.

—¡Puedes estar seguro de que no! —admitió—. Pero, por lo demás... ¿es realmente difícil lo que hacen allí? ¿Lo que... lo que

Ralph hace? —Hasta ese momento no se había preocupado por él, pero ahora que se acercaban a la montaña, vio que el río bramaba en su cauce y que las rocas parecían bastante escarpadas.

Bobby negó con la cabeza.

—En fin, he estado tantas veces con clientes en la chimenea por la que van a escalar hoy que prácticamente ya he cavado una escalera. Para un montañero con experiencia es una ridiculez. Aunque está claro que escalar nunca es algo totalmente exento de peligro. La equitación y el *rafting* tampoco; en realidad, nada está exento de riesgo, salvo quizá el *puenting*, y a la mayoría de la gente le da miedo.

Laura rio.

—A mí también —admitió—. ¿Preparáis vosotros los *tours* para los clientes? —preguntó, pensando en Steve y sus críticas.

Bobby hizo un gesto negativo.

—No de forma expresa. Pero si cada semana subo y bajo por esa cascada con un grupo y al hacerlo observo el reglamento para que la gente vaya segura, es inevitable que el sitio se convierta en un momento dado en un rocódromo... Y no me vengas ahora con lo de la protección del medioambiente: aquí el paisaje también se transforma constantemente sin nosotros, por la erosión y el mal tiempo. Después de cada temporada nos vemos forzados a buscar nuevas rutas. Los pocos caminos que abrimos...

Laura se preguntaba si la naturaleza no sería de otra opinión, pero ya no tenía tiempo para discusiones. El todoterreno de Bobby abandonó la carretera y traqueteó por una pista llena de baches y luego por un pastizal hasta el río. En el lugar donde iban a encontrarse con Ralph y los Spencer, el Dart dibujaba una curva espectacular y se precipitaba hacia una cascada donde se ramificaba. En uno de los lados de la roca desde donde caía el agua se formaba una especie de lago en miniatura en el que no parecía haber corriente. En el otro, directamente debajo de la cascada, el río fluía también con poco ímpetu, lo que Ralph, el segundo guía de

Eco-Adventures y los Spencer habían aprovechado para sacar la zódiac. Esta descansaba en la hierba, algo por encima de un terraplén. Bobby presentó alegremente al ayudante de Ralph como Tim. Wilma saludó a Laura. Parecía contenta pero exhausta.

—¿Ha pasado un buen día con los caballos?

Laura se preguntó si Wilma no habría preferido pasar las vacaciones montando a caballo. Era ella quien había insistido en un paseo de todo un día como parte del acuerdo pactado con la empresa. Se sentó a su lado y le habló de las caballerizas en donde trabajaba de suplente.

En ese momento descubrió a Ralph y a Pete debajo de la cascada, ambos con los trajes de neopreno. Bobby, Tim y Wilma se cambiaron. Durante el descenso de un río era inevitable mojarse y, además, hacía frío.

—¡Está bien, chicos! —exclamó Bobby—. Ahora os enseño lo que vamos a hacer. ¡Va a ser muy divertido, así que atención! ¿Me aseguras, Ralph?

Alguien había enganchado una cuerda en la parte superior de la roca y parecía haber varios anclajes, incluso Laura distinguió a simple vista que había varios ganchos clavados en la roca. Bobby fijó la cuerda a su arnés y luego ascendió por la chimenea que las rocas formaban a un lado de la cascada como una araña por una pared. Tenían que escalar algunos tramos a través del agua que caía. Bobby solo había necesitado unos pocos minutos para subir unos quince metros. En ese momento extendía los brazos al aire en un gesto victorioso, desenganchaba la cuerda y la lanzaba hacia abajo.

—Y ahora... —gritó y subió a un escalón de piedra que había al lado de la cascada—. ¡Salto!

Bobby se lanzó de cabeza y se zambulló justo en el centro del pequeño lago que formaba el río. Enseguida salió a la superficie.

—¿Qué decís, chicos? ¿A que es genial? ¡Un chapuzón para refrescarse después de la escalada!

Wilma Spencer no se veía muy predispuesta a imitarlo, pero su marido, por el contrario, ya tenía el primer pie en la roca. También él parecía querer escalar descalzo como Bobby.

Ralph movió negativamente la cabeza.

—Primero tienes que atarte, Pete —le explicó, cogiendo la cuerda que Bobby le había lanzado.

Pete rio.

—¡Bah, venga, Ralph! Si es una pared pequeña. Es como de escuela...

—Allí también se ata uno —respondió Ralph.

Bobby, que estaba saliendo del agua, sonrió a los dos.

—¡Son órdenes, caballero! —observó relajado—. Aunque sea innecesario para expertos en escalada libre, como lo es usted. A pesar de ello, no queremos perder nuestro trabajo.

Pete comprendió. Bobby parecía tener más habilidad que Ralph en el trato con clientes difíciles. Ambos cogieron la cuerda de seguridad y Pete empezó a ascender. Abundaban los saledizos donde colocar los pies y sujetarse con las manos. Pero entonces sucedió algo que Pete nunca hubiera considerado posible. Cuando llegó al lugar donde el agua le caía encima, resbaló. Buscó sostén, pareció que le invadía el pánico y cayó. Naturalmente, lo sujetó el cinturón y también se recuperó psíquicamente enseguida.

—¡Era broma! —voceó hacia abajo a los guías—. ¡Solo quería comprobar si realmente me habíais asegurado!

Bobby resopló brevemente, luego, al igual que Ralph, sonrió a Pete, en lo alto.

—¡Está claro, caballero! —le gritó—. Pero siga subiendo o a su esposa no le llegará el turno.

A partir de entonces Pete puso más atención y superó, aparentemente sin dificultades, el lugar crítico donde el agua caía torrencialmente sobre él. Con un grito similar al de Tarzán se lanzó enseguida al lago y salió de nuevo a la superficie tan contento como Bobby.

—Ahora me toca subir a mí —anunció Ralph, quien se abrochó el cinturón de seguridad y escaló la chimenea casi tan rápido como Bobby.

Laura no podía por menos que admirar el dominio que tenía sobre su cuerpo. Mientras saltaba al lago puso caras e hizo las más locas contorsiones, luego también se lo tragó el agua.

Poco después, Laura lo vio hablar con Wilma. Supuso que le estaba pidiendo que renunciase al ascenso, pero no había contado con la frágil y menuda australiana. Wilma Spencer escaló despacio y con prudencia y consiguió llegar a lo alto sin incidentes. Antes de saltar, pareció tener que hacer un esfuerzo, pero se la vio sumamente contenta al salir del agua.

—¡Quiero repetir! —exclamó su marido, y Bobby y Ralph lo aseguraron por segunda vez tras llegar brevemente a un acuerdo.

Laura no sabía con exactitud si desearle que lo consiguiera al primer intento o alegrarse del triunfo de Wilma por haber superado a su marido. Pero Pete era, efectivamente, un escalador experimentado. De nuevo se lanzó triunfal al vacío con un grito a lo Tarzán.

—Pero el error de la primera vez podría haberle costado la vida —observó Bobby cuando Laura abordó el tema mientras la acompañaba a la hípica. Había dejado a Ralph y los Spencer en el camping, el coche de alquiler todavía estaba en las caballerizas—. La gente se sobreestima. No respeta la montaña...

Steve lo había llamado «respeto a la naturaleza». Laura de nuevo pensó en él y en sus argumentos contra el turismo de aventura. Tenía en mente la roca convertida en una pared para escalar, y los botes neumáticos que degradaban el triunfo sobre el río impetuoso al transformarlo en un viaje en tiovivo.

Laura empezó a comprender las críticas de Steve. Llegar a ser uno con la naturaleza no era tan fácil. No era algo que se diera por sabido. Y no se podía comprar.

4

Ralph era incapaz de entender estas reflexiones. Cuando Laura intentó hablarle de ello por la noche, la miró pasmado.

—¿Por qué no iban a divertirse? —preguntó—. Si Pete quiere dejarse una pequeña fortuna en practicar la escalada libre o sentirse como un cazador en Kenia, allá él. A mí no me importa hacerle la pelota. Para eso me pagan...

—¡Pero la naturaleza no es un parque de atracciones! —protestó Laura—. Ya solo con los peligros que van unidos a esas actividades...

—Yo estoy ahí para minimizarlos —dijo Ralph sin inmutarse—. El guía particular es la niñera.

—¿Y el medioambiente? —interpeló Laura.

Ralph se limitó a encogerse de hombros. Por lo visto, pagaban a la niñera para que protegiera a niños mal educados. Lo que estropeasen mientras jugaban, no le interesaba.

La ignorancia de Ralph había decepcionado a Laura y los juegos compartidos de esa noche no resultaron tan retozones como los de la anterior, así que a la mañana siguiente llegó más descansada a las cuadras. Prometía hacer un bonito día. El sol por fin relucía sobre Glenorchy y Laura empezó a comprender por qué ese paisaje tenía fama de ser de una belleza paradisíaca. Aunque al mejorar el tiempo, también aumentó el trabajo. Esa mañana, Tina hizo de guía en tres paseos de una hora cada uno con grupos de entre cinco y seis personas. Para casi todos, esa era la primera o la segunda vez que se sentaban sobre un caballo. Laura y Tina se concentraban en no apartar la vista de los jinetes y de sus monturas. Con el fin de reservar a *Arcadia* para la excursión de un día que habían planificado con Ralph y los Spencer, y que ella acompañaría, Laura había ensillado otro caballo. La yegua *Trudy* era igual de dócil, aunque más pequeña, y en el tercer paseo no tardó en salirse del vado del río. Las botas de Laura se llenaron del agua gélida del Dart.

—Enseguida se nota que estas aguas proceden de un glaciar, ¿verdad? —comentó Tina, imperturbable.

Andaba a lomos del segundo potro en período de adiestramiento, un caballo blanco llamado *Taxidriver*. *Taxi*, como ella lo llamaba, no se lo ponía fácil. Le creaba problemas cada vez que tenían que cruzar un río. Laura se encargaba entonces de que las monturas de los turistas no aprovechasen para irse por su cuenta. Como Tina había dicho, a ninguno de los caballos le gustaba meterse en el agua. Respeto hacia la naturaleza, pensó Laura. Al menos los caballos parecían sentirlo.

Al mediodía todos estaban agotados; también Bobby, que esta vez había limpiado las cuadras completamente solo. Pero por la tarde los esperaba una agradable sorpresa. Las dos inglesas pasaron por allí y preguntaron si era posible organizar otra excursión sin previo aviso.

—En realidad, deberíamos haber seguido nuestro itinerario, pero no pudimos resistirnos a Glenorchy con sol —explicó una de ellas, mientras Laura les ensillaba los caballos.

—No es preciso que nos acompañes —le dijo Tina cuando regresó de la dehesa con cuatro caballos—. Si quieres, saldré sola con ellas dos, así puedes ir de excursión en *quad* con Ralph.

—Bobby y Ralph querían salir al campo con los Spencer por la tarde. Bobby no podía creer que Laura nunca se hubiese subido en un *quad*—. Alguna vez hay que probarlo —opinaba Tina—. La mayoría de los jóvenes están locos por hacerlo.

Tras pensárselo unos minutos, Laura decidió no ir. A ello también contribuyó la contrapropuesta de Tina de recorrer la primera parte de la larga excursión que les esperaba al día siguiente para que Laura conociera el trayecto.

Ann y Carol casi estaban celosas.

—Si hoy no tuviéramos que continuar el viaje, os acompañaríamos —dijo Carol—. Todo un día cabalgando... explorar los escenarios de *El Señor de los Anillos*... eso sí sería un auténtico sueño.

A Laura le habría encantado que se quedaran. En compañía de esas sensatas y seguras amazonas se habría sentido mucho mejor que sola con Ralph, a quien nunca había visto sobre un caballo. Sin embargo, las dos habían reservado ya habitación en un hotel de Dunedin y no podían alargar de nuevo su estancia en Glenorchy.

No obstante, Laura se sintió algo mejor al ver que la primera parte del recorrido era sencilla. La ruta cruzaba varios ríos, pero ninguno era profundo y los vados se distinguían bien.

—El camino de vuelta no es muy diferente a este —la tranquilizó Tina—. El agua puede llegar como mucho hasta la barriga del caballo. En caso de duda, no corras ningún riesgo. Si crees que el río lleva mucho caudal, coge el camino firme a la derecha del cauce. Es inconfundible. Termina en la carretera y vas por ella hasta llegar al ramal que conduce al establo. Es un poco más aburrido, apenas media hora por el asfalto. Pero es seguro.

Tener esa opción la sosegó. Se relajó y disfrutó del paseo tanto como las dos inglesas. Los caballos chapoteaban en el agua, galopaban por la altiplanicie y depositaban sus cascos con cuidado por los senderos pedregosos que subían a la montaña.

—Mañana no tenéis más que seguir cabalgando por aquí —explicó Tina, cuando tomó un camino lateral en dirección al establo—. El sendero avanza serpenteando hacia lo alto de la montaña, a través de un bosque, y arriba tenéis unas vistas fabulosas. Desde allí mismo distinguirás la ruta de vuelta. Y si realmente no sabes por dónde seguir, deja que decida *Arcadia*. Ha hecho diez veces el mismo recorrido, sabrá cómo llegar a casa.

—Ir en *quad* es bastante seguro —dijo Ralph cuando Laura le preguntó por la noche cómo había ido el día con los Spencer. Durante la excursión a caballo había visto las marcas de esos vehículos. Al parecer los guías también recorrían con sus clientes caminos escarpados y embarrados—. Mucho menos peligroso que conducir una moto normal. Con sus cuatro ruedas es muy difícil que esos vehículos vuelquen. Lo único es que Pete ha atropellado una zarigüeya. Wilma, en cambio, ha conducido bastante despacio. Tanto que ha retenido a todo el grupo, por lo que Pete ha vuelto a echar pestes. ¡Ya tengo ganas de librarme de ellos pasado mañana! Muy pocas veces me llegan clientes tan desagradables como estos. Por cierto, mañana quieren pasar por la hípica a las nueve. Para elegir ellos mismos los caballos...

—No está permitido —replicó Laura de inmediato—. Es Tina quien los asigna...

Ralph gimió.

—¡Tina no debería ser tan inflexible! —protestó—. A fin de cuentas, dejan un montón de pasta y no racanean con las propinas. Ayer nos metimos una buena cantidad en el bolsillo por la escalada y hoy por la excursión en *quad*. Así que seamos amables con ellos. Eso no hace daño a nadie.

Laura se mordisqueó el labio. Le iría bien una buena propina. El vuelo de los niños era un lastre en la economía familiar y apenas podría ofrecerles nada en Paihia. Por otra parte, una cosa era ser un profesional amable y otra someterse a lo que quisiera el cliente, y no tenía ningunas ganas de hacer esto último si iba en detrimento de la seguridad.

Como quedó demostrado, Tina dominaba perfectamente el trato con gente como los Spencer.

—¡Pueden ustedes escoger cualquiera de los ejemplares que tienen aquí! —explicó, señalando al grupo de caballos ya adiestrados, cuando Wilma reclamó su derecho a elegir. Pero torció la boca cuando la australiana se decidió por una bonita yegua pía de estatura mediana—. Esta es *Careen* —dijo—. Uno de nuestros mejores y más experimentados caballos de paseo. —Wilma mostró su satisfacción, pues aparentemente había demostrado sus conocimientos de experta. Pero Tina todavía no había acabado—. Pero no de los más jóvenes —susurró a Laura—. En realidad, ya no la saco en excursiones de un día. No la pierdas de vista.

Era evidente que la elección de Pete encajaba mejor con el plan de Tina. Se decidió por un castrado bayo, *Hunter*, un animal de buen trato y lo suficiente fuerte para cargar con el robusto jinete. Pero la inteligente elección no fue más que un acierto casual. Más tarde, a la hora de subirse al caballo, Pete demostró ser un principiante.

—¡Y yo me quedo con ese! —La elección de Ralph recayó sobre un gran alazán claro, muy bonito y llamativo, pero no del grupo de los caballos de paseo, sino del corral de los potros.

—En realidad este solo lo monta Shirley —indicó Tina de mala gana—. Lleva días sin salir. En fin... Estaría bien que se moviera un poco...

—¿Que se moviera un poco? —Laura no estaba nada entusiasmada—. Tina, si es difícil... Yo no puedo vigilarlos a todos... ¡Al cruzar los ríos alguien tiene que ir delante con un caballo seguro! —insistió.

Tina se mordió el labio inferior.

—En sí, *Poppy* se abre camino bien por el agua... —dijo. No tenía ningún interés en pelearse con Ralph.

—¡Nos marchamos! —exclamó Ralph, complacido, confirmando a continuación las peores sospechas de Laura. Era bastante torpe al limpiar y ensillar. Afirmaba que ya lo había hecho todo anteriormente, pero estaba muy lejos de tener experiencia. Laura y Tina no pudieron deducir si Wilma tenía o no práctica. La australiana no dio la menor muestra de querer colaborar en la preparación de su caballo, aunque luego enseguida se sentó en la silla y ella misma se graduó el estribo.

—Creo que no tienes que preocuparte por ella —tranquilizó Tina a Laura, quien en ese momento montaba en *Arcadia*—. El marido es el factor estrés.

Laura tampoco habría puesto la mano en el fuego por Ralph, no se sentía nada cómoda con el grupo y el tiempo, encima, no ayudaba. Lloviznaba, y Bobby le había contado por la mañana que de noche había llovido mucho en las montañas.

—¡Cuidado con los ríos! —aconsejó a Laura.

Al principio todo fue sorprendentemente bien. Ralph cabalgaba delante, su joven castrado avanzaba con brío. Era evidente que *Hunter* era tan ambicioso como su jinete y lo obedecía solícito, así que Laura no debía tener ningún miedo de que se quedara atrás con el principiante. Wilma se desenvolvía bien con *Careen*, pero encontró inquietante cruzar el río.

—Aquí uno puede marearse —dijo la segunda vez que cruzaron una corriente ancha pero plana.

—Basta con que no mires hacia abajo —le recomendó Laura.

Tampoco surgió ningún problema a la hora de galopar; aunque Pete colgaba de la silla como un saco de harina y desorientaba a su caballo porque se sujetaba a las riendas. Ralph se sostenía con algo más de seguridad, pero técnicamente no era mucho mejor. Como contrapartida, intentaba entretener a los Spencer cuando empezaban una nueva discusión. Esta vez Wilma reprochó a su marido que rezagara al grupo. Ralph contó que en ese entorno se habían rodado algunas escenas de la trilogía de *El Señor de los Anillos*. Laura ignoraba si decía la verdad o si solo improvisaba. En cualquier caso, llegaron a su meta. Los Spencer escucharon atentamente, hicieron fotos y parecían más o menos satisfechos. Al mediodía clareó. La vista de la planicie desde la cumbre de la montaña era tan espectacular como les habían prometido y Laura se relajó un poco. Los caballos descendieron obedientes por la montaña, solo hubo que tirar de *Careen*. Pero Wilma no se quejó, probablemente, recordaba que había sido ella misma quien había elegido la montura.

Hacia el final del paseo, hasta Pete estaba cansado. Como carecía de práctica, le dolía la espalda y seguramente también el trasero. Después de cinco horas sobre la silla empezaba a estar de mal humor.

—Y yo también tengo suficiente —susurró Ralph a Laura—. Volvamos a casa. ¿Conoces un atajo?

Laura se mordió el labio. En realidad, había pensado llegar al establo por el camino más largo para ahorrarse cruzar la corriente de agua. Sin embargo, *Careen* iba directa hacia el Dart, al igual que *Arcadia*. Era obvio que los caballos conocían el camino más corto. Entonces ¿de perdidos al río? Laura seguía dudando; por el contrario el caballo de Ralph exhibió una opinión clara acerca del río: *Poppy* no tenía ningunas ganas de meter los cascos en el agua.

—¡Entonces demos todos la vuelta! —exclamó Laura, aliviada.

Pero Ralph negó con la cabeza tan enérgicamente como Wilma.

—¡Este no se sale con la suya! —dijo, golpeando al castrado la barriga con los talones. Y, al hacerlo, tiró de las riendas: algo totalmente contraproducente.

Poppy se levantó enfadado sobre las patas traseras.

—¡Se encabrita! —confirmó Wilma—. Necesitas una fusta...

Intentó acercarse a *Poppy* para tenderle a Ralph la ramita que había arrancado de un árbol. Era corta y blanda, Ralph no habría hecho daño con ella al caballo. A pesar de ello, *Poppy* se asustó y coceó a *Careen*. Esta, a su vez, espantó a *Hunter*, que retrocedió dando dos pasos y dejó a Pete sin espacio suficiente.

Laura no sabía cómo reaccionar ante todo esto, pero confirmó aliviada que tenía a *Arcadia* bajo control. Decidió pasar con la yegua junto a *Poppy* y dirigirse al río con la esperanza de que los demás la siguieran. Pero encontrar el vado no era tan fácil. Tina había dicho expresamente que había caminos trillados, pero no veía ninguno.

Y entonces Wilma tomó la iniciativa.

—¡Yo me pongo delante! —anunció y condujo a *Careen* por el lugar del río que tenía más a mano.

Hunter la siguió y, como su jinete no le daba ninguna indicación comprensible, tomó él mismo la iniciativa. El fuerte bayo adelantó a la más pequeña *Careen* dando dos saltos, luego se acordó de su buena educación y vadeó el río con cuidado, aunque al cabo de unos pocos pasos el agua ya le llegaba a la barriga.

A Laura le habría gustado detener a los Spencer, pero ya era demasiado tarde. Dirigió a *Arcadia* también hacia el río. Observó que *Hunter* se abría camino a través de las aguas profundas prácticamente sin dirección. Se percató aterrada de que *Careen* iba a la deriva. A la pequeña yegua le fallaban las fuerzas para luchar contra la turbulenta corriente. Wilma había subido los pies para no mojarse y bajaba la vista horrorizada hacia el agua rugiente.

Luego todo sucedió muy deprisa. *Careen* tropezó y Wilma resbaló de la silla. Sin embargo, el pie derecho seguía enganchado al estribo metido en la deforme bota. La corriente enseguida se apoderó de su frágil cuerpo y tiró de él, mientras Wilma daba patadas y manotazos para liberarse y mantener la cabeza por encima del agua. *Careen* se asustó tanto que dio un par de saltos al galope y arrastró a Wilma consigo. Durante un horroroso segundo, Laura temió que pisara a la australiana, pero en ese momento el río venció en el tira y afloja con la gran bota. El pie de Wilma se deslizó hacia fuera y dejó en libertad el cuerpo de la mujer, que al instante se convirtió en un mero juguete de la corriente. Laura vio que la cabeza desaparecía por debajo del agua y no se lo pensó dos veces. Se bajó de su caballo, dio un par de fuertes brazadas en dirección a Wilma y consiguió agarrarla de la chaqueta. El río tiraba de las dos mientras Laura intentaba desesperadamente hacer pie. ¡El río no podía ser tan profundo!

De repente, algo detuvo esa marcha enloquecida. Tocó el suelo con las rodillas y supo que era un banco de arena: el vado por el que habrían tenido que pasar con los caballos. Laura se atrevió a sostener a Wilma solo con una mano y agarrarse con la otra al suelo. Por fin vio a Ralph, que peleaba con el agua para abrirse camino en su dirección. Debía de haber saltado, ya que su joven castrado corría arriba y abajo, excitado, por la orilla del río. Por el contrario, el caballo de Pete y las yeguas habían alcanzado el otro lado. Pete se había bajado y sostenía a *Hunter* por las riendas, mientras *Arcadia* y *Careen* buscaban brotes de hierba y comían indiferentes al percance.

—¿La tienes? —vociferó Laura alzando la voz sobre el murmullo del río, cuando Ralph la alcanzó y cogió con presteza a Wilma en brazos.

Él asintió y Laura lo siguió tambaleándose a la orilla, donde Ralph depositó a la australiana. La mujer tosía y escupía, pero no estaba inconsciente.

—¿Ha pasado algo? ¿Te has golpeado o te ha dado una coz?

Wilma negó con la cabeza y Laura suspiró aliviada. Ella misma parecía haber salido ilesa. Salvo por un par de arañazos, estaba bien, solo temblaba de frío. Recordó agradecida que, además de un equipo de primeros auxilios, las alforjas de *Arcadia* contenían un móvil con un envoltorio impermeable. Aconsejada por Tina, había dejado el suyo en la cuadra.

Bobby enseguida atendió a la llamada.

—Salgo ahora mismo a recoger a Wilma y Pete —prometió—. Voy a ver si encuentro ropa seca por aquí. Lo siento, pero tendréis que traer vosotros dos a casa los caballos, no podéis dejarlos ahí. Y Tina está fuera con un grupo, todavía tardará un poco en venir.

Llegó sin tardanza en el todoterreno.

—¿Por qué has cogido el caballo de Shirley? —No pudo evitar preguntarle a Ralph—. *Poppy* todavía no está del todo adiestrada... —No obtuvo respuesta—. Venga, cruzad con las yeguas y *Hunter* el río y luego volved por la carretera. Laura, te he traído un par de prendas secas de Tina, espero que no te vayan demasiado pequeñas. En cualquier caso, puedes cambiarte antes de salir. De todos modos, yo esperaría a que todos los caballos vuelvan a estar en el lado correcto del río.

Se marchó con Wilma y Pete; Laura y Ralph se quedaron solos con los cuatro caballos. Por suerte, la tranquila y paciente *Arcadia* no protestó cuando Laura volvió a meterla en el río y, tirando del reacio *Hunter* por el cabestro, pasaron de nuevo por el vado. *Careen* siguió obediente a Ralph, quien después no consiguió llevarla por la rienda subido en *Poppy*. Así las cosas, Laura tuvo que cabalgar por la carretera llevando de la mano a dos caballos y pasó un miedo de muerte cuando un coche los adelantó. Pese a la ropa seca, estaba entumecida de frío. Tiritando, pensó que la aventura podría haber salido mucho peor.

Ralph, por el contrario, intentaba restar importancia a lo ocurrido.

—Por lo general es Pete quien se cree mejor de lo que es, pero en esta ocasión ha sido cosa de Wilma —informó a Tina. La joven ya estaba esperando a los jinetes con una tetera bien caliente lista. Laura se sentó en una silla y se calentó agradecida las manos en la taza cuando Tina se ofreció a encargarse de desensillar las monturas ella sola—. De repente, ha metido al caballo en el río y ha intentado cruzarlo... —Movió sonriendo la cabeza—. Y Laura...

Laura explotó antes de que también banalizase su comportamiento.

—¡Tú habrías hecho lo mismo que Wilma! —soltó indignada—. Tú tampoco te has tomado el tiempo para buscar el vado, en lugar de eso te has peleado con tu caballo para impresionar a Wilma. Ya no se trataba de acompañar un paseo a caballo seguro, sino de exhibirse. ¡Como en el parvulario! ¡Ha sido una imprudencia inmensa, Ralph!

Este sonrió.

—Bah, Laura... —empezó.

Ella lo fulminó con la mirada.

—¡Ha sido una imprudencia! —repitió—. Y no es la primera vez. No lo niegues. ¡Ayer estuviste a punto de dejar que Pete escalara sin asegurarlo! Si Bobby no hubiese insistido, se te habría escaqueado y es posible que se hubiera caído. Hasta ahora has tenido suerte de que no te haya ocurrido nada. ¡Pero yo no puedo actuar así! ¡No volveré a trabajar contigo! Y tampoco voy a maquillar lo que ha pasado. ¡Si Louise me pregunta, diré la verdad!

5

Laura se alegró de no tener que coger el avión de vuelta con Ralph. Desde la pelea que siguió a la excursión a caballo, reinaba entre ellos un silencio gélido. Por la noche había guardado sus cosas y se había ido a la granja de Tina. Antes de nada, Laura tenía que tranquilizarla. La joven tenía mucho miedo de las consecuencias que sufriría si la dirección de la empresa investigaba el caso. A fin de cuentas, las responsabilidades recaían sobre ella. No debería haber dejado que Ralph saliera con el potro, y, probablemente, también se esperaba de ella que acompañase al grupo.

De hecho, durante el resto de la semana no se oyó ninguna queja por parte de los Spencer. Wilma no había sido consciente del peligro que había corrido y Ralph casi seguro que había puesto de su parte para maquillar lo sucedido.

—Es posible que incluso se haya embolsado una buena propina —sospechaba Laura—. Y hasta admiración. ¡Es el colmo!

Ralph regresó el viernes a Paihia, después de haber dejado a los Spencer en el avión de vuelta a Australia; Laura pasó tranquilamente la segunda mitad de la semana en la hípica. Trabajaba en buena sintonía con Tina y Bobby y acompañaba a grupos de principiantes y avanzados sin mayores incidentes. Al final, casi le dio pena tener que dejar Glenorchy, sobre todo lamentaba tener que despedirse de la yegua *Arcadia*, pero Tina le aseguró que un caballo de paseo tan dócil tenía un empleo vitalicio en Eco-Adventures.

El sábado Shirley acudió por fin de nuevo al trabajo. Era una muchacha delicada y de cabello oscuro, con los ojos todavía llorosos. Su tristeza afligió a todos los empleados de la hípica. Laura sintió pena por ella, pero alivio al tener que marcharse.

El domingo por la mañana, Bobby la llevó en coche al aeropuerto. Hacia el mediodía aterrizó en Auckland y por la tarde ya estaba de nuevo en Paihia. Era casi como volver a casa, solo que Ralph describió una curva para evitarla, algo inusual y que le dolió un poco.

—¿Os habéis peleado? —preguntó Kiki curiosa.

Ben no hizo preguntas y tampoco pareció muy predispuesto a escuchar chismorreos, y, sin embargo, Laura habría preferido hablar con él sobre lo ocurrido en Glenorchy que con su compañera de piso. No le interesaba tanto criticar a Ralph como discutir con alguien sobre los fallos del sistema. Pero en esa época, en la temporada de verano, Ben apenas estaba accesible: además de encargarse de las salidas para avistar ballenas, también hacía de guía en las excursiones en autobús. Siempre que se trataba de observar la naturaleza, allí estaba él, acompañando paseos y expediciones por el bosque de kauris. Laura no tenía la sensación de que todo eso le divirtiese especialmente. Una vez más, se preguntó qué lo retenía en Eco-Adventures.

Hasta un par de días después de su regreso a Paihia no tuvo la oportunidad de hablar seriamente con él. Laura había descubierto un auténtico cachalote. En ese momento, valiéndose de páginas web de profesionales del avistamiento de cetáceos, ella y Ben intentaban identificar a ese animal, que seguramente solo estaba de paso por la bahía de las Islas, y compartir dónde lo habían visto con otros centros de observación. Ben emprendió esta tarea con el mismo entusiasmo que ella y por la tarde estaba especialmente comunicativo.

—¿Qué... qué te parece a ti eso... eso del turismo de aventura? —preguntó Laura, en un intento de tantear la situación. A lo mejor podía hablar con él de todo lo que la preocupaba desde que había estado en Glenorchy.

—¿Qué quieres decir? —inquirió Ben con una sonrisa sarcástica—. ¿*Puenting*, barranquismo, *rafting* y todo lo que sea posible en un día? Ah, sí, y los paseos en *quad*, casi me olvidaba de eso.

—Algo así —respondió Laura—. Todos esos deportes extremos...

Ben parecía tener un lacónico y cínico comentario en la punta de la lengua, pero al parecer se lo volvió a pensar y respondió con seriedad.

—No me interesan lo más mínimo —dijo categórico—. Encuentro que si dedico mi vida a algo, tiene que ser a algo más que a un poco de adrenalina. Creo que se necesita un objetivo, algo que a uno le resulte importante, como para ti las ballenas. Quieres saberlo todo sobre ellas, te esfuerzas, incluso arriesgándote si fuera necesario. Para otras personas tal vez sea importante subir montañas o explorar grutas...

—O montar a caballo como Tina... —susurró Laura.

Ben asintió.

—Creo que, al final, en la vida solo pueden hacerse realmente bien una o dos cosas, y seguro que no únicamente en vacaciones. Esto degrada las cosas. Piensa en cuánta gente quiere escalar el Himalaya solo para decir que ha estado allí...

—También Pete Spencer habló de eso —confirmó Laura—. Por lo visto no hay ningún problema cuando uno cuenta con un buen guía y suficientes sherpas pobres para que carguen con tu equipaje.

—A pesar de todo, muchos mueren en el intento —dijo Ben sin alterarse—. Aunque la mayoría de las veces la naturaleza no devuelve el golpe y para defenderse precisa de gente como Steve Kore. —Ya iba a volverse de nuevo a la pantalla del ordenador cuando Laura se atrevió a hacerle otra pregunta. Sabía que con ella se tomaba demasiada confianza, pero no pudo reprimirse.

—¿Cuándo... cuándo la perdiste de vista? —musitó en voz baja.

Ben frunció el ceño.

—¿El qué? —preguntó.

—La meta —contestó Laura—. Tu meta. Lo que querías más que nada. Aquello a lo que querías dedicar tu vida. Porque tú... tú quisiste una vez algo más que trabajar en Eco-Adventures...

Ben apretó los labios y Laura quedó a la espera de una fría respuesta. Pero él conservó la serenidad.

—Cuando tuve que constatar —respondió muy lentamente— que no sé nadar.

Su mirada impedía cualquier otra pregunta más. Laura creyó leer desesperación y resignación en sus ojos, una pena tan profunda que se asustó.

EL ANIMAL DE PODER

1

Al parecer, Steve se había ausentado de la ciudad por un par de días, de modo que Kiki y Ben habían podido disfrutar de una semana sin acciones de protesta. Poco después de que Laura volviese, también regresó Steve y esa misma noche la invitó a cenar.

—Teníamos una reunión en Christchurch —explicó—. De distintos grupos de ambientalistas, contra el compuesto 1080. A ver si por fin movemos algo. ¿Y tú? ¿Cómo te fue en Glenorchy?

Laura se preguntó cómo sabía dónde había estado. A fin de cuentas, su partida había sido bastante repentina y a él no lo había avisado. De todos modos, le habló de los Spencer y se encontró con un interesadísimo oyente.

—¡Así que por fin lo has entendido! —exclamó Steve, satisfecho—. Ahora sabes para qué luchamos. ¿Y qué? ¿Vas a despedirte de Eco-Adventures? —La miró esperanzado.

Laura negó con la cabeza.

—No —le respondió—. Si tu padre no atendiera a gente como los Spencer, lo harían otras empresas. Y de momento sigo estando tan convencida como antes de lo que hago. El avistamiento de ballenas no hace daño a nadie, al contrario. Contribuye a proteger a los mamíferos marinos. Tampoco tengo nada en contra de que la gente aprenda, por ejemplo, a navegar a vela. Ben dice que todo el mundo precisa de un objetivo, algo que sea realmente importante. ¡Pero primero hay que encontrar ese objetivo! Yo puedo entusiasmar a la gente por las ballenas, tú la puedes entusiasmar por la navegación a vela... Tal vez un día alguno se dedique a ello en serio. Basta con comunicarle que es un propósito trascendente... no solo un entretenimiento.

Steve la miró con una sonrisa.

—Ese Ben dice cosas bastante inteligentes —observó.

Laura hizo una mueca.

—En efecto —respondió tranquila.

La Navidad se acercaba a grandes pasos y a Laura le resultó extraño que se adornaran con motivos navideños la tiendas y calles de Paihia, dado que en Nueva Zelanda era verano. Quien tenía un abeto Norfolk en el jardín lo decoraba para las fiestas; de las palmeras y los árboles rata colgaban guirnaldas de Navidad. Muchos neozelandeses colocaban abetos artificiales, también Jessica decoró con uno de ellos el hostal donde Laura había reservado alojamiento para su madre. Jessica le prometió la «suite presidencial», pero ahí hasta la mejor habitación era sencilla. A Laura le faltaban los medios para instalar a su madre en otro lugar, pero no quería pedirle que pagara también la habitación del hotel cuando ella misma se había comprado el billete de avión. Kathi y Jonas podían dormir en el apartamento de Laura. Kiki y ella instalaron una cama plegable, seguras de que los dos se divertirían acampados en la sala de estar.

—Mi madre se quejará de todos modos —dijo Laura resignada, después de inspeccionar la habitación y reservarla—. Da igual lo que yo escoja, todo le parecerá demasiado caro o demasiado barato o demasiado alejado o demasiado próximo o demasiado sencillo o demasiado lujoso. Así que me he decidido por el Bottlenose, al menos la tendré cerca.

—Y no tendrás que esperar para recibir las quejas —se burló Kiki—. Qué buena idea. Yo habría alojado a mi madre en la otra punta de Paihia...

Laura se tomó libre el día de Nochebuena para ir a recoger a sus hijos a Auckland y, para su sorpresa, Steve se ofreció a llevarla en coche.

—De otro modo tendrías que esperar una eternidad hasta que saliera el autobús de la empresa —dijo, demostrando una vez más estar extraordinariamente bien informado.

De hecho, los últimos grupos organizados para los que Eco-Adventures planificaba el enlace a Paihia llegaban a eso de las nueve de la noche, mientras que su madre, Kathi y Jonas lo hacían a primera hora de la tarde. Cuando Laura objetó que todos ellos más las maletas de su familia no cabrían en el viejo Fiesta, el joven no le hizo caso y, cuando fue a recogerla, no apareció en su coche ni, como ella se había temido, con el destartalado microbús del amigo que alquilaba piraguas, sino en un monovolumen de Eco-Adventures.

—Mi padre estaba generoso —observó él—. Porque eres tú. Te tiene en un pedestal, Laura. En fin, la cuestión es que ahora puedes recoger a tu familia tal como se merece. Que tu madre quede o no satisfecha, ya no lo sé.

Satisfacer a su madre era algo que Laura no había conseguido en toda su vida, y ese día Hilde Klusmann también estaba lejos de rebajar sus exigencias. Y eso que el piloto aterrizó puntualmente. Kathi y Jonas corrieron a los brazos de Laura cuando salieron de la aduana. Laura no sabía a quién abrazar primero. Casi no podía creerse que su hijo hubiese crecido tanto en tan pocos meses, tampoco sabía si reír o enfadarse a causa del nuevo color de pelo de

Kathi. Se había teñido su color natural, un castaño rojizo, de un naranja zanahoria, como Kiki, de quien podría haber sido la hermana pequeña.

—¿Te ha dado permiso papá? —preguntó Laura sin dar crédito cuando liberó a su hija de su abrazo. Su madre enseguida aprovechó la oportunidad para soltar el primer rapapolvo.

—¡Lo hizo a escondidas! —exclamó disgustada—. De haber sido por mí, esta señorita se habría quedado castigada sin hacer este viaje. Pero entonces Tobias habría tenido que quedarse en casa y él quería marcharse a Mallorca. ¡Mejor ni pensar en lo que se lleva allí entre manos! Total, que después de portarse como una insolente, Katharina se sale con la suya... ¡Cómo va por ahí con esa pinta! Qué vergüenza, ir con...

—¡Es mi pelo, abuela! —protestó Kathi—. ¡Y el color se va al lavarlo!

—En cualquier caso, vuelve a crecer —la tranquilizó Laura—. Y ahora venid, gracias a Steve podemos ir directamente a Paihia. Este es Steve Kore... el hijo de mi jefe...

Le resultaba lamentable tener que presentar de este modo a Steve, pero si hubiera dicho que era amigo suyo, su madre habría llegado a conclusiones erróneas. Aunque la prudente forma de expresarse no la salvó de los comentarios maternos.

—Bueno, al menos en las relaciones tus aspiraciones son altas —comentó la mujer, dibujando una línea con los labios apretados.

Laura suspiró, esperando que Steve no entendiera ni una palabra de alemán, tal como le había asegurado. «¡En realidad, todos los alemanes saben un par de palabras en inglés! —había comentado cuando ella le señaló que en el viaje de vuelta del aeropuerto se aburriría como una ostra—. Tú puedes hablar con tus hijos mientras yo entretengo a tu madre.»

En efecto, él procuró derramar encanto, pero la madre de Laura apenas hablaba inglés, y enseguida resultó evidente que no quería mantener una conversación con alguien que no sabía alemán, así que hizo caso omiso de los amables intentos de Steve por entenderse de algún modo con ella. Cuando Laura no le dirigía la palabra, se quedaba callada o se lamentaba por haber dejado solo en casa a su marido por Navidad. El padre de Laura tenía miedo a volar y bajo ninguna circunstancia habría estado dispuesto a viajar a Nueva Zelanda. Sin embargo, había apoyado expresamente a su esposa para que fuera a ver a Laura. Probablemente, estaba deseando que le contaran lo que su hija hacía en el otro extremo del mundo...

Los niños, por el contrario, se peleaban por explicar a su madre lo que había ocurrido en los últimos meses en el vecindario y en la escuela, omitiendo prudentemente los temas desagradables, como las malas notas y las peleas con su padre. Ya habría tiempo para hablar de todo...

Cuando al anochecer llegaron a Paihia, Laura estaba feliz, pero también agotada.

—Lo compensaré —prometió a Steve, quien hizo un gesto de rechazo con la mano y rio tranquilo.

—No pasa nada. En lo que se refiere a tu madre, ya me lo habías advertido. Dime si puedo ayudarte en algo. ¿Tienes que trabajar en Navidades?

Laura asintió afligida. No había otro remedio, el período de la Navidad era el de más tráfico en Nueva Zelanda, incluso los días de fiesta se realizaban cruceros para avistar ballenas. Pero ella ya lo había planificado todo para mantener a su familia distraída.

—Mañana me llevo a los niños conmigo en el barco y pasado mañana se van de excursión todo el día al cabo Reinga, con *sandboarding* en Ninety Mile Beach. Y sí, ya sé lo que opinas de eso, pero Jonas está loco por hacerlo y la duna no se estropeará porque se deslice una vez por ella.

—¿Me llevo a Kathi el día después a montar a caballo? —la interrumpió Steve.

Laura lo miró agradecida.

—Sería fabuloso —contestó—. Y por la noche tengo libre, podríamos hacer una barbacoa o algo así. Nos llamamos...

—¿Podríamos entrar ya? —se entremetió la madre—. Me gustaría refrescarme un poco. ¿Dónde vamos a instalarnos?

Steve llevó sus maletas al hostal Bottlenose y Laura le enseñó su alojamiento, así como el apartamento en el que dormían los niños. Tal como esperaba, ni lo uno ni lo otro fueron del agrado de Hilde Klusmann. La proximidad de Laura y Kiki con Ben y Ralph le pareció escandalosa y el modesto apartamento, totalmente inadecuado.

—Vaya, yo no me alojaría aquí todo un año —sentenció—. Y... esos hombres... ¿Vivís aquí... todos juntos?

—Yo vivo con Kiki, y al lado Ben y Ralph también comparten el apartamento —puntualizó Laura—. Entre ellos y nosotras hay un pasillo. Nuestras puertas suelen estar cerradas.

—¡Y todos somos mayores de dieciocho años! —dijo Kiki con voz meliflua—. Así que si un día queremos abrirla, podemos hacerlo. —Guiñó el ojo a su compañera de piso de forma elocuente.

Laura la fulminó con la mirada. En ese momento su madre examinaba el apartamento y Laura se preparó para el siguiente ataque. Este se produjo al instante.

—¿No hay adornos de Navidad? —preguntó Hilde Klusmann—. ¿Dónde vais a poner el árbol si los niños duermen aquí? ¿Y a qué iglesia vas?

—¿Hay algún lugar donde se puedan alquilar árboles de Navidad? —preguntó Laura hecha polvo cuando consiguió llevar a su madre a la habitación del hostal. Había planeado ir un momento con los niños a la playa, pero antes pasó por el apartamento de Ben y le dio las fotos del día anterior. Una aficionada había fotografiado la aleta caudal de *Wendy* con todo detalle—. En realidad, me gustaba la idea de no tener que celebrar unas Navidades clásicas. Pero por lo visto no me voy a librar...

Ben sonrió.

—Trataré de averiguarlo —respondió—. Pero ni se te ocurra invitarnos. Ralph todavía está de morros y yo... a mí no me gustan demasiado las Navidades.

—A quién le gustan... —murmuró Laura.

Sabía perfectamente, claro está, que la mayoría de las mujeres ponían todo su empeño en decorar la casa para la Navidad y hacer de la fiesta algo muy especial para su familia. Pero ella nunca había actuado de ese modo... y era incapaz de preparar un ganso. De ahí que ese año el menú amenazaba con suponer un problema. Seguro que su madre esperaba unos platos típicos de las fiestas...

Kiki también se unió al paseo a la playa y enseguida se entendió con Kathi. Era obvio que ambas tenían bastante en común, no solo ese color de pelo tan extravagante, porque hablaron también de caballos y delfines. Mientras, Laura tuvo más tiempo para dedicarlo a Jonas. Con cada minuto que pasaban juntos percibía lo mucho que su hijo menor la había echado de menos. Él habló de sus amigos; de sus profesores; del nuevo entrenador del club de fútbol, con el que no se entendía bien; e incluso de las malas notas que había sacado en los últimos trabajos de alemán. Le urgía sincerarse con su madre y no tardó en abrirle su corazón.

—Solo tenemos que hablar con más frecuencia por Skype —dijo Laura con remordimientos, abrazándolo—. También nosotros dos solos, para que puedas contarme tus secretos...

Pero ambos sabían perfectamente que Skype no era el medio apropiado para contarse secretos.

Al final los niños insistieron en bañarse en el mar pese a que ya empezaba a sentirse el frío del anochecer y Kathi hizo fotos para Tobias y Yannis. Se la veía tan bonita con su nuevo biquini...

Laura se percató con cierta nostalgia de que su hija estaba mucho más desarrollada.

Después fueron a un *fish and chips* en el puerto de Paihia. Los dos estaban tan fascinados como su madre con los adornos luminosos de colores.

—¡Qué pequeño es esto! Bueno, al menos comparado con Palma. Aquí no pasa nada —observó Hilde Klusmann, quien de nuevo se había reunido con la familia.

Laura le dio la razón. Comparado con Palma de Mallorca, Paihia era un lugar insignificante.

—¡Pero en Palma no hay ballenas! —advirtió complacida—. Espera a verlas mañana, mamá. Entonces me entenderás.

En realidad, no creía que eso fuera a suceder, pero al menos de ese modo logró hacer callar a su madre. El *jet lag* también la ayudó un poco...

A la mañana siguiente desayunaron juntos en el apartamento. Kathi y Jonas comieron un montón de tostadas con crema de chocolate.

—¡Preparaos! —animó a su familia—. Nos vamos a Hole in the Rock. Es un gran agujero que el viento y las olas han abierto en una roca. No os olvidéis de la crema solar, Kathi. Jonas, ya te la pongo yo... ¡Y coged un sombrero! Sí, ya sé, quieres ponerte morena, Kathi, pero hoy el sol quema y es nuestro primer día...

En efecto, hacía una mañana de pleno verano y el *Kaikanikani* estaba totalmente lleno. La madre de Laura estaba un poco desazonada porque no había encontrado enseguida un sitio donde sentarse. Laura pidió de inmediato a las empleadas de la compañía que se ocuparan de ella y la colocaron con una taza de té en el espacio interior del barco. Jack invitó a los niños a sentarse en el puente en el lugar del oteador de ballenas.

Laura estaba bastante inquieta. Trabajar de guía en un *tour* cuando la propia familia formaba parte del público era algo distinto. Pero se olvidó de ello enseguida: saludó a los turistas amablemente y con profesionalidad, y luego ya no tuvo tiempo para nada más que para los delfines. Los mulares de la bahía de las Islas parecían decididos a agasajar a los clientes de Laura por Navidad. El *Kaikanikani* encontraba una manada tras otra, y sus pasajeros también pudieron ver al grupo de Kiki y Ralph nadando con los delfines. Kathi estaba fascinada.

—¡Yo también quiero hacerlo pase lo que pase! —dijo apasionada—. Puedo, ¿verdad?

Jonas todavía era demasiado joven, y para que no se pelearan si Kathi podía nadar con los delfines y él no, Laura no había incluido en el programa el baño con los mulares. Pero en ese momento no parecía que nada fuera a detener a la jovencita. En primer lugar, Laura atrajo la atención de sus hijos y de todos los demás interesados, presentándoles personalmente a un par de delfines. Proyectó las fotos de las aletas dorsales sobre una pantalla e invitó a los pasajeros a que intentaran reconocer después a los animales. Kathi estaba encantada cuando logró identificar al delfín *Tracy*. Incluso la madre de Laura parecía cautivada por esos animales que rodeaban el barco, saltaban y se zambullían. Hasta consiguió hacer un comentario claramente positivo.

En Hole in the Rock vieron un par de focas, pero ese día no apareció ninguna ballena.

—¡Pues la próxima vez! —exclamó Kathi.

Estaba ilusionada por poder volver a acompañar a su madre y seguro que le habría gustado salir por la tarde otra vez. Pero Jonas quería ir a la playa y la abuela accedió a ir con sus nietos. Kathi se propuso su bronceado.

—¡Ten cuidado, que no te dé una insolación! —le advirtió Laura por la tarde, antes de volver al puerto.

En el apartamento habían preparado pasta con salsa de tomate y habían comido todos juntos.

—¿No pueden prepararse un bocadillo al mediodía, como solemos hacer nosotras? —preguntó Kiki cuando Laura se reunió con ella en la playa.

Desde que hacía mejor tiempo, las dos aprovechaban la pausa del mediodía para relajarse en la playa. Tenían suficiente con un par de bocadillos. Laura ya se había puesto morena y su silueta en biquini se había beneficiado de sus frugales comidas.

Suspiró. No dudaba de que Kathi y Jonas disfrutaran de una comida en la playa. Pero, para su madre, la comida del mediodía tenía que servirse en la mesa. Una vez más, se esforzó mucho por hacerlo todo correctamente.

Cuando por la tarde llegó cansada del paseo, todavía no había adelantado gran cosa con respecto al árbol de Navidad y la iglesia. Mientras que por la mañana los delfines se habían superado en exhibirse, por la tarde no habían aparecido unos pocos hasta casi al final de la excursión. Aunque Laura sabía que era absurdo sentirse responsable de si los animales se dejaban ver, no podía remediarlo: si durante el paseo no aparecía ningún delfín, ella tenía la sensación de que era por su culpa.

Así y todo, alguien había decorado la ventana del apartamento con ángeles pintados con espray y Ben la estaba esperando. Cuando entró, abrió sonriente la puerta del apartamento que compartía con Ralph y le tendió un árbol de Navidad artificial. Estaba algo estropeado, pero vistosamente adornado.

—Toma, con un cordial saludo de parte de Roger. Ha estado las últimas cuatro semanas en la oficina de reservas. Os lo podéis quedar esta noche y cantar villancicos a sus pies o lo que sea que hagáis la Nochebuena en Alemania, pero lamentablemente, mañana tiene que estar de vuelta. La dirección advierte que la decoración navideña debe conservarse hasta la víspera de Año Nuevo.

Y ya antes de que pudiera darle las gracias, le dio el arbolito, así como un folleto con el programa navideño de la parroquia local. Laura se quedó pasmada. Un árbol de Navidad prestado...

Al final, no pudo evitar echarse a reír.

—¡Bien, entonces vamos adentro! —susurró. Cerró la puerta y, para regocijo de sus hijos, que ya la estaban esperando, exclamó con su mejor voz de papá Noel—. ¡Jojojo, del puerto vengo, con este árbol tan navideño!

2

Pese a contar solo con un abeto artificial prestado, unos modestos regalos y un banquete vegetariano, la fiesta fue muy agradable. Los cuatro fueron a la misa del gallo y luego se repartieron los regalos. Kathi se alegró de recibir una joya hecha con cauríes, Jonas estuvo encantado con su tabla de poliéster para nadar y practicar *sandboarding*, y Laura se emocionó al ver los regalos que sus hijos habían confeccionado ellos mismos para ella, así como del pequeño obsequio que Tobias le enviaba a través de ellos. Kathi filmó a su madre mientras desempaquetaba y envió un breve vídeo a su padre por WhatsApp. Naturalmente, llegaron al instante otras imágenes como respuesta: Tobias en el bufé especial del hotel de Mallorca con un grupo de viajeros. Parecía de un humor excelente. El pronóstico de su madre de que el pobre hombre bañaría sus penas en alcohol no se correspondía con la realidad. Si Tobias bebía mucho esa noche, no lo haría, desde luego, en solitario.

Kiki y Laura habían comprado vino neozelandés que ofrecieron también a la abuela. Al final, esta no pudo resistirse más y salió totalmente de su reserva. Era evidente que Kiki no añoraba para nada a su familia en Alemania y solo sostuvo una breve conversación con sus padres. A las once se fue con su amigo de ese momento, un joven de la escuela de vela, para seguir celebrando la fiesta por los bares de Paihia.

—A lo mejor hacemos una hoguera en la playa —anunció complacida—. En cualquier caso, celebraremos una Navidad estival neozelandesa.

—¡No bebas demasiado, tienes que madrugar! —le advirtió Laura.

Kiki sonrió irónica.

—¡Por supuesto, mami! —respondió, le sacó la lengua a su compañera de piso y se marchó.

Al día siguiente recogieron temprano a la familia de Laura, ya que la excursión al cabo Reinga duraba todo el día. Para sorpresa de Laura, Ben era el guía de ruta de ese viaje.

—Nadie quería trabajar en Navidad —dijo cuando ella le preguntó al respecto—. A mí no me importa y, además, hay una buena bonificación. Así que les hablo a los viajeros un poco sobre la vegetación y de regreso los llevo a ese increíble museo donde se muestra en qué objetos tan horripilantes pueden convertirse las raíces de kauri si no se logran esconder bien en el suelo. Seguro que habrás oído hablar de él.

Aunque se había prohibido talar árboles de kauri, el subsuelo cenagoso de algunas regiones de Nueva Zelanda había conservado árboles hundidos y raíces. Quien los desenterraba podía construir muebles y objetos de arte con ellos.

—¿Qué hacéis en el cabo?

—Allí seguramente hablaré de la mitología maorí. Seguro que se me ocurren un par de historias de fantasmas...

El cabo Reinga, uno de los puntos más septentrionales de Nueva Zelanda, tenía un significado especial para los maoríes. Desde allí, las almas de los difuntos emprendían el viaje hacia Hawaiki, la isla mítica que el pueblo consideraba su país de origen.

—¡Pero no te olvides del *sandboarding*! —le previno Laura—. Para Jonas es el punto culminante de las vacaciones. Así que hazme un favor y enséñale cómo funciona para que se divierta. No es peligroso, ¿verdad?

Ben negó con la cabeza.

—No más que ir en trineo —respondió—. Lo único peligroso de este *tour* es la subida desde Ninety Mile Beach hacia la carretera. Tiene curvas y es empinada, sin visibilidad... Siempre me pongo nervioso. Una vez nos quedamos atascados... Pero ahora no estés todo el día inquieta...

Laura rio.

—Eso exactamente es lo que haré. ¡Muchas felicidades! Sabes de verdad cómo tratar a madres preocupadas... A lo mejor hasta dejas que los dos se bajen y corran detrás del autobús. ¡Y ahora vete y entra a matar! ¡Quien trabaja con entusiasmo, se lleva más propina!

Los niños tenían mucho que explicar por la noche. Por lo visto, Ben se había esforzado de verdad para que los turistas y la familia de Laura pasaran un día muy interesante. La abuela se retiró temprano, así que Laura pasó con Kathi y Jonas una agradable noche. Más tarde, Jonas se acostó en su cama, insistía en que había tenido una pesadilla. Laura lo estrechó cariñosamente entre sus brazos.

Al día siguiente llegó Steve para recoger a los niños. Para la inmensa alegría de Laura, no solo se llevó a Kathi con los Aronga para que pudiese montar a caballo con la hija de estos, sino que se fue con Jonas a una pista de *karts*. Aunque Jonas solo había estudiado inglés cuatro años en la escuela primaria, ambos lograban comunicarse sorprendentemente bien. Entre los varones, cuando se trataba de coches, con unos cuantos sonidos había suficiente. Por la tarde, Steve había salido con los dos en kayak y al final del día Jonas ya había aprendido un montón.

—Podríamos quedarnos en Nueva Zelanda e ir a la escuela aquí —propuso Kathi. Se desenvolvía muy bien con el inglés que había aprendido en la escuela, había entendido sin ningún problema a Lucy Aronga—. Seguro que lo aprenderemos deprisa. Y esto es mucho más bonito que Alemania.

Laura encontró sosegadora su reflexión, puesto que también mostraba cómo eran los sentimientos de Kathi hacia Yannis. No podían ser tan profundos si estaba dispuesta a mudarse a otro país. Pese a ello, contestó negativamente.

—Apenas quedan ocho meses, Kathi, a mediados de agosto ya se habrá cumplido mi año aquí. Ya estaríais medio acostumbrados a esto y tendríais que volver de nuevo a Alemania. Y habríais perdido todo un año escolar, porque con un cambio así seguro que hay que repetir curso.

De repente, Kathi miró a su madre muy seria.

—Pero... si tú te quedas aquí... —objetó.

Laura movió la cabeza.

—No voy a quedarme, Kathi, puedes estar segura. Aunque me gusta. Ya sabes que quiero estudiar...

—En... ¿Colonia? —preguntó Kathi—. Porque... la madre de Yannis lo ha buscado en Google. Y en Colonia... en Colonia no se puede...

Laura se mordió el labio. Su primer impulso fue preguntar qué le importaba a la madre de Yannis lo que ella iba a estudiar, pero se contuvo. Kathi tenía razón...

—En efecto, es algo complicado estudiar Biología Marina en Colonia —admitió—. Pero de eso ya hablaremos cuando tenga que hacer el máster. Primero se empieza con el título de Biología y ese... ese se obtiene prácticamente en todas partes... —No era una auténtica mentira. Funcionaría, pero no sería la mejor manera de empezar. Laura no lo dijo, pero su hija era muy hábil leyendo entre líneas. La estrechó entre sus brazos—. Todavía soy joven y apenas he visto mundo. Puedes estar orgullosa de ti por haberme apoyado tanto cuando hablé de mis planes. Seguro que todavía aguantaréis estos pocos meses. Lo que vaya a ocurrir después, lo decidiremos a mi vuelta —dijo finalmente a su hija.

Con esas mismas palabras había concluido también la conversación con su madre la noche anterior. Esta había aprovechado la ausencia de los niños para exhortar a su hija seriamente a que cambiase de conducta. Y también ella quería saber si todo volvería a su cauce cuando Laura hubiese acabado su año en Nueva Zelanda. «¡No vaya a ser que se te ocurra la idea descabellada de irte a estudiar a otro sitio!», había expuesto también ella. Laura se preguntó si habría hablado con Kathi.

—Pero si no vuelves, nos vienes a recoger, ¿eh? —se aseguró la niña.

Laura le acarició suavemente el cabello.

—Os iré a recoger pase lo que pase. Os quiero. Os echaría muchísimo de menos si tuviera que quedarme a vivir aquí para siempre. Estos meses ya os he añorado tremendamente —le explicó con la voz quebrada—. Y ahora vamos a buscar el resto de la pizza a la cocina.

3

En los días que siguieron a Nochebuena, la situación en Eco-Adventures se relajó un poco y Laura pudo tomarse más mañanas o tardes libres. A Kathi le gustaba acompañarla durante los cruceros en el *Kaikanikani* y se quedó totalmente fascinada cuando conoció por primera vez a *Campanilla*, *Peter Pan* y *Wendy*. A Jonas no le gustaban tanto los paseos para avistar ballenas. Le molestaba no tener a su madre para él solo y haber de compartir sus atenciones con los demás.

—Es que te ha echado muchísimo de menos —dijo su madre, cuando Laura le habló de ello—. Claro que ahora se pasa el día pegado a ti. Es el precio que hay que pagar cuando una quiere realizarse como mujer.

Kathi, al notar que entre su madre y su abuela volvía a haber tensión, se sacó el móvil del bolsillo del pantalón.

—¡Mirad! —exclamó—. Me la ha enviado papá. Ahora hace marcha nórdica, sale en bicicleta... ¡Quién lo hubiera pensado!

Las fotos mostraban a Tobias con bastones de paseo en un sonriente grupo de gente de vacaciones y montado en una bicicleta de montaña. Había cogido color, parecía relajado y no tenía aspecto de sentirse en absoluto frustrado.

—¿Desde cuándo se ha vuelto tan deportista? —preguntó Laura, complacida aunque también algo desconcertada.

Tobias no era de los aficionados a hacer actividades durante las vacaciones. Por lo general pasaba los días festivos en Mallorca en la piscina o en la playa. Pero quizá ahora, en invierno, hacía demasiado frío para bañarse y tomar el sol.

—A lo mejor ha encontrado a alguien que lo motiva —observó la madre de Laura.

Esta se lo tomó con calma.

—¡Estaría muy bien! —respondió—. Así no se encontrará tan solo. Kathi, tú también tendrías que enviarle algunas fotos. De todos nosotros en la playa...

—¡Y bañándonos con los delfines! —exclamó la niña.

Era la siguiente actividad de su programa y Laura tenía sentimientos contradictorios. Quería sí o sí bañarse con Kathi y los delfines, y Ralph se había ofrecido a llevar también a Jonas. Se diría que poco a poco iba olvidando lo ocurrido en Glenorchy y volvía a mantener una relación casi normal con ella. Era evidente que tenía una nueva novia, al menos se lo veía a menudo con Susan, una chica joven que trabajaba con Roger en la oficina de reservas. De hecho, Susan había salido con Roger hasta hacía un par de días... En Paihia, entre la gente joven el cambio de pareja se producía a un ritmo vertiginoso. La mayoría de los chicos y chicas se habían marchado de la casa de sus padres por primera vez, se sentían libres y exploraban sus límites.

—¿Qué puede pasar? —había preguntado tranquilamente Ralph—. Buscamos un día que el mar esté calmado y Jonas puede llevarse su tabla. Seguro que los delfines no se lo comen.

Laura tampoco tenía miedo de eso. Lo que a ella no le gustaba era saltarse las reglas. Pocos días antes, Kiki había metido la pata otra vez. Por lo visto, el señor Kore había vuelto a enviar a uno de sus informadores al crucero y ese enseguida había criticado el matiz esotérico que Kiki se sentía obligada a dar a sus explicaciones tras la intensa lectura de los libros de John Lilly. Nadar con delfines como camino para encontrarse uno mismo, autoconocimiento como condición previa para comunicarse con los mamíferos marinos, contacto telepático como medio de comunicación... Kiki se había ido de nuevo de la boca y Balthasar Kore le había llamado la atención una vez más. «Haga el favor de no introducir sus ideas seudocientíficas y religiosas en su trabajo —le había dicho—. En el futuro la estaré vigilando.»

De ahí que Laura temiese que como consecuencia de lo ocurrido hubiese más controles y no quería acabar ella misma en el punto de mira del señor Kore. Pero Steve resolvió el problema sin que nadie se lo pidiese. Se llevó a los niños a dar un paseo en el velero y después llegaron los dos encantados porque habían nadado con delfines.

Laura puso el grito en el cielo al enterarse.

—¿*Maui?* —preguntó alarmada—. ¡Steve, no me digas que los has dejado nadar con *Maui*! Te he dicho que un delfín solitario nunca es inofensivo, que...

—¡Tranquila, tranquila! —Steve levantó las manos, sonriente—. Claro que no los he llevado a bañarse con *Maui*. ¿Lo has olvidado ya? *Maui* es nuestro secreto. Tuyo y mío. Tenemos que visitarlo... visitarla... sin falta. —Le guiñó un ojo—. Pregunta por ti, ¿sabes?

Ella frunció el ceño.

—¿Y dónde has estado con los niños? —insistió.

—En los alrededores de Moturoa —respondió sosegadamente—. Tu hija incluso sabía el nombre de uno de los delfines: *Tracy*.

Laura se relajó.

—Siento haberme alarmado tanto —se disculpó—. Tú... tú haces tanto por mí, y yo... No puedo remediarlo, los delfines solitarios me dan miedo. Tienen sus problemas y los animales con trastornos del comportamiento siempre son peligrosos.

Steve rio.

—Visitaremos a *Maui* lo antes posible para que pueda convencerte de sus buenas intenciones —explicó—. Y en caso de que mañana por fin tengas un día libre, me gustaría invitaros a los cuatro a navegar en el velero. Podríamos ir a una isla solitaria y jugar a los náufragos. Y dejamos a tu madre allí si se pone demasiado pesada...

También Steve se había percatado hacía tiempo de lo agobiante que era la madre de Laura. Desconfiaba de los nativos y siempre estaba preocupada por algo. Laura intentaba hablar con ella, pero la relación seguía siendo tensa. Estaba contenta cuando podía pasar un par de horas sola con Kathi y Jonas y se alegraba de que su madre disfrutase con las excursiones en autobús que Eco-Adventures organizaba a los distintos lugares turísticos dignos de ser visitados y que solían durar todo el día. A veces se producía un tira y afloja por los niños cuando su madre quería que los pequeños fueran con ella a conocer y aprender algo más de la isla. Laura, en cambio, pensaba que era más importante que pasaran el tiempo con ella. Muchas veces se preguntaba cómo habría podido haberlo gestionado todo sin Steve.

Este parecía tener sobrada experiencia en cuanto a peleas familiares se refería. Engatusaba hábilmente a los chicos con opciones de medio día, como montar a caballo o ir a remar, que resultaban mucho más atractivas que pasar varias horas en un autobús. Y cuando las dos semanas de vacaciones hubieron concluido, volvió a ofrecerse para acompañar a la abuela y los niños al aeropuerto. Laura le estaba especialmente agradecida por ello: si su familia hubiese tenido que coger el autobús de la empresa, ella no habría podido acompañarla, así que consiguió hacer una salida en el *Kaikanikani* antes de la partida.

Kathi y Jonas insistieron en ir otra vez en el barco y Laura tuvo grandes dificultades para concentrarse en su trabajo porque los dos estaban muy pendientes de ella. Jonas no quería soltarse de su mano.

Kathi lloró cuando al fin se separaron en el aeropuerto; si bien no estaba claro si lo que le hacía derramar tales lágrimas era solo el hecho de dejar a su madre o si el despedirse de Paihia también contribuía a ello. Por lo visto, la niña era clavada a Laura: también ella era una enamorada del mar, los barcos, los mamíferos marinos y, últimamente, un poco también de Larry Aronga, el hermano mayor de su nueva amiga Lucy. Laura lo entendía. Larry era guapo, tocaba la guitarra y, además, sabía montar a caballo. Yannis no podría sumar tantos puntos... A Kathi le habría encantado quedarse en Nueva Zelanda.

Jonas, por el contrario, callaba más cuanto más se acercaba la despedida y a Laura se le desgarró el corazón cuando lo estrechó por última vez entre sus brazos.

—¿No podemos volver a venir en Pascua? —preguntó el niño al final.

Laura no fue capaz de ser sincera con él.

—Ya veremos —contestó, pese a que ya sabía que no iba a conseguir el dinero necesario para los billetes de avión, sin contar con que su madre no volvería a acompañar por segunda vez a sus nietos.

Laura agitó la mano en señal de despedida hasta que sus hijos desaparecieron detrás de los controles de seguridad, luego rompió a llorar. Le resultaba embarazoso hacerlo delante de Steve, pero era incapaz de contenerse.

—¿Por qué es siempre tan difícil? —gimió—. ¿Por qué no puedo tenerlos a los dos? ¿Los niños y las ballenas?

Steve rio al tiempo que le tendía un pañuelo.

—En este caso se trata solo de una cuestión de organización —respondió—. Cuando empieces a estudiar tendrás que buscar una solución un poco mejor que la de tener que pasar por el tubo para ir de un lugar a otro. —Camino del aeropuerto, Jonas le había hablado de su idea para unir los dos países—. Pero ¿qué opina tu marido de tus sueños? —preguntó con prudencia, cuando ella se fue calmando poco a poco y lo siguió de vuelta al aparcamiento—. No parece que lo eches mucho de menos...

Ella gimió.

—Nos hemos ido distanciando —admitió—. Tobias es una persona digna de ser querida, pero yo no soy la mujer que lo hace feliz. Me he esforzado, una y otra vez, todos estos años... Simplemente no encajamos, y lo lamento mucho... Yo... —Volvió a echarse a llorar, también porque había verbalizado por vez primera lo que hacía tanto tiempo que sentía.

Steve le pasó un brazo por los hombros.

—Él puede construirte una casa, pero tú quieres migrar —dijo sabiamente—. Quieres montar a lomos de la ballena, tu animal de poder te espera en algún lugar, haces vibrar el aire. Tu compañero te ata porque no lo entiende.

Laura sollozó.

—Tobias diría: «¿Qué hay de malo en que te retengan?» —observó ella.

Steve la estrechó un poco más contra sí.

—Nada, si lo que uno busca es seguridad —indicó—. Todo, si lo que se ansía es la libertad. Y si ese retenerte significa detenerte, entonces es que está poniendo freno a tu vida...

Laura asintió y se sonó con el pañuelo. Steve tenía razón. Exactamente, eso era lo que había sentido en los últimos años: que vivía con el freno de mano puesto. No podía seguir así. Se irguió decidida y miró el avión que ascendía en un resplandeciente cielo azul. Encontraría una solución que satisficiera a todos. De algún modo lo conseguiría.

Permitió que Steve le besara dulcemente la mano.

—Salgamos mañana a ver a *Maui* —la consoló—. Ella te enseñará lo que es importante.

Naturalmente, al día siguiente Laura dispuso de tiempo para salir a navegar. Después de tantas mañanas y tardes libres con los niños, tenía que trabajar. Ahora en enero, la empresa funcionaba a todo gas, solo el *Kaikanikani* salía tres veces al día. El baño con los delfines aparecía dos y a menudo tres veces al día en el programa. A esas alturas, Laura se preguntaba realmente si eso no estresaba a los animales.

—Claro que los estresa —afirmó Steve categóricamente cuando habló de este tema con él. Seguía organizando acciones de protesta, pero las vacaciones de verano iban llegando lentamente a su fin y el campamento de los piragüistas se estaba disolviendo—. Además, se ha investigado al respecto. Aumento del período de inmersión entre las ballenas, descenso del nivel de reproducción en el caso de los delfines, reducción del número de ejemplares...

—De momento, aquí todo eso no se nota —objetó Laura. Con Ben anotaba con sumo detalle los avistamientos, y hasta entonces los mulares no habían mostrado ninguna reacción ante el aumento de las visitas—. Al contrario, los delfines parecen tomárselo con mucha profesionalidad. Los turistas son su trabajo, igual que el nuestro. Y alguna vez nosotros también nos hartamos... —Rio nerviosa—. Es probable que suspiren o se quejen un poco, y al final uno diga: «¡Al menos esto es mejor que la caza de ballenas!»

Steve hizo una mueca.

—Algún día deberías hablar de esto con Kiki —señaló.

Después de la última reprimenda, la joven guía había vuelto a abandonar su misión en torno a la comunicación con los delfines y trabajaba para satisfacer a la dirección de la empresa. Laura esperaba que Steve o cualquier otro no le metieran nuevas ideas en la cabeza. En general reinó la calma en Paihia en las semanas posteriores a la Navidad. Laura trabajaba mucho, quedaba con Steve ocasionalmente para tomar una cerveza por la noche y visitaba de vez en cuando a los Aronga. Se enteró de que Larry y Kathi se comunicaban por Skype e intentaba mantener el mayor contacto con sus hijos, sobre todo con Jonas. Con Tobias intercambiaba mensajes amistosos y sin compromiso. Desde que él había viajado a Mallorca parecía haberse resignado a que Laura estuviese ausente y sus mensajes ya no tenían su antiguo deje amargo.

Y entonces, a mediados de febrero, sonó el móvil de Laura a las seis de la tarde, casi de noche en Alemania. Reconoció asustada el número del teléfono fijo de sus padres. La llamada debía de costar una fortuna, pero Laura la atendió. El corazón le palpitaba con fuerza. Tenía que haber ocurrido algo gravísimo.

—¡Ya ha pasado lo que tenía que pasar! —La madre de Laura no se anduvo con rodeos. En cuanto su hija respondió, empezó a desgranar lo que había de decirle con voz sepulcral. Laura permaneció casi conmocionada durante unos segundos, hasta que tomó conciencia de que si a sus hijos les hubiera pasado algo malo, Tobias no habría dejado que su madre la llamara—. ¡Ya está aquí! —prosiguió la madre.

—¡Mamá, por favor, no me vengas con misterios! —dijo Laura, enfadada—. ¿Quién está ahí y qué ha pasado?

—¡La mujer! —respondió Hilde Klusmann—. ¡La mujer de Mallorca! Ya me imaginaba yo que allí ocurría algo. Tobias estaba de tan buen humor cuando regresó... Todo el rato silbando... ¡Eso no es propio de él! ¡Y ahora ya ha venido! Por lo visto pasaba casualmente por aquí... Casualmente... Ya me dirás... ¡Vive en Ratisbona! Tobias inmediatamente la ha invitado a que se aloje en casa. ¡En tu casa, Laura! ¡Tienes que hacer algo!

En un primer momento, Laura se quedó algo consternada, pero luego casi se echó a reír. ¿Qué podía hacer desde el otro extremo del mundo?

—Mamá, si Tobias invita a una persona que ha conocido en Mallorca a que duerma en nuestra casa, es obvio que es libre de hacerlo —precisó tranquilamente—. Y los niños están allí. No van a presenciar ninguna escena de sexo en el sofá...

—¡Laura! —Hilde Klusman tomó aire—. No estamos hablando de sexo en el sofá. Hablamos de... de tu casa... ¡A lo mejor hasta de tu cama!

Ya cambiará las sábanas antes de que yo vuelva, estuvo a punto de contestar, pero por supuesto reprimió el comentario.

—Sea lo que sea que Tobias y su amiga estén haciendo, yo no puedo intervenir —dijo fatalista—. Supongo que, mientras los niños estén en casa, mantendrá la discreción. A lo mejor exageras y entre los dos no hay más que pura amistad. En cualquier caso... —se mordió el labio—, en cualquier caso esto no es asunto tuyo, mamá. Por favor, ni se te ocurra controlar ahora a Tobias, cocinar para él o lo que sea...

—¡Pero sí que es asunto tuyo! —respondió indignada la mujer.

—Ahora ya me has informado —contestó Laura—. Y yo... —pensó un instante cuáles serían las palabras más adecuadas—, y yo ya sacaré mis conclusiones de ello. Y ahora colguemos, por favor. No sé si eres consciente de lo cara que es una conversación telefónica de este tipo. En cualquier caso, yo no puedo permitírmela. Que te vaya bien, mamá. —Dicho esto, colgó e intentó contactar por FaceTime con Kathi. Al escuchar la voz somnolienta de su hija se percató de lo pronto que era todavía. Y, además, fin de semana...

—¿Mami? ¿Ha pasado algo? —preguntó Kathi. Laura enseguida tuvo mala conciencia. Se disculpó y le contó lo que le había dicho la abuela. La niña bostezó—. Ah, sí, es Martina... —dijo—. Se llama así. Papá la ha conocido estas vacaciones. Ayer quise contactar contigo por Skype para darte la noticia fresca pero no conseguí encontrarte... No tenías otra vez internet.

—¿Y qué? —inquirió Laura—. ¿Quién es? ¿De dónde viene? ¿Cuánto tiempo se queda? Tengo que... —Se mordió el labio. «¿Tengo que preocuparme?», quería saber. Pero esa no era la pregunta correcta.

—Eso tendrás que preguntárselo a papá. Me refiero a cuánto

tiempo va a quedarse. Viene de Ratisbona y la semana que viene tiene algo que hacer aquí. Es muy amable, más no puedo decirte. Solo la he visto un momento. Ayer había discoteca en la escuela y hasta las diez no llegué a casa...

—Papá fue a recogerte, ¿no? —se cercioró Laura.

Kathi asintió.

—Claro. Taaaan distraído todavía no está. Aunque un poco raro sí... —Soltó una risita—. ¿Crees que pasó algo entre los dos en Mallorca? Bueno... ¿algo serio? —Kathi parecía ahora preocupada.

—Espero que no —afirmó Laura, aunque en realidad suponía lo contrario—. De acuerdo, hablaré con tu padre un poco más tarde. Le escribiré para que encienda el ordenador. A pesar de... Martina...

Laura pasó las dos horas siguientes bastante nerviosa. No sabía exactamente qué tenía que decirle a su marido y menos aún si debía alegrarse o preocuparse por el hecho de que Tobias tuviera una aventura, porque estaba claro que se trataba de eso.

Cuando consiguió contactar con él por Skype, parecía obstinado y como a la defensiva.

—¡Así que radio macuto ha funcionado! —exclamó enfadado—. ¿Kathi o tu madre?

—Mi madre —admitió Laura—. Pero, por favor... Tobias, no quiero controlarte. Al contrario, solo quiero... No pasa nada en absoluto porque... porque tengas visita, yo...

—Tú solo quieres saber cuánto tiempo se quedará y qué hay entre nosotros, ¿verdad? —preguntó Tobias.

—Sobre todo quiero saber en qué medida afecta esto a los niños —puntualizó Laura—. A Kathi ya se le pueden explicar algunas cosas, pero a Jonas...

—Pero ¿tú qué te crees que estamos haciendo aquí? —continuó

Tobias, indignado—. Martina solo se queda dos días, el lunes por la tarde vuelve a marcharse. Y por si te interesa saber más: ha venido por una entrevista de trabajo. Si le dan el puesto, se mudará a Colonia. —Tobias se frotó el cuello, estaba claro que oscilaba entre el sentimiento de triunfo y el de culpa.

Laura tragó saliva. Eso iba más rápido de lo que ella había esperado.

—¿Por ti? —preguntó.

Tobias se encogió de hombros.

—De todos modos quería cambiar —respondió—. Y, justamente, aquí ha quedado una vacante aquí. En lo que a nosotros respecta... Nos hemos entendido muy bien en Mallorca, hemos hecho algunas cosas juntos... Deporte y demás... Por supuesto, a Martina le viene bien conocer a alguien en la zona.

Laura asintió.

—Bien, entonces... os deseo mucha suerte a los dos... —dijo.

Cuando apagó el ordenador se sintió vacía, pero de algún modo también libre. Todo eso seguro que complicaría más su vida al principio, pero al final prometía una salida. Sería mucho más sencillo si Tobias también quería la separación que si solo la proponía ella. Ella empezaría su carrera y él tendría una nueva relación. Él podría seguir llevando la vida que quería y ella podría emprender nuevos caminos.

4

Laura decidió tomárselo de forma positiva y en un acceso de alegría desbordante imprimió los formularios de solicitud de todas las universidades alemanas donde se podía estudiar Biología Marina.

Ben se alegraba por ella. Señaló sonriente un membrete.

—La universidad de esta ciudad, cuyo nombre yo seguramente pronunciaría incorrectamente, tiene una fama internacional estupenda.

Se preguntaba cómo lo sabía él, pero no quería empañar el buen ambiente planteando demasiadas preguntas. En lugar de ello se enfrascó con entusiasmo en la descripción de los cursos y también buscó en Google dónde podría vivir en los correspondientes lugares. Por regla general se encontraban en el norte de Alemania, cerca de la costa, y la idea de seguir viendo cada día el mar en el futuro la llenó de una profunda satisfacción. Un mar plateado o gris, no tan brillante como el mar azul de Paihia, pero a pesar de todo un océano habitado por ballenas y delfines.

Durante los días que siguieron, sin embargo, Laura oscilaba entre la euforia y el abatimiento. Las fases de miedo al futuro se alternaban con el sentimiento de que a sus espaldas se estaban cerrando para siempre unas puertas. En Alemania todo parecía suceder sumamente rápido. Kathi le envió un mensaje informándole de que Martina había solicitado trabajo en las oficinas de la panadería industrial en la que Tobias era maestro panadero. Naturalmente, había obtenido la colocación. Por lo visto, el que hasta ese momento había sido el jefe de Martina en Ratisbona no dio demasiada importancia al hecho de que su empleada se fuera a trabajar a otro sitio: la dejó marchar en un plazo de solo treinta días. Planearon entonces que se instalara en la casa de Tobias, al menos en un principio.

Kathi, quien informó de inmediato a Laura, no estaba entusiasmada con la idea. Encontraba a Martina enervante y muy ruidosa. Entretanto también había enviado unas fotos a Laura en las que se veía a una mujer menuda de cabello oscuro —muy distinta a Laura—, que parecía rebosante de energía. «Constantemente quiere hacer algo, deporte o salir... Ayer fueron a jugar a los bolos. ¿Te imaginas? Papá ya ni se mira su tren, ella lo encuentra convencional. Jonas está triste, claro, pero le han prometido que le regalarán una bici de montaña en Pascua. Así podrá salir con ellos en bicicleta. Yo me niego a hacer algo así con ellos.» En los mensajes de Kathi se percibía un tono furioso.

Jonas, por el contrario, tenía lágrimas en los ojos cuando Laura habló con él por Skype.

—¿Va a ser Martina mi nueva mamá? —preguntó infeliz—. ¿Cuando se mude aquí y cocine y limpie?

La pregunta afectó hondamente a Laura, no solo por el miedo a la pérdida, sino también, en cierto modo, porque su hijo estaba equiparando a la madre con la cocinera y la mujer de la limpieza.

—Si Martina cocina y limpia es asunto suyo —comunicó a su hijo—. Pero nunca será vuestra mamá. Vuestra mamá siempre seré solo yo, esté donde esté y haga lo que haga.

—¿Y mi cumpleaños, qué? ¡Todavía no habrás vuelto! —protestó Jonas, y entonces sí empezó a derramar lágrimas—. ¿No puedes venir? ¿Solo por un día?

Laura casi se habría puesto a llorar ella también, pero tenía que responder que no porque era, por supuesto, totalmente imposible.

—Jonas, estaré contigo por Skype, ¿vale? Me pondré el despertador cuando tus amigos lleguen para comer pizza y yo me comeré también un trozo aquí, y así casi será como si estuviera contigo... —Pero no podría abrazar a su hijo...—. Y en agosto ya estaré de vuelta. Tampoco falta tanto tiempo.

—¿Y luego no volverás a marcharte? —preguntó Jonas.

Laura se mordió el labio.

—Luego no volveré a dejaros solos —respondió sinceramente—. Seguro. Prometido. Tú no te desanimes, ¿vale?

Después de conversar con Jonas le habría gustado aislarse y reflexionar sobre la promesa que acababa de hacer a su hijo; pero en lugar de eso tenía que trabajar, el *Kaikanikani* esperaba. No obstante, tenía la tarde libre y había quedado con Steve para dar el paseo en velero, una y otra vez postergado, y visitar la cala de *Maui*.

En cuanto la vio en el muelle, Steve se percató de que algo no andaba bien.

—¿Qué sucede, Laura? —preguntó—. Brilla el sol, pero a tu alrededor parecen cernirse unas nubes negras. ¿Ha ocurrido algo?

—¿En qué lo notas? —inquirió Laura, arrojando la bolsa de baño en la pequeña embarcación.

Steve rio.

—Tengo un tercer ojo —afirmó—. No, en serio, Laura, qué cara de funeral. ¿No te apetece ir a ver a *Maui*?

Laura le respondió que siempre tenía ganas de ver delfines y aprovechó la oportunidad para contarle sus penas. En relación con los problemas familiares, se sentía más comprendida por Steve que por los demás amigos. Kiki era demasiado superficial para entender su desgarro y Ben..., en realidad, siempre había sido muy solícito cuando ella le había hablado de algún asunto privado, pero Laura evitaba instintivamente hablar de temas personales con él. No se le iba de la cabeza la expresión infinitamente triste de sus ojos aquel día que él le había abierto por un breve instante su corazón.

Steve la escuchó con atención mientras el barco volaba sobre el mar bajo su mando rumbo a la cala.

—De todos modos ibas a mudarte —dijo al final—. De hecho, no te queda más remedio que hacerlo si empiezas una carrera. Entonces ¿por qué te preocupa con quién convive tu marido?

—Entiéndelo... He prometido a Jonas que nunca más los dejaré a él y a Kathi solos. Y no quiero hacerlo... Pero ¿qué... qué pasa si Tobias pide la custodia para seguir teniendo una familia perfecta? Oh, Dios mío, no quiero ni pensar en la posibilidad de que Jonas se convierta en una pelota en manos de abogados especializados en divorcios... No entiende nada de este asunto. —Laura empezó a temblar.

Steve redujo la velocidad del barquito y la rodeó con el brazo en un gesto de consuelo.

—Eso no pasará —indicó, sereno—. Hazme caso, en cuanto los conozca un poco, esa Martina no querrá tener a tus hijos dando vueltas continuamente a su alrededor ahora que empieza una nueva vida. Y no creo que ellos dos se lo pongan fácil.

—Kathi seguro que no —confirmó Laura—. Jonas, en cambio... Es un niño tan cariñoso...

—Es «tu» pequeño y no el de Martina. Se alegrará cuando te lo lleves, sobre todo si no das ningún problema. No sé cómo funciona el derecho matrimonial en Alemania, pero ¿no puedes reclamar la casa, una compensación económica o algo así? —Steve acariciaba sosegador la espalda de Laura.

—¡Yo no quiero nada, solo a mis hijos! —exclamó Laura con vehemencia—. La casa es de Tobias, es la herencia de sus padres.

En cuanto a eso no puedo reclamarle nada. ¡Y tampoco quiero hacerlo!

Steve movió la cabeza.

—Yo diría que no lo has pensado bien. Si quieres estudiar, necesitarás dinero. Tenéis que conseguir resolverlo todo de mutuo acuerdo, repartir de manera justa... Tobias ha tenido a los niños solo para él durante este año. También él se alegrará de que tú asumas tus responsabilidades.

Laura se apoyó en él.

—Cuando tú lo dices, no parece todo tan horrible —murmuró.

Steve se encogió de hombros.

—Las cosas se pueden torcer —admitió—, pero de momento no parece que vayan a salir mal. ¿Por qué suponer lo peor tanto tiempo antes de que ocurra? Ahora respira profundamente... Mira, ¡delfines!

Ella dirigió la vista al agua. En efecto, una manada se acercaba nadando. Los animales bucearon por debajo del velero y saltaron fuera del agua a su lado, parecían decididos a dar un espectáculo privado solo para Laura y Steve.

Laura no podía remediarlo: como siempre que veía mamíferos marinos, su rostro se iluminó.

—¡Son *Big* y *Charlotte*! —explicó a su acompañante—. Y *Carrie* y *Miranda*... *Samantha* también debería estar por aquí...

Steve rio.

—¿Les habéis puesto los nombres de *Sexo en Nueva York*? —preguntó—. Ha sido idea tuya, ¿no? De Ben seguro que no.

Ella negó con la cabeza.

—No, fue idea de una chica de Dolphin Experience —reveló, refiriéndose a una organización más pequeña de la competencia—. Nos intercambiamos casi toda la información sobre los delfines de la bahía. No estamos del todo seguros, claro, pero creo que los conocemos todos...

—¡A *Maui* solo la conoces tú! —señaló Steve.

Ella asintió.

—Es cierto —admitió—. Pero deberías permitirme que la presentara también a los demás. No está bien guardar algo así en secreto. Precisamente un delfín solitario...

—Atraería un tropel de turistas en cuanto se hiciera pública su existencia —señaló Steve—. A estas alturas, lo sabes de sobras. Así que, por favor, no discutamos más sobre este tema. —Ya casi había llegado a la cala de *Maui* y buscó la bocina para llamar al delfín.

—¿Cada cuánto vienes por aquí? —preguntó Laura—. Me refiero a que... *Maui* debe de sentirse muy sola...

Steve levantó las manos a la defensiva.

—No me hagas sentir culpable, a fin de cuentas no la tengo aquí encerrada. Intento venir cada día. Durante el semestre de vacaciones lo he conseguido casi siempre, el día es más largo y el sol sale temprano por la mañana. A menudo estoy aquí antes de que amanezca, entonces es especialmente hermoso. Cuando vuelva a empezar la universidad, será más difícil. Pero no tengo que asistir a clase cada día. La mayoría de las veces viajo dos días a la semana a Auckland, asisto a dos o tres seminarios, paso por la biblioteca y, salvo por eso, trabajo aquí.

—Tu padre opina que no trabajas nada —lo pinchó Laura.

Steve resopló.

—No seré yo quien le haga cambiar de opinión —dijo con indiferencia—. Tanto si estoy aquí como en Auckland. Mira, ¡ahí llega! ¡*Maui*!

El delfín se acercaba al barco dando saltos de alegría. De nuevo se apoyó sobre la aleta caudal y emitió unos sonidos similares a una risa. Steve enseguida se deslizó con ella en el agua y recibió su efusivo saludo. Hombre y delfín efectuaron de nuevo una danza entre las olas, desapareciendo uno debajo del otro como si se persiguieran mutuamente. Y de nuevo *Maui* permitió que su amigo se agarrara a su aleta dorsal y lo arrastró con ella a través del agua.

—¡Vente! —gritó Steve a Laura, y la joven decidió apartar de su mente todos sus reparos.

No importaba lo que supiera sobre delfines solitarios, *Maui* era una criatura fascinante, quería agradar y no se mostraba agresiva en absoluto. Sin duda, su comportamiento no era normal, pero eso no se apreciaba en su relación con los seres humanos. Era evidente que *Maui* no representaba ningún peligro para Laura y Steve.

Laura volvió a experimentar una hora mágica jugando con el animal. Se dejó llevar y arrastrar por *Maui*, se abandonó al vértigo de la velocidad cuando el delfín se deslizó con ella por el agua y se rio cuando ella y Steve se quedaron flotando boca arriba para descansar y el delfín imitó su postura. Se sentía feliz, libre de preocupaciones y casi dispuesta a creerse las hipótesis de Lilly, quien afirmaba que los delfines emitían ondas que ejercían un efecto calmante en el cerebro humano.

—¿Cuánto hace que vienes a verla? —preguntó Laura. *Maui* estaba junto a Steve en el agua, con la boca abierta y dejaba que él le acariciara las encías.

—Ocho meses —respondió—. La encontré en invierno mientras navegaba. O más bien ella me encontró a mí... Es mi animal de poder, ya te lo he dicho...

Laura frunció el ceño.

—¡Steve, no irás a tragarte esas cosas! —objetó—. Eres un científico, un ser pensante y racional. No puedes creer que un vínculo espiritual...

—Mi pueblo siempre lo ha creído —replicó Steve con dignidad—. Hay más entre cielo y tierra... entre hombre y animal... entre hombre y mujer...

Acto seguido la besó. Sorprendida, Laura se quedó quieta y luego lo rodeó con sus brazos. Nunca la habían besado en el agua, pero era bonito... Se dejaron llevar, bucearon y luego tomaban aire riendo cuando tenían que salir a la superficie porque *Maui* se colocaba entre los dos.

—¡Está celosa! —exclamó Laura sin aliento.

—¿Quién la trata ahora como si fuera un ser humano? —preguntó Steve—. Ven, vamos a la playa. En el barco no es bonito...

Laura no preguntó a qué se refería, pero no quería pensar más, así que lo siguió hasta la playa. Al final se quedaron allí tendidos, mojados y cubiertos de arena, pero hacía calor, el sol todavía estaba en el cenit, y Steve volvió a besarla. Ella se entregó a sus caricias y creyó estar flotando cuando él, muy despacio y con delicadeza, le acarició el cuerpo y lo besó suavemente. Steve no era un amante tempestuoso, se daba tiempo. Laura no pudo evitar pensar en el tantrismo cuando la penetró lentamente, y ella se quedó inmersa en sus sensaciones y en las caricias de él. Laura intentaba responder con la misma ternura. Gozaba descubriendo el cuerpo del hombre con los labios y la lengua, lamiendo la sal de su piel y besando las últimas gotas de agua de su cuerpo.

—¡Ha sido precioso! —dijo ella al final, radiante—. ¿Ahora... salimos juntos?

Tal vez no era el momento adecuado, pero Laura tenía que preguntarlo. No le apetecía tener una relación medio escondida y sin compromisos, tal como veía entre los jóvenes de Paihia. Su breve aventura con Ralph había sido bonita, pero al final insatisfactoria. De un hombre deseaba algo más que sexo. Deseaba ir de la mano de Steve por la ciudad, poder hablar con él, tener amigos en común. En cuanto a su padre, de todos modos se enteraría.

—Si tú quieres, salimos juntos —contestó Steve con suavidad—. Pero te lo advierto, esto no va a influir en mi postura frente a Eco-Adventures. Durante la temporada alta sigue habiendo planificadas varias acciones, también contra el avistamiento de ballenas. Así que si piensas que vas a poder controlarme y así caer bien a mi padre... —Su mirada era de alerta.

Laura rio, aunque se sintió un poco ofendida. ¿Cómo podía Steve desconfiar todavía de ella?

—¿A un guerrero maorí, un jinete de ballenas que mira con el tercer ojo? Para tenerte bajo control se necesitarían poderes mágicos y yo, como ya sabes, no creo en eso.

Steve le hizo un guiño.

—Uno puede poseerlos sin creer en ello —afirmó—. Vamos a intentarlo otra vez antes de obedecer a la llamada de los delfines...

Señaló a *Maui*, que desde el agua procuraba por todos los medios llamar la atención de los dos humanos que estaban en la playa. Laura se entregó a su abrazo.

5

Laura todavía no había tenido la oportunidad de salir a pasear de la mano con Steve por Paihia, cuando, dos días más tarde, Roger se presentó inesperadamente. Ralph, Ben, Kiki y Laura se relajaban en la pequeña plaza que había delante de sus apartamentos, en realidad el aparcamiento del hostal, pero eran pocos los huéspedes del Bottlenose que llegaban en coches de propiedad o alquilados. En verano hacía tanto calor en las habitaciones que nadie tenía ganas de quedarse en ellas o de cocinar, por eso Ralph había montado una parrilla fuera y estaban asando salchichas y verdura para Kiki.

—¿Te apetece comer algo también? —preguntó a Roger, que saludó con un besito a Kiki.

Laura tomó nota de ello sorprendida. No se había dado cuenta de que el tiovivo de las relaciones sentimentales seguía girando. Pero Roger no parecía estar ahí para ver a Kiki. Colocó un paquete de media docena de cervezas sobre la mesa de camping y buscó una silla. Los restos del asador, una última salchichita ligeramente chamuscada y tres champiñones arrugados no merecieron su beneplácito.

—Solo una cerveza —decidió, señalando el paquete de seis botellas.

—Todavía me quedan frías —dijo Laura—. ¿A qué debemos

el generoso obsequio? —Le tendió una botella de la nevera portátil que tenía a su lado—. ¿Alguna mala noticia?

Roger no había estado el fin de semana anterior en Paihia, sino en un congreso en Christchurch, en el que se trataron diversas cuestiones en torno al turismo en Nueva Zelanda. Seguramente habrían surgido novedades. Uno nunca podía saber qué consecuencias extraería el señor Kore de ello.

Roger negó con la cabeza.

—No, no oficialmente, en la empresa todo sigue como estaba. Solo quería intercambiar algún cotilleo. Como principales afectados por las acciones de protesta durante los avistamientos y... —lanzó una mirada a Laura— y, tal vez también por otras razones... puede que os interese conocer un par de datos sobre Steve y compañía. —Buscó un abrebotellas.

—¿De dónde procede la información? —preguntó Ben imparcial, tendiéndole un abridor—. Y ahora no me digas que en Christchurch el señor Kore empinó demasiado el codo y entre las brumas del alcohol se confió a ti.

Roger rio.

—No. El señor Kore no estaba presente. Pero sí la señora Kore. Y la señora Kore. —Sonrió irónico.

—¿Cómo? —Se sorprendió Ralph.

—La señora Akahata Kore y la señora Amelia Kore —prosiguió Roger—. La primera y la segunda esposa de nuestro honorable jefe.

Laura se quedó boquiabierta.

—¿Está divorciado? —preguntó—. Y... ¿de quién es hijo Steve?

—De la primera señora Kore —contestó Roger—. Akahata. Por sus marcas, maorí. Y así es como se presenta. Apareció en el congreso con un manto de jefe tribal y tatuajes pintados. La segunda, Amelia, es *pakeha*. Llevaba un conjuntito Armani y un maquillaje perfecto. Parece veinte años más joven.

—Tal vez lo sea —intervino Ralph.

Roger se encogió de hombros.

—Sin duda, es más joven que la primera, pero tampoco tanto. Es la jefa de marketing de Eco-Adventures, y cuando el señor Kore la conoció ella ya ambicionaba el puesto. Primero tuvo que convencerlo de sus cualidades profesionales y luego de las personales. En cualquier caso, eso es lo que se cuenta.

—¿Has estado preguntando por ahí? —preguntó Laura, incrédula. Ella no habría sido capaz.

—Sí, pero con prudencia —respondió Roger—. Aunque tampoco ha sido tan difícil. Los Kore no lavan sus trapos sucios precisamente de puertas adentro. Cualquiera que lleve un poco de tiempo aquí trabajando en turismo está al corriente de ello. Y puesto que Eco-Adventures se halla en el punto de mira de los envidiosos del gremio, los rumores se propagan con auténtica fruición. En fin, ¿empiezo la historia desde el principio? —Sus oyentes asintieron. Roger bebió un trago de cerveza y comenzó—: Como sabéis, el señor Kore fundó la compañía aquí en Paihia. —A continuación dio un repaso a la presentación de la historia de la empresa que todos habían escuchado—. Al principio, llevaba turistas a pescar. Por entonces ya estaba casado con Akahata, una mujer maorí de la Isla Sur perteneciente a la tribu de los ngai tahu. Luego amplió el negocio, Akahata participaba en ello y también el hijo de ambos, Steve, parecía colaborar. Durante las vacaciones de la escuela ayudaba en los barcos y daba clases de vela. Con el avistamiento de ballenas y cetáceos tuvieron auténtico éxito, incluso en Kaikoura. Por entonces, en ese lugar hacía estragos un pleito. Los ngai tahu consideraban que, según el tratado de Waitangi, ellos eran los únicos con derecho a explotar todas las ballenas que viven allí, lo que incluye su avistamiento...

—¡Como si en 1840 alguien hubiera pensado en avistar ballenas! —observó Ben, llevándose las manos a la frente.

—Un argumento parecido presentó también el Tribunal Supremo —señaló Roger—. Pero de hecho hay cláusulas que conceden a los maoríes el derecho sobre la conservación de los tesoros naturales, algo que está muy sujeto a interpretaciones. En cualquier caso, no se dictó ninguna sentencia clara y de ahí que hasta el momento ninguna compañía de la competencia dirigida por blancos se haya atrevido a establecerse en Kaikoura. Los Kore se quedaron con todos los beneficios del avistamiento de ballenas, los baños con delfines y todo lo que depende de ello. También invirtieron en otros negocios: autobuses, barcos, instalaciones para practicar *puenting*, ya sabéis, y la comercialización debía realizarse luego a nivel internacional...

—Para ello necesitaban una jefa de marketing —observó Laura.

—Lo has pillado. —Roger le hizo un gesto afirmativo—. Pues sí, ahí apareció Amelia en escena y se produjo un divorcio muy feo. El señor Kore procuró por todos los medios aprovecharse de Akahata. Eso era relativamente fácil porque por entonces la empresa apenas registraba beneficios: volvía a invertir cada céntimo que ganaba. A ello se sumó que con la entrada de la compañía en el ámbito internacional, precisamente en esos años, hubo pérdidas. Akahata salió especialmente mal librada y, en consecuencia, estaba furiosa. Se marchó a la Isla Sur, reunió a los ngai tahu de la región de Kaikoura y fundó una empresa que competía con Eco-Adventures. Desde entonces bombardea a su ex con procesos, pues los cetáceos de Kaikoura, argumenta, solo pertenecen a los ngai tahu, en cuya defensa acude a los tribunales a la menor oportunidad. Ah, he olvidado mencionar que es abogada...

—¿Se pelean por las ballenas? —Laura no daba crédito.

Roger asintió.

—Las ballenas, los keas, Milford Sound... Siempre que Akahata tiene la posibilidad de perjudicar a su ex o conseguir ventaja para cualquier empresa dirigida por miembros de su tribu, presenta una demanda.

—¿Contra el uso del compuesto 1080? —preguntó Ben, esperanzado.

Roger sonrió con ironía.

—No, esto no. Lo chocante es que quien se queja es la Asociación de Turismo, que preside la nueva señora Kore. Una de las razones por las que la causa no avanza como debería. Las uniones maoríes, cuya intervención en asuntos medioambientales por lo general tiene peso, se abstienen.

—Y... ¿y Steve? —preguntó Kiki.

Roger hizo un gesto de ignorancia.

—Al principio estaba a favor de su madre —indicó—. Pero cuando estalló esta pelea, este forcejeo por las ballenas...

—Derecho de explotación... —musitó Laura. Lentamente iba tomando conciencia. Hasta entonces, cuando pensaba en el avistamiento de las ballenas, lo asociaba a la protección de los animales, a la ciencia y a la difusión del conocimiento. Con ello no había visto amenazada la dignidad de los animales. Pero ahora entendía los argumentos de Steve.

—Steve se ha posicionado a favor de los cetáceos —dijo—. Y se enfrenta con todos. Además, ha anunciado nuevas acciones. Deberíamos estar preparados.

6

Las acciones empezaron cuando Laura, Kiki y los demás ya no las esperaban. Laura estaba viviendo un febrero precioso y maravillosamente tranquilo: siempre hacía buen tiempo, y los delfines y las ballenas hacían las delicias de los turistas, muchos de ellos llegados a Nueva Zelanda procedentes de Europa. A veces solo tenía clientes alemanes y podía dar las explicaciones en su lengua materna. No escondía su relación con Steve, pero él no se quedaba a dormir en su apartamento. No obstante se mostraban juntos por la ciudad y siempre que era posible ella lo acompañaba a ver a *Maui*. Iban con frecuencia al anochecer en una lancha motora prestada, nadaban y jugaban con el delfín, y después hacían el amor en la playa.

También en Alemania reinaba la calma. Martina cerró su casa en Ratisbona y Tobias se marchó un fin de semana para ayudarla. Mientras, los niños durmieron en casa de los padres de Laura, cuya madre, por supuesto, estaba escandalizada. Pero ya no había nada que hacer. Fuera como fuese, Laura disfrutaba de la calma que precede a la tormenta, porque era seguro que se desencadenaría cuando Martina se mudara y sacudiera los cimientos de la familia. Se esforzaba por no sentir demasiada rabia contra Tobias, quien con la precipitada convivencia con su novia no se lo estaba poniendo nada fácil a sus hijos.

—Aunque actúa en tu beneficio —la consoló Steve un día en que ella volvió a sincerarse con él—. Cualquier abogado especializado lo vería como tú.

Desde que Laura conocía la historia del divorcio de los Kore, prestaba mayor atención cuando hablaban de temas relacionados con las separaciones matrimoniales. Steve tenía que haberse enterado de muchas cosas a través de sus padres. Casi era un adulto cuando la situación se agravó.

En cuanto al vínculo con él, Laura tenía la sensación de que no solo a ella le sentaba bien, sino sobre todo a él. Seguía hablando mucho de su trabajo en la protección del medioambiente, pero ya no se enfurecía con tanta facilidad, no hablaba con tanta ira y era más objetivo. Laura le contaba muchas cosas sobre el proyecto de Ben de identificar a los delfines de la bahía de las Islas y albergaba la vaga esperanza de que la postura de Steve con respecto a su trabajo cambiara con el paso del tiempo. En cualquier caso, en Paihia la gente trataba a los animales con simpatía y respeto.

Pero entonces todo cambió de un día para otro. En Pahia y Russell colgaron por todas partes carteles contra el avistamiento de los cetáceos. ¡YA BASTA DE ESTRÉS! ¡PAZ PARA LAS BALLENAS! Y seguía una lista de las cosas con las que, supuestamente, los barcos para avistar ballenas convertían la vida de esos animales en un infierno.

—¡Esto es absurdo! —protestó Laura—. Aquí en Paihia se ve desde un barco una gran ballena como mucho una vez a la semana y por casualidad. Nadie puede decir que estemos acosando a estos animales.

La habían llamado para que fuera a la oficina de reservas a responder a las preguntas de turistas con recelos sobre los avistamientos. Las reservas se habían reducido de forma drástica después de la acción de los carteles. Pero los ambientalistas también atacaron por mar con más furia que nunca.

El *Watching Warrior* iba escoltado por toda una tropa de lanchas de motor con el manifiesto propósito de ahuyentar a los delfines e impedir los avistamientos. Sus tripulantes desenrollaban pancartas y enarbolaban banderolas que criticaban la observación de las ballenas y calificaban el ecoturismo de fraude.

—¡Estos no son los estudiantes del campamento de piraguas! —observó asustada Kiki, después de tropezar con una acción durante una salida en la zódiac—. Estos tienen lanchas de motor. ¿Y lo habéis visto? Una parte de la gente iba encapuchada.

—O enmascarada —añadió Laura—. Máscaras de tiburón o de ballena... Me pareció muy amenazante. A Steve no lo he visto...

—Steve ha dirigido una advertencia al público en el mercado de artesanía —dijo Ben por lo bajo—. Según Roger, iba echando bilis. Y no, estoy seguro que no son estudiantes. Son militantes de la organización SAFE, para la protección del medioambiente.

—Creo que entre ellos también había muchos maoríes —opinó Laura.

De hecho, lo sabía de primera mano. Durante la travesía en el *Kaikanikani*, los alborotadores habían acompañado la embarcación durante todo el trayecto hasta Hole in the Rock, haciendo un ruido horrible, provocando situaciones de casi colisión e impidiendo con ello, naturalmente, que apareciera un solo delfín.

Ben arqueó las cejas.

—¿Gente de la tribu de la primera señora Kore? Todo es posible. El señor Kore ya ha avisado a la policía: el catamarán se ha enfrentado a numerosos obstáculos. Pero hasta ahora no ha habido ningún control. Los alborotadores han aparecido y han vuelto a largarse... Esto no puede durar más días. ¿Cómo lo tenemos para mañana? ¿Quién hace qué? Ralph vuelve a estar de viaje.

—Baño con delfines —respondió Kiki—. Con Robbie. A lo

mejor Roger envía a alguien más. De todos modos, yo sola no me atrevo a salir...

—Y nosotros, o bien el *Kaikanikani* o bien la zódiac —contestó Laura a Ben—. En realidad, yo quería coger la zódiac.

Encargarse de grupos reducidos seguía siendo lo que más la divertía. Pero, por otra parte, estaba preocupada: una cosa era toparse con los activistas mientras se viajaba en el gran catamarán, y otra encontrarse frente a ellos en una zódiac en pie de igualdad.

Ben estuvo de acuerdo con ella.

—Iremos los dos en la zódiac —decidió—. El *Kaikanikani* tendrá que salir sin guía. En caso de que encuentre delfines, tal vez una de las empleadas pueda encargarse de dar la explicación. Cada día oyen lo que decimos, así que algo deben de haber retenido...

—De todos modos, si los colaboradores de Steve vuelven a hacer lo mismo que ayer, no veremos ningún delfín —dijo Laura afligida—. Ya solo con el ruido... Utilizan sonares para ahuyentar justamente a los delfines nariz de botella.

—Hacen exactamente lo que nos echan a nosotros en cara —apuntó enfadado Ben—. No tenemos más remedio que esperar no encontrárnoslos en las lanchas motoras. La única ventaja es que no cuentan con gente suficiente para impedir todas nuestras actividades, y la mayoría al cabo de un par de días se cansa de armar jaleo y vuelve a marcharse. Así pues, ¡en guardia y manos a la obra! No dejéis que os provoquen.

Aparentemente, Laura y Ben tuvieron suerte al día siguiente. Salieron sin problemas del puerto con su grupo para avistar ballenas y pasaron la primera media hora tranquilizando a los pasajeros sobre el trabajo que realizaban. Después estuvieron buscando delfines, pero ese día resultaba difícil dar con ellos.

—Enciende la radio —pidió Ben al patrón—. Escuchemos a ver si los demás los han encontrado en algún lugar.

El joven que llevaba el timón sintonizó el aparato.

—Un momento, lo tendré enseguida. Ayer lo codificamos, es contraproducente que esa gente nos escuche. Pero está bien que al menos todos colaboren...

Laura se preguntaba si el señor Kore sabía lo bien interconectados que estaban los patrones de Eco-Adventures con sus compañeros de trabajo de otras empresas ofertantes. Ella misma ya hacía tiempo que apreciaba el teléfono rojo entre Jack y los otros y Eco Discoveries y Sailing and Dolphins. Siempre se daban días complicados en los cuales no había ningún delfín a la vista y en tales ocasiones las sugerencias de los demás valían su peso en oro.

Sin embargo, solo contestó el patrón de la zódiac de Kiki, un joven llamado Joe.

—Por ahora nada, aunque todavía no hemos llegado a nuestro destino. Si vemos algo os avisamos, ¡prometido!

Algo decepcionados, Ben y Laura ya dirigían su barco rumbo a Moturoa, cuando la tripulación de Kiki llamó.

—ZoEco2, aquí ZoEco1. Hemos tenido un avistamiento...

—¿Habéis tenido? —preguntó el patrón. Ben y Laura se volvieron hacia el aparato de radio.

—Sí. Y una acción masiva en contra. Ha sido muy feo, ya casi habíamos dejado salir a la gente cuando han llegado los barcos de los activistas. Han armado un tremendo escándalo y se han puesto a circular con las lanchas de motor entre los grupos de delfines. Los animales se han asustado muchísimo y la gente, naturalmente, también. Los que ya estaban fuera, estaban aterrorizados y querían volver al barco, los otros bloqueaban las escaleras... El caos, casi... En cualquier caso no tiene sentido que vengáis por aquí. Los delfines se han marchado. Lo bueno es que los barcos de SAFE también se van. Ya tienen como objetivo al *Kaikanikani*. He enviado un mensaje por radio a Jack para que cambie de ruta.

—¿Y vosotros? —preguntó Laura.

—Bahía de Parekura en primer lugar —respondió el patrón—. A algún sitio tendrán que ir los delfines... Ya los encontraremos.

—Yo pensaba que ustedes no perseguían delfines —observó uno de los clientes de Laura y Ben que había escuchado la conversación—. ¿No va eso contra el Código de Honor?

Laura asintió.

—No los perseguimos, solo los estamos buscando. Y si los animales no quieren que los encontremos, es inútil. Yo no me hago ilusiones en la bahía de Parekura. Los activistas han asustado a los delfines, de modo que hoy no querrán saber nada más de los humanos. Por eso no nos dirigimos allí, sino que pondremos rumbo a otro territorio de la bahía completamente distinto.

Si ella hubiera estado en el lugar de Kiki, también habría cambiado la ruta, pero supuso que su compañera de piso se había asustado bastante. Robbie, su auxiliar ese día, era un chico amable, pero no representaba una auténtica ayuda, y en cualquier caso no podía contribuir en la toma de decisiones. No tenía ni idea de dónde solían encontrarse las ballenas y delfines ni de cómo reaccionaban ante esas acciones perturbadoras. En cambio, Kiki sí reaccionaba muy intensamente ante ellas. Después de todas las advertencias del señor Kore, se sentía como en libertad condicional. Sin duda, temía que un baño con delfines frustrado pusiera en peligro su puesto de trabajo en la empresa.

El barco de Ben y Laura llegó a Moturoa, pero los delfines tampoco se dejaron ver alrededor de las Black Rocks.

—Lo siento, pero después de todas estas acciones, están asustados —se disculpó Laura ante sus clientes—. Seguiremos buscando, tenemos tiempo...

Ese día, Kiki tampoco había de regresar a una hora determinada con sus clientes. Pero estos no llevaban trajes térmicos sobre los trajes de baño, sino que, en el mejor de los casos, se habían puesto trajes de neopreno. En la temporada de verano muchos clientes dispuestos a nadar con los delfines se limitaban a ponerse los trajes de baño normales y renunciaban a los demás. Si Kiki dedicaba horas a cruzar la bahía a gran velocidad para intentar ver delfines, sus clientes pasarían mucho frío.

Cuando Laura y Ben llegaron a Moturoa y seguían sin ver delfines, contactaron por radio con los barcos de la competencia. Pero estos no habían salido al mar. La acción de las pancartas los había perjudicado a todos, se contrataban muchos menos cruceros para avistar delfines y a los competidores más pequeños no les salía a cuenta que zarparan sus embarcaciones.

En cambio, el barco de Kiki sí contestó enseguida.

—Negativo —respondió el patrón—. Pero ahora ponemos rumbo a la bahía de Oke. Kiki dice que sabe de algo más seguro. Nos lleva a un lugar donde está garantizado que hay mulares. Aunque no tengo ni idea de por qué está tan segura... En fin, hablamos luego...

Ben frunció el ceño.

—¿Se le ha ido la olla del todo? —preguntó—. ¿Contacto telepático o qué? Nunca he visto delfines en la bahía de Oke. Generalmente, no llegamos tan lejos.

¿La bahía de Oke? A Laura se le agolpaban los pensamientos en la cabeza. No lo quería creer, pero no cabía la menor duda: Kiki dirigía su barco hacia la cala donde vivía *Maui*. Por supuesto, no era la bahía de Oke directamente, el delfín solitario vivía en una de las muchas calas más pequeñas y sin nombre de la bahía de las Islas. Pero el rumbo coincidía. Y... ¡No, no podía ser! Steve había insistido en que *Maui* era el secreto de Laura y suyo... ¡Era de todo imposible que también lo hubiese compartido con Kiki! Por otra parte, cuando se conocieron, también se había interesado por su compañera... Laura recordó los libros que le había prestado, los encuentros en el mercado.

En su interior germinó una fea sospecha. ¿Le daba igual a Steve con qué mujer iniciaba una relación? ¿Había utilizado a *Maui* con el objetivo de contactar con los avistadores y obtener así información? Con Kiki seguro que había tenido más éxito que con ella misma. Lo más probable era que la joven nunca hubiera oído hablar del fenómeno de los delfines solitarios y se hubiera dejado seducir fácilmente por las burdas teorías sobre el destino y los animales de poder.

Laura se mordió el labio. Tenía que tomar una decisión. Si ahora ponía a Ben al corriente y todo eso no era más que una falsa alarma, Steve probablemente no volvería a hablar con ella nunca más. Por otra parte, Steve era responsable de esa debacle y Ben, sin duda, sabía guardar un secreto.

—Ben, tenemos que poner rumbo a la bahía de Oke —dijo sin darle más vueltas—. Me temo... me temo que Kiki está a punto de cometer una equivocación. En una de las calas de esa zona vive un delfín solitario.

El barco se dirigió a toda velocidad hacia el noreste, mientras Laura contaba la historia. Ben hizo un gesto de hartura cuando le habló del «animal de poder» de Steve.

—¿Cómo es que la mitad de la humanidad enloquece con los mamíferos marinos? —preguntó—. ¿Y cómo es que tú colaboras en ello? ¿No creerás tú también en...?

Laura negó con la cabeza.

—Creo que *Maui* está alterada, como todos los delfines solitarios. A lo mejor no se socializó como era debido o una experiencia traumática la separó de su grupo y se refugió en esa cala. No lo sé, los estudios en ese campo todavía están en pañales. Al menos, en cuanto a las causas del aislamiento, pero no respecto a las consecuencias...

—Pero ¿ha sido un animal pacífico hasta ahora? —quiso cerciorarse Ben.

Laura asintió.

—Hasta ahora es encantadora. Yo... yo he nadado con ella, y es... es toda una experiencia... Simplemente hermoso. Aquí tenemos que dar la vuelta a la península, pasar de largo la bahía de Oke...

Con el acelerador a fondo, la zódiac era rapidísima, y no tardaron en llegar a la cala que el patrón de Kiki había señalado como meta. Sin embargo, no encontraron ninguna pista del barco, ni tampoco de los delfines. Entretanto, Laura ya no albergaba la menor duda: Kiki no vagaba sin objetivo concreto, iba directa a la cala de *Maui*. Poco después llegaron al banco de arena que la separaba de mar abierto.

—¡Aquí despacio, quizás haya que levantar el motor! —indicó Laura al patrón—. Podemos dejar que la corriente nos lleve a la orilla...

—O remar —precisó Ben—. Se va más deprisa. Y no hay tiempo que perder. ¡Los remos están ahí detrás!

De hecho, en medio de la cala ya se veía el bote neumático con el logotipo de Eco-Adventures. *Maui* también estaba ahí. Encantada de tener visita, daba vueltas alrededor del barco y saltaba una y otra vez al aire para ver a los humanos. Kiki y Robbie estaban dejando que los bañistas se metieran en el agua. Laura calculó que habría unos diez.

—¡Son demasiados! —dijo, inquieta—. Para *Maui* es como si le soltaran una manada de delfines desconocidos...

—¡Los atacará! —exclamó Ben.

Los nadadores intentaban llamar la atención de *Maui*, se acercaban a ella nadando a crol, se giraban en el agua y le hacían señas con los brazos. No se les podía reprochar nada, de hecho en la explicación previa al baño se les aconsejaba que hicieran todos los gestos posibles para atraer a los delfines. Cuanto más se los animaba, más tiempo se quedaban con los nadadores y más se acercaban a ellos. Pero entre un grupo de delfines, en el cual los animales se sentían protegidos, y la solitaria *Maui* había una gran diferencia.

Al principio, el delfín se alejó de los humanos con nerviosismo y se levantó sobre la aleta caudal, lo que, naturalmente, dejó a los nadadores embelesados. Todos conocían ese gesto de *Flipper*.

—Está mostrando gestos de dominancia —dijo Ben—. Se siente totalmente insegura. ¿Podemos volver a poner en marcha el barco ahora?

Había cogido un remo, el patrón y dos turistas tenían otros, pero la pesada zódiac no avanzaba especialmente deprisa.

—Creo que sí —respondió Laura—. Tenemos que acercarnos a ella antes de que pierda los nervios...

Ben se llevó las manos a la frente cuando vio que los nadadores intentaban imitar las habilidades de *Maui*. Riendo, se quedaban quietos en el agua, levantaban los brazos por encima de la cabeza y los agitaban.

Eso todavía inquietó más a *Maui*. Laura y Ben ya estaban lo suficiente cerca para ver que se deslizaba entre los nadadores y empezaba a dar golpes con el morro.

—¡Kiki! ¡Mete inmediatamente a la gente en el barco! —gritó Ben.

Pero Kiki y Robbie no parecían dispuestos a seguir esa indicación.

—¿Por qué? ¡Es superguay! —replicó la joven, entusiasmada.

Maui se colocó debajo de una mujer con traje de buzo y la empujó.

—Eh, tú, ¡esto no se hace! —La mujer rio, se sumergió y nadó con el dedo levantado hacia *Maui*.

—¡No! —gritó Laura, pero la nadadora ya había golpeado a su vez a la delfín.

Maui retrocedió, pero volvió a poner rumbo hacia la mujer. Laura sintió el corazón en un puño. Un ejemplar así pesaba alrededor de quinientos kilos y un golpe con el morro podía herir de gravedad a la turista.

—¡Kiki, dile a la gente que suba al barco!

Ben volvió a gritar al tiempo que *Maui* se dirigía hacia la bañista, pero al parecer se decidió por adoptar otra estrategia. A lo mejor Steve le había enseñado que no debía empujar a los humanos; además, esa conducta respondía más al comportamiento de los machos que al de las hembras. En cualquier caso, *Maui* no interpretó los gestos de la mujer como una provocación, sino como una invitación al juego, a un juego salvaje. Segura de su objetivo, cogió la cinta con que se cerraba la cremallera del traje de neopreno y tiró de ella hacia abajo. La mujer no tuvo tiempo ni de gritar.

—¡La arrastra al fondo del agua! ¡Va a ahogarla! ¡Socorro! —gritando, los bañistas se precipitaron a nado hacia el bote. De *Maui* y la mujer desaparecida solo quedaban un par de burbujas, debían de estar muy al fondo y nadie hacía un gesto por rescatar a la mujer. Todos los nadadores se dirigieron a toda prisa a las dos embarcaciones cuando *Maui* volvió a aparecer de repente.

—¡Socorro! ¡Socorro! ¡Va a por el siguiente! —gritó alguien.

Laura vio con el rabillo del ojo que Ben se quitaba los zapatos y saltaba al agua. Con unas potentes brazadas se dirigió al lugar en que el delfín se había sumergido con la nadadora. Buceó. La gente que todavía no había subido a las barcas gesticulaba enloquecida en dirección a *Maui*, lo que desconcertaba al animal. El delfín golpeó a otro nadador, que empezó a gritar histéricamente. Laura suspiró aliviada cuando *Maui* volvió a colocarse sobre la aleta caudal, así al menos no podía hacer nada.

—¡Aquí, ayudadme, tirad de ella para meterla en el bote! —exclamó Ben.

Laura no se había dado cuenta de que volvía a estar junto a la zódiac, sosteniendo con firmeza a la mujer con la maniobra de Rautek. El patrón y dos pasajeros la auparon, unos segundos más tarde Ben estaba en el bote y en un abrir y cerrar de ojos le estaba aplicando las medidas de reanimación. Era obvio que no tenía que pensar ni un segundo en cómo colocar a la mujer en una posición lateral de seguridad, le bastó con sujetarla hábilmente y ella escupió el agua. Luego le hizo la respiración boca a boca como un profesional. Laura no podía apartar la vista, ella misma nunca ha-

bría conseguido, ni tampoco sabido, reaccionar tan deprisa. Suspiró más calmada cuando la mujer empezó a toser, volvió a escupir agua y luego tomó aire. Ben se enderezó sin aliento.

—Ha vuelto a salir bien —dijo—. Por suerte no ha estado mucho bajo el agua...

En efecto, la mujer abrió los ojos.

—Ese... ese animal quería matarme... —aseguró—. Es... es increíble... Primero se comporta como *Flipper* y luego...

—¡Es evidente que este animal es peligroso! —confirmó uno de los clientes de Ben y Laura—. Pero ¿qué está haciendo aquí? ¿Lo mantienen ustedes en este lugar? ¿Lo tienen encerrado de algún modo? Yo pensaba... pensaba que íbamos a ver delfines en libertad...

Laura se frotó la frente. Tendría que dar una explicación en el camino de vuelta a Paihia. Si la gente la escuchaba... Aunque en su bote la atmósfera era relativamente tranquila. En el de Kiki, por el contrario, reinaba el pánico. La gente parecía tener miedo de que *Maui* pudiera saltar dentro de la embarcación. Lo único que todos querían era marcharse de allí. Kiki, Robbie y el patrón intentaban tranquilizarlos, aunque, en realidad, la misma Kiki habría necesitado que la calmaran. Estaba totalmente superada por las circunstancias. Los reproches le llegaban por todos lados.

—Eso va a dar problemas... —murmuró Laura, mientras su patrón y dos clientes remaban lentamente por encima del banco de arena para sacar la zódiac de la cala.

El bote de Kiki los seguía, por suerte *Maui* se había marchado. Más valía no pensar en que se le hubiera ocurrido nadar tras ellos como solía hacer cuando Steve y Laura la visitaban.

—Más de lo que te imaginas —indicó Ben—. Ahí arriba está el helicóptero... —Señaló al cielo y, en efecto, el helicóptero salvavidas se acercaba procedente de Paihia.

—¿Has hecho una llamada de emergencias? —preguntó Laura a su timonel. El joven patrón asintió.

—Y los otros también. Estaba claro que era un caso para la guardia de salvamento. Habría podido salir mucho peor...

—Habéis hecho bien —dijo Ben—. ¿Tenemos megáfono? ¿O tienes comunicación por radio?

Laura descubrió un barco de la policía, y varios barcos deportivos habían recibido la llamada de socorro y corrían también a prestar ayuda. Los dos botes de Eco-Adventures se encontraron en pocos segundos en el punto de mira de un bombardeo de preguntas y recriminaciones. Al final trasladaron a la mujer a la que *Maui* había arrastrado al fondo del agua al barco de la policía. Naturalmente, se encontraba conmocionada y con toda probabilidad tendrían que hacerle una revisión en el hospital. Los helicópteros dieron media vuelta y la dirección de la empresa comunicó por radio a los botes de Eco-Adventures que se dirigieran directamente a Paihia. La policía pidió a Laura y a Ben que estuvieran a disposición para someterse después a un interrogatorio más minucioso.

—Por supuesto, les devolveremos el dinero —aseguró Laura a los tripulantes de la zódiac, que se lo tomaban todo con mucha más calma que los nadadores de Kiki. A fin de cuentas no habían corrido peligro.

—A veces uno se hace otra idea de este asunto... —observó un turista que ya antes había planteado algunas preguntas escépticas.

¡Laura estaba de los nervios! Steve y sus activistas lo habían provocado todo y posiblemente ahora sacarían provecho de la situación.

LA RED

1

Pero la actitud de Steve no era triunfal, sino más bien de suma preocupación. Esperaba en el muelle, algo alejado de la multitud que ya se había reunido allí, enfrascada en discusiones, y se abalanzó sobre Laura en cuanto amarró el bote.

—¿Qué le habéis hecho? ¿Qué ha pasado? ¿Es cierto que le han disparado? —En sus ojos se reflejaba puro miedo.

Laura negó disgustada con la cabeza.

—¿A quién? ¿A *Maui*? Steve, la policía ni siquiera ha preguntado dónde la habíamos encontrado exactamente. ¡Y nosotros no hemos hecho nada en absoluto! Exceptuando... que Ben ha salvado la vida a una mujer. Ben... —Iba a volverse hacia él, extrañada de que no hubiese respondido él también a las preguntas de Steve... o que le hubiese contestado enfurecido. Pero comprobó que había desaparecido. Desconcertada, vio sobre el asiento la chaqueta térmica que se había puesto en el viaje de vuelta. ¿Se había metido en el agua?—. ¡En cualquier caso fue Kiki! —replicó indignada—. Probablemente, a través de la comunicación telepática con *Maui*. Porque seguro que tú no le has contado nada del delfín de la cala, ¿o sí? ¿No era ese nuestro secreto?

—Laura...

Steve contrajo el rostro, pero antes de que empezara a justificarse, un par de personas se acercaron a Laura. Gente con cuadernos o teléfonos móviles.

—John Sakes, Paihia Radio Station...

—Mira Thomas, *Bay Chronicle*...

—Walter Leisure, *Paihia News*. ¿Trabaja usted en Eco-Adventures? ¿Ha presenciado lo ocurrido? ¿Es cierto que durante el baño con los delfines los nadadores han sido atacados por los animales?

—¿Ha habido heridos?

Bombardeaban a Laura con preguntas, la importunaban colocándole grabadoras y micrófonos debajo de la nariz y no dejaban que se explicase cuando intentaba responder a una pregunta.

Ella suspiró cuando Roger apareció de repente a su lado y la protegió con determinación de la jauría humana.

—La señorita Brandner no hará declaraciones por el momento, comprendan, por favor, que antes debemos aclarar todo esto en el interior de la compañía... —Los periodistas se abalanzaron entonces sobre los turistas que bajaban en ese momento de los botes neumáticos y parecían muy dispuestos a compartir su experiencia. Laura no quería ni pensar en qué historias de terror divulgarían. Sobre todo los pasajeros de la zódiac de Kiki... Mejor blindarlos. Con el pretexto de abrigarlos y darles bebidas calientes, varios empleados de Eco-Adventures se ocuparon de los nadadores, que, ligeros de ropa y tiritando de frío, fueron rápidamente trasladados a las instalaciones de la compañía—. Hablarán en las noticias de la noche... —dijo Roger al percatarse de la mirada de Laura—. No podemos hacer nada. Y ahora ven. El señor Kore espera en su despacho.

Kiki no podía dejar de llorar, mientras Robbie y los dos patrones de las zódiacs se esforzaban por mantener la calma, solo

Ben parecía estar dispensado. En cualquier caso, nadie comentó su ausencia.

—A ver —dijo Kore—. ¿Qué ha ocurrido y qué ha tenido que ver con ello mi díscolo hijo?

Joe, el patrón, tomó la palabra y describió alterado la acción de los ambientalistas.

—Como consecuencia de ello no encontrábamos ningún delfín por la zona —explicó—. La gente empezaba a disgustarse y entonces Kiki dijo que conocía un delfín amansado...

Laura dio un fuerte resoplido.

—¿Amansado? —preguntó indignada.

—Sí, lo estaba —se defendió Kiki entre sollozos—. Era dulce y mimoso. ¿Cómo iba a saber que podía volverse tan agresivo?

—¡Si hubieses leído algo sobre el comportamiento de los delfines en lugar de tanto autoconocimiento y comunicación animal, lo habrías sabido! —le echó en cara Laura—. Deje que yo le explique, señor Kore. Hace unos meses su hijo descubrió un delfín solitario en una cala cerca de la bahía de Oke... —Con la mayor objetividad de que era capaz, describió la relación entre Steve y *Maui*—. Su hijo está muy orgulloso del animal, y es evidente que no pierde la oportunidad de poner al corriente de su hallazgo a conocidos más o menos fugaces, siempre con la promesa de que guardarán el secreto —dijo al final en tono gélido—. En cuanto al contacto con el delfín, es viable mientras se vaya en grupos pequeños y con un comportamiento defensivo. Pero toda una embarcación llena de individuos deseosos de nadar con delfines es demasiado pedir. Dadas las circunstancias, *Maui* se ha comportado con verdadera amabilidad. Podría haber sido mucho peor...

—Hoy una mujer ha estado a punto de morir ahogada. ¿En serio podría haber sido peor? —inquirió Balthasar Kore.

Laura respondió a su mirada.

—Mucho peor.

Kore suspiró.

—Está bien. Ahora váyanse a casa e intenten no hablar con la prensa. Veremos cómo evoluciona este asunto y qué consecuencias acarrea. Una vez más, se ha comportado usted con mucha prudencia, señorita Brandner, muchas gracias. En cuanto a usted, señorita Waltari... Lo que más me gustaría sería apartarla del avistamiento de ballenas, pero no me atrevo ni a imaginar lo que ocurriría si le doy trabajo en un lugar donde se practican saltos al vacío... Por el momento permanezca en su puesto; de todos modos, en un futuro próximo no tendremos mucho que hacer. Roger, por favor, póngame con la central de Auckland. Tengo que hablar urgentemente con mi esposa...

—¡Cómo iba yo a saber todo esto! —Kiki no paraba de llorar.

—¿Qué es lo que no podías saber? —preguntó Laura, enfadada—. ¿Lo que es un delfín solitario? De acuerdo, eso no se aprende en la escuela. Pero que había algo entre Steve y yo, eso no se te había ocultado, ¿o sí? ¿Cómo pudiste empezar al mismo tiempo una historia con él? Porque entre vosotros dos había algo, ¿no? No te ha enseñado el delfín simplemente por amistad...

—¡Lo mío con Steve fue mucho antes! —afirmó Kiki—. Mucho antes de que saliera contigo. Y, además, fue muy corto... Una o dos veces...

—De todos modos te enseñó a *Maui* —dijo Laura, avergonzándose de los celos que sentía. En realidad, no debería estar tan enfadada con Kiki. Era Steve quien había hecho un doble juego con ellas.

—Bueno, me gustan tanto los delfines... —murmuró Kiki.

Laura movió la cabeza. Sobraban las palabras.

Poco después sí encontró palabras para dejarle las cosas claras a Steve. Este llegó al apartamento de Laura al anochecer, esperando probablemente que a esas horas los periodistas ya se hubieran marchado. En realidad, ni siquiera se habían dejado ver. Era evidente que en el puerto iban a encontrar interlocutores más accesibles y dispuestos a hablar.

Laura y Kiki estaban escuchando un programa especial en la emisora de radio local cuando Steve llamó a la puerta.

—¡Entra y mira la que has montado! —exclamó Laura. Lo arrastró a la sala de estar, donde se oía la radio. Steve se sentó en un sillón.

Los tres escucharon una versión bastante exagerada de los sucesos de la mañana. El periodista había elaborado la noticia a partir de las diversas narraciones de los turistas. Hasta el final, no dio la palabra a la portavoz de Eco-Adventures. Steve hizo una mueca cuando la periodista anunció la intervención de Amelia Kore, pero esta representó muy bien su papel. Se remitió a las acciones de SAFE y Watch Whale Watching y describió con todo detalle el fenómeno del delfín solitario.

—«Una joven empleada no supo evaluar correctamente la situación, pero enseguida recibió el apoyo de trabajadores con más experiencia que efectuaron los primeros auxilios. Tras un examen médico preventivo, todas las personas involucradas en el incidente han sido dadas de alta esta misma mañana sin necesidad de seguir un tratamiento. —Al final del todo, la periodista lanzó la pregunta sobre qué medidas se iban a tomar en el futuro con respecto a ese peligroso animal. Amelia Kore explicó que en principio no se había elaborado ningún plan—. Como acabo de decir, hasta la fecha Eco-Adventures no tenía ningún conocimiento de que hubiera un animal agresivo en la bahía de las Islas. Por razones de seguridad suspenderemos la oferta del baño con delfines. Antes de tomar medidas concretas para que este animal especial no cause ningún daño, tenemos que hablar con las autoridades.»

—¡Ya has conseguido lo que querías! —dijo Laura a Steve al tiempo que apagaba la radio—. Se acabaron los baños con delfines y casi no hay reservas para avistar ballenas... Tu gente ha hecho un buen trabajo. Naturalmente, puede pasar que *Maui* se quede por el camino. Pero seguro que no te importa sacrificarla por el gran todo...

—Laura... —La voz de Steve sonaba afligida—. En ningún caso quise poner en peligro a *Maui*. Cómo iba a sospechar...

—¿Que Kiki se veía invadida por el pánico cuando no encontrara delfines? ¿Porque tus seguidores han asustado tanto a los mamíferos marinos de la bahía que han tenido que retirarse a otro lugar? ¿Es eso lo que entiendes tú por protección de animales?

Steve se mordió el labio.

—La acción se nos ha ido un poco de las manos... —admitió.

—Espero que ahora la paralices, ¿no?

Steve se frotó la frente.

—¿Ahora? —preguntó—. ¿Ahora que por fin nos dedican atención? ¿En todo el país? Todos los periódicos... la televisión...

Laura se puso en pie.

—Fuera —siseó—. Vete antes de que pierda los nervios y te tire algo a la cabeza...

—¿Por qué me enseñaste *Maui* si yo no... si él no... si es tan peligroso...? —Kiki sollozaba de nuevo.

—No es peligroso... —contestó Steve—. Ah, sí, y *Maui* es... es una hembra... Laura enseguida se dio cuenta... —Intentó sonreírle, pero ella hizo una mueca. Al menos Kiki no la había engañado. Steve le había presentado a *Maui* cuando él todavía creía que su animal de poder era un macho... —Steve miraba a una y a otra buscando comprensión—. Yo quería poneros a las dos de mi lado... Quería apoyo...

Laura le señaló claramente la puerta.

—Yo siempre estuve del lado de las ballenas —dijo—. Hasta ahora pensé que tú también lo estabas. Pero has utilizado a *Maui* del mismo modo que tus padres han utilizado a las ballenas de Kaikoura, derecho a la explotación... Y tú no puedes remitirte a algún antiquísimo tratado, sino que la has usado. Al igual que usas a las mujeres. ¡Lárgate, Steve Kore! ¡Déjanos tranquilas!

No sabía si era de rabia o de decepción, pero también derramó alguna lágrima cuando Steve se marchó sin decir nada más.

—¿Me odias ahora? —preguntó Kiki en voz baja.

Laura suspiró.

—No —contestó. Y era sincera. Kiki no se comportaba con mucha mayor madurez que su propia hija.

—¿Y Ben? ¿Crees que Ben me odia? —siguió preguntando la joven.

—¿Cómo voy a saberlo? —contestó Laura, irritada.

Al parecer, Ben no había regresado al apartamento tras el desastre matinal.

¿Por qué había desaparecido?

2

En los días que siguieron, el suceso del baño con los delfines en Paihia dominó toda la prensa neozelandesa. Fue el tema favorito para llenar los huecos de finales de verano y ofreció a los periodistas un abanico de posibilidades de informar más o menos seriamente. Por supuesto, Kiki y Laura no se libraron de todo ello. Los periodistas muy pronto averiguaron dónde estaban alojadas y las asediaron con sus entrevistas. De hecho, las demandas para salir a avistar ballenas no descendieron. Al contrario, Laura tuvo que acompañar a grupos varias veces al día en la zódiac. La mayoría de los clientes eran periodistas. Algunos representantes de organizaciones para la protección del medioambiente, parte de ellas internacionales, se instalaron de repente en Paihia. Alquilaban las embarcaciones de otros ofertantes y también de propietarios de barcos privados, que aprovechaban la oportunidad de ganarse un extra saliendo con ellos al mar. Steve cada día participaba en entrevistas para hablar del tema del avistamiento de ballenas. Laura lo veía por televisión, pero no había vuelto a dejarse caer en su casa. Afortunadamente, había despedido a los activistas.

—Ya no los necesita más —dijo Laura a Ralph cuando este regresó de una excursión por la montaña y se enteró del desastre. Apenas daba crédito al caos que reinaba en Paihia—. Circulan tantas embarcaciones que las acciones con objetivos concretos resultan superfluas. Los animales ya están desorientados sin necesidad de ellas. Vemos muchos menos delfines de lo habitual y los rorcuales de Bryde han desaparecido... Steve lleva ventaja. A fin de cuentas él siempre ha dicho esto. Que Eco-Adventures estaba sobreexplotando el avistamiento de ballenas, que los animales estaban emigrando...

—¿Y qué ocurre con ese animal solitario que vive en una cala? —preguntó Ralph—. ¿Con el delfín asesino? A él lo había amansado...

—Lo había descubierto —corrigió Laura, enojada—. La versión oficial habla de «descubrir». Y, naturalmente, la culpa de que *Maui* viva sola en esa bahía también es nuestra. Es probable que un barco de avistamiento la separase de su grupo. O se desorientó a causa de los sonares de barcos oceanográficos o militares; o puede que también, simplemente, por el ruido de la civilización que nosotros provocamos...

—¡Eso no se lo cree nadie! —dijo Ralph.

—Sin embargo, es una de las teorías cuando se trata de delfines solitarios. Tiene que haber alguna razón para que se separen de su grupo. Está mejor estudiado lo que ocurre cuando se encuentran solos. Entonces lo más habitual es que vivan en un territorio relativamente pequeño, en puertos o en calas, como *Maui*, y puesto que están solos buscan contacto social. Un delfín solitario juega primero con utensilios de pesca, luego empieza a seguir a los barcos. En esta fase, los primeros hombres intentan nadar con él. Sin embargo, el delfín guarda distancia. Esto cambia en la tercera fase, por la que ya ha pasado *Maui*. El delfín se acostumbra a una o varias personas e interactúa con ellas. Es, como le gusta expresarlo a Kiki, amansado. Bien, en ese punto llega la fase en la que acabamos de entrar. Los medios se enteran de la presencia del animal, se convierte en su tema favorito y en una atracción turística. Y ahí es cuando, tal como todos hemos visto, la cosa se puede poner fea.

—¿Así que ahora todos saben dónde está? —preguntó Ralph.

Laura asintió.

—Un equipo de televisión lo encontró justo al día siguiente. Había vuelto a calmarse y estaba muy accesible. Le han hecho unas fotos muy bonitas, de cómo nadaba alrededor del barco y saltaba... Aunque también de cómo seguía a la embarcación dejando su cala. De lo que los medios deducen...

—Que puede aparecer en cualquier momento en la bahía de las Islas y atacar a los turistas —adivinó Ralph—. Como el tiburón blanco.

Laura asintió.

El alboroto en torno a *Maui* tampoco concluyó en las siguientes dos semanas. En la oficina de Eco-Adventures, cada día había potenciales clientes, de nuevo también turistas, para salir a ver al delfín loco. Sin embargo, al principio los ofertantes profesionales del avistamiento de delfines se contuvieron y no ofrecieron salidas a la cala de *Maui*. Perseguir a delfines solitarios no encajaba con las normas de la observación respetuosa para con las ballenas y otros cetáceos cuyo cumplimiento se había acordado. Sin embargo, eso no impedía que propietarios de barcos particulares se dirigieran al refugio del delfín solitario con veleros o barcos de motor. Sobre todo los periodistas pagaban bien, por lo que prácticamente cada día podía verse por televisión qué sucedía con *Maui*. El tema principal de la información se centraba en la cuestión de qué debía hacerse ahora con el delfín. Periodistas, turistas y operadores turísticos coincidían en que constituía un peligro. Los representantes de las compañías insistían en que por causas de seguridad no se podían ofertar baños con delfines. Los clientes lo lamentaban: hasta el momento había sido una de las atracciones más sugestivas y que con mayor frecuencia se habían reservado en la bahía de las Islas.

—Asumimos una gran responsabilidad —explicó Amelia

Kore a los medios con expresión grave—. Para nosotros es muy importante la seguridad de los clientes...

Con todo, después de ver los reportajes ya nadie hablaba de matar a *Maui*, como se había reclamado en los primeros días después del incidente. A esas alturas casi todas las emisoras habían entrevistado a un experto de algún instituto de biología marina acerca del tema de los delfines solitarios. Algunos sugirieron que se diera a *Maui* un tipo de tratamiento psiquiátrico, lo que, claro está, había suscitado polémica en los medios de comunicación; otros afirmaban que por razones de seguridad lo más sensato era capturarla y llevarla a un delfinario. La mayoría aconsejaba dejar al animal en paz, porque opinaba que el problema se resolvería por sí solo, cuando el delfín solitario no tuviera contacto con seres humanos. Entonces se vería obligado a ir en busca de sus congéneres.

Finalmente, también intervino Steve, aunque Laura no estaba segura de si era un gesto calculado o si estaba realmente preocupado por *Maui*. Fuera como fuese, declaró que se exageraba sumamente al estimar el peligro que constituía el animal y confirmó de inmediato sus palabras metiéndose en el agua con él delante de una cámara. Naturalmente, *Maui* estuvo encantada y los dos representaron un espectáculo conmovedor. El vídeo correspondiente se cliqueó millones de veces en YouTube y Steve adquirió muy deprisa cierta celebridad.

—El hombre que susurra a los delfines... —dijo Laura—. ¡Increíble!

Dos días después de que la última cadena de televisión también retirase su unidad móvil de las proximidades del apartamento de Laura y Kiki, y nadie más estuviera interesado en entrevistar a los directamente implicados, Ben regresó de repente. Laura enseguida lo siguió a la oficina para intentar averiguar algo sobre las razones de su desaparición.

—Ahora sé que sabes nadar... —le dijo con una sonrisa de complicidad.

Ben no respondió a su sonrisa, al contrario. Adquirió una expresión arisca.

—¿Y qué? —preguntó—. ¿Vas a utilizarlo en mi contra?

Laura se retiró al instante. Los secretos de Ben, se dijo, no eran asunto suyo. Cuando al día siguiente volvió a hacer un intento, tampoco tuvo éxito. Él bloqueaba de forma sistemática las preguntas sobre por qué se había ido, dónde se había escondido y qué había hecho. Laura supuso que había huido de la publicidad.

Justo después del incidente, seguramente lo habrían homenajeado por haber salvado una vida. Eso explicaría también que Eco-Adventures hubiera pasado por alto su ausencia sin dar ninguna aclaración. A fin de cuentas, la empresa estaba interesada en minimizar lo ocurrido.

Tuvieron que pasar un par de días para que Ben volviera a mostrarse accesible. Laura le resumió lo que había ocurrido durante su desaparición y le mostró el vídeo de *Maui* y Steve.

—Lo podríamos utilizar como anuncio publicitario para el baño con delfines... —señaló Ben con sequedad.

—Ya no los ofrecemos —le recordó Laura.

Ben suspiró.

—Y el señor Kore derrama cada día amargas lágrimas por las ganancias perdidas —afirmó—. No tardará en volver a estar en el programa. ¡Hazme caso!

Laura no estaba tan segura de eso. Creía a la preocupada Amelia Kore, por mucho que viera en ella un interés más económico que humano.

Pero no quería discutir con Ben, estaba demasiado contenta de que hubiera vuelto y de que hablara otra vez con ella.

Y entonces Amelia Kore tomó de nuevo la palabra. El personal de Eco-Adventures se reunió delante de un televisor en la oficina de reservas cuando la portavoz de la empresa convocó a los medios a una conferencia de prensa.

—Tras intensas conversaciones con especialistas en delfines, delfinarios y parques de atracciones de todo el mundo, creemos haber encontrado una solución que puede satisfacer a todo el mundo ante el peligro que supone para nuestra bahía ese delfín —anunció Amelia, que ese día ofrecía un aspecto deslumbrante. Llevaba un traje de lino beige, cuya falda, muy corta, dejaba a la vista sus largas piernas y unos zapatos de tacón alto. Se había recogido el abundante cabello rubio, casi platino, en un moño suelto y se había maquillado con sumo cuidado. Amelia sabía exactamente cómo gesticular para dar énfasis a sus palabras—. Como ustedes seguramente ya saben, en los últimos años la permanencia de delfines en delfinarios cada vez ha sido más criticada. Si los delfines deben vivir bajo la custodia de seres humanos, hay que intentar que esta sea lo más deferente posible con el animal, por ejemplo, en calas apartadas, naturales o lo más cercanas a la naturaleza que sea viable. Para delimitar tales instalaciones se dispone de una técnica probada: se trabaja especialmente con redes que los animales respetan sin problemas. En lo que se refiere a nuestro problema...

—¡*Maui!* —gritó alguien del público.

Amelia esbozó una sonrisa clemente.

—Exacto, *Maui* —repitió—, en lo que respecta a *Maui*, ella se mantiene voluntariamente en una cala apartada donde no representa ningún peligro, siempre que nadie se acerque a ella en el agua. Eco-Adventures, junto con las organizaciones ambientalistas competentes, ha planeado acotar esa cala para el delfín...

Laura soltó un grito de horror, que coincidió con las muestras de agitación entre los participantes de la conferencia de prensa.

—¿Quieren encerrarla? —preguntó alguien.

Amelia hizo un gesto sosegador con la mano.

—Queremos construir un refugio para ella —explicó—. De este modo, y con la ayuda del animal, también dejaríamos abierta la posibilidad de seguir investigando el fenómeno del delfín solitario. No la dejaremos sola, sino que habrá oportunidad de observarla desde la playa, de mantener el contacto con ella...

—Dicho de otro modo: creamos una nueva atracción turística —observó Ben—. Es probable que construyan una pasarela que se interne en el mar y desde la cual se pueda llamar a *Maui*, hacer que salte...

—Como en un delfinario —convino Laura.

—¿Y cómo se financiará todo eso? —preguntó un periodista. Las objeciones morales no parecían ser el tema central de la conferencia de prensa.

Amelia sonrió.

—La administración del distrito no asumirá ningún gasto —garantizó—. Eco-Adventures, eventualmente en colaboración con otras empresas dedicadas al avistamiento de ballenas y delfines, asumirá los costes y lo pondrá todo en marcha lo antes posible.

—¡Pero no podéis hacerlo! —En el fondo de la sala de reuniones en la que se celebraba la conferencia alguien protestó. Steve Kore se precipitó hacia delante—. ¡Esto... esto es privación de la libertad! ¡No podéis hacerle esto! No podéis limitaros a... a encerrarla...

Amelia apretó los labios.

—Pues verás, Steve —dijo sin perder la calma—, el gobierno del distrito ya ha aprobado la medida. Debemos actuar antes de que ese animal dañe seriamente nuestro renombre como centro turístico. Por supuesto, tú y tu organización sois muy dueños de dar vuestra opinión.

—¡Vosotros no podéis decidir lo que va a ser de ella! —se opuso Steve—. No... no os pertenece... Me... me pertenece a mí...

En el hermoso rostro de Amelia apareció una sonrisa desdeñosa.

—¿El delfín es tuyo, Steve? Me alegro de oírlo. En ese caso, podremos hacerte llegar las distintas demandas de indemnización por daños y perjuicios que se han hecho desde que se produjo el ataque, ¿no? Sin contar con todas las pérdidas de ganancias que se han sufrido al no efectuar ya el baño con delfines. Ah, sí, y por supuesto también asumirás la responsabilidad de alojar al delfín en un lugar seguro, ¿verdad? En cuanto a esto, te recomendamos, como ya hemos dicho, limitar su espacio de movimiento en la bahía en que está viviendo. Aunque dado el coste del proyecto, tal vez debas plantearte la segunda opción. El gobierno también ha hablado de matarla. En tal caso, no creo que los responsables tuvieran ningún problema en librarte de ella. Así que ¡decídete, Steve! ¿*Maui* te pertenece a ti o a la esfera pública?

Steve ya iba a replicar, pero una mujer y un hombre que lo habían seguido le susurraron algo y tiraron de él hacia la fila donde estaba sentado. A Laura le pareció que ninguno de los dos tenía aspecto de representar a una organización para la protección del medioambiente, sino más bien de abogados. Tal vez la madre de Steve también había tomado cartas en el asunto o SAFE había enviado a sus representantes.

—Por supuesto, el delfín no es una propiedad privada —declaró la mujer, mientras el hombre seguía conversando con Steve—. De todos modos, el Tribunal Internacional para los Derechos de los Animales, sin duda, se ocupará del caso...

Laura pensó que eso sonaba muy solemne, pero que ella nunca había oído hablar de ese organismo. Se lo comentó a Ben, que estaba sentado a su lado.

—Tienen sede en Ginebra —le explicó—. En principio es una buena idea, pero no servirá de nada. Por mucho que se boicotee la caza de ballenas, las corridas de toros o las masacres de mamíferos marinos, nunca ocurre nada. No hay derecho penal ni poder ejecutivo. Y, de todos modos, por un delfín solitario en el rincón más apartado del mundo, tampoco abrirán un proceso. SAFE y Watch Whale Watching o quien sea que esté implicado solo salvará la cara...

Laura asintió mientras Amelia Kore ponía la misma expresión que un gato relamiéndose los bigotes tras beber un plato de leche. Entretanto, sus ayudantes instalaron una pantalla en un abrir y cerrar de ojos y empezaron a proyectar una presentación en Beamer con los planos de la bahía y la futura construcción de la red. Por lo visto, habían planeado separar la parte izquierda de la cala gemela para *Maui*.

—Ya ven, desde fuera no se percibirá nada, no se estropeará el paisaje ni el medioambiente se verá especialmente afectado. La malla de la red permite que la mayor parte de los peces que viven aquí y el resto de los habitantes marinos la atraviesen. *Maui* podrá seguir alimentándose por sí misma en su cala... Se ha tenido todo en cuenta para disipar los escrúpulos de las distintas instancias y satisfacer a todos...

Excepto a *Maui*, pensó Laura. Pero respecto a ella, lo que contaba eran más bien los derechos de explotación...

3

Durante los días siguientes, los informativos de televisión mostraron unas grandes embarcaciones con grúas en la cala de *Maui*, gráficos de los planos y reportajes sobre el comportamiento de los delfines en otras calas aisladas y brazos del mar de todo el mundo. Se enseñaron y explicaron las redes, y la prensa local se explayó en detalles y en himnos de alabanza sobre Eco-Adventures. Se mencionaron los enormes costes que la empresa del señor Kore había asumido, al principio casi en solitario, si bien otros ofertantes del avistamiento de cetáceos se involucraron después a fin de poder también organizar en el futuro salidas para ver a *Maui*. Se hizo hincapié en lo referente a la protección medioambiental; por lo visto, no había trato más respetuoso con la naturaleza que el efectuado mediante el empleo de esa tecnología de red. «¡Tan seguro como preciso, tan natural como es posible!», explicó Amelia Kore en una de las muchas entrevistas.

Steve parecía haberse retirado. Laura suponía que estaría en algún lugar lamiéndose las heridas o preparando con su madre una demanda. No obstante, lo cierto era que Laura seguía el drama de *Maui* solo a medias, porque tenía otras preocupaciones. El día del cumpleaños de Jonas se levantó en mitad de la noche para «estar al lado» de su hijo. Antes de la celebración, sin embargo, había chocado con Martina. La nueva compañera de Tobias había planeado organizar una yincana para los amigos de Jonas y, por supuesto, pensaba hacerla al aire libre.

«¡Pero así no podrá hablar conmigo por Skype! —se lamentó Laura por correo electrónico cuando Tobias se lo comunicó por escrito—. Le prometí estar toda la tarde con él. ¡Haced otra cosa! Dejad que los niños jueguen en casa. De todos modos, por el cumpleaños de Jonas casi siempre llueve...»

Así pues, Martina organizó unos juegos dentro de la casa, aunque juegos movidos.

«Es increíblemente deportista —le comunicó Kathi en un SMS—. Continuamente sale a correr, va en bicicleta y no sé cuántas cosas más. Según ella, yo tampoco tendría que ir a la escuela en autobús, sino en bici... Pero llueve sin parar y llegaría a clase hecha una sopa...»

Al final, Jonas celebró su cumpleaños con una Wii con juegos deportivos y él y sus amigos se lo pasaron estupendamente. Se tronchaban de risa mientras se contorsionaban delante de la pantalla y Laura se rio con ellos, aunque, en realidad, tenía ganas de echarse a llorar. Ese día habría deseado estrechar a su hijo pequeño entre sus brazos, prepararle un pastel de cumpleaños y decorar la mesa de los regalos. Todo eso lo había hecho Martina en su lugar, consciente de sus obligaciones, y lo cierto es que no le salió tan mal, como Laura tuvo que admitir. Jonas tampoco parecía demasiado triste de que ella no estuviera a su lado, su fiesta de cumpleaños había salido redonda. Aun así, después de despedirse, ella se durmió llorando. Por mucho que disfrutara de ese emocionante año en Nueva Zelanda, nunca más quería volver a separarse de sus hijos.

Mientras Eco-Adventures construía la zona protegida para la solitaria *Maui*, Martina se instaló definitivamente en casa de los Brandner. Oficialmente ocupaba el despacho, una pequeña habitación que en los últimos años había servido para que Laura pudiera estudiar en calma. De todos modos, allí no cabía un armario, así que seguramente debería dejar la mayor parte de su ropa en el dormitorio de Tobias y Laura. Esta esperaba desesperadamente que fuera discreta... A Kathi nadie la podía engañar ya, pero Jonas... No quería ni pensar en que el domingo por la mañana quisiera meterse en la cama con su padre y se encontrara allí a Martina...

La noticia de que en su familia había problemas de organización no tardó en llegarle. Kathi se quejaba de que la casa estuviera abarrotada con los muebles de Martina y esta se enfadaba porque la niña era desordenada. Jonas, que por las noches y medio dormido iba dando traspiés al baño, se desorientó porque los muebles de Martina estaban en medio y se hizo pis sobre la alfombra de la sala de estar. La madre de Laura puso el grito en el cielo y le preguntó en serio si, considerando las circunstancias en que vivían sus hijos, no iba a ponerse en contacto con la oficina de protección de menores.

—¡Eso parece un burdel! —exclamó indignada en una nueva llamada—. La amiga de tu marido me ha echado sin más ni más de la casa, después de que yo le haya dicho un par de verdades. Naturalmente, me he negado a aceptar que me prohibieran entrar. ¡Y no te creerás lo que ha hecho Tobias! Ha cambiado la cerradura. Al día siguiente, Kathi se encontró a Jonas llorando y empapado por la lluvia delante de casa porque no podía abrir con su llave.

Laura se abstuvo de hacer críticas frente a su madre, pero a falta de alguien en quien confiarse, le habló a Kiki del caos que reinaba en su casa.

Kiki no estaba para prestar atención a los problemas familiares de Laura, porque solo se preocupaba de su trabajo y de *Maui*.

—Aquí también reina el caos —se limitó a decir—. Por suerte ya han acabado con la red. Creo que ayer por fin cerraron definitivamente la cala de *Maui*. Ahora espero que el señor Kore vuelva a ofrecer los baños con delfines. No es que esté deseando que la gente se agote primero nadando para empezar a vomitar después... Pero al menos no me sentiré tan inútil como ahora...

Kiki tenía poco que hacer. El señor Kore prefería que Ben o Laura se encargaran de las salidas en zódiac. A fin de cuentas, después de lo ocurrido nunca se sabía si uno tenía a bordo turistas ingenuos, periodistas ávidos de escándalo o biólogos marinos de alguna organización medioambiental. Eco-Adventures no estaba dispuesta a tolerar que sus empleados fueran incapaces de responder a las preguntas que se les planteaba o que fueran dando explicaciones absurdas. Así que Kiki y Ralph solo operaban en el *Kaikanikani* y últimamente sus salidas para avistar cetáceos no eran demasiado satisfactorias. Los delfines se dejaban ver en menos ocasiones que antes. Era evidente que el trajín en la bahía les había hecho sentirse inseguros.

—Para nadar también necesitas delfines —observó Laura—. Si ellos no colaboran, poco se puede hacer. Ayer pasé más de una hora en la zódiac buscándolos hasta que apareció una manada. ¡Para compensar, Ben ha visto hoy dos cachalotes! Aunque seguro que solo están de paso, al menos ya es un cambio. Esperemos que con tantas embarcaciones no se asusten. Estaban cerca de la cala de *Maui*, y eso sigue siendo el infierno...

Laura esperaba con toda su alma poder ver ella también a esos enormes animales al día siguiente. En Paihia se veían cachalotes muy pocas veces, hasta ese día ella misma solo había visto uno.

Se durmió con esa ilusión por la noche, pero por la mañana se despertó sobresaltada cuando sonó el móvil. Eso solo podía significar que en Alemania se habían producido más catástrofes. Allí ya era de noche, todos estaban en casa, era el momento ideal para discutir. Sin embargo, en el monitor resplandecía un número neozelandés que Laura no conocía. Los latidos de su corazón se apaciguaron, pero no por mucho tiempo.

—¿Es usted la... bueno... la especialista en ballenas de Eco-Adventures? —oyó preguntar a una voz masculina—. Soy Kevin Carter, de la Policía Marítima... Disculpe que la moleste, pero no sabía a quién llamar y estuve pensando en qué empresas se ofrecía avistamientos de ballenas... En cualquier caso, el señor Kore me ha dado su número.

—¿Qué ocurre? —preguntó Laura, vacilante—. En fin, no sé si soy una especialista...

—Sin duda, sabrá más que yo —replicó Kevin, manifiestamente esperanzado—. Escuche, al parecer hay dos ballenas varadas junto a la bahía de Oke. Para ser más exactos, justo en la cala donde han encerrado a ese delfín que muerde...

—Pero si no se puede entrar —dijo Laura.

El día anterior, los diarios se habían apresurado a informar sobre los desesperados intentos de *Maui* por salir de la cala. El delfín había seguido con interés las obras de construcción en su área y al parecer no había pensado ni un segundo en huir a tiempo. Sin embargo, desde que la red se había colocado y *Maui* había entendido que estaba encerrada, se paseaba nerviosa a lo largo de la barrera tratando de pasar por debajo o de saltar por encima, lo que, naturalmente, era imposible. La instalación resultaba infranqueable; al parecer, hasta se podía controlar a los tiburones con ella.

—Las ballenas están en la otra parte de la cala —precisó Kevin—. Es como una cala doble y solo se ha cerrado una mitad. Ahora vamos de camino hacia allí...

—Entonces ¿están vivas? —preguntó Laura—. ¿Quién... quién les ha informado?

—Un pescador que ha salido antes del amanecer con unos turistas a pescar con caña —contestó el policía—. La gente quería ver al famoso delfín y a eso iban cuando han descubierto a los dos animales. El hombre todavía se encuentra ahí con sus clientes. Están intentando hacer algo para salvarlos. De lo cual se deduce que están vivos y, a ser posible, así han de seguir. Por eso la he llamado. ¿Qué puedo hacer?

Laura sintió que se le había secado la boca. Intentó desesperadamente recordar todo lo que había oído decir sobre ballenas varadas. En tales circunstancias, el peligro residía en la deshidratación y el recalentamiento, aparte de que los animales muy grandes podían quedar aplastados por su propio peso. Y asfixiarse... naturalmente los animales podían asfixiarse.

—Escuche, en primer lugar deber mirar si el espiráculo señala hacia arriba. Los animales tienen que estar sobre el vientre, así pueden respirar mejor. Y hay que mantener la piel húmeda, pero cuidado, no debe entrar agua en el espiráculo. Por lo demás... seguiré... seguiré informándome y volveré a llamarlo. Creo que llegaremos enseguida, Ben y yo... nosotros...

Mientras hablaba, Laura se levantó y se echó una bata por encima. Tenía que informar a Ben. Él sabría mejor que ella cómo actuar.

—¡Oh, mierda, deben de ser los dos pequeños cachalotes que vi ayer! —Ben enseguida respondió cuando Laura llamó a la puerta de su apartamento y, por supuesto, se despertó de golpe cuando se enteró del varamiento—. Eran animales muy jóvenes que todavía no deberían andar solos... Estoy convencido de que se han desviado de su ruta. Y ahora encima han encallado... pobres bichos...

Mientras hablaba hizo una señal a Laura para que lo siguiera a su estudio, donde se puso a rebuscar entre cuadernos y apuntes.

—Ahora mismo te doy un par de números de teléfono —anunció—. La Universidad de Auckland... y por esta área un par de rescatistas de animales que te ayudarán... Pero lo importante es la universidad. Enviará a buenos especialistas con el equipo adecuado. Vosotros solo podéis prestar unos primeros auxilios...

—¿Vosotros? —preguntó Laura, desconcertada—. ¿Y por qué no llamas tú mismo a esos números? ¿Y no me acompañas? Pensaba...

Ben se mordió el labio inferior y en su rostro apareció esa expresión de sufrimiento que ya la había asustado otras veces.

—Laura, en la playa hay continuamente equipos de televisión. Y ahora, encima, cachalotes varados... Se convertirá en un espectáculo mediático. Yo... no... no puedo.

—A mí tampoco me entusiasma la idea —replicó Laura—. Pero no por eso vamos a dejar a los cachalotes en la arena...

Ben apuntó un número de teléfono en una hoja de papel.

—Desde luego —dijo—. Vas a poner este asunto en marcha en un momento. Si llamas ahora, el equipo de rescate estará allí en un par de horas. Y, mientras tanto, lo organizas todo. Ya verás, no es tan difícil, solo tenéis que mantener a los animales fríos y mojados. Llévate sábanas, empápalas, cubre con ellas a las ballenas, a ser posible todo el cuerpo salvo el espiráculo. Y luego hay que regarlas, es todo.

—Pero tú... —Laura empezó a marcar el número en su móvil, aunque seguía sin entender por qué Ben tenía ese pánico hacia los medios.

—No cuentes conmigo —indicó—. Lo siento, Laura, lo siento de verdad. Yo... yo no puedo... —Y dicho esto, pasó por su lado y la dejó plantada.

Mientras telefoneaba al Instituto de Biología Marina de Auckland, Laura vio pasar a Ben por delante de la ventana. Había dejado la casa, con un petate por único equipaje. Una huida. Sin lugar a dudas, una huida. Pero ahora ella no podía pensar en eso.

De hecho, no tardó en conseguir ayuda especializada. El Instituto de Auckland prometió organizar un equipo enseguida, mientras que dos rescatistas explicaron que ya habían colaborado en el salvamento de ballenas antes y que, por descontado, estaban de nuevo a su disposición. Laura quedó con ellas en el puerto y despertó a Kiki y Ralph. Les dio prisas y llamó a Kevin, de la Policía Marítima. Entretanto, el barco del agente ya había llegado a la cala y los datos que le facilitó eran alentadores. Los cachalotes vivían y no parecían haberse quedado todavía sin fuerzas, pues golpeaban inquietos con la aleta caudal. Los espiráculos estaban libres, los clientes del pescador se cuidaban de mantener húmedos los cuerpos regando a los animales con agua marina.

—¡Eso está bien, solo hay que tener cuidado, como ya he dicho, con el espiráculo! —advirtió Laura—. E intente estresar lo menos posible a los animales, que no se reúnan grupos de gente cerca de ellos. ¿Ha... ha llegado ya la televisión?

Kevin se echó a reír.

—A esta hora todavía están desayunando. A no ser que alguien escuche nuestra radio... Pero en el transcurso del día, seguro que alguien aparece por aquí para informar sobre ese desgraciado delfín...

—¿Desgraciado? —preguntó Laura, alarmada—. ¿*Maui*? Ayer todavía iba enloquecida con la intención de matar a quien fuera.

—Ahora va dando vueltas cerca de la playa y está triste —respondió el policía—. Yo al menos así lo interpretaría. Bien, entonces seguimos con los gorditos y nos vemos luego...

4

Kiki quería ir a toda costa con los cachalotes, así que Ralph asumió voluntariamente las tareas en el *Kaikanikani*. Al principio Laura se mostró partidaria de suspender las travesías con avistamiento, pero luego se lo pensó mejor. Le gustaba al primer grupo, unos estudiantes alemanes muy interesados y comprometidos que se habían asegurado tres veces de que Eco-Adventures realmente realizaba avistamientos respetuosos con los animales. Así pues, pensó que ellos quizá tendrían ganas de colaborar en el salvamento de los cachalotes. No le dio más vueltas: llamó por teléfono al número de contacto y poco más de media hora después había seis chicos y seis chicas preparados para poner lo mejor de su parte. Laura aprovechó el tiempo para llenar el barco con cubos, colchas y sábanas, y envió a Kiki a la panadería y al supermercado.

—Trae bebidas y bocadillos. En grandes cantidades. Esto puede durar todo un día, y quién sabe cuándo nos llegarán reservas a la cala.

—¡Muy sensato! —la elogió Amelia Kore, que acababa de entrar en la oficina de reservas. En realidad, abrían a las nueve, pero esa mañana Laura también había sacado de la cama a Roger y le había pedido que informara a la dirección de la empresa. Amelia ya estaba maquillada para salir en televisión. Era evidente que tenía la intención de volver a sacar provecho para Eco-Adventures—. Que lo carguen a la cuenta de la empresa y empaquételo todo, por favor, en bolsas de plástico con nuestro logo. Cuídese de que los voluntarios lo muestren a las cámaras...

Kiki puso los ojos en blanco, pero lo tuvo todo preparado a tiempo para zarpar puntualmente. Joe, el timonel de la joven, también estaba esta vez a bordo.

—Con vosotras no hay quien se aburra —comentó él con una sonrisa irónica mientras ponía la embarcación en marcha. En apenas una hora llegaron a la cala de *Maui*. A primera vista, no se veía al delfín, pero sí a los dos cachalotes varados, de los que se ocupaban cinco personas. Otras dos estaban montando cámaras.

—La prensa ya ha llegado...

Laura reunió todos los enseres mientras sus ayudantes arrastraban el barco a tierra, para lo que no dudaron en meterse en el agua. El grupo alemán era realmente activo.

Los empleados de la emisora de televisión enseguida se abalanzaron sobre los recién llegados y encontraron una presa adecuada en Kiki. Esta respondió a las preguntas mientras Laura observaba primero a los cachalotes. Se trataba de dos ejemplares imponentes. Ella solo había visto este tipo de cetáceos en foto y en programas de televisión, pero nunca se había encontrado ante un animal tan magnífico fuera del agua. Contempló fascinada la enorme cabeza en ángulo recto, prácticamente la tercera parte de su longitud total. Los pequeños ojos parecían observarla...

La mirada de ese joven animal, temerosa y desesperada, le llegó al corazón. Calculó que el cachalote más pequeño debía de medir unos ocho metros y el más grande, doce como mucho. Un macho y una hembra, supuso, pero no estaba segura. Ver allí tendidas a esas criaturas tan formidables, desamparadas, le desgarraba el corazón.

—Haré todo lo que pueda —dijo en voz baja, colocando la mano sobre la piel dura y coriácea del animal más pequeño—. ¡Te lo prometo! —Luego se volvió a sus ayudantes—. Coged las sábanas. Es una suerte que hayamos llegado antes de que el sol esté más alto. Cuanto antes los protejamos, mejor... No tengas miedo, pequeño, solo queremos que te encuentres mejor...

Laura ignoraba si servía de algo, pero hablaba a los animales en tono amable y tranquilizador mientras todos ayudaban a cubrirlos con sábanas húmedas. Ella limpió la arena que había alrededor de los espiráculos y se cercioró de que recibían suficiente aire. Entretanto la gente la acosaba con ideas acerca de cómo volver a meter en el agua a los dos cachalotes.

—A lo mejor podemos tirar de ellos con la zódiac —propuso Joe.

—¿Y si cavamos una zanja? —intervino uno de los alemanes—. Eso sería lo más prudente. Por decirlo de algún modo, el agua se ocuparía de arrastrarlos...

La joven del canal de televisión local escuchaba con evidente interés todas las sugerencias; Laura, por el contrario, hacía sus propias reflexiones. Esos ejemplares debían de pesar unas diez toneladas. ¿Cómo iban a tirar de ellos? Y necesitaban aguas profundas para poder nadar...

—Debemos esperar a que suba la marea —dijo para acabar con esas suposiciones absurdas—. Las aguas han debido de arrojarlos a tierra durante la marea alta. Los especialistas de Auckland decidirán cómo devolverlos al mar. De momento, la mejor manera de ayudarlos es mantenerlos mojados.

Laura advirtió con determinación a sus ayudantes que se alejaran de las cámaras y poco después estaban todos atareados. Mientras, la periodista preguntó al agente de la Policía Marítima a qué hora volvería a subir la marea.

—Si los de Auckland se dan prisa, lo conseguirán —manifestó Kevin.

—Y si no, seguiremos ocupándonos de que no se deshidraten —añadió Laura—. Los han descubierto relativamente pronto, todavía no hace mucho que están aquí, así que todavía tenemos algo de margen.

Las horas siguientes transcurrieron en medio de una intensa actividad. Los voluntarios cargaban un cubo de agua tras otro y los vaciaban sobre los cachalotes, siempre con sumo cuidado, pues los animales repetían sus desesperados intentos de liberarse golpeando con la aleta caudal. Laura alertó para que fueran prudentes al acercarse a ellos.

—¡Pobrecitos animalitos! —se lamentaba Kiki por su parte—. Si al menos me permitieras establecer contacto con ellos...

Por lo visto tenía que poner la mano sobre los animales para sincronizar sus pensamientos con los de ella. Pero Laura no le dejó tiempo para eso.

—Por lo general también puedes hacerlo sin contacto físico —replicó impaciente—. ¿Qué sucede con los delfines con los que constantemente estás hablando?

—Ellos no están tan estresados... —afirmó Kiki—. Estos dos lo bloquean todo...

—Entonces, resígnate, ¡y ve a buscar agua! —Laura no se dejó convencer—. ¿Cuándo sube la marea?

El barco de la policía se marchó para ir a recoger por fin a los especialistas de Auckland, que ya se encontraban en el puerto de Paihia. La noticia tranquilizó a Laura, que aprovechó unos minutos de descanso para ir a ver a *Maui*. De hecho, vio confirmada la impresión del agente de policía. La hembra de delfín estaba quieta en el agua, pero parecía prestar atención a la operación de rescate de los cachalotes. Se diría que observaba con gran interés las maniobras que realizaban Laura y sus voluntarios.

Y por fin llegaron los expertos de Auckland, tres hombres fuertes y una veterinaria, que llevaban algo de material, como lonas y una especie de bote neumático.

La veterinaria examinó a los cachalotes y elogió a Laura y a su equipo.

—No parece que estén enfermos ni heridos. Supongo que solo se habrán desorientado y han acabado en esta cala. Tenemos que intentar llevarlos a aguas profundas para que puedan volver a nadar. Con un poco de suerte sabrán cómo componérselas.

—¿A qué se debe que se desorienten de este modo? —preguntó uno de los voluntarios alemanes.

—En general, los cetáceos se quedan varados debido al aumento de la contaminación acústica —explicó Laura—. En especial los sonares de los buques oceanográficos y militares confunden la ecolocalización de los animales. También se considera que la actividad solar, que influye en el campo magnético de la Tierra, puede ser un factor.

—Y para estos dos jóvenes ejemplares, el agua poco profunda de la bahía fue una fatalidad —añadió la veterinaria—. Tienen que salir de aquí lo antes posible.

Entretanto, el nivel del agua iba subiendo. Laura observó fascinada a los especialistas mientras colocaban las lonas y esa especie de bote neumático debajo del cuerpo de los cachalotes. Luego pareció como si el primer animal fuera levantado por las olas. Tomando extremas medidas de seguridad, los voluntarios empujaron el bote neumático y con él al cachalote hacia el mar. Enseguida Laura pudo ayudar a la veterinaria con el segundo. Todos gritaron de alegría cuando los cachalotes se desprendieron de las lonas.

—¡Nadan! —gritó Laura—. ¡Lo hemos conseguido, nadan!

—De todos modos, ahí no parecen avanzar —señaló la veterinaria con preocupación cuando los dos animales se acercaban a la salida de la bahía.

Laura se mordió el labio.

—¡El banco de arena! Allí delante hay una irregularidad en el terreno, también con los barcos hay que bordearlo con cuidado. El agua no es lo bastante profunda para los cachalotes...

—¡Pero por algún sitio de la cala tienen que haber entrado! —intervino un voluntario.

Los presentes contemplaron atónitos cómo los jóvenes cachalotes se daban media vuelta y nadaban de nuevo hacia tierra.

—¡Volverán a quedarse varados! —exclamó Kiki, horrorizada.

—Tiene que haber un paso —dijo Laura—. *Maui*... bueno, el delfín... —Señaló a *Maui*, que en su zona delimitada había nadado con los cachalotes cuando iban rumbo a la salida. Naturalmente, la red no le había permitido avanzar.

—Conozco la historia... —indicó la veterinaria con expresión grave.

—*Maui* sigue con frecuencia las embarcaciones que salen de la cala —prosiguió Laura—. Desaparece un momento cuando se rema para superar el banco de arena y luego vuelve a aparecer. Creo que lo esquiva. Pero nosotros nunca la seguimos, no lo considerábamos importante. Quiero decir que... que hasta nos parecía bien que el banco de arena estuviese allí. Así no todo el mundo entraba en la cala y *Maui* quedaba a buen recaudo.

La veterinaria miró a Laura con desconfianza.

—¿Estuvo usted implicada en esto? —preguntó—. ¿En la historia del delfín solitario?

Laura se frotó la frente.

—Digamos que conozco a *Maui*. La conocía ya antes de este jaleo que han armado los medios de comunicación, y también estuve presente en el incidente con la nadadora. Sin estar directamente implicada...

Los dos jóvenes cachalotes ya casi habían llegado a la playa. Los rescatistas intentaban ahuyentarlos, en vano.

Laura reflexionó.

—¿Y si dejásemos a *Maui* en libertad? —inquirió—. Si saliera de la cala nadando, los dos cachalotes la seguirían.

—¿Como en *Flipper*? —preguntó uno de los voluntarios, no sin cierto sarcasmo.

La veterinaria no era tan contraria a esa solución.

—No sería la primera vez que se emplea este recurso —contestó—. Pero me temo que las autoridades del distrito se opondrán. Por no mencionar a su jefe... —Señaló con una sonrisa torcida la chaqueta de Eco-Adventures de Laura.

Laura le puso el móvil en la mano, tiró de ella y buscó a la periodista, a quien explicó rápidamente su plan.

—Nuestra veterinaria, la doctora...

—Freedman —se presentó de nuevo la veterinaria.

—La doctora Freedman va a hablar con la portavoz de Eco-Adventures. Quiero que lo graben y lo emitan en directo. ¡Por favor, señora Freedman, explíquele a la señora Kore que para estos pequeños cachalotes *Maui* es la única oportunidad de salir con vida de aquí!

Era una posibilidad remota, pero una posibilidad, a fin de cuentas. La cuestión era cómo evaluaría la situación Amelia Kore. ¿Qué consideraría más importante, los beneficios que prometía *Maui* o el reconocimiento que obtendría a través de los medios de comunicación por haber salvado a los jóvenes cachalotes? En cuanto al delfín, Laura tampoco se hacía demasiadas ilusiones. Una vez hubiera salido de la cala, no se dejaría encerrar de nuevo.

En cualquier caso, la veterinaria de Auckland desempeñó muy bien su tarea. Expuso su petición con convicción y una cámara grabó mientras tanto los intentos desesperados de los voluntarios por evitar que los cachalotes volvieran a quedarse varados. En dos ocasiones consiguieron apartar a los animales de la cala, pero al llegar al banco de arena, los cachalotes se desorientaban y no sabían hacia dónde ir.

Amelia Kore reaccionó con más profesionalidad de lo que Laura había sospechado.

—Acerca de esto tendré que solicitar el consejo de otros expertos —respondió a la veterinaria—. Habrá que sopesar si el peligro que este delfín agresivo supone fuera de la cala compensa la pequeña posibilidad de que consiga conducir a los jóvenes cachalotes a la libertad. Porque usted no está del todo segura de que eso suceda, ¿verdad, doctora Freedman? —La joven veterinaria no podía contradecirla—. Además, no mencionaré los costes que esto conllevaría —siguió diciendo Amelia, que parecía muy preocupada—. Volver a montar la red no sería tan sencillo. Y no quiero ni pensar en el gasto que supondría volver a capturar al delfín.

Laura se rascó la frente.

—Voy a probar otra cosa —dijo cuando la doctora Freedman, frustrada, concluyó la conversación. Se retiró con el móvil a un rincón menos concurrido y pulsó el número de Steve.

—¡Contesta! —susurró desesperada—. Aunque estés enfadado conmigo. ¡Coge el teléfono, Steve!

El joven respondió al tercer tono. Nerviosa, Laura le describió la situación.

—Debes hacerlo, Steve, debes poner a *Maui* en libertad. Solo tú puedes conducirla fuera de la cala. A ti te conoce mejor que a nadie. Siempre tuviste una especie de afinidad espiritual con ella. —Le repugnaba un poco pronunciar estas palabras, pero si con ello conseguía que Steve reaccionara ante ese asunto hablándole de su animal de poder, lo haría—. *Maui* te seguirá fuera de la cala y se llevará con ella a los jóvenes cachalotes. Se interesa por ellos... de verdad. ¡Por favor, Steve, ven!

Steve callaba. Laura oía su respiración al otro lado del auricular.

—Laura, no... no puedo hacerlo. Me... me metí en un lío cuando dije en la conferencia de prensa que *Maui* me pertenecía. Mi madre dice que lo podrían utilizar en mi contra... —En su voz había un deje angustiado.

—¿Y? —preguntó Laura—. Pensaba que militabas por la protección del medioambiente. De vez en cuando tendrás que arriesgarte. Y esto es importante. Si dejamos que tu padre y su esposa tomen la decisión, los cachalotes no tendrán ninguna oportunidad de sobrevivir.

—Pero... pero la red... Si dejara salir a *Maui*, tendría que cortarla. Y eso... eso cuesta una fortuna...

—¡Si *Maui* salva a los cachalotes, el dinero ya no tendrá ninguna importancia! —afirmó Laura—. ¡Ven, Steve! Haces falta aquí. ¡Los cachalotes te necesitan! ¡*Maui* te necesita y yo también te necesito! Steve... —En ese momento pensó que si el joven demostraba su valentía, le daría otra oportunidad.

Oyó que él tragaba saliva.

—No puedo, Laura. Lo siento, no soy capaz. Se... se armaría un jaleo enorme y en este momento es lo que menos me conviene. Lo... lo siento de veras... —Colgó.

Laura contuvo el deseo de lanzar el móvil contra la primera roca que tuviese a mano.

—Desgraciado. ¡Cobarde de mierda! —farfulló rabiosa.

Los cachalotes, entretanto, volvieron a quedarse varados. Los regaban por todos lados, pero pronto bajaría la marea.

—¿Y ahora qué hacemos? —preguntó Laura a la veterinaria, que contemplaba desalentada a sus protegidos.

—La periodista está negociando la moratoria —contestó la doctora Freedman, señalando a la mujer que hablaba agitadamente por el móvil—. Tendremos que esperar al reflujo, los Kore quieren escuchar la opinión de otros expertos durante ese tiempo. Cuando suba la marea otra vez intentaremos dejar a los cachalotes en libertad, y puede que también dejen libre al delfín.

—¿De verdad lo cree? —añadió Laura.

La veterinaria negó con la cabeza.

—No. Lo único que los Kore no quieren es que mate a los animales delante de la cámara. Pero esa es la única alternativa que nos queda si no conseguimos sacarlos de aquí. No podemos dejarlos morir lentamente en tierra. Pero en las próximas horas, los Kore encontrarán un montón de expertos que considerarán inútil nuestra empresa... Entonces la señora Kore derramará un par de lágrimas de cocodrilo y se acabó...

Laura se mordió el labio. Ella lo veía exactamente igual. Pero... Las ideas se le agolpaban en la cabeza. Ya había nadado con el delfín, *Maui* la conocía. Y aunque su relación con el animal no era tan estrecha como en el caso de Steve, podía intentar sacarla de la cala. Indecisa, dirigió la vista hacia los jóvenes cachalotes varados y su mirada se cruzó de nuevo con la de uno de ellos. Laura observó a *Maui*. Todavía le quedaban seis horas.

5

En las horas siguientes, los voluntarios trabajaron hasta la extenuación, pese a que la atmósfera ya no era tan optimista como durante la primera marea baja. Entonces calculaban que rescatarían de inmediato a los jóvenes cachalotes; en ese momento, en cambio, temían volver a fracasar. Kiki, quien durante las primeras horas había estado cargando incansablemente agua, se desmayó de agotamiento, al igual que dos estudiantes. Las tres estaban sentadas en la playa llorando, mientras los demás voluntarios seguían ocupándose de los animales varados.

Laura se encargaba de que las sábanas se mantuvieran húmedas al tiempo que sopesaba sus posibilidades de éxito. En el caso de que *Maui* lograra conducir a los cachalotes fuera de la cala, nadie hablaría de los costes, y era posible que tampoco se considerase tan alta la amenaza pública que representaba el delfín. *Maui* sería celebrada como la heroína del día. Pero si huía por su cuenta y los jóvenes cachalotes morían durante la siguiente marea baja, Laura tendría que enfrentarse a un feo desenlace. No sabía cuánto costaba una red así y su instalación, pero estaba segura de que ella sería incapaz de reunir tanto dinero. Era posible que la demandaran, además, por haber dejado en libertad un animal que constituía un peligro público... Y si encima ocurría algo...

Laura sabía que corría el riesgo de arruinar su vida, pero era incapaz de volver la vista hacia otro lado. La mirada del cachalote varado no se le iba de la cabeza. Alguien tenía que actuar y ella era la única que podía hacerlo.

Entretanto, había oscurecido y el equipo de televisión y la policía habían montado focos en la playa.

—Todavía desconciertan más a los cachalotes —indicó entristecida la doctora Freedman, aunque confirmaba que el estado general de salud de los animales era realmente bueno. Cuando el agua volvió a ascender, los rescatistas prepararon de nuevo los medios para meterlos en el agua.

—En realidad, basta con la luz de la luna llena.

Laura dirigió la vista hacia *Maui*, que seguía observando. Estaba despierta, nada le impedía intentarlo.

La periodista de la televisión estaba hablando con Amelia Kore, quien, tal como era de esperar, se negaba a dejar al delfín en libertad...

—Es mayor el riesgo que la posibilidad de éxito... —afirmaba, y, de hecho, lo decía con lágrimas en los ojos—. Pero esperamos de corazón que en el segundo intento se consiga sacar a los cachalotes de la cala...

Mientras la periodista se dirigía a la doctora Freedman, Laura tomó una decisión. Se aproximó al pescador que había vuelto al anochecer, después de haber llevado a sus clientes a Paihia por la tarde. Estaba visiblemente afectado por el destino de los cachalotes y ayudaba incansable a humedecerlos.

—Necesito... necesito un cuchillo —le dijo en voz baja—. Uno... grande, afilado...

El hombre, un maorí de edad avanzada, la miró con aire inquisitivo.

—Quiere dejar salir al delfín —declaró él sin rodeos—. Intentar lo de la red, aunque los Kore digan que no va a funcionar...

Laura asintió.

—¡Vale la pena probarlo! —exclamó—. Si no... si no los pequeños cachalotes morirán...

El pescador hizo un gesto afirmativo.

—No tiene que justificarse ante mí. Yo ya lo habría intentado durante la primera marea alta. No soy partidario de ir poniendo redes y encerrar con ellas a delfines. Solo... bueno, me preguntaba si sabrá usted defenderse con el cuchillo si el delfín la ataca...

Laura estuvo a punto de echarse a reír.

—*Maui* no me atacará. En realidad, no es agresiva, y, además, la conozco. Solo me temo que esta red no tenga un cierre que pueda abrirse fácilmente. Está tendida entre dos rocas con unas herramientas especiales. Lo enseñaron por televisión. Para dejar en libertad a *Maui* tendré que desgarrarla. —Se mordió los labios.

El pescador silbó entre dientes.

—Pues esto sí puede ser caro, jovencita...

Laura tragó saliva.

—A pesar de eso, me gustaría intentarlo... —dijo abatida.

El pescador la miró un momento y corrió a su barca, que había arrastrado hasta la playa con ayuda de los estudiantes. Metió un cuchillo, una pequeña sierra, así como una linterna subacuática en una bolsa.

—Creo que para cortar la red también necesitará la sierra —explicó—. Seguro que tiene un núcleo de acero. Se supone que hasta detiene tiburones... Y yo... yo probaría en el extremo de la izquierda, al lado de las rocas donde está sujeta la red. Allí la reparación a lo mejor no es tan cara...

Lo mismo había pensado Laura; además, la distancia que separaba ese punto de los cachalotes no era tan grande.

—¡Deséeme suerte! —dijo en voz baja cuando se colgó la bolsa—. Y... ¿podría recogerme detrás del banco de arena? Tengo que nadar bastante y el agua está fría...

El pescador sonrió.

—La recogeré y filmaré la aventura —prometió—. Tengo una

cámara bastante buena. Siempre grabo a mis clientes cuando se han hecho con una buena presa. Forma parte del negocio. Si no sale bien, prometo borrarlo todo. Pero en caso de que el delfín salve a los cachalotes, venderé el material al canal de televisión que me ofrezca más...

Laura asintió sin prestar mucha atención. Estaba concentrada en su atrevida empresa. Cuando los rescatistas volvieron a arrastrar a los cachalotes hacia el mar, se desvistió hasta quedar en prendas interiores, corrió al agua y se alejó nadando. *Maui* reaccionó eufórica cuando se acercó a ella. Emitió unos chasquidos para saludar a la recién llegada, se levantó sobre la aleta caudal, brincó fuera del agua y giró sobre su barriga: el delfín utilizó todos los registros para comunicarse con Laura. De ese modo, también llamó la atención, claro está, de las otras personas que estaban en la cala. Laura suspiró. En realidad, no había creído que pudiera efectuar su operación de rescate sin ser vista, pero en ese momento, su última esperanza también se desvaneció. *Maui* la invitó a sujetarse en su aleta dorsal y dejarse arrastrar, lo que Laura aceptó de buen grado. Tal como esperaba, la hembra de delfín nadó mar adentro, hasta la red, casi como si quisiera enseñársela. La instalación, que sobresalía por encima del agua, le pareció amenazante y desalentadora. La malla era proporcionalmente estrecha, además, estaba tensada a conciencia.

Al principio se dejó arrastrar por *Maui* a lo largo de la red, luego se soltó y nadó hasta el lugar en que la trama estaba sujeta a una roca. Agradecida por la previsión del pescador, encendió la linterna y la iluminó. Tal como había supuesto, no había un dispositivo que permitiera abrir el cercado fácilmente. Y cortar la red... Laura no quería ni pensar el impulso con que se replegaría si realmente conseguía soltarla de la roca. Pero tal vez eso no fuera necesario, en realidad, debería bastar con abrir un agujero lo suficiente grande para que *Maui* pudiese pasar a través de él.

Impaciente e irritada, *Maui* golpeaba la malla con el morro.

Laura tuvo que hacer un esfuerzo para agarrar la red. Se parecía mucho a un vallado para evitar el paso de las ovejas, que en Alemania solía estar electrificado. Pero por supuesto eso era absurdo, *Maui* no dejaba de tocarla. Así pues, Laura sacó las herramientas y puso manos a la obra. Solo con el cuchillo no lo conseguía, en eso el pescador tenía razón. Pero con la sierra sí logró en un lapso de tiempo brevísimo separar la trama de nailon y acero de que se componía la malla. La tensión a que se hallaba sometida la red facilitó la tarea.

Comenzó justo por debajo de la superficie y luego se sumergió. Ahí debía orientarse más tanteando que con la vista, pues la oscuridad impedía reconocer algo más que los contornos y no disponía de mano libre para la linterna de bolsillo. Puesto que los cortes eran afilados, tuvo que abrir un agujero lo suficientemente grande en la red. *Maui* no debía hacerse daño al atravesar el orificio. Laura trabajaba febrilmente, el tiempo pasaba volando.

Por lo menos *Maui* parecía entender lo que ocurría. El delfín daba vueltas impaciente alrededor de su salvadora. Laura creyó oír voces procedentes de la playa. ¿La estarían animando los rescatistas? Se preguntaba por qué nadie salía en su ayuda. ¿Tenían miedo? ¿De las consecuencias de la operación o de *Maui*? Lo mismo daba, en ese momento no podía pensar en ello. Distinguió borroso el barco del pescador en alta mar. Debía de haber pasado por encima del banco de arena y ahora esperaba a una distancia suficiente para ver qué hacía la hembra de delfín. Laura calculó el perímetro del mular otra vez y decidió que el agujero ya era lo bastante grande.

—¡*Maui*! —llamó, haciéndole gestos para que se acercara antes de sumergirse y pasar nadando a través del agujero. ¿La seguiría?

Laura no tenía por qué preocuparse. El delfín enseguida apuntó el morro hacia la salida y dejó que el resto del cuerpo se deslizara por el orificio, aunque era un poco pequeño. Durante unos espantosos segundos, se quedó bloqueada, pero consiguió liberarse con un par de potentes sacudidas. Laura vio que se había arañado la piel pero que no parecía estar gravemente herida. De hecho, el animal ni siquiera hizo caso de los rasguños, sino que dio muestras de una alegría desbordante al estar por fin en libertad. Saltaba, chasqueaba y alborotaba alrededor de su libertadora.

—¡Pero ahora también tienes que ocuparte de los pequeños cachalotes! —gritó Laura. Estaba exhausta y le hubiera encantado nadar hasta la barca del pescador para salir del agua. Sin embargo, si se iba directamente hacia el banco de arena, *Maui* posiblemente la seguiría y se olvidaría de los cachalotes. Así pues, se volvió hacia la otra parte de la cala. Rodeó las rocas y vio a los voluntarios con los animales varados, que todavía descansaban sobre las lonas con las que les ayudaban a llegar a aguas profundas. Laura se dirigió hacia ellos y *Maui* enseguida la adelantó. El delfín se aproximó velozmente y empezó a emitir chasquidos de inquietud. De repente, el mayor de los jóvenes cachalotes se enderezó. Hizo gestos de querer liberarse de las lonas y sus rescatistas enseguida cedieron.

—¡Nada! —gritó alguien. Los demás aplaudieron. Pero lo mismo habían conseguido en la anterior marea alta. El segundo cachalote también empezó a nadar y de nuevo pusieron rumbo hacia el banco de arena. Pero esta vez *Maui* estaba con ellos. Poco antes de llegar a las aguas someras, el delfín se sumergió y los cachalotes la siguieron. Luego los animales desaparecieron.

Laura estaba al límite de sus fuerzas. Calculó la distancia que la separaba del barco del pescador y decidió nadar hacia él. Mientras se acercaba, creyó distinguir al hombre de pie en la embarcación, filmándola. ¡Pero tenía que acudir en su ayuda! Laura gritó y oyó que arrancaba el motor. Poco después el pescador la ayudaba a subir en la barca.

—¡Lo ha conseguido! ¡Han salido! —El hombre casi no podía contener su entusiasmo—. ¡Mire, ahí está el delfín!

Laura estaba sentada en la barca, agotada y muerta de frío, pero cuando vio emerger la aleta dorsal de *Maui* se puso en pie.

—¡Buen... buen trabajo, *Maui*! —murmuró.

El delfín seguro que no entendió ese saludo de despedida, pero Laura sí comprendió los gestos de *Maui*, que volvió a erguirse sobre la aleta caudal, hizo un par de saltos espectaculares y luego se sumergió.

—¿Quiere intentar hacerla volver o la dejamos en libertad? —preguntó el pescador.

Laura sonrió.

—¡Esta ya no vuelve! —dijo—. No se dejará encerrar una segunda vez.

Para Laura, la noche transcurrió como en una sucesión de sueños: las pesadillas y la euforia se iban alternando.

Cuando el pescador la dejó de nuevo en la playa, casi estaba inconsciente a causa del frío. Solo se percató vagamente de la emoción de los rescatistas, de sus felicitaciones y de sus agradecimientos. Kiki estuvo muy cariñosa, la ayudó a quitarse las prendas mojadas y la envolvió en unas mantas.

—Si al menos te hubieras puesto un traje de neopreno... —la riñó.

Claro que Laura había pensado en ello, porque en el equipo de los especialistas llegados de Auckland también había trajes de neopreno, pero al final se había decidido por tener la máxima movilidad y por no llamar en absoluto la atención.

Una voluntaria se acercó con un té caliente y un joven resoluto encendió sin vacilar una hoguera con ayuda de la madera arrojada por el mar a la playa.

—Esto ya no puede desconcertar a ningún cachalote más —dijo.

En cambio todos podían calentarse. También los demás voluntarios habían pasado frío. La doctora Freedman intentó proteger a Laura de la prensa ocupándose ella misma de las entrevistas. El pescador mostró las imágenes que había grabado y que demostraban que *Maui* había conducido a los pequeños cachalotes fuera de la cala. Finalmente, la periodista de la televisión se abrió camino hasta Laura y le planteó un par de preguntas. Ella las contestó medio adormecida.

—No había otro remedio, los cachalotes me miraban de una manera tan suplicante... No me quedaba alternativa.

Le daba la impresión de que hablaba igual que Kiki, pero esperaba tener gran repercusión. Seguro que alguien colgaba la secuencia en YouTube. En un momento dado, Kiki la ayudó a vestirse y alguien la condujo a la zódiac, que Joe y los alemanes empujaron al agua. Todos decidieron que había llegado el momento de marcharse, incluso los periodistas querían volver al hotel.

—Por supuesto seguiremos informando acerca del delfín solitario —advirtieron—. Esto mantendrá ocupado al público general también en los próximos días...

Laura dio gracias al cielo cuando por fin llegaron al muelle de Paihia, pero encontraron vacías las oficinas de Eco-Adventures. Por lo visto, los Kore se habían ido a casa tras las últimas declaraciones de Amelia sobre la liberación del delfín, de modo que posiblemente no supieran nada todavía sobre la actuación de Laura. Esta y Kiki agradecieron no haber de someterse a más interrogatorios. Joe, que tenía coche, las llevó hasta su alojamiento.

Ralph todavía estaba despierto.

—Lo acabo de ver por televisión —dijo—. ¡Una locura, Laura! ¡En el más auténtico sentido de la palabra! ¡Los Kore te matarán! Pero que haya funcionado... que los cachalotes estén libres... ¡Es realmente increíble! ¡De cine, Laura! Solo espero que no tenga repercusiones para ti...

En ese momento, a Laura casi le daba igual. Lo único que deseaba era irse a la cama. Kiki calentó bolsas de semillas para que entrara en calor y luego Laura se sumergió en el blando y cálido plumón, sintiéndose tan agotada y tan feliz a un mismo tiempo como nunca antes en su vida.

6

—Cuando te despiertes, tienes que ir directa a la oficina —anunció Kiki a la mañana siguiente en cuanto Laura se movió. Ya eran más de las diez y sus compañeros la habían dejado dormir. Kiki le contó que Ralph incluso se había peleado por eso con los Kore. Si hubiera sido por ellos, habría tenido que presentarse en su despacho a las ocho de la mañana, pero el joven se había negado a despertarla.

—¿Hay alguna novedad? —preguntó en voz baja Laura.

Después de ese día tan agotador todavía se sentía hecha polvo. Tenía agujetas y las manos cubiertas de ampollas.

—No —respondió Kiki, llevándole una taza de café a la cama—. En la televisión repiten las grabaciones de ayer noche. Las entrevistas, la alegría de los rescatistas e imágenes del pescador. No son arrebatadoras, pero se ve que *Maui* se alegra de verte y cómo se sumerge con los dos jóvenes cachalotes. Y luego las aletas dorsales cuando los tres se alejan de la cala. Una operación exitosa, sin la menor duda. Aun así, *Maui* ha desaparecido y los Kore están echando pestes, como era de esperar. He hablado por teléfono con Roger: están buscándola en sus barcos, incluso han pedido ayuda a la Policía Marítima. ¡Por lo visto también Steve colabora con ellos! Pero, por supuesto, todo eso es inútil, claro, mucho ruido y pocas nueces. ¿Cómo van a encontrar un delfín en la bahía de las Islas?

Laura suspiró.

—La que me espera —murmuró—. ¿Puedo desayunar algo? Me muero de hambre. Y necesito urgentemente una ducha, tengo que parecer un ser humano aunque sea a medias si voy a reunirme con los Kore.

De hecho, eran las once y media cuando por fin llegó a la oficina de reservas. Delante de su alojamiento, al igual que en el puerto, esperaban unidades móviles de la televisión y la radio. En cuanto se dejó ver, le pusieron los micrófonos pegados a la cara. Laura rechazó todas las entrevistas.

—Tienen que entender que antes debo hablar con el señor Kore... Todo eso... también es asunto de la empresa.

—¿Espera tener algún percance? —preguntó la periodista de la televisión a la que conocía ya del día anterior.

—Espero que no haya consecuencias negativas —fue su breve respuesta—. Me refiero a que nuestro... nuestro mayor deseo era salvar a los cachalotes, tal como manifestó la misma señora Kore en varias ocasiones. Solo que no creía que *Maui*, es decir, el delfín, pudiera contribuir en conseguirlo.

Laura evitó más preguntas entrando en la oficina. Roger quería llevarla de inmediato al despacho del señor Kore, pero la gente joven que trabajaba en la oficina de reservas los detuvo. Laura se emocionó cuando se pusieron a aplaudir y vitorearla. Un par de turistas que se estaban informando en ese momento sobre los *tours* y preguntaron qué había ocurrido se unieron al resto cuando les contaron la aventura de Laura.

Pero ya no se admitía más demora. Con expresión pesarosa, Roger le abrió la puerta del despacho.

—Están muy enfadados —le susurró—. Sinceramente, nunca los había visto tan furiosos...

—¡Quítese la chaqueta! —berreó el señor Kore en cuanto

entró en el despacho. Estaba junto a la ventana, detrás del escritorio, en cuya silla estaba sentada su esposa, y señalaba la chaqueta de Laura con el logo de la compañía—. ¡Quítesela inmediatamente!

Amelia Kore hizo un gesto sosegador con la mano.

—Balthasar, por favor...

Intimidada, Laura se desprendió de la chaqueta y la colgó en la silla para las visitas. Los Kore no le pidieron que tomara asiento.

—Lo... lo siento —dijo.

La señora Kore emitió una especie de resoplido.

—¿Qué es lo que siente? ¿Haber desobedecido nuestras órdenes explícitas? ¿Que ha dejado en libertad a un animal peligroso? ¿Que una inversión de más de treinta mil dólares...?

—He causado el menor desperfecto posible —se disculpó Laura—. Seguro que se puede remendar fácilmente la red...

—¿Y se puede meter al delfín dentro por arte de magia? —preguntó con dureza Amelia—. Los desperfectos en la red son lo de menos... mucho peores son las pérdidas de ganancias que seguirán. La cala, que ahora no podremos utilizar como destino de excursiones, tal como habíamos planeado; el baño con los delfines, que tendremos que seguir suspendiendo...

Laura inspiró hondo.

—Creo... que se exagera muchísimo con respecto al peligro que supone *Maui*. Normalmente, dejamos que la gente nade con un grupo de delfines; si seguimos haciéndolo de este modo, el delfín solitario no representa ningún peligro. Como su propio nombre indica, es un animal que vive solo. Evita la compañía de otros animales...

Amelia Kore la fulminó con la mirada.

—¡Muchas gracias por la lección, señorita Brandner! —siseó—. ¡Pues claro que este delfín no representa la menor amenaza! También lo podríamos haber dejado tranquilamente en esa cala sin poner la red. Pero no se trata de una amenaza real, sino potencial; y, actualmente, nos hallamos ante el problema de que no hay nadie que se atreva a meterse en el agua con un delfín.

Laura se frotó la frente.

—¿No se calmará esto pronto? —preguntó—. Si... si la televisión deja de informar y... si no se producen más sucesos...

—¡Primero tendremos que llegar a ese punto! —respondió Amelia—. En lo que respecta a ese «tendremos», señorita Brandner, queda usted excluida. Ahora mismo está usted despedida. No queremos volver a verla. Y tampoco deseamos verla en la televisión local, ni por supuesto en ninguna emisora de todo el país...

—Yo no quería... —Laura iba a decir que la periodista la había cogido por sorpresa con las entrevistas, pero Amelia Kore siguió hablando.

—A cambio de su silencio, renunciaremos a ponerle una demanda por daños y perjuicios. Ha tenido usted mucha suerte. Si la operación no hubiera salido bien para los cachalotes, habríamos actuado de otro modo. Pero así... —Así las demandas por daños y perjuicios no se realizarían ante la opinión pública. Laura sabía lo que Amelia estaba pensando, era exactamente aquello por lo que ella había apostado—, así contabilizamos los costes como nuestra contribución en el salvamento de los animales —siguió diciendo Amelia—. De este modo justificaremos también la puesta en libertad del delfín más tarde, así que no tiene nada que temer. Siempre que se atenga a lo acordado...

Le zumbaba la cabeza. Despedida sin previo aviso. ¿Adónde iba a ir? ¿De vuelta a Alemania? Había reservado su vuelo para agosto, todavía quedaban tres meses...

—¿Qué... qué ocurre con mi vuelo de vuelta? —preguntó con un hilillo de voz—. Quiero decir...

Eco-Adventures había reservado sus vuelos y era muy probable que sin seguro de cancelación. Si la compañía no se hacía cargo de los costes del cambio de reserva, tendría que pedir dinero a Tobias o a sus padres. Ya no le quedaban ahorros.

—Su vuelo está reservado para agosto, tiene usted los papeles, en eso no varía nada —respondió fríamente Amelia—. Pero si quiere cambiar la reserva, tendrá que ocuparse usted misma de los gastos de la cancelación. Haga lo que desee, señorita Brandner, pero deje de molestarnos...

—Lo mismo afecta a mi hijo —añadió el señor Kore. Hasta el momento había dejado que fuera su esposa quien dirigiese la conversación, pero en ese momento intervino—. Con el asunto de ese delfín, Steve se ha mostrado muy colaborador, excepcionalmente...

—¡Steve tenía miedo! —Laura le quitó la palabra, dominada por la rabia que sentía—. Él debería haber hecho lo que hice yo. Todo eso ha sido por culpa suya, era su responsabilidad...

—Mi hijo —dijo Kore dignamente— no asume bien las responsabilidades. De ahí que todo esto no nos haya sorprendido mucho. Durante un tiempo había pensado que tal vez ejercería usted una buena influencia sobre él, que podría contenerlo un poco en sus opiniones y actuaciones. De lo contrario ya hace tiempo que habría cortado esta... —pareció reflexionar acerca de cómo expresarse—. Esta relación.

—Ya hace tiempo que la relación se había cortado por sí misma —indicó Laura con amargura—. Y le garantizo que no voy a perseguir a su hijo. Hasta la vista, señores. Y repito: lo siento. No quería causar problemas, he trabajado muy a gusto aquí. Pero los cachalotes... ¡esos cachalotes valen mucho más que lo que han tenido que pagar por la red!

Dicho esto dio media vuelta y salió como aturdida de la oficina.

—¿Y? ¿Qué tal?

Roger y un par de empleados más se agruparon a su alrededor, pero se separaron de golpe cuando Amelia salió justo después de Laura del despacho y cruzó la sala de atención al público.

—Despido sin preaviso —contestó Laura en voz baja—. Yo... yo no tengo ni la menor idea de qué voy a hacer ahora...

—¡En primer lugar, tienes una habitación en el Bottlenose! —prometió Jessica cuando Laura volvió a su apartamento.

La propietaria del albergue la había estado esperando con sus huéspedes para celebrar su actuación tal como habían hecho los empleados de la oficina de reservas. La televisión seguía mostrando secuencias de su entrevista, estaba en boca de todos como la salvadora de los jóvenes cachalotes. Sin embargo, ahora también aparecía Amelia Kore en primer plano. Respondía a una entrevista en directo en la que afirmaba sentir una alegría incontenible por el rescate de los jóvenes animales.

—Nunca habríamos calculado que sucediera esto, realmente nos costó tomar la decisión de dejar al delfín en la cala, ¡pero ningún experto consideraba que esa operación tuviera probabilidades de éxito! Que nuestra joven trabajadora se lo jugara todo a una carta y lo intentara a pesar de todo... En fin, eso da muestra de un valor notable, ¡y nadie se alegra más que nosotros de que los cachalotes hayan salido sanos y salvos de este asunto! Menos contentos nos sentimos de la fuga del delfín solitario... Ya se han puesto en marcha operaciones de búsqueda. Si encuentran al animal, nosotros no ahorraremos esfuerzos para devolverlo al hábitat que le hemos preparado y donde no representará ningún peligro para la población.

—Para decirlo claro: ¡quieren volver a capturar a *Maui*! —exclamó Laura, que escuchaba el informativo con Kiki y Ralph mientras iba empaquetando sus pertenencias.

Ralph asintió.

—Tan deprisa no van a arrojar la toalla. Ahora tengo que irme, me encargo del *tour* en el *Kaikanikani*. Hoy no hay excursiones en la zódiac, los patrones navegan por los alrededores en los botes neumáticos buscando al delfín. Algo totalmente absurdo, porque puede estar en cualquier lado. Pero no parece que tengas trabajo, Kiki, así que ayuda a Laura a hacer la mudanza.

Así lo hizo Kiki, aunque sin parar de hablar ni un segundo.

Pero a Laura le resbalaba todo lo que decía. Saber que ahora estaba sin trabajo y sin dinero, varada en el otro extremo del mundo, la había dejado de piedra. Seguro que todavía podía permitirse una habitación en el Bottlenose por un par de días —a lo mejor Jessica y Paul se la dejaban gratis—, pero era imposible que pasara tres meses viviendo allí...

—¿Sabéis algo de Ben? —preguntó mientras subían sus cosas—. ¿Ha aparecido por algún sitio?

Kiki se llevó las manos a la cabeza.

—Claro... ¿En qué estaré pensando? Ben ha llamado esta mañana después del primer informativo. Quería hablar contigo. Pero me he olvidado totalmente... por el asunto de los Kore...

—No pasa nada. Podría haberlo intentado de nuevo —observó Laura—. Tampoco debía de ser tan importante. Es probable que quisiera cantarme las cuarenta...

Kiki movió la cabeza.

—¡Has actuado perfectamente! —dijo apasionada—. ¡No podías hacer otra cosa! Si hubiera sabido que iba a funcionar, yo también...

—Yo no lo sabía —intervino—. También habría podido salir mal...

Mientras ocupaba una de las habitaciones más baratas del albergue, el móvil vibró. Reconoció el número de Ben en la pantalla.

—¡Por fin! —exclamó él en lugar de saludarla—. Llevo todo el día intentando contactar contigo...

Laura se acordó de repente de que había silenciado el móvil por la mañana, después de que la llamaran cinco periodistas uno detrás del otro. Cómo habían obtenido su número de teléfono era un misterio.

—Lo siento —dijo Laura por lo que le pareció la enésima vez en ese día.

—No pasa nada —respondió Ben—. Y no has de explicarme

nada, ya me lo ha contado Roger. Escucha, ¿todavía hay periodistas delante de vuestra puerta?

Laura echó un vistazo hacia fuera.

—Delante del apartamento —distinguió—. Delante de mi puerta, no. Desde hace cinco minutos vivo en el hostal Bottlenose.

Ben mantuvo un largo silencio, luego se recuperó.

—Bien... Voy para allá corriendo. Dame unas tres horas, estoy cerca de Auckland... Pero enseguida me pongo en marcha. Y no te preocupes por nada...

Laura colgó, desconcertada. Por su tono de voz, Ben parecía tener mala conciencia. Era probable que le supiese mal haberla dejado sola en una situación tan crítica. Pensó en aprovechar el tiempo escribiendo unos correos o intentando ponerse en contacto por Skype con Alemania, pero luego decidió que no haría ninguna de las dos cosas. Todavía era muy pronto, sacaría de la cama a Kathi o a quien fuera con quien quisiera contactar. Y, de todos modos, nadie podía ayudarla. Laura pensó con un estremecimiento en Tobias y Martina. No se alegrarían demasiado de que ella volviera antes de tiempo...

La idea del viaje de vuelta la animó a encontrar algo apropiado en que ocuparse. Empezó a escribir a compañías aéreas y a preguntar cuánto valía un cambio de billete. Una hora después miraba desanimada la pantalla. La cancelación y el cambio de reserva costarían casi tanto como un nuevo pasaje. Y en ese momento los vuelos eran mucho más caros que en agosto, cuando era pleno invierno en Nueva Zelanda. Considerando que tampoco en Alemania tenía ninguna perspectiva —a fin de cuentas el curso no empezaba hasta septiembre—, también podía quedarse y sobrevivir como le fuera posible los próximos meses. Decidió que al día siguiente empezaría a buscar trabajo en Paihia.

Tres horas y media después de su llamada, Ben golpeó, en efecto, la puerta de la habitación. Laura le abrió y pensó que nunca se había sentido tan aliviada al ver a alguien, aunque, naturalmente, eso era una soberana tontería. Dadas las circunstancias, Ben no podía ayudarla en nada. Él mismo levantó los brazos como si fuera a abrazarla espontáneamente, pero se detuvo y tan solo colocó las manos en los brazos de ella y le dio un suave y consolador apretón.

—Laura, esto no debería haber pasado... —observó con voz velada.

Ella retrocedió asustada.

—¿Qué? —preguntó—. ¿Crees que no debería haber dejado a *Maui* en libertad? ¿Tenía que haber abandonado a los dos pequeños cachalotes a su suerte y dejado al delfín en su cala? Yo...

—¡No! —Ben movió la cabeza con vehemencia—. ¡No, claro que no! Me refiero a que yo... yo... Yo no debería haberte dejado sola con este asunto. Fue una total desconsideración por mi parte despedirte con un par de números de teléfono y marcharme. Tendría que haber estado allí...

Laura lo dejó pasar. Ben contempló la sencilla habitación con el mobiliario ya envejecido. Cuando le pidió que se sentara, se decidió por una butaca tambaleante. A ella le sorprendió lo afectado que parecía. Claro que se habría sentido mejor si él hubiera estado a su lado durante el rescate de los cachalotes, pero tampoco tenía que sentirse tan culpable.

—No habrías podido hacer más —dijo para tranquilizarlo—. Sin *Maui* para liberarlos, tampoco habrías podido sacar a los cachalotes de la cala. Los expertos de Auckland obraron de manera muy profesional, no se podía haber actuado mejor. Y en lo que respecta a *Maui* y... y la red... ¿Qué otra cosa podrías haber hecho que no hice yo?

Ben se la quedó mirando y en sus ojos volvió a aparecer esa expresión torturada.

—De eso se trata, precisamente —dijo—. Yo podría haberlo hecho en tu lugar. Has... has puesto en peligro tu porvenir...

Laura se encogió de hombros.

—¿Y? ¿Habría sido mejor arriesgar el tuyo? —preguntó.

Ben bajó la vista.

—En mi caso no hay nada que arriesgar —respondió en un murmullo—. Yo ya hace tiempo que no tengo porvenir.

EL CONGRESO

1

Ben se negó a confiarse a Laura. Era evidente que le resultaba muy desagradable volver a poner de manifiesto que llevaba un lastre en su interior. En lugar de explicarse, intentó desviar la conversación hacia las posibilidades de trabajo que ella podía encontrar en Paihia.

—Yo en tu lugar primero intentaría solicitar un empleo a las empresas que ofertan avistamientos de ballenas. Una parte trabaja con estudiantes que ahora ya han vuelto a la universidad. A lo mejor encuentras con ellos algún puesto libre. Y, si no, preguntaremos en las tiendas. Seguro que damos con algo. Y casi siempre hay la probabilidad de encontrar vivienda además de trabajo. No te desanimes, Laura, mañana lo verás todo de otra forma.

Se sentía reconfortada cuando Ben se marchó, no sin antes haberle contado con todo detalle, desde luego, lo ocurrido con *Maui* y el rescate de los cachalotes. Él le repitió que lo había hecho todo correctamente y que sentía haber evitado la situación.

Por supuesto, ella comprendía el horror que Ben sentía hacia los medios de comunicación y más cuando sabía cómo reaccionaba Eco-Adventures ante las actuaciones en solitario de sus empleados. ¿Habría desvelado Ben en algún momento a un periodista algunas incómodas verdades sobre la compañía? No, imposible. En tal caso, los Kore no le darían trabajo. Claro que era bueno en su oficio y además polivalente, pero Laura no podía imaginar que una persona como Amelia Kore lo considerase insustituible.

Cuando Ben se hubo marchado, trató sin demasiado entusiasmo de contactar con Alemania por FaceTime. El día anterior había escrito informando de que estaba rescatando unos cachalotes y que hablaría con ellos más tarde, pero se había olvidado. Seguro que los niños estarían a la espera. Por desgracia la conexión a internet resultó ser considerablemente peor en el Bottlenose que en el apartamento; Ben y Ralph tenían su propio router. Sea como fuere, Laura no obtuvo conexión y, frustrada, acabó acostándose a las ocho de la tarde. Aun así, no consiguió conciliar el sueño, no dejaba de darle vueltas a la cabeza. ¡Por lo visto había echado por tierra la aventura de su vida, Nueva Zelanda!

Por la mañana, al despertarse, se asombró de que sus sueños la hubieran conducido a un mundo más hermoso. Había visto sumergirse a *Maui* con los jóvenes cachalotes y había vuelto a presenciar sus alegres saltos. Había contemplado cómo los jóvenes animales, que por fin podían volver a nadar, desaparecían en la vastedad del océano. Y había visto a Ben, pero no a ese infeliz y pensativo Ben que andaba cargando con las penas de medio mundo, sino a un Ben risueño y entusiasta que, junto con ella, seguía con la vista a los animales. «¡Has hecho lo correcto!», le gritaba.

En realidad, Laura nunca había dudado de ello.

Al día siguiente, los botes neumáticos también habían salido en busca de *Maui* y Ben habría tenido que estar, en realidad, a bordo de uno de ellos. Pero a nadie le ofendió que fuera a recoger a Laura y la acompañara a buscar trabajo.

—Joe puede salir solo a dar vueltas sin sentido por la cala —dijo—. Y si hay que hacer entrevistas, él y Ralph se desenvuelven mucho mejor que yo. Pero Roger opina que los canales de televisión se van marchando poco a poco. Desde ayer, aquí no hay nada nuevo que ver, ni cachalotes ni al delfín, y no se producirá ningún cambio tan deprisa.

Por el momento, las emisoras regionales al menos intentaban mantener vivo el interés del público. Las declaraciones de los biólogos marinos eran, sin excepción, vagas. Se esperaba que los cachalotes hubiesen encontrado la salida de la bahía de las Islas. Sobre el comportamiento del delfín, nadie especulaba acerca de que constituyera una amenaza para la población. «Por ahora se ha ido —declaró una conocida experta—. Ya veremos si vuelve a aparecer. A lo mejor sigue permaneciendo solo y busca una nueva cala, entonces volverá a establecer contacto con seres humanos. O tal vez abandone su vida en soledad, se una a una manada de delfines y en el futuro pase totalmente inadvertido. En cualquier caso, no podía sucederle nada mejor que salir de esa cala. ¡Borrón y cuenta nueva!»

—En cualquier caso, Constance Merryweather está de tu parte —comentó Ben de buen humor mientras desayunaban juntos viendo la entrevista por televisión antes de marcharse—. Como cualquier otro ser que piense de forma realista. Y ya verás, en una hora habrás encontrado un nuevo trabajo...

Sin embargo, encontrar empleo no era tan simple como habían imaginado. Las otras dos empresas que ofrecían avistamientos de cetáceos en Paihia rechazaron a Laura por razones de poco peso. Era obvio que nadie iba a dar una segunda oportunidad a una persona a quien el líder en el mercado había despedido. Ella ya había sospechado que algo así sucedería y no se sintió ni la mitad de decepcionada que Ben, que se había hecho muchas ilusiones respecto a su futuro.

—Vamos a probar en las tiendas —dijo Laura—. Y si no hay nada más, en la restauración. De estudiante ya trabajé como camarera. Lo odio, pero hasta agosto seguro que sobrevivo.

Pero resultó que no iba a tener que trabajar de camarera. A cambio, en la tercera tienda de recuerdos en la que consultó, su solicitud fue escuchada. Las señoritas Berta y Marygold, dos hermanas de edad avanzada, gestionaban en la calle comercial de Paihia una típica tienda turística, así como un negocio de piezas de bisutería, de vidrio y de madera. Eran muy amables. Durante la temporada contrataban a estudiantes para que las ayudaran, pero ahora que estas habían vuelto a la universidad las echaban de menos.

—No es que tengamos tantos clientes como en pleno verano, pero solo la tarea de ordenar todos los artículos... Yo ya no me subo tan a gusto a la escalera —observó la señorita Marygold con una sonrisa de disculpa.

Fuera como fuese, las hermanas enseguida se pusieron de acuerdo para repartirse el sueldo de Laura. Por las mañanas ayudaría en una tienda y por las tardes en otra. Las propietarias de los negocios también disponían de una pequeña vivienda, un apartamento diminuto y amueblado de forma muy convencional, pero que para Laura ya era lo bastante grande. Solo parecía haber problemas con internet, únicamente en una de las tiendas había una cobertura aceptable. Tendría que recurrir a cafés o a hoteles. Y eso es lo que hizo acto seguido, cuando Ben la invitó a un café para celebrar que había encontrado trabajo.

—Tengo que enviarle un mensaje a Kathi sin falta... y a Tobias... —murmuró, y se asombró de recibir una llamada por Skype en cuanto su móvil estuvo en línea.

Laura respondió intranquila. Ya eran las once pasadas, es decir, casi de noche en Alemania. Como siempre que le llegaba un aviso en horas excepcionales, se inquietó. Una entusiasta Kathi se puso al aparato.

—¡Mami, has salido por la tele! —resonó alegre su voz en el auricular—. Antes, en el programa *Desde el mundo entero*. Has salvado un delfín, ¿no? ¡Ha sido superguay!

—Más bien a dos cachalotes —la corrigió Laura—. Pero...

¿cómo... cómo es que ha salido por la televisión alemana? ¿Qué es lo que han enseñado... y dicho?

Inmediatamente, Kathi se lo contó con todo detalle. Al parecer había encontrado el programa en la mediateca de televisión por internet y lo había visto diez veces. Laura lo conocía, en él se alternaban reportajes internacionales, en su mayoría serios, con noticias especiales divertidas o edificantes. Por lo visto, el rescate de los cachalotes en Nueva Zelanda se había emitido en esa categoría. La televisión alemana había elaborado un pequeño reportaje con los artículos de la periodista local y, naturalmente, con las imágenes del pescador. No se mencionaba el nombre de Laura, pero sí se habían traducido sus palabras sobre el rescate de los cachalotes.

—Se te veía bastante mojada —opinó Kathi acerca del aspecto de Laura en los medios de comunicación—, pero te has explicado muy bien. ¡Estoy superorgullosa de ti! Aunque te hayas quedado sin trabajo. Qué gente tan mala... Yannis también cree...

Laura se frotó la frente. Así que también se había mencionado eso. Interrumpió el caudal de palabras de su hija.

—Kathi, papá... ¿Papá también lo ha visto? ¿Qué ha dicho?

El rostro de Kathi se ensombreció.

—Que tenía que hablar contigo. Estaba... Bueno, no estaba muy entusiasmado...

Laura hizo un gesto compungido. Tobias ya podía hacerse una idea de lo que había arriesgado por salvar a los cachalotes. Y en ese momento ya sabía que había perdido su trabajo.

—¿Ahora? —preguntó con voz ronca—. Quieres decir que papá quiere... ¿quiere hablar conmigo... ahora?

Kathi movió la cabeza.

—Qué va, ha ido a tomar algo con Martina...

Su madre reprimió una observación, pero pensó que su marido estaría, sin duda, comentando el descalabro con la novia, y no con demasiado entusiasmo.

—Y... Jonas, ¿todavía duerme? —preguntó esforzándose por conservar la calma. Le habría gustado hablar también con él, pero Ben estaba sentado a su lado, no entendía nada de lo que decían y se le estaba enfriando el café. Además, tenía que informar a Kathi de que había cambiado de dirección y de que la conexión a internet era mucho peor—. Ahora estoy en un café —concluyó—. Y en línea. Si me envías el enlace con esa emisora de televisión...

Un par de minutos más tarde vio las conocidas imágenes de los cachalotes en la playa y a sí misma en el agua, en la barca del pescador y junto al fuego. Más interesante era el comentario al respecto. El comentarista no había omitido nada en relación con la puesta en libertad de *Maui*. Decía que la acción de Laura no tenía precedentes. Su apuesta por los cachalotes y la operación de rescate de *Maui* se colgaron en YouTube con el título *De ángeles y cachalotes*. Las visualizaciones ya se contaban por miles.

—Son tus quince minutos de gloria —observó Ben con una sonrisa torcida—. Disfrútalos, eres la heroína del día. Uno puede alcanzar la fama de otra forma muy diferente...

A Laura le faltaba la energía para preguntarle a qué aludía con esas palabras. Era probable que él enmudeciera de nuevo si intentaba sonsacarle algo más. Se propuso buscar en Google una vez más el nombre de Ben, en su primer intento no había obtenido ningún resultado. Tal vez no había escrito bien el nombre...

Al día siguiente, antes de ir a trabajar en la tienda de la señorita Marygold, Laura entró en un cibercafé para conversar con Tobias. Su marido parecía enfadado.

—Así que te han despedido —dijo con frialdad—. ¿Hemos de esperar que aparezcas por casa uno de estos días?

Laura se mordió el labio.

—No —contestó—. Ya... ya tengo un trabajo nuevo. Pero si... si llegara antes de tiempo ¿tan grande sería el problema?

Tobias resopló.

—Laura, ya conoces la situación —respondió—. Sabes que en este momento sería... incómodo. Además de que los niños y Martina se están acostumbrando poco a poco a convivir...

—También es mi casa, Tobias —indicó en voz baja Laura.

No había pretendido pelearse, pero tampoco había contado con que Tobias no la dejara entrar en el que había sido su hogar hasta entonces.

—Las puertas de esta casa han estado abiertas para ti durante mucho tiempo —repuso Tobias, un poco como si hubiera ensayado esas palabras—. Abiertas de par en par. Mi paciencia no ha tenido límites, no lo podrás negar. Pero decidiste marcharte. Si ahora quieres destruir la felicidad que he recuperado...

Laura jugueteó nerviosa con el fular, un regalo de Jonas.

—Tobias, ¡haz el favor de no ser tan melodramático! —le pidió—. Nadie quiere destruir tu felicidad. Al contrario, yo... yo me alegro por ti. Aun así, está el problema de adónde tengo que ir cuando vuelva a Alemania... A lo mejor en septiembre me dan una plaza universitaria, a lo mejor no...

Había sido muy optimista hasta ese momento, pero tampoco podía acumular muchos puntos con un año en el extranjero y el avistamiento de cetáceos. Se preguntó si tendría el valor para pedir a Eco-Adventures que le dieran un certificado por los primeros meses de trabajo.

Tobias hizo una mueca.

—Entonces tendrás que buscarte otra casa o mudarte a la de tus padres —dijo inconmovible—. Por supuesto, los niños pueden quedarse aquí. Calculo que también tendré que pagarte una pensión. Alguna salida encontraremos. Y la justicia está de mi parte.

—Todavía estamos casados... —le recordó. Él no podía limitarse a cerrarle la puerta en las narices.

Tobias hizo un gesto de rechazo.

—Ayer todos tuvimos la oportunidad de escuchar cuál es tu postura frente a este matrimonio —respondió—: ¡Los cachalotes son más importantes que cualquier otra cosa! ¿O es que tienes algo más que añadir?

Laura decidió dejar esa conversación para más tarde. Todavía le quedaban varias semanas en Nueva Zelanda. Tal vez no fuera mala idea contratar desde ahí mismo un abogado en Alemania. La situación legal no tenía por qué ser tan definitiva como Tobias la pintaba. Concluyó la conversación lo más amable y educadamente que pudo. Había deseado que, cuando se produjera la separación, fuera de forma amistosa, pero ahora sus esperanzas se veían amenazadas.

De ahí en adelante, Laura se sintió acompañada por una sensación de espantoso inmovilismo. Se aburría a menudo; en cuestión de pocas horas se había familiarizado con el trabajo en las tiendas de la señorita Berta y de la señorita Marygold. Las dos ancianas estaban muy contentas con ella; por tener algo que hacer, Laura informaba a los clientes con todo detalle sobre la calidad de los peluches de kiwi o el significado de los colgantes de jade en la cultura maorí, ambos recuerdos muy apreciados entre los turistas. Las dos señoras también se alegraron mucho cuando Ben pasó unos minutos a tomar un café después del trabajo. Lo monopolizaron de tal modo que Laura casi no consiguió preguntarle cómo le había ido el día en Eco-Adventures. Ardía en deseos por saber qué se había hecho de los delfines y los rorcuales de Bryde. Esperaba que *Campanilla* y su familia volvieran a dejarse ver. A ese respecto, Ben era optimista, pues los activistas de SAFE y Watch Whale Watching por fin se habían marchado.

—En esta época siempre desaparecen —dijo relajadamente, cuando ella volvió a interesarse por el tema—. Son los típicos militantes de verano. En primer lugar, consiguen más gente en temporada alta, y en segundo lugar es más divertido ir armando jaleo en el mar cuando hace buen tiempo.

Por lo demás, la calma había vuelto a la bahía. Ben y Kiki se encargaban solos de los avistamientos de ballenas, pues a finales de verano cada vez había menos que hacer. Ralph se ocupaba de un grupo que practicaba heliesquí y disfrutaba, sin duda, de una temporada en las montañas. Laura esperaba que no hiciera ningún disparate, pero los clientes que reservaban ese tipo de deporte extremo eran en general esquiadores experimentados.

Desde la liberación de *Maui*, Steve no había vuelto a aparecer por Paihia. En caso de que estuviera buscando a su delfín, lo hacía con tal discreción que nadie se enteraba. Pero Laura no lo creía así. Sospechaba que le había sentado mal que su animal de poder hubiera dejado que ella lo sacase de la cala. De hecho, más tarde describía lo ocurrido como si ella se le hubiera adelantado... probablemente con la intención de hacer un buen papel ante la prensa.

—Tú único objetivo era robarle protagonismo a él y a los Kore. A todos los que realmente tenían buenas intenciones con los cachalotes —expuso Ben, contando con sarcasmo la versión de Eco-Adventures—. A estas alturas, parece como si la misma Amelia te hubiera autorizado a dejar a *Maui* en libertad en el último momento. Y se supone que te ha despedido porque lo negaste con el fin de perjudicar a la empresa...

—No lo hice. —Laura tendría que haberse puesto furiosa pero no perdió la calma. A esas alturas le daba igual cuál fuese la actitud de la empresa—. Yo no mencioné para nada Eco-Adventures.

Ben hizo una mueca.

—De todos modos, ¡es una injusticia que estés por aquí doblando camisetas, mientras que todos los demás se dedican a sus tareas de gran responsabilidad! —replicó indignado.

Había ido a ver a Laura una vez más y la encontró ordenando por tallas distintas camisetas con motivos de Nueva Zelanda. Todavía no había entrado ningún comprador, amenazaba lluvia.

—Lo de las camisetas es lo que menos me enerva —advirtió Laura.

De hecho, casi se tomaba la tarea como un ejercicio de meditación. Lo peor era tener que esperar la respuesta de las universidades alemanas. El plazo de información se iba acercando y Laura cada día estaba más nerviosa. También la mala conexión a internet la sacaba de quicio, y además Jonas, sobre todo, necesitaba consuelo. El pequeño era infeliz desde que Tobias estaba con Martina; su padre pasaba mucho menos tiempo con él que antes. Por lo visto, Tobias había perdido el interés por el modelismo ferroviario. Según Jonas, Martina encontraba infantil que un hombre adulto se interesara por esas aficiones. Laura siempre se había alegrado de que padre e hijo estuvieran unidos por el mismo pasatiempo. Martina, por el contrario, se sentía excluida e insistía en convertir el sótano en un gimnasio.

—Jonas está contando los días que faltan para que vengas —le dijo Kathi, provocando con ello que Laura volviera a pasar noches en blanco.

Qué sucedería cuando regresara a casa, pero tuviera que comunicarle a Jonas que tenía que seguir viviendo con su padre y Martina...

—Le das demasiadas vueltas a la cabeza —observó Ben, cuando ella le contó otra vez sus desvelos—. Las universidades pronto contestarán y luego te mudas con tus hijos junto al mar. No te preocupes tanto...

Eso sonaba extraño en sus labios —a fin de cuentas, Ben no era precisamente conocido por su accesibilidad y buen humor—; pero últimamente se sinceraba más con Laura y la hacía más partícipe de su vida. También ese día intentó distraerla hablándole apasionadamente de la página web que administraba.

—Tenemos registrados más de sesenta animales a los que

vemos regularmente y a los que reconocemos sin cometer errores. Estoy trabajando en un mapa para distinguir visualmente sus movimientos en la bahía. Y tu salvamento de los cachalotes ha atraído la atención de la Universidad de Auckland. Nos apoyan con fondos para la investigación, de modo que tendremos mejor *software* y a lo mejor hasta dinero para una cámara profesional.

Desde que Laura no estaba, había menos fotografías de delfines de calidad con las que enriquecer la página web. Ni Ben ni Kiki tenían visión para ello, tampoco era propio de ellos la manera cordial con que Laura seleccionaba a los buenos fotógrafos entre los observadores de delfines y los convencía para que pusieran las fotografías a su disposición.

—Me alegro por ti...

Laura asintió con tristeza y una pizca de envidia. Tal vez Ben no estuviera del todo satisfecho con su vida, pero al menos seguía teniendo una tarea interesante, mientras que ella, fuera del horario de trabajo, no tenía nada más que hacer que atormentarse de tanto cavilar.

—Ahora también he colgado páginas informativas con la dirección de la web en el barco y en la oficina de reservas —prosiguió Ben—, por si la gente quiere informarse antes o después de la excursión. Y me consultan muy a menudo. Muchos enseguida contactan con la web a través del móvil. Si esto sigue así, pronto la financiaremos con publicidad. Tan solo tenemos que ofrecer la información en más idiomas.

Laura prestó atención.

—¿Quieres decir en... en alemán?

Ben asintió.

—En alemán, francés, español... ¡Podríamos empezar ya con el alemán! ¿Te apetece traducir? A ver, pagar no podemos pagar nada, pero ¡colaborar en una página web internacional para identificar delfines también es un punto positivo en tu currículo! A lo mejor puedes presentarlo después.

Sobre todo la ayudaría a pensar en otras cosas. La idea de no tener que estar por las tardes en su diminuto apartamento, aburrida delante del televisor y preocupada, sino escribiendo textos y en línea, la llenaba de emoción.

—Pero necesitaría un ordenador de verdad —dijo—. Con el móvil puedo conectarme, pero escribir textos más largos...

—Claro... —Ben seguía reflexionando. Sacó del bolsillo su móvil y buscó un número de teléfono—. Llamo ahora mismo a Colleen..., ya la conoces, estaba durante el rescate. Y me ayuda mucho con la página web. Bueno, para ser más precisos es ella la que lo pone todo *online*, es una diseñadora multimedia. En cualquier caso, te enseñará de qué se trata y qué tienes exactamente que hacer... Y a lo mejor hasta encontramos un ordenador que nadie necesite en este momento.

Colleen Markson no solo era diseñadora multimedia, sino también madre de dos adolescentes que, a más tardar cada dos Navidades, creían necesitar un ordenador nuevo, una tableta nueva o un móvil nuevo.

—Nuestro trastero está lleno de aparatos, todos ellos operativos y provistos de un programa de texto —respondió alegremente—. Te presto un portátil, traduces los textos, luego vienes y los insertamos juntas *online*.

Colleen también opinaba que un sitio web en varias lenguas era una idea genial y enseguida invitó a Laura esa misma noche para conocerse.

Ben la recogió en un coche de Eco-Adventures y se echó a reír cuando ella se mostró reticente a subir.

—No tiene cámaras de vigilancia —indicó—. Y la empresa lo pone gustosa a mi disposición para el trabajo. Naturalmente, con la esperanza de que la mencione en la página web. A partir del próximo verano podrán ponerse anuncios. Entonces hasta es posible que nos hagamos ricos...

Laura sonrió sin mucho entusiasmo. El siguiente verano

neozelandés todavía quedaba muy lejos. A saber dónde estaría ella y qué haría.

—¡Traducirás nuestra página de delfines! —dijo Colleen impasible cuando Laura le hizo partícipe de sus dudas—. Tú eres la persona ideal para hacerlo. ¡Insistimos en que te quedes! ¡Tú de nosotros ya no te libras, Laura!

Por primera vez desde el rescate volvía a tener la sensación de estar haciendo algo con sentido. Le sentó sumamente bien ver de nuevo todas las fotos de los delfines, leer sus nombres y examinar las descripciones de Ben sobre sus características.

Contenta, Laura se llevó el portátil de Colleen al coche. Al día siguiente por la tarde se pondría a traducir llena de entusiasmo.

De hecho, pasada una semana ya tenía material suficiente para poder insertar una versión alemana en la web. Volvió a reunirse con Colleen en casa de esta para aprender cómo se hacía. Ben no tenía tiempo, acompañaba la excursión de un día al cabo Reinga.

—Por el momento, Ben no tiene demasiado que hacer. Me siento culpable —se sinceró Laura con su nueva amiga—. El baño con delfines ya no se realiza, las reservas para salir en zódiac se han reducido...

Colleen movió la cabeza.

—Laura, ¡empieza el invierno! —contestó—. Es temporada baja. Aquí no pasa gran cosa. Mira el tiempo que hace. ¿Tú tienes ganas de bañarte hoy con delfines?

Todo el día soplaba el viento y amenazaba lluvia. Incluso en la bahía el mar estaba agitado y muchos turistas tenían miedo de marearse navegando con un tiempo así y preferían no contratar excursiones en barco, en las que además uno se moría de frío. Kiki llevaba días sin quitarse de encima un resfriado.

—En cualquier caso, son pérdidas de ingresos totalmente normales, condicionadas por la estación —explicó Colleen—. En contrapartida empiezan los deportes de invierno. Así que no te preocupes por el señor Kore, ese no se morirá de hambre. Lo mismo se alegra de tener un pretexto para no ofrecer baños con delfines. Ese negocio ahora le ocasionaría pérdidas. Si quieres saber mi opinión, lo único que a los Kore les da rabia de verdad es lo del delfín solitario. *Maui* en la cala habría sido una bonita atracción turística, también en invierno. No habrían sido necesarias largas travesías en barco, se podría haber llegado muy cerca en autobús para verlo. La gente habría estado encantada. Ahora Kore no puede contar con ese dinero y eso lo enfurece. Pero lo superará... más fácilmente de lo que tú te sobrepondrás a la pérdida de tu empleo. ¡Así que no te rompas la cabeza!

Laura se sintió algo reconfortada con esas claras explicaciones y se puso diligentemente a tomar notas mientras Colleen le explicaba paso a paso cómo tenía que insertar su trabajo *online*. Era complicado combinar texto e imagen de modo correcto, pero pasado un tiempo Laura ya lo había aprendido. Un par de horas después, las dos estaban satisfechas con los primeros resultados. Laura prometió ir cada mañana al cibercafé y completar la página web con las traducciones del día anterior.

—Ahora solo falta añadir tu nombre a los datos de los colaboradores —anunció Colleen—. Y si no tienes nada en contra, también tu dirección electrónica. Por si alguien tiene preguntas sobre la versión alemana...

Laura asintió.

—Claro, aunque la gente tendrá que conformarse con que no pueda estar más de una vez al día en línea...

Observó con orgullo cómo Colleen añadía su nombre a la lista de colaboradores. Echó un vistazo por encima a los nombres de los demás y se percató asombrada de que faltaba Ben.

—¿Cómo es que no está Ben? —preguntó sorprendida—. Es el que ha hecho la mayor parte del trabajo últimamente.

Colleen volvió a leer la lista.

—En efecto —confirmó—. Es probable que se trate de nuevo de un ataque de exagerada modestia. Lo que en realidad es bonito, pero tampoco hay que pasarse...

—¿Qué... qué es lo que hace aquí? —preguntó Laura, al tiempo que sentía mala conciencia. Sabía que Ben detestaría que ella pidiese información sobre él a sus espaldas—. Él... él sabe tanto sobre cetáceos... Pero no parece tener un título. En lugar de trabajar en una universidad hace esas excursiones guiadas para turistas. Y él... él odia lo que hace... Desearía...

Colleen la miró con simpatía.

—Ben es un misterio para todos nosotros —observó—. Yo lo conocí en una operación de salvamento de unas ballenas varadas, y desde entonces somos amigos. Pero no tenemos otro contacto que la gestión de la página web. Tampoco asiste con frecuencia a las reuniones de colaboradores. Quiero decir que la mayoría de los que ayudan a montar nuestra página web trabajan en el avistamiento de cetáceos o en alguna agencia de turismo. En realidad, no sería necesario que nos conociésemos en persona, bastaría con que todos colgaran sus observaciones. Pero a veces uno tiene ganas de intercambiar impresiones, simplemente. Nos reunimos en verano para hacer una barbacoa o antes de Navidad para tomar algo. Ben viene muy raramente y, cuando lo hace, se come su plato de carne y se bebe una cerveza y no dice gran cosa. No tengo ni idea de a qué se dedicaba antes de venir aquí.

—Ahora recuerdo que quería buscarlo en Google —indicó Laura—. ¿Nunca lo has intentado?

Colleen sonrió.

—Claro. Pero Benjamin Stark no es el nombre más raro de todos los tiempos. Hay miles de entradas y ninguna le corresponde. Es todo un misterio. Como si Ben hubiera caído del cielo.

—Y... y, además, a menudo está tan triste... —murmuró Laura. No sabía cómo expresarlo de otro modo.

—Desde que tú estás aquí se ha soltado mucho —dijo Colleen

para sorpresa de Laura—. Nunca había hablado tanto. Y que te haya incluido en el proyecto de la página web, que te tome en serio de verdad... Le caes muy bien, Laura.

Laura puso una expresión abatida.

—A veces tiene una forma muy extraña de demostrarlo —observó.

Colleen se encogió de hombros.

—Tal vez haya que tener paciencia con él. —Sonrió—. Un amor infeliz hacia una hermosa sirena que luego se convirtió en delfín delante de sus ojos...

Laura hizo una mueca con la boca.

—Esto suena más a Steve Kore.

Colleen no pudo contener la risa. Laura ya le había hablado de su primer encuentro con Steve y de la inclinación de este hacia lo esotérico.

—¡En cualquier caso, vamos a hacer una cosa! —anunció. Deslizó el cursor por la lista de colaboradores y llevó el nombre de Benjamin Stark al principio de todo. Además, tecleó la dirección de correo electrónico de Ben—. ¡Dicho y hecho! —exclamó—. No se le caerán los anillos por tener que contestar alguna pregunta. Sin contar con que los mensajes que menos llegan son los de los usuarios. Son mucho más frecuentes las invitaciones a congresos o actividades universitarias en torno a los estudios de los cetáceos...

—¿En serio? —preguntó Laura entusiasmada.

Colleen asintió.

—Claro. En parte suena emocionantísimo eso de asistir allí, pero yo nunca me apunto. El trabajo... los niños... Tengo que quedarme. Tú y Ben, en cambio... a lo mejor tendríais que hacer juntos alguna de estas cosas...

2

—¿Debo agradecértelo a ti? ¿O a Colleen?

Los ojos de Ben despedían chispas de furia cuando a la maña-na siguiente se reunió con Laura en el cibercafé antes de que abrie-ra la tienda. Ella estaba allí sentada respondiendo mensajes. Ha-bía uno impreso al lado de su taza de café. En ese momento vio que Ben sostenía la misma página en la mano: una invitación a un congreso internacional sobre mamíferos marinos. Lanzó una mi-rada furibunda a la mesa.

El congreso se celebraría en Auckland. Se esperaba la presen-cia de mil doscientos delegados y expositores de más de treinta países, y ella y Ben habían recibido una invitación personal.

—No —respondió con tranquilidad Laura—. Esto se lo debes a la Society of Marine Mammalogy, la Sociedad de Mamíferos Marinos. Es la que organiza el congreso y nos invita. Lo único que hemos hecho Colleen y yo ha sido añadir tu dirección electrónica a la página web. Por eso tienes ahora tu propia invitación y no tiene que ir a nombre de Colleen. No irá con nosotros, acabo de hablar con ella por teléfono. Ben, ¡será estupendo! ¿Cuándo tendremos un acontecimiento mundial de este tipo justo al lado? —Estaba entusiasmada. Desde que había entrado el mensaje apenas si lograba contener su emoción.

Ben negó con la cabeza.

—Yo allí seguro que no voy —declaró.

—Primero siéntate —lo tranquilizó ella—. Bebe un café y reflexiona tranquilamente sobre ello.

—¡No hay nada que reflexionar! —replicó Ben de inmediato—. Yo no voy y basta.

Aun así se sentó a su lado y ella le pidió un café.

—¿Es que no te interesa? —preguntó Laura—. Se pronunciarán conferencias sobre el canto de las ballenas, sobre los antepasados prehistóricos de los delfines en Nueva Zelanda, sobre el avistamiento de ballenas en el turismo; el año que viene podrás responder a Steve con nuevos argumentos...

Ben apretó los labios.

—Laura, no me entiendes, no puedo...

Ella negó con la cabeza.

—¡Esto no es una razón sólida! —dijo con determinación—. Claro que puedes. Nos vamos en autobús a Auckland si nadie nos presta un coche. ¡No nos cuesta nada! Nos invitan en el marco del fomento del estudio. ¡No vamos a perder esta oportunidad, Ben!

—Laura, no quiero que me vean. —Por primera vez, Ben concretó su negativa—. Habrá... puede que haya gente a la que conozco de antes. Gente a la que no quiero volver a ver bajo ningún concepto.

Laura puso su mano sobre la de él.

—Ben, hay mil doscientas personas. Es imposible que las conozcas a todas.

—A todas no, claro, pero...

—Evitaremos a esos que tú conoces, así de simple —explicó Laura—. Con tanta gente tampoco será difícil. ¡Por favor, Ben! ¡Hazlo por mí! Tengo que ir, pero no me atrevo a asistir sola. Y tú también quieres. Estás deseando escuchar todas esas conferencias y ver las exposiciones. Lo sé.

Ben cerró unos segundos los ojos.

—Me juré a mí mismo que nunca más...

—Entonces rompe el juramento —lo interrumpió Laura—. Venga, Ben, una oportunidad así no vuelve a repetirse. Un congreso tan grande... El próximo tal vez sea en África o en otro lugar y entonces seguramente yo estaré en Colonia y tú acompañando a un grupo de turistas por los bosques de kauris. Es nuestra oportunidad, ¡estar por una vez tan cerca de los biólogos marinos más famosos! ¡Por favor, Ben, por favor!

Sirvieron el café y Ben se puso azúcar en la taza, removió y bebió un sorbo. Todavía parecía vacilar, pero Laura tenía la sensación de que la urgencia de su deseo iba haciendo lentamente mella en él. Creía que nunca había deseado nada tanto como participar en ese congreso, si bien no era del todo sincera al afirmar que no se atrevía a ir sola. Si no quedaba más remedio, también viajaría a Auckland sin Ben. Solo que con él sería mucho más bonito. Y sabía que, para sus adentros, él también lo deseaba.

—Está bien —cedió Ben al final—. Pero... no llamaremos la atención. No irás persiguiendo a las celebridades para pedirles autógrafos, ¿verdad? Nos sentaremos en las filas traseras y...

Laura apretó la mano de Ben. Le habría gustado abrazarlo, pero temía asustarlo.

—¡Haré todo lo que quieras, Ben! —indicó dichosa—. Si es necesario, te compramos un burka y yo cuento que eres mi amiga de Arabia Saudí.

Ben no pudo evitar echarse a reír.

—Estás como una cabra —dijo, pero la miró con una expresión que casi podría calificarse de cariñosa—. Y creo que ahora tienes que ir a la tienda a vender kiwis de peluche...

Se levantaron y entonces Laura hizo algo que nunca antes se había atrevido a hacer.

—¡Estoy tan contenta! —exclamó, y le dio a Ben un rápido beso de despedida en la mejilla.

El congreso se celebraba en las salas de reuniones del SKYCITY Auckland Convention Centre, la famosa torre que era el emblema de la ciudad. Laura recordó que en los primeros días de su estancia en Nueva Zelanda había tomado ahí una copa de vino con Karen, aunque solo habían visto el bar, abierto al público en la zona superior de la torre. Laura iba de sorpresa en sorpresa después de que ella y Ben entraran en el vestíbulo del hotel. Estaba impaciente por enterarse de cuáles eran las ofertas y servicios del lujoso hotel.

—¡Esto es fantástico! —exclamó, admirando las obras de arte que colgaban de las paredes de la recepción y el diseño futurista del vestíbulo—. Nunca había estado en un hotel tan elegante. ¿Deberíamos...? Necesitamos un plano general... y un programa del congreso...

Mientras ella se disponía a conseguirlo, las esperanzas de Ben de no ser reconocido en el evento se desvanecieron. Una vivaracha señora en la cincuentena, que ocultaba bajo un alegre caftán de colores su corpulento cuerpo, se desprendió de un grupo de participantes en el congreso.

—¡Ely! —llamó a Ben por otro nombre, pero saltaba a la vista que lo conocía—. ¡Cuánto me alegro! Puse tu nombre en la lista de los invitados después de que por fin diera otra vez con tu dirección de correo electrónico. Pero nunca hubiera imaginado que fueras a venir.

Se acercó a Ben con el rostro resplandeciente e hizo ademán de ir a abrazarlo. Él la rehuyó.

—La verdad es que tampoco era esa mi intención —observó, arisco—. En cierto modo me obligaron... —Señaló a Laura, a la que su conocida no solo acababa de identificar por la tarjeta prendida en el vestido, sino también porque recordaba haberla visto hacía poco en televisión. Constance Merryweather era una bióloga marina de fama internacional que daba clases en la Universidad de Sídney. Laura había leído varios libros de ella—. Esta es

Laura Brandner, Connie, una estudiante en ciernes de Biología Marina. Especialidad: ballenas y delfines. Ella es quien se encarga de nuestra página web en alemán. Laura, esta es...

—¡Por descontado que sé quién es usted! —lo interrumpió Laura, ansiosa, y se disgustó al notar que se ruborizaba—. Pero no había pensado que usted... que usted estaría aquí. Yo... Bueno, ¡sus libros son maravillosos!

Constance Merryweather sonrió y se pasó la mano por el cabello color burdeos. Por lo visto, a la profesora le gustaba el color: su redondo y simpático rostro estaba primorosamente maquillado, y una sombra color turquesa daba intensidad a sus ojos azules y despiertos.

—Me alegro de que le gusten. Seguro que más tarde tendremos la oportunidad de volver a hablar juntas —le dijo cariñosamente a Laura, aunque también con un interés algo forzado. Era evidente que Ben le importaba más que su nueva conocida—. ¿Dónde te has metido todo este tiempo, Ely? —lo asaltó—. ¿Y por qué no has contestado a mis mensajes? Estaba preocupada...

—No deberías —respondió secamente Ben—. Estoy bien. Gracias por tu interés. —Dicho esto se dispuso a darse la vuelta, pero no le resultó tan fácil librarse de Constance Merryweather.

—¡No me trates así, Ely! —expresó suplicante y cerrándole el paso—. ¿Por qué no quieres hablar conmigo? ¡Yo no te he hecho nada! Yo nunca me he puesto en tu contra.

Ben arqueó las cejas.

—Pues yo lo he percibido de otro modo —respondió con frialdad—. Laura, ¿nos vamos? La ceremonia de inauguración seguro que ya ha comenzado...

Laura lanzó una mirada sorprendida a Ben y otra de disculpa a Constance. En realidad, ella y Ben se habían puesto de acuerdo en ahorrarse el acto de apertura, más bien destinado a la prensa que al público especializado. Las conferencias y seminarios convocados para después eran más de su interés, y ya se había apuntado a varios. En ese momento, sin embargo, Ben se dirigía precipitadamente a la gran sala en la que se pronunciaban los discursos de inauguración.

Constance levantó abatida los hombros.

—Nos vemos más tarde —se despidió—. ¡Y lo digo en serio! ¡Ely, tenemos que hablar!

Laura susurró un saludo y Ben no se tomó la molestia de responder.

—¿Qué ha pasado? —preguntó Laura titubeante, cuando, acto seguido, lo siguió hasta la sala.

Era un espacio enorme que, con motivo de la convención, se había decorado con los emblemas de la sociedad organizadora, así como con enormes siluetas de ballenas y delfines. Cuando llegaron, la ceremonia de inauguración estaba terminando. El público aplaudía mientras un hombre alto y de cabello gris bajaba del escenario con una pequeña estatuilla en la mano que representaba dos delfines saltando. Era como si le hubiesen concedido un premio. Laura nunca había visto a ese hombre, pero Ben se había quedado como electrizado. Parecía presa del pánico y estar buscando una vía de escape. Desafortunadamente, ya había entrado más gente detrás de ellos y algunos estaban charlando delante de la puerta de entrada. Imposible dar media vuelta y marcharse. Laura echó un breve vistazo al programa que acababa de recoger en recepción. Leyó: «Homenaje al patrocinador principal del Australian Whale and Dolphin Trust, Bruce Lytton.»

Un par de personas, claramente delegados de la fundación, condujeron al invitado de honor por las filas de los espectadores. Él saludaba amablemente a derecha e izquierda. Cuando su mirada se posó en Ben y Laura, se quedó petrificado.

—Me lo temía —gimió Ben.

Antes de que este pudiera explicar algo más o al menos marcharse, Bruce Lytton se puso en movimiento. Se dirigió a Ben acelerando el paso y con el rostro contraído por la furia.

—¿Tú? ¿Cómo te atreves a venir aquí? ¿Cómo te atreves a presentarte ante mis ojos? —Las aceradas pupilas del hombre parecían soltar chispas. Lytton había cerrado los puños, como si fuera a golpear a Ben. Este, sin embargo, no se dejó intimidar. Laura contempló pasmada que se acercaba a Lytton con aplomo.

—Soy un hombre libre en un país libre —dijo conservando la calma—. Puedo ir a donde me apetezca y me han invitado a asistir a este congreso. Tengo el mismo derecho que tú a estar aquí. Y por si te interesa: yo tampoco tenía la menor necesidad de verte. Un encuentro como este no volverá a repetirse. —Y dicho esto dio media vuelta y dejó la sala sin preocuparse de Laura ni de ningún otro de los presentes.

Laura y los delegados del Whale and Dolphin Trust se lo quedaron mirando desconcertados, si bien estos últimos se recobraron enseguida.

—Señor Lytton, lo sentimos mucho...

—Lo lamento, señor Lytton...

Durante unos segundos, Laura prestó atención a las abatidas disculpas, pero no pudo entender de qué se excusaban esas señoras y señores. Los delegados parecían tan sorprendidos de la actuación de Lytton como ella misma. No obstante, el hombre no tardó en serenarse. Cuando se disculpó a su vez por su lamentable reacción, Laura se marchó. No estaba para más discursos de inauguración y homenajes. Tenía que averiguar de una vez por todas qué se escondía bajo la misteriosa conducta de Ben. El congreso acababa de empezar y ya había tropezado con dos personas con quienes estaba enemistada.

Probó primero en la habitación de su compañero, pero este no contestó ni a su llamada a la puerta ni a sus intentos de dar con él a través del móvil. Finalmente, volvió desmoralizada al vestíbulo de hotel y, para su sorpresa, vio a Constance Merryweather sentada a una mesa. La profesora bebía un café mientras hojeaba los documentos del congreso. Sin pensárselo dos veces, Laura hizo acopio de valor y se encaminó hacia ella.

—Disculpe... ¿Me permite que me siente con usted?

Constance Merryweather levantó la cabeza sorprendida y sonrió al reconocer a Laura.

—¡Claro que sí! Tendrá que perdonarme, pero no recuerdo su nombre...

Volvió a colocarse las gafas que acababa de quitarse y leyó deprisa el nombre de Laura en su tarjeta.

—Laura. Laura Brandner... Dígame... ¿No estuvo usted hace poco con el delfín solitario de Paihia?

Ahora que Ben no estaba presente, la profesora prestó más atención a Laura.

Esta tomó asiento.

—Yo... No tenía ningún interés en salir en la televisión, realmente...

Constance Merryweather hizo un gesto de rechazo con la mano.

—¡Claro que no! —exclamó—. ¿A quién le interesa eso? Usted lo que quería era salvar a esos cachalotes. ¡Bien hecho! ¡Muy valiente por su parte! No es extraño que Ely... —Parecía que iba a decir algo más, pero se reprimió en el último momento—. ¿Le apetece tomar un café, Laura? El camarero viene hacia aquí. ¡Y cómase una magdalena!

Delante de la profesora había un plato con pastas que tendió complaciente a Laura, quien de todos modos era incapaz de pensar en comer en ese momento. No podía creer que estaba compartiendo mesa con Constance Merryweather.

—Profesora... —empezó formalmente.

La bióloga marina hizo un gesto con la mano.

—Connie —la corrigió—. Llámeme Connie. Es lo que hacen todos mis alumnos.

Laura enrojeció.

—Pero yo no soy...

—Es usted la mujer que ha sacado a Ely Stark de su caparazón o de donde fuera que estuviese. No tengo ni la más remota idea de en dónde se ha escondido durante estos dos últimos años. En cualquier caso, me siento sumamente aliviada de que haya vuelto a aparecer ¡y eso hemos de agradecérselo a usted! —Sonrió a la joven y se volvió hacia el camarero, que en ese momento se acercaba a su mesa—. ¿Un café, Laura? ¿O prefiere un té?

—Un cortado, por favor —respondió ella, pensando en cuál sería el mejor modo de expresar lo que quería exponer.

Constance se lo puso fácil.

—Si puedo ayudarla en algo...

Laura asintió.

—¡Puede usted explicarme algo sobre Ben! —precisó, incapaz de contenerse—. Pronto hará casi un año que... que lo conozco y me cae realmente bien. Pero no sé nada en absoluto de él, al parecer ¡ni siquiera su nombre correcto! ¿Cómo lo ha llamado usted? ¿Ely? —Se frotó la frente—. Solo sé que conoce bien las ballenas y delfines. Y... y que sabe nadar, aunque... —Intentó esbozar una débil sonrisa.

Connie por el contrario soltó una carcajada.

—¡Eso sí que es subestimarlo un poco! —dijo—. Claro que Ely, o Ben, como usted lo llama, sabe nadar. Yo lo conozco como Elias B. Stark, la B debe de responder a Benjamin, y por lo visto está utilizando su segundo nombre de pila. Pero da igual que ahora se llame Ely o Ben. Es... o era... buzo de profesión. Y de mamíferos marinos algo tiene que entender también. A fin de cuentas, era mi mejor estudiante, uno de mis doctorandos con más talento.

—¿Estudió e hizo el doctorado con usted? —preguntó Laura sorprendida—. Pero... ¿por qué no habla de eso? Y lo de nadar... He trabajado de guía acompañante en Eco-Adventures, en las actividades de avistamiento de ballenas y de baño con delfines.

Ben trabaja para la misma compañía, pero nunca se baña con la gente porque, supuestamente, no sabe nadar...

—Ha trabajado de guía en inmersiones en la Gran Barrera de Coral —prosiguió Connie—. Durante el período vacacional. Hasta... Pero en realidad él mismo tendría que explicárselo. Si está naciendo algo entre ustedes...

Laura se encogió de hombros.

—No sé si está naciendo algo entre nosotros —respondió—. Solo sé que hay algo que... lo oprime. Está luchando contra algo y no quiere hablar de ello con nadie. No cuenta nada, creo que está terriblemente solo. Y me gustaría ayudarlo. Él también me ha ayudado, ¿sabe...? —De nuevo, la sangre fluyó a su rostro, aunque esta vez no por respeto ante la famosa bióloga.

Constance Merryweather la miró con tristeza.

—Uy, aquí tenemos a alguien gravemente enamorado —observó—. Sería ideal que Ely respondiera a sus sentimientos. Es... era... Bah, no pasa nada si se lo cuento todo. Con los datos de que ahora dispone habría encontrado la historia en diez minutos en Google. —Tomó un sorbo de café—. Ely dejó de bucear después de que se produjera un accidente —siguió diciendo.

Laura se inclinó atenta hacia delante, pero en ese momento una sombra se proyectó sobre la mesa, un hombre alto y grueso se irguió delante de ellas.

—¡Connie! ¿Te has olvidado de mí? —preguntó una voz amenazadora—. Pensaba que íbamos juntos a escuchar la conferencia de Annica. Al parecer tienen nuevos hallazgos sobre el canto de las ballenas...

—Oh... —Constance Merryweather se llevó las manos a la frente—. ¿Dónde tengo la cabeza? Pero mi joven amiga me ha traído noticias recientes sobre un antiguo colaborador y se me ha ido el santo al cielo. ¿Puedo presentaros? Harold Deaverton. Harry realiza estudios sobre los cachalotes en el círculo polar... Harry, Laura Brandner...

Laura había reconocido al científico desde el primer momento y de nuevo estaba a punto de quedar paralizada de admiración. Harold Deaverton también había publicado importantes títulos, en especial sobre el apareamiento de los cetáceos. Ahora le tendía sonriente la mano, una enorme zarpa en la que se perdieron totalmente los dedos de Laura. Harold Deaverton encajaba con los objetos de su estudio: un hombre enorme que se interesaba por animales enormes.

—¡Encantado de conocerla! —dijo—. Venga con nosotros. Annica Milton es una antigua estudiante mía que ahora realiza labores de investigación en la República Dominicana. Dice que después del frío que ha pasado con nosotros, lo necesita... —Esbozó una sonrisa mordaz—. No todo el mundo está hecho para el círculo polar...

Laura estuvo a punto de decirle que a ella no le importaba el clima siempre que pudiera trabajar con ballenas en una estación de investigación, pero encontró que era demasiado precipitado.

Entretanto, Constance ya se había levantado y firmado la factura del café.

—¡Venga, Laura! —la animó—. Tal vez después podamos proseguir nuestra conversación.

Laura se mordió el labio.

—No sé... —murmuró—. Ben...

Constance contrajo la boca.

—Si Ely prefiere enclaustrarse en su habitación en lugar de asistir a la conferencia, usted no puede hacer nada por él —declaró con determinación—. Pero yo soy optimista. En las habitaciones hay programas. Echará un vistazo y luego bajará. Lo que no quiere es que lo presionen. Así que usted haga lo que le convenga y espere. Todo se arreglará por sí solo.

Laura no estaba tan segura de eso, pero ya se había marcado antes la conferencia de Annica Milton. Seguro que iba a ser interesante y resultaba que, encima, estaba con dos de los más reputados estudiosos de los cetáceos y se enteraría de cómo valoraban y comentaban el trabajo de Milton. La alternativa consistía en retirarse y buscar por Google la historia de Ben... Pero eso ya podría hacerlo en cualquier otro momento.

Poco después, Laura se sumergía totalmente en la belleza del canto de las sirenas con que Annica Milton acompañaba su conferencia.

—Una canción de amor... —Así empezó la investigadora de pelo oscuro su exposición.

En la hora que siguió, Laura escuchó fascinada sus explicaciones sobre los cantos de las ballenas durante la temporada de apareamiento. Connie y Harry no estaban menos entusiasmados con ellas. Aplaudieron amistosamente tras la conferencia y luego plantearon algunas preguntas que a Laura nunca se le habrían ocurrido. Estaba eufórica cuando ambos se la llevaron para felicitar a Annica Milton por su éxito. Constance la presentó e hizo un breve resumen del rescate de los jóvenes cachalotes. Annica asintió interesada.

—Sí, los delfines solitarios... Un área fascinante y todavía demasiado poco estudiada... —Sonrió animosa a Laura—. ¡Tal vez este sería un objeto de investigación para usted! —comentó guiñándole un ojo—. ¿Va a estudiar usted con Connie? —Laura se sintió muy honrada, pero admitió que todavía no tenía una respuesta afirmativa sobre su plaza universitaria. Eso no pareció inquietar a Annica—. Ya encontrará usted algo —dijo tranquilamente.

Y entonces, cuando ya iba a salir de la sala de conferencias, Laura vio a Ben junto a un tablón negro, detrás de la puerta. Era evidente que había asistido a la conferencia. ¿La estaba esperando? En cualquier caso, cuando vio su rostro pálido y tenso, decidió no mencionarle enseguida el incidente del mediodía.

—Mañana, ¿mejor con burka? —preguntó.

Ben sonrió, pero enseguida volvió a ponerse serio.

—Laura, yo... Lo siento, no debería haber venido...

Ello negó con la cabeza.

—A ver, a mí no tienes que pedirme perdón —aclaró—. ¡Yo he tenido una tarde maravillosa! Y tú has escuchado también la conferencia, ¿verdad? ¿No ha valido la pena el viaje por esto simplemente? No habría imaginado que...

Se interrumpió cuando vio que Ben contraía el rostro. El viaje tal vez había valido la pena por la conferencia de Annica, pero el castigo al que se sentía expuesto le afectaba visiblemente.

—Ben, ¿no estaría bien que me contaras qué sucedió? —preguntó en un susurro.

El rostro de Ben se endureció.

—¿Connie ya ha aireado el secreto? —replicó furioso.

Laura respondió que no.

—No ha dicho absolutamente nada. Y yo tampoco quiero buscar nada por Google. Yo... yo quiero que tú me cuentes qué ocurrió. Quiero que confíes en mí...

—¡Y yo quiero que me dejéis en paz de una vez por todas con toda esa mierda! —soltó Ben—. Todo eso ya está pasado y olvidado, bastante esfuerzo me ha costado. Yo...

—¿Laura? —Constance había estado charlando con unos conocidos junto a la puerta, pero volvió a acordarse de ella en ese momento—. Vamos a ir a tomar una copa antes del banquete. ¿Le apetece? ¡Ely! ¡Aquí estás de nuevo! Ely, por favor, ven con nosotros al bar, tomemos una copa juntos y hagamos las paces. Te juro que nunca tomé partido contra ti, debiste de entenderlo mal. Y aunque así fuera... Ya ha pasado mucho tiempo, Ely. Has de poner punto final. Tienes que volver a vivir tu vida...

Ben le dirigió esa mirada desesperada que Laura tan bien conocía.

—Yo no sabía que todavía tengo algo así como una vida propia —replicó—. Y en tal caso..., ¿a ti qué más te da? Me gustaría que todos me dejarais en paz. Yo... yo estoy muy satisfecho donde estoy...

Constance parecía desconcertada. Sin saber qué hacer, cruzó una mirada con Laura. Esta creyó entender el mensaje: «¡Inténtalo tú! Si hay alguien que puede llegar a él, eres tú. No hay esperanzas de que yo lo consiga.»

Laura se quedó junto a Ben cuando Constance, Harold y Annica se encaminaron hacia el bar.

—¿Quieres... quieres ir al banquete? —preguntó Laura. En el fondo a ella le habría gustado asistir a la comida, pero tampoco era tan importante como para irse sola y dejar a Ben con su melancolía.

Él hizo un gesto negativo.

—Desde luego que no —respondió—. Es probable que lo primero que haga sea darme de bruces con Bruce Lytton...

—¿No quieres contarme qué tiene contra ti? —interrogó Laura entristecida.

Ben la miró unos segundos y pareció al fin tomar una decisión. Levantó las manos una vez más y con ese gesto de indefensión volvió a cogerla por los brazos.

—Laura... Ya... ya te enterarás. Es inevitable, lo quiera yo o no. Pero... dame todavía esta noche, ¿de acuerdo? Vayamos ahora a algún sitio, a comer un bocado y beber una copa... Hablemos de ballenas, de plazas universitarias, qué sé yo... Pero no sobre... sobre el accidente y todo eso. Mañana será otro día, ¿de acuerdo?

Laura tomó una profunda bocanada de aire. No sabía si era lo correcto, pero, por otra parte, tampoco tenía nada que perder. Habría preferido que él hubiese confiado algo más en ella, pero si para Ben era tan importante silenciar la verdad una noche más, que así fuera. Por el amor de Dios, ¿qué era eso tan terrible como para que a Ben le resultara tan difícil desvelárselo?

—Está bien —dijo a regañadientes—. Nos olvidaremos de todo esto por una noche. Vamos a celebrar una bonita velada. Primero tomaremos una copa de champán en el lugar más alto de Auckland... y luego nos iremos a cenar. Conozco aquí en la esquina una pizzería que está bien.

Y en efecto, las horas que siguieron fueron las más bonitas que había pasado con Ben. Él salió totalmente de su reserva y también Laura intentó olvidarse de todo lo que sabía sobre él. Esa noche solo eran Laura, la incipiente estudiante de Biología Marina, y Ben, a punto de doctorarse en la misma disciplina. Se habían conocido en la conferencia sobre mamíferos marinos y en ese momento hablaban sobre los sueños de Laura y los proyectos de investigación en que Ben había participado durante su carrera. Constance Merryweather solía hacer partícipes de sus tareas a sus discípulos y se suponía que Sídney era un paraíso para los biólogos marinos. Ben habló de los delfines de agua dulce y Laura del canto de las ballenas. Se rieron juntos y flirtearon, a menudo decían la misma palabra en el mismo momento, compartían la misma idea en el mismo instante. Laura había percibido la afinidad espiritual que tenía con Ben a lo largo de todo el año y ahora estaba feliz de que al fin él tolerase su cercanía. Ojalá no hubiera habido esas manchas oscuras en su vida, esos temas que con tanta prudencia había que circunnavegar...

Ella no quería preocuparse, pero cuanto más avanzaba la noche y más parecía que no iba a terminar delante de la puerta de la habitación del hotel, más inquieta se sentía. No cabía duda de que entre Ben y ella había algo grande, algo maravilloso y especial; pero aun así, él no confiaba. Laura se preguntaba si ella podía confiar en él. Cuando al final volvieron a la Sky Tower cogidos de la mano, se atrevió a hacerle la pregunta.

Ben movió la cabeza.

—¡Claro que confío en ti, Laura! —musitó—. De lo contrario no estaría aquí contigo. Pero eso no tiene nada que ver. No seré yo quien ponga punto final a esto, Laura, serás tú. En cuanto lo sepas todo. Entonces serás tú quien recele de mí. No hablemos de ello ahora, ¡por favor! Lo has prometido. Por esta noche...

Ella se detuvo y lo besó. Él la abrazó, tierno, ávido y desesperado. Laura creyó percibir su miedo y desesperanza en ese abrazo. Y luchó contra el poder de la duda. ¿Qué podía haber hecho él? No alcanzaba a imaginárselo. ¿Corría tal vez peligro al pasar la noche a su lado?

Tenía sentimientos encontrados cuando al final él abrió la puerta de su habitación y la invitó a entrar. Ben sonrió y abrió el minibar.

—¿Habrá todavía una botella de vino para nosotros? —preguntó, y miró decepcionado el estante vacío—. ¿Quieres una cerveza? —añadió.

Laura pensó unos segundos y encontró la solución.

—Quiero vino —respondió—. Espera aquí, voy al bar y traigo una botella. ¿O prefieres ir tú?

Tal como esperaba, Ben respondió con un gesto negativo. A esa hora el bar estaría lleno de participantes en el congreso. A saber con quién se tropezaría allí.

—Ponlo en mi número de habitación, ¿de acuerdo? —dijo.

En ese hotel, una botella de vino costaría un riñón. Laura asintió y fue hacia los ascensores. Recogería primero el vino y luego haría una llamada... Si es que no resultaba superflua. Cabía la posibilidad de que Constance aún estuviera celebrándolo con sus amigos.

En el bar del Grand Hotel todavía reinaba mucha actividad y el corazón de Laura dio un brinco cuando sus esperanzas se vieron confirmadas. La bióloga marina de Sídney estaba sentada con Harold Deaverton, Annica Milton y un par de colegas alrededor de una mesa junto a la ventana y disfrutando con un licor digestivo de la maravillosa panorámica del Auckland nocturno. Laura se encaminó decidida hacia ella.

—Constance... Connie... Tiene... ¿tiene un momentito? —preguntó en voz baja.

Constance Merryweather parecía un poco achispada.

—¡Ay, Laura! Me había olvidado totalmente de usted. Y eso que todavía tenía algo que contarle de Ely... y de Joan... Pero hoy... hoy ya no estoy para historias tristes. Ya es demasiado tarde. Mañana, ¿de acuerdo? —Le dirigió una sonrisa de disculpa.

Laura se mordió el labio.

—Solo... solo una pegunta, Connie —insistió—. Solo tengo que saber una cosa, antes... antes... Bueno... una... una pregunta. —Le habría gustado estar a solas con Connie, pero parecía que eso iba a ser imposible.

La bióloga marina asintió.

—¡Una pregunta! —contestó—. Todos sois testigos...

Laura inhaló profundamente.

—Se... se trata de Ben —dijo—. Sobre lo que queríamos hablar de él... Sí, sí..., ya sé, esto sería demasiado, pero... ¿hizo Ben algo malo? ¿Algo... algo realmente malo, algo... aborrecible?

Los rostros de los que estaban alrededor de Connie se petrificaron. De golpe, Laura se dio cuenta de que no solo Connie conocía la historia de Ben, sino que también Harold y el resto debían de saberla.

—A este respecto..., tal vez haya distintas opiniones... —murmuró Deaverton antes de que Constance empezara a decir algo.

La misma profesora quizá necesitó unos segundos de reflexión. Miró con determinación al grupo antes de dirigirse con toda franqueza a Laura.

—¡No! —exclamó, levantándose y como para dar testimonio—. No lo hizo, y respondo de ello. Él no lo cree, pero yo siempre lo apoyé. Estoy convencida de que es inocente: Ely Benjamin Stark nunca causó daño a nadie.

3

La botella de vino que tan diligentemente había llevado Laura a la habitación no llegó a vaciarse esa noche. Laura y Ben tenían otras cosas que hacer juntos antes que beber. Se amaron con ternura y pasión; cada uno parecía saber de forma instintiva lo que el otro necesitaba. Laura se extasió con la sensación de ser totalmente una con Ben. Era como si se entregara a él en cuerpo y alma, y él hiciera lo mismo con ella. Por la mañana se durmieron estrechamente abrazados. Sin embargo, cuando Laura se despertó con los pálidos rayos del sol de invierno que entraban por la ventana panorámica del hotel, estaba sola. ¿Había huido Ben de nuevo? ¿Había huido de ella?

Confirmó que sus cosas todavía estaban allí. A lo mejor no iba a abandonarla, a lo mejor les daba a ambos la oportunidad de vivir con su oscuro secreto.

Se echó por encima la bata del hotel de Ben y fue a ducharse y vestirse en su propia habitación, luego cogió el ascensor para subir a la sala del desayuno. Los huéspedes también disfrutaban allí de unas vistas arrebatadoras de Auckland, pero Laura no se sentía atraída por ellas esa mañana. Buscó a Ben con la mirada pese a no esperar encontrarlo allí. Si desayunaba, probablemente lo haría en la ciudad. Puesto que no lo vio por ningún lugar, buscó en la sala a Constance Merryweather. La bióloga marina tenía que pronunciar una conferencia dos horas después.

Y, en efecto, Constance estaba sentada a una apartada mesa delante de una gran taza de café y un plato con fruta. Estaba sola y, cuando Laura se acercó a ella, le sonrió como si hubiera estado aguardándola.

—¡Ya está usted aquí! —dijo contenta—. Esperaba que viniera... o más bien me lo temía. Me refiero a que lo mejor habría sido, claro está, que hubiera aparecido aquí esta mañana con Ely, de un humor estupendo y... Sí, y qué sé yo... ¿Preparada para la lucha?

Laura se sentó con ella.

—Antes de que pueda luchar por Ben, tengo que saber de qué se trata —contestó—. Él mismo dice que lo abandonaré enseguida, cuando me entere de lo sucedido, y por lo visto él no piensa ni esperar a que eso ocurra, porque ha vuelto a marcharse. Me haría usted un gran favor si me lo explicara.

Constance suspiró y le sirvió primero un café. La cafetera que tenía delante, sobre la mesa, todavía estaba casi llena.

—Él está... está muy herido, así de simple —empezó a decir—. Todo le ha afectado terriblemente. A ese respecto, hay que... hay que pensar también en lo mucho que él la amaba...

Laura frunció el ceño.

—Por favor, cuéntemelo todo. Ayer mencionó usted algo de un accidente en una inmersión...

Constance asintió.

—Sí —dijo—. Durante la exploración de los restos de una embarcación, una mujer murió. Su esposa...

—¿Estaba casado? —preguntó Laura, estupefacta.

Connie asintió.

—Sí. Ambos eran muy jóvenes cuando se casaron, ella tenía dieciocho años y él veintidós... No es edad para atarse para toda la vida, si quiere saber mi opinión. Pero Joan lo quería con locura y su padre nunca podía negarle nada. Así que se celebró una boda de ensueño en la playa de Sídney... Ella estaba preciosa, como una sirena... Ely, por supuesto, también estaba enamorado, ciegamente enamorado... Si bien él todavía no se habría casado...

—¿No fueron felices? —preguntó Laura, mientras pensaba que ella también se había atado demasiado joven.

—No podía salir bien. —Constance miró entristecida su taza de café—. Pese a lo mucho que se amaban, Ely y Joan no tenían nada, pero nada en absoluto en común...

—¿Estudió Joan también con usted? —inquirió Laura. Se diría que la profesora había conocido a fondo a la joven esposa de Ben. Era posible que Ben y Joan hubieran intimado durante la carrera.

Constance hizo una mueca con la boca.

—Así es —respondió—. Decidió estudiar Biología Marina después de haber visto *Whale Rider*... —Laura se acordó de la película que había visto en Russell con Steve. *Whale Rider* describía la lucha de una muchacha para que se reconociera la cultura maorí. Muy bonita, pero no un documental sobre el comportamiento de los mamíferos marinos—. Joan no era una científica, encontraba muy bonitos los delfines y las ballenas y por eso quería estudiarlos. Con lo cual no quiero ser injusta. Tengo alumnas que lanzan gritos de entusiasmo cada vez que ven un cachorro de delfín. Cuando una ballena está varada, luchan para que se libere hasta caerse muertas de cansancio y luego, si no lo consiguen, están en primea línea al diseccionarla.

—Joan no era así —dijo Laura, llevándola de nuevo al tema que le interesaba.

Constance negó con la cabeza.

—No, no era así. Joan era del tipo que tiñe de azul los rizos de su perrito faldero y pinta las uñas de su gato. Una joven muy simpática, pero no muy amante de la naturaleza. Creo que, de no ser por Ely, habría cambiado enseguida de especialidad, pero los dos se enamoraron. Tras la boda, Ely se la llevaba a expediciones, lo que a mí, si he de ser franca, no me parecía correcto. A fin de cuentas les quitaba el sitio a estudiantes que estaban realmente interesados. Pero como su padre había hecho generosas donaciones a la facultad, yo tenía que permitir que nos acompañara. Más tarde me arrepentí de ello, tal vez tendría que haber hablado antes con los dos... Por otra parte, yo era su profesora, no su directora espiritual, las relaciones de mis estudiantes no son asunto de mi incumbencia. —Constance bebió un sorbo de café.

—¿Qué ocurrió después? —preguntó Laura.

—Ely le regaló un curso de buceo para su cumpleaños e insistió en que fuera a las clases. Ella fingió estar interesada y aprobó el examen. Ben estaba muy orgulloso de ella. Ya lo creo. Y entonces, durante el verano, ella lo acompañó a Townsville, donde él trabajaba durante las vacaciones. La Gran Barrera de Coral, creo que ayer ya lo mencioné. Él solicitó ocuparse de grupos de principiantes, se llevó a Joan a todas las inmersiones y, por último, a un barco que había naufragado junto a la isla Magnética. Corales blancos, bancos de peces..., muchos buzos van a verlo, también principiantes. El barco se encuentra a entre veinte y treinta metros de profundidad, las corrientes no son peligrosas, no hay tiburones... En realidad, no debería haber pasado nada, pero Ben había salido con un grupo numeroso. No podía controlarlos a todos al mismo tiempo. No sé exactamente qué ocurrió, pero al final Joan murió. Tal vez se vio superada por el pánico cuando una corriente la arrastró. Es posible que se quitara la máscara para respirar...

—¡Es horrible! —Laura miró a Constance consternada.

—Lo peor vino después —prosiguió la bióloga—. Ely llevó a Joan a la superficie, hizo todo lo posible por reanimarla y cuando no lo consiguió, quedó destrozado. Pero entonces apareció un vídeo que lo mostraba a él con ella bajo el agua. Parecía como si la sujetase mientras hacía algo con la máscara... y encima, Ely incurrió en contradicciones respecto a cómo había sucedido el accidente. Fuera como fuese, se lo consideró sospechoso de asesinato. Se dijo que había matado a Joan.

Laura frunció el ceño.

—¡Pero esto es absurdo! —exclamó—. ¿Por qué iba a hacerlo? ¡Si realmente hubieran sido desdichados podrían haberse divorciado!

—La familia de Joan es muy rica —respondió Constance—. Joan había recibido un patrimonio inmenso cuando se casó. Además, había un seguro de vida. Después de la muerte de ella, Ely recibió varios millones de dólares.

Laura jadeó.

—Pero... a pesar de eso... él no es un asesino, él... —Miró a Constance buscando su apoyo.

La profesora movió la cabeza.

—Yo tampoco lo he creído jamás. Lamentablemente, estaba bastante sola a ese respecto. Ely nunca tuvo muchos amigos, se le consideraba un arribista. Antes de casarse siempre había tenido problemas de dinero, procede de una familia modesta. Y, desde luego, el padre de Joan montó un escándalo enorme. Los Lytton tienen muchísima influencia...

—¿Bruce Lytton? —preguntó Laura horrorizada—. Él... nosotros... lo encontramos ayer aquí.

Constance asintió.

—Ha creado una fundación y la mantiene generosamente en nombre de su hija. ¿Me está usted diciendo que Ely se cruzó en su camino? —preguntó Constance, y Laura le contó el encuentro que había tenido lugar en la sala de conferencias—. En cualquier caso, acabó denunciándolo —siguió contando Constance—. Ben compareció a juicio y antes permaneció durante meses en prisión preventiva. Los periódicos se precipitaron con sus acusaciones. Fue muy feo. Al final, lo dejaron en libertad, pero no exculpado del todo. El vídeo no era muy relevante, los testigos se contradecían. No podía demostrarse que Ely estuviera implicado en la muerte de Joan ni tampoco que fuera del todo inocente. Al final la sentencia fue absolutoria por el beneficio de la duda. Ely quedó en libertad, donó inmediatamente la herencia a distintas organizaciones de utilidad pública y desapareció. Ahora ya conoce la historia a grandes rasgos.

—¿Y cómo es que está enfadado con usted? —Fue la última pregunta que planteó Laura—. Usted siempre estuvo de su parte.

Constance volvió a suspirar.

—Actué con mucha torpeza —admitió—. Le eché en cara que hubiese presionado a Joan para participar en ese curso de buceo... que no la hubiera sabido evaluar... No lo decía con mala idea, pero él... él se vio rodeado solo de enemigos. Después me arrepentí, yo tendría que haber sido más delicada. Por desgracia, la delicadeza no es mi punto fuerte. Me entiendo mejor con ballenas que con personas... —Esbozó una sonrisa de disculpa y echó un vistazo al reloj—. Y ahora he de pronunciar mi conferencia. Espero que nos veamos mañana. Por favor, quédese usted si al final Ely decide abandonar precipitadamente el congreso. No lo ayuda apoyándolo. En algún momento tiene que rehacer su vida, tiene que seguir adelante, da igual que la gente dude de él o no.

Laura se frotó las sienes.

—¿Duda usted de él? —inquirió.

Constance se encogió de hombros.

—Como usted probablemente ya habrá comprobado, es fácil abarcar con la vista al grupo de estudiosos de todo el mundo que se dedican a investigar cetáceos y delfines. Nos conocemos todos y sobre lo ocurrido con Ben y Joan se habló hasta la saciedad. A esto se añade Bruce Lytton, que no deja de recordarnos a Joan y su trágica muerte. Si uno de nosotros quisiera integrar de nuevo a Ely en un estudio, Lytton podría llegar a reducir los fondos para la investigación y alimentar la hostilidad contra el director del estudio...

—¿Y usted no se arriesgaría? —preguntó Laura con amargura.

Constance hizo una mueca.

—Aquí son muchos los que no correrían ese riesgo —admitió—. Pero yo me considero una excepción. Ofrecería de inmediato un puesto a Ely si me lo pidiera. Primero en la universidad, y cuando por fin hubiese terminado el doctorado, tal vez como director de estudios. Tendría un interesante proyecto para él aquí en Nueva Zelanda, el delfín de Héctor en la Isla Sur... Pero mientras Ely esté en Paihia y trabaje de guía turístico, no puedo hacer nada por él. Lo dicho, es él quien tiene que ayudarse a sí mismo.

—Y... ¿y empezar de cero en otro lugar? —preguntó Laura. No tenía la impresión de que Ben fuera a volver a atreverse alguna vez a enfrentarse al mundo—. ¿Fuera de la investigación de las ballenas?

Constance asintió.

—Eso también sería posible, claro. Si él quisiera orientarse hacia otro tema. Pero... —Sonrió—. ¿Se imagina a Ely estudiando primates?

Se levantó, firmó la factura y se dirigió a las salas del seminario. Laura se quedó como anestesiada. Cuando se hubo recuperado un poco, decidió desayunar primero. Se pensaba mejor con el estómago lleno.

Mientras iba a recoger la fruta y los cruasanes del bufé, volvió a repasar mentalmente la triste historia. Podía comprender lo mucho que todavía le pesaba todo eso a Ben. Aunque Constance había atribuido su comportamiento al orgullo herido, para Laura se trataba mucho más de sentimientos de culpa. Pese a que no creía en absoluto que Ben tuviese algo que ver con la muerte de su esposa.

Cuantas más vueltas le daba, más claro le parecía que tenía que seguir ahondando en ese asunto. Terminó de desayunar y bajó al vestíbulo del hotel. En el *business centre* había lugares de trabajo libres y enseguida se sentó ante un ordenador. Introdujo rápidamente los datos, así como las palabras «accidente de buceo». Google seleccionó varios artículos periodísticos. Empezó a leer:

La inmersión se efectuó en los restos del barco *SS Yongala*, situado a una profundidad de entre 14 y 28 metros sobre suelo arenoso. En el año 1911, la embarcación se hundió a causa de un ciclón; 121 personas —toda la tripulación y los pasajeros— perdieron la vida. Los restos del naufragio se encuentran a unos ochenta kilómetros de Townsville, junto a la isla Magnética, y es un objetivo habitual entre buzos. La excursión de un día con dos inmersiones cuesta a partir de 215 dólares australianos.

Según el protocolo policial, la última inmersión de Joan Lytton Stark se inició el 22 de octubre alrededor de las 10.45. Pocos minutos después, uno de los miembros del grupo vio un cuerpo tendido sobre el fondo arenoso del mar. Dio la señal de alarma al esposo de la desafortunada, Elias Stark, también guía de la expedición. Joan Lytton Stark fue llevada a la superficie desde unos veintiocho metros de profundidad. Según declaraciones de los testigos, salía espuma de la boca de la mujer. Los intentos de reanimación del esposo, de un miembro del equipo de rescate, así como de un médico que estaba presente fueron inútiles. Cuarenta minutos más tarde se declaró la muerte de la joven...

—Así que ahora tú también lo sabes. —Laura se estremeció al escuchar la voz apagada de Ben. Estaba tan inmersa en la lectura del artículo que no se había dado cuenta de su presencia. Llevaba el petate consigo, pensaba marcharse—. ¿Me tienes miedo? —Ben parecía resignado a su suerte.

Laura se volvió hacia él.

—Ahora lo sé. Pero ¿por qué habría de tener miedo de ti? No creerás eso de mí... Ben, te conozco desde hace varios meses. ¡No pensarás en serio que te considero un asesino! ¡Por Dios, Ben, tú no la mataste! —Cerró la página web para evitar que él viese las fotos del artículo.

—Al menos yo no la ahogué —corrigió Ben con un tono frío de voz—. Los artículos son absurdos... —Señaló la pantalla que ahora tenía el rótulo de Google y debajo las diversas entradas sobre la muerte de su esposa—. No fue necesario que me dieran la alarma, yo ya me disponía a acercarme a Joan cuando un buzo la vio. Yo... yo estaba ocupado con otros buzos que habían descubierto una morena. El animal ya estaba a punto de atacar. Tenía que apartarlos antes de que los mordiera. Y entonces vi a Joan... La había atrapado una corriente que la apartó del barco hundido y la arrastró hacia aguas más profundas. En realidad, la situación no entrañaba ningún peligro, ella solo habría tenido que nadar en contra. Pero estaba aterrada, vi que se arrancaba de la cara la máscara de oxígeno. Por supuesto, nadé inmediatamente hacia ella. Cuando llegué, ya estaba inconsciente; por lo que dijeron después, ya había inhalado agua. La agarré, intenté volver a ponerle la máscara y al final la llevé hacia la superficie. Demasiado tarde... Estaba muerta y fue por culpa mía... —Se pasó la mano por los ojos.

—¡Ben, fue un accidente, un horrible accidente! —Laura quiso cogerle la mano, pero él la apartó—. Son cosas que pasan. Como profesor de buceo y guía turístico no puedes estar en todas partes al mismo tiempo.

—A ella le daba miedo bucear... Yo no habría tenido que dejarla sola... —Ben se mordió los labios.

Laura meneó la cabeza.

—Ella no habría tenido que ir con vosotros si no se atrevía —dijo con determinación—. Lo sé, suena duro, pero...

—Yo la presioné. Solo lo hizo por mí. Si yo no hubiera estado... —La voz de Ben desvelaba toda su amargura—. Ella tenía miedo...

Laura inspiró profundamente intentando no perder la paciencia.

—¡Ben, la mitad de los clientes que se bañan con delfines se mueren de miedo! Son unos nadadores mediocres, no tienen ni idea sobre el comportamiento de los animales... No hay casi nadie que no salte al agua con el corazón encogido...

Ben esbozó un gesto de tristeza.

—Ahora ya sabes por qué no me gusta ese tipo de excursiones.

—De este modo tampoco puedes impedir a la gente que las haga —objetó Laura—. Ellos ni siquiera lo admiten. ¡Estoy convencida de que Joan tampoco admitía que tenía miedo a bucear! No te diste cuenta hasta que Constance Merryweather te reprochó que la hubieses presionado, y eso es lo que ahora le echas en cara. Pero es lo que ocurre con todos estos deportes de aventura: la gente tiene miedo pero los practica a pesar de todo. Para ponerse a prueba, para impresionar a su pareja o al grupo con quien viaja. Hay pocos accidentes, pero los hay. No fue culpa tuya, Ben. A lo mejor influiste en Joan, pero no la obligaste. Habría podido negarse...

En el último momento se dominó, no fuera a mencionar que Joan se había comportado con bastante impericia. ¿Cómo se le había ocurrido en esa supuesta situación de peligro quitarse la máscara de oxígeno? Todo el mundo sabe que no se puede respirar bajo el agua.

—Yo sabía cómo reaccionaba cuando se dejaba llevar por el pánico —siguió diciendo Ben, al parecer indiferente a los argumentos de Laura—. Ella... ella confió en mí... Yo le había prometido que estaría siempre a su lado...

Laura frunció el ceño.

—Un momento, sabías... ¿qué? ¿Ya lo había hecho antes, Ben? ¿Se había quitado la máscara en otras inmersiones anteriores para atraer tu atención, para forzarte a que te quedaras a su lado? —Se levantó de un salto, fuera de sí. En cambio Ben se dejó caer abatido en el sillón que había delante del ordenador.

—Había estado practicando con ella las medidas de salvamento —contestó en voz baja—. Le gustaba hacerlo. Estaba preocupada, quería saber qué pasaba si la botella de aire comprimido se vaciaba o se averiaba y ella no recibía más oxígeno. Así que le mostré cómo la ayudaría en ese caso. Ya sabes, alternando la respiración con un regulador...

—Esto también tendría que haberlo aprendido en un curso de buceo —señaló Laura.

Ben asintió.

—Claro. Pero conmigo... conmigo le gustaba ese... ese beso bajo el agua, así lo llamaba ella. La sensación de sentirse protegida por mí le daba seguridad. A partir de ahí siempre me acompañaba. En todas las inmersiones. Ya no necesitaba convencerla. Se... se divertía buceando.

Laura se llevó las manos a la frente.

—¡Pero así eludía asumir toda responsabilidad! —exclamó indignada—. No volvió a intentar superar por sí misma situaciones difíciles. Cuando se sentía insegura bastaba con bajarse la máscara y allí corrías tú para salvarla. De esa manera también te manipulaba.

Ben asintió.

—Intenté convencerla para que no lo hiciera... Le dije que era peligroso...

—Y no te hizo caso —concluyó Laura, mirándolo con insistencia—. Ben, tú no tienes la culpa de que Joan muriese. Ella misma fue la culpable. La avisaste, más no podías hacer. ¡Tienes que dejar de abandonarte a ese sentimiento de culpa y autocompasión! ¡Y yo te ayudaré a conseguirlo! A partir de ahora estaré a tu lado, Ben, no importa las historias que Bruce Lytton cuente sobre ti ni quién más te considere culpable. Constance Merryweather también está de tu parte y precisamente ahora está pronunciando una conferencia. Si nos damos prisa escucharemos la segunda parte. Así que vuelve a llevar tus cosas a la habitación y ven. —Sonrió—. Y no estás solo, Ben. Yo también estoy contigo, y te amo.

4

Constance acababa de empezar su exposición cuando Laura y Ben entraron. Él quiso volver a pasar desapercibido en la última fila, pero Laura no se lo permitió. Lo cogió de la mano y, segura de sí misma, lo arrastró hacia delante. En la tercera fila, junto a Annica Milton, todavía quedaban sitios libres y los dos tomaron asiento. A Constance eso no se le pasó por alto y, cuando distinguió quién estaba ahí, una amplia sonrisa se dibujó en su rostro.

—Ely... Ben... ¡Cuánto me alegro que lo hayas conseguido! ¡Señoras y señores, debo expresar mi satisfacción por volver a ver entre nosotros a un viejo amigo, al más dotado de mis estudiantes y doctorandos!

Ben daba la impresión de querer que la tierra se lo tragara y desaparecer. Naturalmente, se deslizaron hacia él un par de miradas más o menos sorprendidas y algunos delegados lo observaron con hostilidad, pero nadie dijo una palabra.

Más tarde, en la pausa para el café entre las exposiciones, la cosa cambió. Las conversaciones se interrumpían cuando Laura y Ben pasaban al lado o la gente les daba la espalda cuando se unían a un grupo. Pero Constance y sus amigos se solidarizaron con él. Annica Milton no parecía saber nada del accidente de buceo, y Harold Deaverton tenía sus reservas, pero incluyó a Ben en una discusión sobre una de las conferencias y pronto pareció impresionado por sus conocimientos científicos.

—Si a alguno de ustedes dos los atrae el Polo Norte —ofreció a Ben y a Laura al final—, pueden venirse conmigo cuando quieran.

Cuando el congreso se acercaba a su fin, Laura oscilaba entre una grandísima motivación y la frustración. Deseaba más que nunca estudiar la carrera. Ben y ella estaban con Constance y Annica en el Sky Café del hotel. Antes de que Annica se marchara, tomaron un bocado rápido. Laura y Ben todavía querían escuchar la conferencia de clausura.

—¿Y qué pasará ahora con usted? —preguntó Constance a Laura.

—Espero con toda mi alma no recibir una negativa de todas las universidades de Alemania —contestó—. La espera me está volviendo loca.

—Pues entonces eche un vistazo a esto. —La bióloga marina le tendió un montón de hojas—. Es el programa de estudios de Sídney. Encontrará también un formulario para solicitar una beca. Si le interesa estudiar con nosotros, yo apoyaría gustosamente la petición...

Laura se la quedó mirando con los ojos abiertos como platos.

—Estudiar... estudiar... ¿con usted? ¿En... en Australia? Eso... eso sería... —Quería decir «maravilloso», pero luego se dio cuenta de que una beca en Australia seguramente cubriría los costes de la carrera y tal vez una plaza en una residencia de estudiantes. Era muy poco probable que incluyera nada más.

—Yo... yo tengo dos hijos... —susurró.

Connie la miró animosa.

—En Sídney hay escuelas estupendas —dijo—. Y creo que podría encontrarse también un puesto de trabajo para usted mientras estudia... Debería calcularlo con todo detalle. O... —deslizó la mirada de Laura a Ben— o lo calculáis juntos. Pero ahora, Laura, me gustaría secuestrarle a Ben por una media hora. Quiero hablar con él sobre su futuro antes de que vuelva a escapárseme. Esto, Ben, ha sido un fabuloso comienzo. Ahora no tienes que enclaustrarte de nuevo en una ciudad de provincias. ¡Ven a Sídney, Ben! ¡Recupera tu vida!

Cuando Ben volvió a reunirse con Laura después de hablar con Constance, parecía electrificado.

—Me ofrece un trabajo en la universidad y en verano aquí, en Nueva Zelanda, en la Isla Sur. Se trata de un proyecto de investigación sobre los delfines de Héctor. Cuando tenga el doctorado, hasta puedo ocupar un cargo de director de estudios. —Le rodeó los hombros con el brazo—. Entonces... entonces podría mantenerte a ti y a tus hijos...

Laura se sintió conmovida pero, naturalmente, no podía aceptar algo así.

—Ben, no puedes cargar con el peso de una familia justo cuando empiezas un proyecto de trabajo. No pienses ahora en mí y en mis hijos, sino solo en ti mismo. Ve a la universidad, termina tu tesis doctoral...

Ben bajó la vista al suelo.

—No sé si... —murmuró— si lo conseguiré sin ti. Sídney, la universidad, será todo un desafío.

Laura movió la cabeza.

—No lo creo, Ben. En la universidad ya hace tiempo que hay nuevos estudiantes, nadie seguirá pensando en lo ocurrido. Y si eso pasa, entonces tendrás que tomar posición. ¡Di la verdad! ¡Di tu verdad! Porque es algo que hasta ahora nunca has hecho, ¿no es así?

Ben cerró los ojos durante unos segundos.

—Nadie me creerá cuando cuente lo de Joan y la máscara. Y... y eso tampoco cambia nada.

—¡Cambia muchísimo! —declaró Laura—. Por ejemplo, convierte un accidente provocado en uno causado por la propia víctima, tu supuesto error no fue más que una sucesión de manipulaciones. Medítalo, Ben, no tienes que decidirlo todo ahora. Solo... solo deberías aceptar la oferta de trabajo. No pierdas esta oportunidad..., independientemente de mí.

A la mañana siguiente, Ben informó de que dejaba su puesto en Eco-Adventures. Los Kore no estaban demasiado contentos, pero Ben no se tomó a mal que lo apartaran de inmediato del avistamiento de ballenas y lo enviaran al día siguiente a Hillary Trail con un grupo de excursionistas. Una guía de montaña estaba de baja y a la empresa le pareció que el grupo era demasiado frágil para que alguien despreocupado y más atrevido como Ralph se ocupara de él.

—Son alemanes, pero no importa que yo no hable su lengua —le contó Ben a Laura—. De todos modos tampoco quieren conversar. La actividad consiste en caminar en silencio y Eco-Adventures la organiza para una agencia de viajes alemana que está especializada en eso. Se supone que es algo muy meditativo y que abre nuevos horizontes.

Laura sonrió. Desde que trabajaba en el sector del turismo, había dejado de sorprenderse.

—¿Y las ballenas? —preguntó—. ¿Kiki es la única que se encarga de los avistamientos?

Ben negó con la cabeza.

—No, viene una joven de Kaikoura. Le darán un puesto fijo; el mío, por decirlo de algún modo. Cuando esté de vuelta puedo iniciarla un poco, lo cual seguro que no es difícil. Si ya hace un año o más que trabaja en Kaikoura, debe de desenvolverse bien con las ballenas, y allí cada día hay baños con delfines. Estos, por cierto, volverán a ofrecerse en primavera. Una vez que *Maui* ha desaparecido, vuelve la calma.

—Me encantaría saber adónde ha ido... —dijo Laura con tristeza—. Kiki piensa que está con los cachalotes y que sustituye a su madre...

—A Kiki se le ha ido la olla —sentenció Ben—. Los delfines no adoptan ballenas. Pero la bahía de las Islas está compuesta de cientos de islotes y de incontables calas. *Maui* puede vivir en cualquiera y si hay alguien que quiere portarse bien con ella, no desvelará dónde está. Así que es posible que ya haya encontrado a un nuevo Steve que ande chapoteando por ahí con ella y que la considere su animal de poder...

Ben se ausentó durante dos semanas y Laura aprovechó ese tiempo para reflexionar sobre las perspectivas de futuro que se le ofrecían gracias a su relación con Constance Merryweather. Tal como esperaba, Kathi estaba encantada ante la idea de mudarse a Sídney con su madre y puso a Jonas de su parte enseñándole fotos de la ciudad y de sus playas. De hecho, el niño se habría mudado al Polo Norte con tal de estar lo más lejos posible de la nueva compañera de su padre. Lo que había empezado como una ligera antipatía se iba transformando lentamente en un problema que, por desgracia, también repercutía en las notas de la escuela del pequeño. Sus resultados habían bajado mucho y solo conseguiría pasar al curso siguiente con esfuerzo. Eso enfurecía a Tobias y preocupaba a Laura. Lo que menos necesitaba el niño en ese momento era estrés escolar: ¿qué ocurriría en otro país, con otro plan de estudios y una lengua extranjera?

Con mucho pesar, Laura empezó a informarse sobre la carrera de Biología en Colonia. No abandonaría su proyecto, pero tal vez lo aplazaría. Al final reunió todas sus fuerzas, escribió un largo mensaje a Tobias y le pidió que conversaran por Skype.

«Pero mantendremos la conversación en un cibercafé —le escribió—. Así que, por favor, no nos peleemos. Discutamos como adultos lo que es mejor para nosotros y nuestros hijos.»

El encuentro se realizó de forma sorprendentemente positiva. Laura le habló a Tobias de Ben y él se sintió muy aliviado de que su esposa también tuviera una nueva pareja y de que seguramente no abrigara el deseo de volver a ocupar su antigua posición en su vida. Actuaba como si le hubiesen quitado un enorme peso de encima; por mucho que amara a Martina, su mala conciencia con respecto a Laura lo atormentaba. Para sorpresa de esta, no se opuso a una posible mudanza a Sídney.

Tobias prometió conversar con los niños y Martina, y al día siguiente volvió a ponerse en contacto con ella. Mientras hablaban de cuál era la mejor manera de que Laura pudiera realizar sus planes, ella se percató de que tenía una potente intercesora. Martina estaba harta de convivir con los hijos de Tobias. Los temores de Laura respecto a que tal vez llegara a gustarle ocupar el puesto de madre no se confirmaron.

—Naturalmente, los niños están alucinando y Martina cree que una estancia en el extranjero sería toda una oportunidad para ellos —contó Tobias—. Aunque, sin duda, tendrá su coste. Habrá que informarse de si es mejor que vayan a una escuela alemana, a una internacional o incluso a una normal. En cualquier caso, me corresponde pagar la manutención... —Por lo visto ya había consultado a un abogado—. No habrá problema, Martina también trabaja. Ah, y en verano, podemos ir a visitaros...

Laura tragó saliva solo de pensarlo, pero le sorprendió el cambio que había producido Martina en Tobias. Él jamás hubiera considerado la posibilidad de viajar con ella a Australia. Se apresuró a asegurarle que, por supuesto, Martina y él siempre serían bien recibidos y hasta se permitió un: «Estoy impaciente por conocerla.»

A continuación, hablaron armoniosamente y sin lanzarse reproches a causa de los problemas escolares de Jonas y, al final,

Laura no pudo evitar hablarle del futuro más próximo que había planeado con Connie Merryweather.

—Volveré a Alemania en agosto tal como estaba planeado —le comunicó—. Sería muy amable por tu parte si me buscaras un pequeño apartamento. No tengo ganas de mudarme con los niños a casa de mis padres, aunque mi madre ya me lo ha ofrecido entre dramáticas expresiones de lástima. No tendríamos ni un minuto de paz. En octubre me matriculo en Bonn en Biología, acaban de enviarme los documentos correspondientes y debería salir todo bien. Apruebo los dos primeros semestres en Alemania y me concentro en las asignaturas básicas: matemáticas, química, física, metodología... En Biología y Biología Marina son idénticas, la especialidad se estudia más tarde. Y si realmente me ayudas, tendré tiempo suficiente para ocuparme de Jonas mientras estudio. A lo mejor repite cuarto curso y al verano siguiente nos mudamos a Sídney. Allí me buscaré un trabajo mientras estudio para no depender tanto económicamente de ti. Cuando obtenga los primeros certificados, podré trabajar como estudiante auxiliar. Me lo ha prometido la bióloga marina de quien te he hablado. Ese puesto está mucho mejor pagado que el de camarera o trabajillos por el estilo... ¿Qué opinas? ¿Te parece un buen plan?

A Tobias le parecía un plan estupendo. Cuando se despidieron casi parecía eufórico.

Ben, que había vuelto de Auckland la noche anterior, no parecía tan encantado cuando fue a la tienda de la señorita Berta para ver a Laura.

—¿Todo un año, Laura? —preguntó abatido—. ¿Vas a dejarme durante todo un año? Laura, ¡yo no puedo marcharme solo a Sídney! No lo aguantaré, esa hostilidad, esas miradas de soslayo... Y Bruce y su fundación Joan Lytton... Si estás a mi lado, lo lograré, pero no solo.

Su gozo en un pozo. Siempre que Laura creía haber encontrado la solución adecuada para todos, algo salía mal...

—Bah, venga, mejor hablamos de lo que vamos a hacer esta noche —dijo para cambiar de tema.

Antes de que Laura lo hubiese abordado con sus planes, Ben había parecido muy animado.

—De acuerdo, entonces hoy no hablaremos en absoluto sobre ese tema, poco a poco vamos adquiriendo experiencia en evitar asuntos desagradables —dijo sonriendo—. Hablemos mejor sobre... Tengo una sorpresa para ti... No, no desvelaré nada, tienes que verla por ti misma. Pregunta a la señorita Marygold si te deja la tarde libre. Daremos un paseo en el *Kaikanikani* a Hole in the Rock. Tú de incógnito, por descontado. ¡Intenta camuflarte!

Laura se ocultó el cabello bajo un voluminoso chal y su esbelto cuerpo bajo dos gruesas chaquetas. Sin embargo, eso no hubiera sido necesario. El joven que cogió los billetes para dar el paseo con delfines nunca la había visto antes. Tampoco era Kiki quien comentaba la excursión, sino una nueva empleada, Marissa.

—Pero el patrón se acordaría de ti —le recordó Ben—. Y eso podría acarrear problemas a alguien que a nosotros dos nos es muy querido. Así que intenta no empezar a chillar o a dar voces cuando veas algo que...

Laura compuso una mueca.

—¿Cuándo me has oído tú gritar o dar voces? —preguntó, ofendida—. ¡Yo no soy Kiki! Y a quién debería...

—¡Tú quédate calladita! —le advirtió Ben—. Bebe un café, como recordarás está incluido en el precio. ¡Y déjate sorprender!

Entretanto, el *Kaikanikani* se había llenado de pasajeros y zarpó. Marissa dio la habitual y amable bienvenida a los recién llegados, se presentó y empezó a hablar de los diferentes tipos de ballenas y delfines que tal vez verían ese día. Laura enseguida sintió añoranza. ¡Había hecho tantas veces esta misma exposición! Y ahora, dentro de nada, volvería a Alemania. Pese a todos sus grandes planes, el futuro era incierto.

El barco rodeó Moturoa y Motukiekie y llegó por fin a la zona en la que solían encontrarse *Campanilla* y *Peter Pan*. Emocionada, Laura cogió la mano de Ben cuando vieron una ballena arrojando un chorro de agua por el espiráculo.

—¡*Wendy*! ¡Esa es *Wendy*! —gritó—. ¡Oh, Ben, los rorcuales de Bryde vuelven a dejarse ver por aquí! ¿Es esa la sorpresa?

Ben negó con la cabeza, mientras Marissa llamaban *Patsy* al animal.

—Les ha cambiado el nombre —señaló Ben, afligido—, y no tiene ningún interés en continuar el programa de identificación. A Marissa no le interesan demasiado las ballenas, ella quiere ascender en la industria del turismo, esto no es más que una estación de paso. En un par de años seguramente desempeñará un cargo importante en Eco-Adventures.

Laura volvió a sentirse invadida por la melancolía, aunque se dijo que su proyecto seguramente no moriría con el cese de trabajo de Ben. Había muchos otros guías de turismo y particulares que colaboraban en él. Colleen Markson seguiría ocupándose de la página web.

Y entonces apareció la primera manada delante del *Kaikanikani*. Como solía ocurrir cuando Laura era guía turística, los delfines se mostraban contentos de ver el barco. Dieron vueltas alrededor de él, saltaron en el aire y embelesaron a la gente con sus cabriolas.

Un instante después, Laura descubrió algo que la dejó sin respiración. Tuvo que dominarse para no ponerse a gritar y clavó los dedos en el brazo de Ben.

—Ben, pero si es... es... —Dos elegantes cuerpos grises se deslizaban casi sincrónicamente fuera del agua, la aleta caudal de la hembra, algo más pequeña, brillaba a tan solo a unos pocos metros de distancia—. ¡Es *Maui*! —susurró.

Ben asintió y la miró con ojos resplandecientes.

—Lo he averiguado a través del Whale and Dolphin Trust —explicó—. Había colgado imágenes suyas y una de las empleadas la ha reconocido. A veces colaboran en salidas para avistar ballenas, ya sabes, a causa de ese ecosello que se concede en la organización Whale Watching. Sí, y esta mañana me he apropiado de una salida en la zódiac para comprobar si no se había equivocado.

Laura negó con la cabeza.

—¡No cabe la menor duda! —balbució—. Ben, está aquí, le va bien, y vuelve a formar parte de una manada... Parece tener pareja. Lástima que no podamos acercarnos más. Me encantaría saludarla. ¿Me reconocería?

Ben asintió.

—Podemos probarlo esta noche —respondió, y le guiñó el ojo con complicidad—. Bueno, si tienes ganas... y no te da miedo. Seguro que nos pueden prestar dos trajes de neopreno. Y un bote neumático. Si te apetece, salimos después y la saludamos con un apretón de aleta.

Laura lo miró perpleja.

—¿Quieres decir... que nadaremos con ella? ¿Vas a nadar con delfines? Nunca antes habías querido... ¿No habías dicho incluso que lo encontrabas peligroso?

Ben la miró serio.

—Laura, he estado reflexionando durante esa excursión —dijo—. Tampoco está tan mal eso de caminar en silencio por la naturaleza. Y este mediodía, después de... después de nuestra conversación...

Laura sonrió.

—¿Qué? —preguntó—. ¿A qué conclusión has llegado?

—Que soy un cobarde —contestó—. Todos los errores que he cometido han sido solo por cobardía...

—¡Ben, tú no tuviste la culpa de que Joan muriese! —repitió pacientemente Laura.

Sabía que él tendría que escuchar muy a menudo estas palabras antes de creérselas del todo. Por otra parte, el cambio de opinión de Ben resultaba verdaderamente sorprendente. Parecía esperanzador, y más cuando Ben le daba la razón en ese momento.

—Lo sé —dijo—. Ya no me hago responsable de ello. Pero a pesar de todo he cometido errores. No se lo tendría que haber permitido a Joan. Fue una locura llevármela a una inmersión después de que hiciera dos veces el número con la máscara de oxígeno. Debería haber sabido que lo repetiría. Es más, debería haber conseguido que le retiraran la licencia para bucear. Era un peligro para sí misma y para los demás. Pero no tuve el valor de hacerlo. Siempre he tomado el camino más fácil. Con Joan, con su padre, con el juicio, la prensa... He permitido que lo hicieran todo por mí, nunca protesté...

Laura sonrió.

—Lo que pasa es que eres demasiado amable —precisó dulcemente, acariciándole la mejilla.

—Eso que tú llamas amabilidad también podría describirse como cobardía. —Ben suspiró—. En cualquier caso, ya basta. Antes he llamado a un gran periódico de Sídney. Voy a dar una entrevista y explicar la muerte de Joan desde mi punto de vista. Es probable que se arme un gran revuelo y que tal vez se abra una nueva investigación. Aun así, he de hacerlo. Habrá que encontrar testigos para los sucesos anteriores...

En eso, Laura no era tan optimista.

—Será difícil —objetó—. Es posible que acudieran buceadores de todo el mundo. Habría que intentar dar con ellos a través de los medios de comunicación. Un periódico no será suficiente, es probable que tengas que contar la historia en un par de entrevistas televisivas para que alguien se presente. ¿Crees que vale la pena? Me refiero a que... Te declararon inocente... ya no puede pasarte nada.

Ben contrajo los labios.

—¡Una absolución en la que nadie cree! —protestó con amargura—. Tú misma viste en el congreso cómo es la gente. Me hostigan, y en el mejor de los casos me evitan. Y Bruce Lytton con su Fundación Joan Lytton está deseoso de que ese asunto no quede relegado al olvido. Así no puedo vivir, Laura, no puedo seguir escondiéndome. Quiero dedicarme seriamente al estudio de las ballenas y los delfines. Sin que se me endose la sospecha de un asesinato. —Le guiñó el ojo—. Ya ves, ahora me conozco, ahora sé lo que quiero. Y lo que sé. Sé nadar, también con delfines. O para recurrir de nuevo al esoterismo: necesito mi animal de poder para que me sostenga cuando recorra el mundo.

Laura respondió a su sonrisa y le cogió la mano.

—A *Maui* le faltará agua —observó—. Y tú no necesitas ningún animal de poder, tú ya tienes tus personas de poder. Ya sea en Sídney o en Alemania, da igual, ¡yo siempre estaré a tu lado, Ben!

Besó a Ben y ambos se olvidaron de todo cuanto los rodeaba.

Bremen, 6 meses después

—¡Hace un par de meses no podías ni pronunciar el nombre de esta ciudad y ahora das clases magistrales aquí!

Laura se rio de Ben tras abrazarlo efusivamente. Se habían encontrado en el vestíbulo de la Universidad de Bremen, un imponente edificio de cristal en el que Kathi y Jonas miraban apocados a su alrededor. Si bien los niños ya habían acompañado alguna vez a Laura a su instituto, ese día era el primero en que asistían a una clase magistral, y se sentían muy importantes y excitados.

—El nombre que me resultaba impronunciable era Bremerhaven —la corrigió Ben—. Por lo demás, me esfuerzo mucho en decir: «Soy muy contento de poder ser aquí...» —Intentó expresarse en alemán.

Laura rio.

—Está muy bien dicho —lo elogió—. ¿Y las clases son en inglés?

Ben asintió.

—Claro, en su mayor parte son estudiantes de máster, podrán seguirlas. ¡Ay, Laura, qué contento estoy de estar aquí contigo! ¡Aunque solo sea por un par de días!

La estrechó otra vez entre sus brazos y ella se acurrucó contra él. Estaba impaciente por quedarse a solas con Ben, pero antes estaba la primera clase que él iba a dar. «Tan solo se trata de un breve período como profesor invitado —había dicho Connie Merryweather según Ben—, pero en algún momento debes presentarte en el extranjero, Ben. ¡Y te pagan el vuelo!»

Le había guiñado el ojo y con ello no le había dejado la menor duda de que por esa razón había organizado la breve serie de clases para Ben. Cinco clases magistrales en Bremen sobre la protección de los animales y el avistamiento comercial de ballenas, el tema del trabajo de doctorado de Ben. ¡Y por fin el reencuentro con Laura! Pasarían juntos el fin de semana en el norte de Alemania.

—No querrás aprender alemán y quedarte aquí, ¿verdad? —preguntó recelosa Kathi—. ¡Con la de ganas que tenemos de irnos a Sídney!

Ben negó con la cabeza.

—No —respondió con determinación—. En Sídney ya está todo preparado para vuestra llegada. Connie se alegrará de verte, Laura, y yo ya he visitado vuestra escuela, Kathi. ¡Es estupenda! Y como estaré con mucha frecuencia en Nueva Zelanda... este es el aspecto negativo, Laura, salvo en las vacaciones apenas vamos a vernos..., podéis instalaros en mi casa de Sídney. No es grande, pero a cambio está bien situada.

—En Colonia tampoco vivimos en un palacio —contestó Laura, relajada.

De hecho, la vivienda que Tobias había alquilado para ella era bastante tristona, un pequeño y sobrio apartamento en un barrio no demasiado interesante. La primera vez que Laura lo vio, todavía afligida por haber tenido que separarse de Ben y de Paihia, tuvo que luchar para contener las lágrimas. Por suerte, los niños se lo habían tomado deportivamente. Jonas estaba contento de volver a reunirse con su madre y Kathi forró enseguida su diminuta habitación con imágenes de Australia y Nueva Zelanda. Todos sabían que solo era cuestión de un año.

De hecho, los primeros meses habían pasado volando. La carrera era fascinante, pero también agotadora. Se exigía mucho más a los estudiantes que en las clases nocturnas del instituto. Laura se alegraba de poder pasar los cursos comunes en su lengua materna. Hablaba inglés con sus hijos, que estaban orgullosos de poder mantener una conversación con Ben.

—Ah, sí, esto os lo envían la señorita Berta y la señorita Marygold. —Ben sacó de su cartera dos camisetas y dos llaveros—. Para que no os olvidéis del todo de Nueva Zelanda...

Laura rio.

—¿Todavía tienes contacto con alguien de Eco-Adventures?

Poco después de que ella se fuera, Ben dejó definitivamente Paihia. Había estado los últimos meses en Sídney, presentado su tesis doctoral, y había pasado el examen oral hacía dos semanas. Orgulloso, enseguida le había enviado a Laura una foto de su título de doctor. Ben lo había conseguido. Y no solo eso...

—No creerás que Amelia Kore vaya a perder el contacto con alguien que ha salido tan a menudo en televisión como yo, ¿verdad? —contestó—. No, sigo recibiendo una *newsletter*. Últimamente, la empresa financia la mayor parte de la página de internet *Delfines en la bahía de las Islas*. Hay nuevos empleados haciendo prácticas de un año y están muy comprometidos. Los Kore estarían encantados de involucrarse en nuestro proyecto con los delfines de Héctor. La empresa sigue expandiéndose...

—¿Y a ti cómo te va? —preguntó Laura en voz baja. Habían llegado a la cafetería de la universidad y los pasteles expuestos atraían a los niños como un imán.

Ben le presionó la mano.

—Bueno, al principio fue... muy agobiante. Ya lo sabes. Todo el asunto de Joan volvió a salir en los medios de comunicación. Cuando Robby y Ted llamaron...

Para sorpresa de Ben, encontrar testigos del arriesgado comportamiento de Joan durante las inmersiones había sido sencillo. De hecho, Robby Trend, su profesor de buceo, tuvo grandes reparos a la hora de darle el certificado pese a haber aprobado formalmente el examen. Por aquel entonces había intentado hablar con Ben al respecto, pero por supuesto este no tenía oídos para nada y había rechazado sus objeciones. Ted March, un empleado de la empresa en la que Ben había trabajado durante las vacaciones como profesor de buceo, todavía recordaba muy bien el primer incidente, que había sido muy parecido al accidente mortal. Había confirmado en una entrevista por televisión que Joan se había quitado entonces la máscara y confiado en que su marido la salvaría. Y, por último, los expertos volvieron a analizar el vídeo que en la primera investigación había sido tan comprometedor para Ben. Según las declaraciones de este y de Ted, el suceso se había desarrollado de un modo completamente distinto.

Un par de semanas antes, Ben había enviado un mensaje a Laura comunicándole que estaba totalmente rehabilitado. No cabía en sí de alegría, aunque naturalmente Bruce Lytton no había aceptado las nuevas revelaciones, sino que había insistido en que su hija había sido víctima de una perversa trama. Cuando poco después se hizo público que Ben había donado toda su herencia a una fundación, nadie creyó que hubiera matado a su joven esposa por dinero.

—Me va bien —dijo, después de haber reflexionado unos minutos sobre la pregunta de Laura. Luego le pasó un brazo por los hombros—. Y hoy me va especialmente bien, mejor que nunca.

Laura sonrió. Todavía había mucho que contar. Sobre su divorcio inminente; sobre el sobresaliente que había sacado Jonas en el último dictado; sobre Kiki, que después de pasar un año en Nueva Zelanda había encontrado su camino y ahora estudiaba en Múnich Ciencias de la Información. Al final, las entrevistas por televisión la habían impresionado más que el contacto telepático con los delfines.

Pero todo esto podía esperar. Lo importante era, antes de nada, que Ben y ella fueran felices. En unos pocos meses estarían viviendo y trabajando juntos. Ella podría hacer realidad su sueño y hacer de su amor a las ballenas y los delfines su profesión. Viviría con sus hijos en el otro extremo del mundo, el lugar que anhelaban muchísimas personas. Se sentía infinitamente feliz cuando miró a Ben con ojos resplandecientes y él la besó.

EPÍLOGO

Antes de nada, lo más importante: por increíble que parezca ¡sí existió el delfín solitario que condujo a dos cachalotes varados en un banco de arena de vuelta a mar abierto! Pero *Moko* no tuvo que ser liberado de su querida cala, llevaba años viviendo en libertad y sin cometer fechorías en Poverty Bay. Después de que los rescatistas de animales pasaran horas intentando mostrar el camino de retorno al mar a los dos cachalotes enanos, una madre y su cachorro, *Moko* tomó la iniciativa.

Por desgracia es asimismo un hecho que los delfines solitarios constituyen un peligro para nadadores y surfistas. También el instinto de juego de *Moko* ocasionaba con frecuencia problemas. Les quitaba las tablas a los surfistas, tiraba al agua a los palistas de los kayaks o impedía que los nadadores regresaran a aguas poco profundas. Esto no menoscabó su popularidad entre la población neozelandesa. Cuando murió en 2010, cuatrocientas personas acudieron a su funeral en la isla Matakana.

La historia de la implicación de Ben en el accidente de buceo de Joan en Townsville, Australia, también está basada en un hecho real. Hace unos años, se consideró a un buceador sospechoso de la muerte de su esposa. Las circunstancias más o menos se corresponden a las que describo en la novela. Sin embargo, el caso no llegó a los tribunales.

Por lo demás, esta novela cuenta una historia puramente ficticia. Paihia es una preciosa población turística en la bahía de las Islas. Allí uno puede salir a avistar delfines tanto en catamaranes como en veleros y los animales casi siempre se presentan: ¡los mulares son lisa y llanamente encantadores! También cabe la posibilidad de nadar con ellos. No obstante, me he inventado la empresa Eco-Adventures, así como todos esos enredos familiares de su propietario; no tiene nada que ver con unas empresas homónimas en Australia y Canadá. Por lo que yo sé, no hay en bahía de las Islas ninguna acción de protesta contra el avistamiento de ballenas. Además, tampoco hay razones para ello. En toda Nueva Zelanda se observan las normas internacionales para un avistamiento de cetáceos considerado y respetuoso para con los animales, y estos últimos son, acorde con ello, confiados. Incluso los cachalotes, que en otras partes del mundo se muestran realmente esquivos, se acercan sin miedo a los barcos de avistamiento en Kaikoura. Watch Whale Watching es, en este sentido, una organización ficticia; pero no lo es el grupo de activistas para la protección de animales SAFE.

SAFE aboga por los derechos de los animales en Nueva Zelanda y es una de las pocas organizaciones que protesta contra el empleo del pesticida 1080. Lamentablemente, no me había imaginado los problemas medioambientales con los que tiene que luchar Nueva Zelanda. El país distribuye por avión cebos envenenados por los bosques para proteger la avifauna autóctona contra los armiños y zarigüeyas. Si bien esto último es de apremiante necesidad, los daños colaterales que con el envenenamiento de zonas determinadas de bosques y corrientes de agua se producen son inadmisibles. Pese a ello, la manera de proceder del Gobierno solo choca con una protesta relativamente limitada de la población. En lo que se refiere a la problemática medioambiental, Nueva Zelanda todavía está proporcionalmente poco sensibilizada. La oposición también empieza a formarse en lo que atañe a sobreapacentar la tierra con ovejas y vacas, lo que conlleva la contaminación masiva de lagos y ríos.

Por lo menos la industria del turismo en Nueva Zelanda ha reconocido que el trato respetuoso con la naturaleza y el ecoturismo tienen que ser el futuro, precisamente en un país que está tan apartado de las rutas turísticas habituales y en el que el balance ambiental de cada individuo se ve bastante gravado por el vuelo. Las distintas ofertas para el avistamiento de animales dan un buen ejemplo de ello. Ya sean delfines, ballenas, pingüinos, kiwis o albatros, los puntos de avistamiento suelen estar vinculados a centros de investigación, de modo que la protección de los animales se subvenciona con lo que se obtiene con las entradas. Puesto que Nueva Zelanda se considera el bastión de los deportes de aventura, se deduce que el ecoturismo se queda al margen. A la naturaleza de Glenorchy y de otras románticas pequeñas poblaciones con paisajes de gran belleza se les hace un gran favor si uno se limita a explorarlas con métodos tradicionales como son el paseo y la equitación. La hípica del libro es ficticia, pero hay dos empresas aconsejables en la región que ofrecen paseos comparables a los que se describen aquí.

Vadear ríos y admirar el maravilloso paisaje montañoso de Glenorchy es sencillamente impresionante, así como un paseo por el bosque lluvioso del monte Taranaki o por la costa occidental de la Isla Sur. En cualquier caso, vale la pena visitar el país y adentrarse en los muchos mundos de ensueño que ofrece.

Como siempre que acabo un libro, estoy impaciente por saber las reacciones de mis lectoras y lectores. Esta vez las espero con especial impaciencia, pues *El año de los delfines* es el primero de mis títulos sin componente histórico, ya que se desarrolla en la Nueva Zelanda del presente. Mi editora Melanie Blank-Schröder me ha animado a emprender esta nueva aventura en la escritura. ¡Gracias por ello! Doy las gracias también a mi correctora Margit von Cossart, quien ha enriquecido y completado el texto con muchas ideas propias.

Doy las gracias también a las lectoras de pruebas y a mi amiga Nicol Kübart-Wulfkuhle, que me ha acompañado en mi viaje de documentación a Nueva Zelanda. Las dos nos hemos enamorado de las ballenas y delfines de Kaikoura y Paihia y nos habría encantado quedarnos allí un año entero, como Laura, para conocer individualmente a todos los delfines mulares. Aunque Nicol, que es agricultora, también me ha sensibilizado frente a la problemática medioambiental de Nueva Zelanda. El turismo constituye ahí una gran oportunidad para mejorar. A través de nuestra fascinación por la flora y la fauna aumenta el interés de los neozelandeses por el medioambiente. ¡Hay que conservar la peculiar naturaleza de la isla!

¡Muchas gracias también a Anna y Joan Puzcas! Sin vosotras, que me ayudáis con todos los animales e inconvenientes del día a día, me habría resultado imposible volver a sumergirme de forma tan intensa en el maravilloso mundo de Nueva Zelanda.

SARAH LARK

ÍNDICE

El año de los delfines de Sarah Lark
se terminó de imprimir en junio de 2019
en los talleres de
Litográfica Ingramex S.A. de C.V.,
Centeno 162-1, Col. Granjas Esmeralda, C.P. 09810,
Ciudad de México.